夫雅巴卡推理系列

NO.6

小美人鱼

The Mermaid

Camilla Läckberg

〔瑞典〕卡米拉·拉克伯格 著　陈媛熙 译

人民文学出版社

著作权合同登记号　图字 01-2012-9260

图书在版编目(CIP)数据

小美人鱼/(瑞典)拉克伯格著;陈媛熙译. —北京:
人民文学出版社,2013

ISBN 978-7-02-010216-7

Ⅰ.①小… Ⅱ.①拉… ②陈… Ⅲ.①推理小说-
瑞典-现代 Ⅳ.①I532.45

中国版本图书馆 CIP 数据核字(2013)第 312532 号

责任编辑:曾少美
文学统筹:曹雪峰
装帧设计:张志全

小美人鱼
[瑞典]拉克伯格　著
陈媛熙　译
人民文学出版社出版
(100705　北京市朝内大街 166 号)
北京高岭印刷有限公司　新华书店经销
字数:266 千字　开本:894×1260 毫米　1/32　印张:10
2014 年 1 月北京第 1 版　2014 年 1 月第 1 次印刷
印数 1-6000
ISBN 978-7-02-010216-7
定价:28.00 元

引子

　　他就知道，东窗事发是迟早的事，纸终归包不住火。尽管多年来他一直在竭尽所能地遮掩，但他每多说一个字，离那无可名状的可怖事实就更近一步。

　　现在，逃跑已绝无可能。所以，他决定孤注一掷，让命运来做主。如果那里有人，他就非说出来不可。如果没人，他就继续去上班，就当是什么都没发生过。

　　可他刚一敲门，门就应声而开。他走进屋子，在昏暗的灯光下眯起眼打量。站在他面前的并不是他想见的那个人，而是另一个人。

　　他跟着她走进隔壁的房间，她的一头长发在脑后有节奏地甩来甩去。他开口诉说、提问，各种想法在他脑海里乱成一团。所有的东西都变得似是而非，一切都不太对劲，可似乎又没什么错。

　　突然间他住了口。有个东西猛地刺入他的腹部，截断了他的后半句话。他低下头，看到一把刀从伤口中拔出，血开始汩汩地往外渗。接着又是一刀，这次更疼了，锋利的刀刃在他体内不停地搅动。

　　他知道自己完了。虽然他还有好多事要做，有好多东西等着他去看、去体验，但一切都要在这里画上句号。不过，他落到这个地步也算是罪有应得。在干了那件事之后，他就不配享受过去那些好日子，不配得到别人的爱。

　　当疼痛麻木了他的感官，刀子不再动之后，水漫了上来。一只小船在海浪中颠簸。而当他被冰冷的海水包围时，所有其他的感觉统统消失了。

　　他的双眼最后定格在她的头发上。长长的，乌黑的。

"可这都三个月了！你们怎么还没找到他？"

帕特里克·赫德斯特伦凝视着他面前的这个女人。每次他看到她时，她都比上一次更加疲惫不堪。她每星期三都要到塔南舍警察局来一趟。自从她丈夫十一月初失踪以来，她周周如此。

"我们已经尽了全力，希娅。你知道的。"

她点了点头，一言未发，放在膝盖上的手紧紧握在一起，不停地哆嗦着，双眼噙满泪水，凝视着他。她这种样子帕特里克已经不是第一次见了。

"他还没回来，是不是？"

他深吸了一口气，说："是，我想他还没有。"

她没再继续问下去，但他看得出来，他的话不过是把希娅·谢尔纳早已知道的事又强调了一遍而已。她丈夫马格纳斯一直没回过家。十一月三日，他六点半起床，洗了个澡，穿戴停当。两个孩子和妻子先后出门时，他还和他们挥手告别。刚过八点钟时，有人看到他走出家门，前往自己工作的地方塔努姆之窗。从那以后，就再没人知道他的下落。本来一位同事要开车捎他去办公室的，但马格纳斯根本没去他家。从他位于运动场附近的家，到夫雅巴卡小型高尔夫球场近旁同事的家，就在这中间的某个地方，马格纳斯·谢尔纳凭空消失了。

警方查遍了他生活中的方方面面。他们发布了寻人启事，同五十多人谈过话，包括他的同事和亲朋好友，还调查过他会不会因负债而被迫潜逃，有没有秘密情人，有无可能挪用了公款等等。

帕特里克送走希娅后，小心翼翼地敲了敲波拉·莫拉莱斯的门。"请进。"她立刻说道。他走进房间，随手带上门。

"又是他老婆？"

“是啊。”帕特里克叹了口气。

“你觉得他死了吗？”

“恐怕是吧。”帕特里克说。自马格纳斯失踪以来，这还是他第一次把心中的怀疑说出来。

“可尸体还没找到。”

“对，没有尸体。”帕特里克说，“可到哪儿去找呢？总不能把大海翻个底朝天，或者把夫雅巴卡附近的树林给搜个遍吧。咱们只能耐着性子等，指望有人能找到他，无论是死是活。因为我实在不知道还能做些什么。而且希娅每个礼拜到咱们这儿来，盼望这个案子能有点进展时，我也不知道该跟她说什么好。”

“那只不过是她对待这件事的方式罢了。这样她会觉得自己也能做点什么，而不是枯坐在家里等消息。要是换了我，非发疯不可。”波拉扫了一眼她放在电脑旁的照片。

“我能理解。”帕特里克说，“但这又帮不上什么忙。”

“是的，当然不能。”

一时间，沉默的气氛笼罩着这间狭小的办公室。最后，帕特里克站了起来：“咱们只能盼望他自己现身了。活见人，死见尸。”

“我想你说得对。”波拉说。但她看上去和帕特里克一样沮丧失望。

2

"瞧你胖的。"

"你还好意思说我!"安娜一边从镜子里瞪着姐姐艾丽卡,一边指着她的肚子说。

艾丽卡·法尔克转过来,像安娜那样侧身站着,她不得不承认安娜说对了。

"我真是一点儿都不羡慕你。"安娜用小妹妹的口吻说了句残酷的大实话。

"多谢。"艾丽卡一边说,一边用肚子撞了她一下,安娜也用肚子还击,结果两个人几乎同时失去了平衡,四只胳膊在空中一通乱挥,想好好站稳,可接下来她们就笑得站不住了,只好一屁股坐在地板上。

她俩你看看我,我看看你,突然心有灵犀,于是异口同声地大喊:"丹!"

"什么事?"楼下传来一个声音。

"我们站不起来啦!"安娜喊道。

"你说什么?"

她们坐在卧室地板上,听到他上了楼梯,朝这边走来。

"你们俩到底在干嘛?"丹一眼看到未婚妻安娜和她姐姐坐在穿衣镜前,好笑地说。

"我们起不来了。"艾丽卡尽量保持着尊严,伸出一只手。

"坚持一下,我去把铲车开来。"丹装作要转身下楼的样子。

"闭嘴!"艾丽卡说。安娜笑得躺倒在地板上。

"好吧,我来试试。"丹抓住艾丽卡的手拉她起来。"呃哦——"他呻吟道。

"拜托,音响效果就免了吧。"艾丽卡一边慢腾腾地起身,一边对他说。

"该死,你可真肥。"丹惊呼道,艾丽卡一拳捶在他胳膊上。

"这话你都说了有一百遍了,而且不是你一个人这样说。我说你别老盯着我不成吗？怎么不看看你自己那位小胖妞？"

"好吧，当然。"丹拉着安娜站了起来，然后使劲亲了亲她的嘴唇。

"你俩要是想亲热，最好另找个房间。"艾丽卡戳了戳丹的肋骨，说。

"这本来就是我们的房间。"丹又吻了安娜一下，说。

"好吧。那咱们就言归正传。"艾丽卡一边朝妹妹的衣橱走过去一边说。

"我不明白，你怎么会认为我能帮上忙呢。"安娜一步三晃地跟在艾丽卡后面，"我想不出我有哪件衣服适合你穿。"

"那我该怎么办？"艾丽卡翻看着挂在衣架上的衣服，"克里斯蒂安的新书发布会就在今晚，可唯一能把我装进去的东西就是玛雅的帐篷。"

"好吧，咱们想想办法。你穿的这条裤子瞧着还不错，我想我有件衬衫你也许能穿。至少我穿有点大。"

安娜从衣橱中取出一件淡紫色绣花短上衣。艾丽卡脱下 T 恤衫，让安娜帮忙把上衣套在头上。把衣服拉到腹部以下，好比是给圣诞香肠填馅，不过她总算是成功了。然后，她转身面对镜子，用挑剔的眼光审视着自己。

"你这样子棒极了。"安娜说，艾丽卡哼了一声算是回答。就凭她现在的身材，"棒极了"这个词似乎遥不可及，但至少她看上去还算体面，也看得出是尽力了。

"就它了。"她说。她想试着自己把上衣脱下来，但最后不得不认输，让安娜来帮忙。

"发布会在哪儿开？"安娜把上衣理平，挂回到衣架上。

"大酒店。"

"能为新作者开发布会，这家出版商还真不赖。"安娜一边向楼梯走过去一边说。

"出版公司对这本书兴趣极大。对于一本小说处女作来说，预订情况出奇地好，所以他们很乐意办这个发布会。我还听出版商说，媒体好像也很捧场。"

"那你觉得这本书怎么样？我猜你是喜欢的，不然你不会把它推荐给你的出版商。但它究竟好在哪儿呢？"

"它……"艾丽卡小心翼翼地跟在妹妹后面下楼,思索着该怎么评价这本书,"它有一种魔力。一种阴森的美感和令人不安的力量,而且……嗯,魔力是我能想到的最好的词了。"

"克里斯蒂安一定高兴坏了。"

"是啊,我想也是。"艾丽卡走进厨房,听起来有点怀疑。她对每样东西的位置都了如指掌,于是直奔咖啡机而去。"不过,他似乎……"她住了口,免得将咖啡舀到过滤器里时数错了数,"一听说自己的书能出版,他欣喜若狂,可我总觉得他在写作过程中受了点刺激。我也说不好,因为我实际上并不太了解他。我不知道他为什么要向我讨教,不过我倒是很愿意帮忙。别看我不写小说,可改稿子还是很有经验的。刚开始,一切都很顺利,我所有的建议克里斯蒂似乎都乐于接受。不过到了后来,有时我想跟他探讨几个问题,他却临阵脱逃了。我真想不明白。但他这人是有点怪。也许就是这样。"

"我猜他这下人对行了。"安娜一本正经地说。

艾丽卡转过去冲着她说:"这么说,现在我不光是个肥婆,还是个怪物了?"

"别忘了,你还是个糊涂蛋。"安娜朝着艾丽卡刚刚启动的咖啡机点点头,"最好先加点水。"

咖啡机冒出一股烟,仿佛对此深有同感。艾丽卡瞪了妹妹一眼,关掉了咖啡机。

克里斯蒂安·赛德尔望着镜中的自己。有时他真不知道要如何评价自己的相貌。他四十岁了。时光飞逝,他发现自己对面的这个男人何止是长大,简直连两鬓都开始斑白了。

"你真是太帅了。"

桑娜突然出现在克里斯蒂安身后,双手搂住他的腰,他吓了一跳。

"你吓到我了,可别这么突然袭击。"他挣开她的怀抱,转过身之前,从镜子里瞥见她脸上怅然若失的表情。

"对不起。"她在床上坐下。

"你也很动人啊。"他说。当他看到这句赞美让她眼睛一亮时,心中更觉过意不去,但又有些恼火。每当她表现得像一只小狗,主人稍微给点好脸色就直摇尾巴时,他就觉得烦透了。他妻子比他小十岁,但有时他感到他们之间似乎至少隔了二十年。

"能帮我把领带打上吗?"他朝桑娜走过去。桑娜站起来,熟练地替他打好结。只试了一次就系得周周正正,她退后一步,欣赏着自己的杰作。

"你今晚准能一炮而红。"

"唔……"他说,主要是因为不知道怎么迎合她。

"妈妈!尼尔斯打我!"梅尔克冲进屋子,仿佛后面有一群饿狼在追他。他四处寻找避难所,黏糊糊的手指一把抓住了第一个能够到的东西:克里斯蒂安的双腿。

"该死!"克里斯蒂安粗暴地甩开五岁的儿子,但为时已晚。现在,两条裤腿的膝盖处都被番茄酱染上了鲜艳的污渍。他强忍着不发脾气——最近这事变得越来越难了。

"你就不能管好孩子吗?"他厉声说,同时去解西裤的扣子,打算换一条。

"我保证能弄干净。"桑娜一边去抓正举着一双小黏手朝床那边跑的梅尔克,一边说。

"你怎么可能办得到?我一小时后就得赶到那儿。只能换一条了。"

"但我想我能行……"桑娜好像快要哭出来了。

"还是好好看着孩子吧。"

他每说一个字,桑娜就往后退一步,就好像被他打了似的。她一言未发,抓着梅尔克的胳膊,把他推出房间。

她离开后,克里斯蒂安一屁股跌坐在床上。他扫了一眼镜中的自己。一个双唇紧闭的男人,穿着西装外套、衬衫,打着领带,下身穿着内裤,弓着身子,仿佛全世界所有的烦恼都压在他双肩上。他试着坐直身体,挺起胸膛。看上去像样些了。

今晚是属于他的。没人可以夺走。

"有什么新情况吗?"古斯塔·弗莱格尔把咖啡壶递向刚刚走进警察局小型茶水间的帕特里克,问道。

帕特里克点点头,表示想来点儿咖啡,然后在桌边的一张椅子上坐了下来。小狗恩斯特听到他们在休息,便拖着脚慢吞吞地挪进屋子,趴到桌子底下,巴望能有些食物碎屑掉到地板上让它舔着吃。

"给你。"古斯塔将一杯黑咖啡放到帕特里克面前,然后坐在他对面。

"你脸色有些苍白。"古斯塔打量着他这位年轻同事。

帕特里克耸耸肩:"就是有点累。玛雅睡不好,所以有些磨人。可想而知,艾丽卡累坏了。这说明家里的事一点也不轻松。"

"只会越来越糟。"古斯塔说。

帕特里克大笑起来:"哇! 可真提神。但你说得没错,有这个可能。"

"这么说,关于马格纳斯·谢尔纳,你还没找到新线索吗?"古斯塔偷偷朝桌子下面扔了块饼干,恩斯特欢快地用尾巴拍打着帕特里克的脚背。

"没有,什么都没有。"帕特里克呷了口咖啡,说。

"我看到希娅又来过了。"

"是啊,好像都快成了强迫症了——但我想这也不奇怪。一个女人的丈夫突然失踪了,你让她怎么办呢?"

"也许咱们应该再多找些人谈谈。"古斯塔又偷偷给桌子下面的恩斯特扔了块饼干。

"你想找谁谈?"帕特里克都能听出自己的声音有多不耐烦,"我们和他的家人朋友都谈过,把邻居家的门都敲遍了,又在当地报纸上登启事征集线索。还要怎么样?"

"这么轻易就放弃,可不像你呀。"

"那好,你有什么高见,我洗耳恭听。"帕特里克很快后悔自己用这么粗暴的口气说话,虽然古斯塔并不像是生气的样子。"盼望找到尸体听上去够糟的。"他缓和了一下语气说,"但我确信,只有到那时咱们才能知道他的遭遇。

我敢打赌，他绝不是自愿消失的，如果能找到尸体，至少我们可以打破僵局。"

"我想你是对的。一想到他的尸体会在某处浮上岸或在树林中被人发现，真是让人不寒而栗。不过我的感觉和你一样。更可怕的是……"

"音讯全无，对吧？"帕特里克挪了挪一直被小狗沉甸甸地压着已经开始发热的双脚，说。

"呐，试想一下，你不知道你所爱的人去哪儿了。父母丢了孩子也是一样。美国有个寻找失踪儿童的网站，一页又一页，都是这些孩子的照片。除了'我的老天'，我什么都说不出来。"

"这种事会要了我的命。"帕特里克说。

"你们这些家伙，到底在聊什么呢？这里的气氛简直像葬礼一样。"安妮卡凑到桌子旁，她轻快的声音驱散了二人低落的情绪。紧跟在她身后的是警察局最年轻的警员马丁·莫林，他是被茶水间里传出的动静和咖啡的香气引诱过来的。

"我们刚才在说马格纳斯·谢尔纳的事。"帕特里克说，他的语气显然表明谈话已经结束了。为了让别人都明白这一点，他换了个话题。

"那小姑娘的事办得怎么样了？"

"哦，我们昨天又拿到一些新照片。"安妮卡从外套口袋里掏出几张照片。

"看，她都长这么大了。"她把照片放在桌子上，帕特里克和古斯塔轮流过去看。马丁早上来上班时已经看过了。

"啊，她可真漂亮。"帕特里克说。

安妮卡点点头，深表认同："她十个月了。"

"你们俩什么时候去那儿接她？"古斯塔流露出真切的关心。他完全明白，安妮卡和伦纳特之所以会认真考虑收养这个孩子，和他的劝说不无关系。所以，他对照片中的小女孩有种特殊的宠爱。

"嗯，我们得到的消息有点乱。"安妮卡说。她收起照片，小心地放回口袋里。"但我想还得过几个月吧。"

"你们一定觉得等得太久了。"帕特里克站起来，将杯子放进洗碗机。

8

"是啊。不过……至少已经开始办手续了。我们知道她会属于我们的。"

"是的,当然。"古斯塔说。他突然冲动地把手放在安妮卡的手背上,但马上又往回一缩。"好啦,回去干活吧。咱们可没工夫坐在这儿闲扯了。"他一边尴尬地喃喃自语,一边站了起来。

他的三个同事好笑地看着他耷拉着脑袋,灰溜溜地走出茶水间。

"克里斯蒂安!"浑身散发着香水味的出版总监走上前来,结结实实地拥抱了他一下。

克里斯蒂安屏住呼吸,免得把这股香得冲鼻的气味吸进来。盖比·冯·罗森的张扬是出了名的。所有的东西到了她这里都变得无比夸张:头发太多,妆画得太浓,香水喷得太多。为参加今晚这个典礼,她特意穿了一身触目的粉红色套装,领口处别了一朵绿色的布艺玫瑰,脚蹬一双高得吓人的高跟鞋,走起路来摇摇欲坠。不过,尽管她这副尊容有些滑稽,但作为瑞典新贵出版公司的老板,她的实力可不容小觑。她在这一行已经摸爬滚打了三十多年,思维敏锐,言辞犀利。那些没把她这个竞争对手放在眼里的人,永远没有第二次机会犯同样的错误。

"今晚该多么有趣啊!"盖比隔开一段距离扶着克里斯蒂安,笑容可掬地看着他。

仍在香雾中艰难呼吸的克里斯蒂安只有点头的份儿。

"连拉尔斯-埃里克和乌拉-莱娜都大驾光临了,这真令人难以置信。"她继续说,"这些人多可爱!自助餐瞧着棒极了。在这里发布你的杰作简直太完美了。你觉得怎么样?"

克里斯蒂安终于挣脱出来,后退了一步。

"呃,我得承认,有些不真实。我这本小说写了那么久,现在……呃,完成了。"他瞥了一眼安全出口旁桌子上的几摞书。每本书的书脊上都有他的名字,还有书名《小美人鱼》。他觉得有点反胃。这一切都是真的。

"呐,我们是这样想的。"盖比扯着他的袖子,边走边说。克里斯蒂安顺从地跟在后面。我们先去见今天来的记者,让他们安静地和你谈谈。我们对媒体的反应非常满意。《哥德堡邮报》《哥德堡报》《布胡斯伦报》和《斯特伦斯塔德报》的记者全来了。没有全国性报纸,但这没关系,要知道今天《瑞典日报》上有篇书评把你的书捧上了天。"

"书评?"克里斯蒂安问。他在盖比陪同下来到舞台旁的一个小讲台。他将在这里接受媒体的采访。

"我过会儿再跟你说。"盖比把他按在靠墙的一张椅子上。

他试图重新掌控一些局面,却感到自己仿佛被吸进了一台滚筒干衣机,逃也逃不掉。看到盖比已经在向外走去,把他甩在后面,他这种感觉越发强烈。服务生们急匆匆地跑来跑去布置餐桌。谁也没有注意到他。他闭目小憩,想起了自己坐在电脑前,用成百上千个小时写就的《小美人鱼》。他也想起了她,那条美人鱼。

"克里斯蒂安·赛德尔?"

一个声音将他从神游中唤醒,他抬眼看去。一个男人站在他面前,伸出手,似乎在等他做出反应。于是他站起来和他握了握手。

"我是《斯特伦斯塔德报》的比厄·扬松。"他把一个硕大的相机包放到地上。

"哦,呃,欢迎。请坐。"克里斯蒂安显得手足无措。他四处张望着寻找盖比,却只瞥见她那身触目的粉红套装在出口处一闪而过。

"他们为你这本书,在公关上可没少下功夫。"扬松环顾一下四周说。

"是的,看来的确如此。"克里斯蒂安说。接着,二人都沉默下来,有些局促不安。

"咱们可以开始了吗?还是再等等其他人?"

克里斯蒂安茫然地瞪着这位记者。他怎么知道?他又没经历过这种场合。但扬松把一台录音机放到桌子上,按下开关,似乎轻而易举地就掌控了全局。

"那么,"他目光尖锐地注视着克里斯蒂安,"这是你的第一本小说,对吧?"

克里斯蒂安不知道除了老实承认他是否还应该做些什么。"是的,没错。"他清清喉咙说。

"我很喜欢它。"扬松语气生硬地说,听不出有丝毫赞美之意。

"谢谢。"克里斯蒂安说。

"你想借这本书表达些什么?"扬松检查了一下录音机,确保它在正常录音。

"我想表达什么?我也不知道。这是本小说,是我脑海里的一个故事,我想把它讲出来。"

"这个故事阴暗得可怕。我几乎想用'绝望'这个词来形容。"扬松审视着克里斯蒂安,仿佛要窥破他灵魂最深处的隐秘,"你就是这样看待这个社会的吗?"

"我不知道是不是要通过这本书来表达我的社会观。"克里斯蒂安搜肠刮肚地想找些妙语警句。他还从未以这种方式去想自己的作品。很久以来这个故事就是他的一部分,深藏在他心里,最终他觉得非把它写下来不可。但这和他的社会观有什么关系吗?这一点他连想都没想过。

盖比终于来替他解围了。她和其他记者一起走过来,他们互相打了招呼,围着桌子坐下,扬松关掉了录音机。整个过程持续了几分钟,克里斯蒂安趁机整理了一下思路。

这时,盖比示意大家注意。

"欢迎大家莅临为文学界超级新星,克里斯蒂安·赛德尔举办的晚宴。我们公司的全体同仁有幸出版他的第一部小说《小美人鱼》,感到无比自豪。我们认为,这标志着他即将开启一段持久而辉煌的写作生涯。克里斯蒂安还没看过一篇书评。所以,我要万分喜悦地告诉你,克里斯蒂安,今天很多家媒体都刊登了精彩绝伦的书评,其中就有《瑞典日报》、《最新消息》和《瑞典工人报》。我给大家读几段。"

她戴上眼镜,拿起面前桌子上的一叠报纸。白色的新闻纸上,用粉色荧光笔标出了一些段落。

"'这是一位语言大师的杰作,它描绘了普通人的悲惨境遇,同时也着眼于整个社会现实。'这是《瑞典日报》的。"盖比向克里斯蒂安点点头,解释说。然后,她开始读下一篇书评:"'阅读克里斯蒂安·赛德尔的书苦乐参半,因为他用精炼的散文式语言揭露出社会对安全和民主的虚伪承诺。他的语言如利刃般刺穿我们的肉体和良心,逼着我狂热而急切地读下去,就像一个苦行者那样,去寻找更多令人百般煎熬,但又奇迹般荡涤心灵的痛苦。'这是《最新消息》的。"盖比摘下眼镜,将那一小叠书评递给克里斯蒂安。

他接过书评,震惊得难以置信。那些话他都听到了,沐浴在赞美声中的感觉真不错,可他实在搞不懂这些批评家在说什么。他只不过是把她写了出来,讲述她的故事。把她说过的话和有关她的一切一古脑儿倒出来,有时这令他感到筋疲力尽。对社会评头论足并不是他的本意。他只是想谈谈她。

但他忍住没有反驳。没人会明白的,随他们去吧,也许这样更好些。他永远没法解释。

"多妙啊。"他听到这句话从自己的口中毫无意义地蹦出来。

然后,记者们提出更多的问题,对他的书发出更多的赞美和评论。他发现自己对于每个问题都无法给出一个合理的解释。他要怎么去描述自己生活中无处不在的东西呢?这不仅仅是个故事,它是关乎生存和痛苦的。他尽力清晰而缜密地把它讲出来。显然,他成功了,因为盖比一直在点头称许。

当采访终于结束时,克里斯蒂安只想回家。他简直要累死了,却不得不继续留在大酒店华美的餐厅里。他深吸了一口气,勉强堆起一个微笑,准备会见开始鱼贯而入的来宾。谁都不会想到这个笑容花了他多大的力气。

"你今晚能尽量保持清醒吗?"埃里克·林德对他的妻子低声呵斥,免得被其他排队等候参加晚宴的人听到。

"你今晚能管好自己的手不到处乱摸吗?"路易丝反唇相讥,并没有刻意放低音量。

"我不明白你在说些什么。"埃里克说,"还有,请别那么大声。"

路易丝冷冷地看着自己的丈夫。他是个风度翩翩的男人，这一点她无法否认。很久以前，她就是被他的风度迷住的。他们在大学里相识，那时有很多女孩子满含妒意地看着她，因为埃里克·林德成了她的裙下之臣。可打那以后，他的风流成性让她对他曾有过的爱、尊敬和信任都慢慢地、彻底地消失了。不过，他似乎总是能轻而易举地找到主动投怀送抱的情人。

"嗨！你们也来了？太好了！"塞西莉亚·詹斯多特朝他们走过来，在二人脸上礼节性地各吻了一下。她是路易丝的美容师，过去一年里一直和埃里克暗通款曲。当然，他们还以为路易丝被蒙在鼓里。

"嗨，塞西莉亚。"路易丝笑着说。她是个温柔的姑娘，如果她对每个同她丈夫睡过的女人都心怀怨毒，那她在夫雅巴卡早就呆不下去了。另外，很多年前她就已经不在乎了。她有了女儿们，还有那美妙的发明：盒装酒。她还要埃里克干什么？

"夫雅巴卡又出了个作家，这多让人激动！先是艾丽卡·法尔克，现在是克里斯蒂安。"塞西莉亚几乎要蹦起来了，"你们俩谁读过他的书吗？"

"我只看商业杂志。"埃里克说。

路易丝翻了个白眼。说自己从不读书，这是埃里克惯用的调情手段。

"我希望咱们能带一本回去。"她紧了紧外衣说。她希望队伍能走得快些，好进到里面暖和暖和。

"是啊，路易丝是我们家的书迷。不过，你又不用上班，除了看书你还能干什么呢？对吗，宝贝？"

路易丝耸耸肩，没理会这句恶意的嘲讽。明明是埃里克非要让她在家照顾年幼的女儿，而且她每天像个女奴一样从早忙到晚，把家里的一切都打理得井井有条，他却乐享其成，认为这是理所当然的。不过说这些也没什么意思。

他们一边慢慢向前移动，一边闲聊着。最后，他们终于进入门厅，把外套挂好，下楼前往餐厅。

路易丝直奔吧台而去，埃里克的目光死死盯在她后背上。

"别把自己累坏了。"帕特里克吻了吻艾丽卡，后者挺着肚子仪态万方地出了门。

发现妈妈不见了，玛雅抽泣了几声，但当帕特里克把她抱到电视机前，让她看儿童频道时，她马上不哭不闹了。

帕特里克挨着玛雅在沙发上坐下来，茫然地注视着前方。最近他实在太累了。他感到自己的精力越来越不济，有时候早上要挣扎着把自己从床上拉起来。但也许这并不奇怪。在家里，艾丽卡疲惫不堪，玛雅变成了一个叛逆的小怪物，而工作又如此辛苦。认识艾丽卡之后的这几年里，他和同事们侦破了好几起疑难谋杀案；他的工作性质本来就阴暗残酷，还会不断地和上司伯蒂尔·梅尔贝里发生争执，这些都已经开始损害他的健康。

现在，他们在调查马格纳斯·谢尔纳的失踪案。帕特里克确信这个男人出了事，他不知道这是凭自己的经验还是直觉。他无法判断谢尔纳遭遇的究竟是事故还是谋杀，但他敢拿自己的警徽打赌，他已经不在人世了。

"爸爸！"玛雅将他从沉思中唤醒，连她自己都不知道她的声音有多大的威力。

"爸爸来弄。"他举起双手说，"《长袜子皮皮》怎么样？"

《皮皮》是当前的大热门，所以帕特里克对女儿的回答还是蛮有把握的。他拿出 DVD，开始播放《皮皮在南海》，然后又在玛雅身旁坐下来，伸出胳膊搂着她。

克里斯蒂安汗如雨下。刚才盖比告诉他，很快就轮到他上台演讲了。克里斯蒂安什么也吃不下，不过他喝了些红葡萄酒，现在已经喝到第三杯了。他知道自己实在不该喝这么多，要是他在接受采访时对着话筒讲话含糊不清就糟了。可要是不喝点酒，他根本就撑不住。

他正在四处张望时，感到有只手搭在他的胳膊上。

"嗨，怎么样了？你好像有点紧张。"艾丽卡关切地注视着他。

"我想我就是紧张了。"他如实相告。把这种感觉说出来也是一种慰藉。

"我完全明白你的感受。"艾丽卡说,"我第一次在公众面前亮相,是在斯德哥尔摩为新作家举办的一场活动上,结果后来他们恨不得要把我从地板上揭起来。至于我在台上都说了些什么,我一句也记不得了。"

"我有种感觉,他们也得把我从地板上揭起来。"克里斯蒂安用手摸着喉咙说。他一下子想到了那些信,接着就突然陷入恐慌,双膝一软,差点脸朝下跌倒,幸亏艾丽卡扶住了他。

"没事的,起来啦。"艾丽卡说,"你好像喝了几杯烈酒。亮相前可别再喝了。"她小心地拿走克里斯蒂安手中的红葡萄酒,把杯子放在旁边的桌子上。"我向你保证,一切都会顺顺当当的。盖比会首先介绍你和你的小说。然后,我会问你几个问题——咱们事先都商量好了的。相信我,唯一的问题就是把我这副身躯拖到台上。"

她笑起来,克里斯蒂安也跟着笑了,虽然不是发自内心的,而且听起来有些刺耳,但这个玩笑还是奏效了。他觉得不再那么紧张,也能正常呼吸了。他把关于那些信的所有念头远远推开。今晚他不容它们来捣乱。美人鱼通过他的书开口说话,现在,他和她两清了。

"嗨,亲爱的。"桑娜凑了过来,一双眼睛闪闪发亮地环顾着大厅。克里斯蒂安知道,这个时刻对她来说意义重大,也许比对他还重要。

"你真迷人。"他说。这句赞美令她陶醉,而她的模样也的确迷人。他搂住她,吻了吻她的头发。

"你们俩可真亲热。"盖比踩着嗒嗒作响的高跟鞋,大步流星地朝他们走来,"有人给你送花,克里斯蒂安。"

他盯着她手中那捧美丽而素雅、完全由白百合组成的花束。

他的手指不由自主地颤抖着,抽出插在花束上的白色信封。他哆嗦得很厉害,好不容易才把它拆开,站在周围的女人们向他投去诧异的目光,他几乎没有注意到。

卡片也极其简单。一张纯白色的厚纸卡,用黑色墨水写着字,笔迹和那些信上的一样优雅。他瞪着这些文字,然后眼前一黑,就什么都不知道了。

他从未见过像她这么美的人。她的味道是那么好闻,长长的头发用一根白色缎带束在脑后,亮得让他几乎睁不开眼。他怯怯地朝她走近了一步,不敢确定自己是否有资格分享她的美丽。但她伸出双臂给他鼓励,于是他赶快紧走几步,一头扎进她的怀抱。再也没有黑暗和邪恶。现在他被洁白、光明和花香包裹着,如丝般柔软的长发紧贴着他的脸颊。

"现在你是我母亲了吗?"他终于问道,不情愿地后退了一步。她点点头。"真的?"他等着有人走进来,用粗暴的话语把一切撕成碎片,告诉他这不过是场梦。这个美丽的人儿不可能是他这种人的母亲。

但没有人出声。她只是点了点头,于是他忍不住再次扑进她怀里,再也不想离开。在他心中的某个地方,有一些异样的画面、气味和声音想要破体而出,但它们被她身上芬芳醉人的香水味和衣裙的窸窣声淹没了。他把这些画面推开,强迫它们消失,让位给这些不可思议、难以置信的新东西。

他抬头看着自己的新母亲,快乐得连心跳都加快了一倍。她牵起他的手带他离开这里时,他心甘情愿地随她走了。

3

"我听说昨晚的事来了个颇富戏剧性的转折。克里斯蒂安到底在想些什么？居然在那种场合喝醉了。"肯尼思·本特松一大早从家里匆匆出门，可还是迟到了。他将外套往沙发上一扔，但埃里克不满地扫了他一眼，于是他又把它拎起来，挂到墙上的一个挂钩上。

"你说得对。昨晚的结局无疑是够悲惨的。"埃里克回答说，"不过，路易丝好像铁了心要把自己灌得烂醉，所以至少我是有幸逃过了这一幕。"

"情况真有那么糟吗?"肯尼思望着埃里克说。埃里克难得向人倾诉自己的私事。这是他的一贯风格。从他们俩小时候一起玩耍，一直到现在长大成人，他始终没变。埃里克对肯尼思总是一副爱理不理的态度，似乎他肯屈尊和肯尼思在一起，就是给了他天大的面子似的。要不是肯尼思对埃里克还有点用，他们俩早就断交了。想当年埃里克在大学读书、在哥德堡工作，而肯尼思在夫雅巴卡创办了一家非常成功的小型会计师事务所时，就曾发生过这样的事。

因为肯尼思的确是颇有天赋的。他知道自己相貌平平、魅力不足，也从未幻想过能拥有超常的智慧。但在数据的王国里，他的确拥有创造奇迹的非凡才能。当埃里克进军建筑业，需要找个合伙人时，他自然成了不二之选。当然，埃里克说得很清楚，肯尼思要有自知之明，因为对这家公司，他只有三分之一而不是一半的所有权。不过这倒无所谓，反正肯尼思对积聚财富和权力并不感冒。能做做自己擅长的工作，成为埃里克的合伙人，他已经心满意足了。

"我真不知道该拿路易丝怎么办。"埃里克从桌子后面站起来，"要不是为了孩子……"他摇摇头，穿上外套。

肯尼思同情地点点头。他太清楚这是怎么回事了，和孩子一点儿关系都没有。埃里克之所以不愿和路易丝离婚，是因为怕她分走一半的财产。

"我出去吃午饭，一会儿再回来。今天的午饭会吃得久一些。"

"好的。"肯尼思说。久一些。噢，好吧。

"他在家吗？"艾丽卡站在赛德尔家门廊前。

桑娜似乎迟疑了几秒钟，然后才让到一旁，请她进门。

"他在楼上，工作室里。就那么呆坐在电脑前。"

"我上去和他聊聊行吗？"

桑娜点点头："当然可以。我说什么好像都没用。也许你的运气会好一些。"

桑娜的语气中透着一丝苦涩，艾丽卡停下来，仔细地打量了她一会儿。她看上去很疲倦，但神情中还隐藏着某种艾丽卡说不清的东西。

"让我来试试吧。"艾丽卡用一只手托着硕大的腹部，慢慢走上楼梯。最近，就连这么一件简单的事也耗尽了她所有的力气。

"嗨。"她轻轻敲了敲敞开的房门，克里斯蒂安转过身来。他坐在写字椅上，但电脑屏幕一片空白。"你昨天可把我们吓坏了。"艾丽卡坐到角落里的一个沙发上。

"我想，只是有些劳累过度罢了。"克里斯蒂安说。但他眼圈乌黑，双手都在发抖。"另外，我也在担心马格纳斯失踪的事。"

"你确定没有别的原因吗？"她的声音不自觉地尖锐起来，"昨天我捡到了这个，我把它带来了。"她伸手从外套口袋里掏出白百合花束上的那张卡片。"你一定是把它落下了。"

克里斯蒂安盯着卡片。

"把它拿开。"

"这上面写的是什么意思？"艾丽卡担忧地看着这个她已经开始视为朋友的人。

他没搭腔。

艾丽卡放缓了语气，把问题又重复了一遍："克里斯蒂安，这写的是什么意思？你昨天的反应激烈得可怕。所以，别想用劳累过度之类的借口蒙混过关。"

他还是不肯开口。突然，桑娜的声音从门口传来，打破了屋内的静默。

"把那些信的事告诉艾丽卡。"她说。

桑娜站在原地，等待丈夫的回答。又沉默了几分钟后，克里斯蒂安叹了口气，拉开书桌最下面的抽屉，拿出一小捆信。

"我收到这些东西已经有段日子了。"

艾丽卡拿起那些信，小心地翻阅起来。白色信纸，黑色墨迹，显然和她带来的卡片出自同一人之手，有些话还似曾相识。措辞虽然不同，但主题是一样的。她开始从最上面一封信读起：

> "她就走在你身旁，与你形影不离。你无权拥有自己的生活，这
> 是属于她的。"

艾丽卡震惊地抬起头："这都是怎么回事？你明白这是在说什么吗？"

"不。"克里斯蒂安矢口否认，"我不明白。我不知道有谁想伤害我。至少我觉得不会有这样的人。我也不知道'她'是谁。我真该把这些信扔掉。"他伸手去拿信，但艾丽卡可没打算给他。

"你应该报警。"

克里斯蒂安摇摇头："不成，也许只是有人跟我恶作剧。"

"我可不觉得这是个玩笑。而且我看得出来，你也认为这不是什么好笑的事。"

"我就是这么说的。"桑娜插话说，"我觉得汗毛都要竖起来了，尤其是我们已经有了孩子，还有其他的一切。万一有个疯子……"她盯着克里斯蒂安，艾丽卡看出这样的对话不是第一次发生在他们中间。但他再次固执地摇摇头。

"我不想把这事闹大。"

"这到底是从什么时候开始的？"

"你开始写书时。"桑娜说,她丈夫懊恼地瞪了她一眼。

"我想差不多是那个时候吧。"他承认了,"一年半以前。"

"这之间会不会有什么联系?你有没有把真人真事写到书里?你把他们写出来,有人可能会觉得自己受到了威胁。"艾丽卡目不转睛地盯着克里斯蒂安,使他看上去非常不自在。显然,他不愿谈这个话题。

"不会,这是部虚构的作品。"他苦着脸说,"没人能在这个故事里对号入座。手稿你是读过的,你觉得它像自传吗?"

"这我可说不上来,"艾丽卡耸耸肩,"但凭我的经验,我知道作家们会有意无意地把自己的生活片段糅合到书稿里。"

"噢,我没有!"克里斯蒂安把椅子往后一推,站了起来,嚷道。

艾丽卡意识到自己该告退了,于是试着从椅子上站起来,但笨重的身子却不听使唤,最后她只发出几声哼哼。克里斯蒂安严肃的表情变得柔和起来,他伸出手去帮忙。

"也许只是有个精神病,听说我在写书,就开始胡思乱想,仅此而已。"他听起来平静些了。

艾丽卡怀疑这并非是全部真相,但她这样想只是凭直觉,并没有确凿的证据。她朝自己的车走去时,盼望克里斯蒂安没有注意到书桌抽屉里原来的六封信只剩下五封了。她不知道自己这样做是哪来的勇气,但如果克里斯蒂安不愿告诉她真相,她就只好自己去查清楚。那些信的语气明显带有恐吓性,她担心她的朋友会有危险。

"你只好取消一部分预约,是吗?"埃里克轻咬着塞西莉亚的乳头。她在租住的房子里,躺在床上舒展着身体,娇喘连连。她开的美容院很近,就在一楼。

"一听到我得拒绝顾客上门,把日程表上的时间让给你,你就高兴了,是吗?你凭什么认为自己这么重要?"

"还有什么比这更重要呢?"他伸出舌头来回舔着她的胸脯,她急不可耐地把他拉到自己身上。

事毕,她脑袋枕着他的胳膊,躺在他身旁。几根粗糙的毛发让她的脸颊直发痒。

"昨天碰到路易丝,还有你,真是有点儿怪。"

"唔。"埃里克昏昏欲睡地应了一声。他没兴趣同情妇谈论自己的妻子或婚姻。

"我喜欢路易丝,你知道的。"塞西莉亚摆弄着他的胸毛说,"要是她知道……"

"可她不知道,"埃里克快速打断了她,撑着胳膊支起身子,"而且她永远不会发现。"

塞西莉亚抬眼看着他,根据经验,他完全能猜出接下来的对话。

"她早晚会知道的。"

埃里克暗自叹了口气。为什么他们总是要说起那些过去和以后的事?他一脚跨到床的另一边,开始穿衣服。

"你这就要走了吗?"塞西莉亚问。她脸上那副黯然神伤的表情让他更觉心烦。

"我有很多工作要做。"他一边扣上衬衫的扣子,一边硬邦邦地说。他鼻孔里还残留着欢爱的气味,但他会在办公室里冲个澡。他常年在那里备着一套换洗的衣服,就是专为应付眼下这种情形的。

"那咱们就这样继续下去吗?"塞西莉亚仍然躺在床上,埃里克忍不住盯着她赤裸的身子。

"塞西莉亚。"他说,然后就像从前许多时候那样,一大堆甜言蜜语从双唇中毫不费力地倾泻而出。她把身子贴上去时,他觉得她的胸脯好像穿透了他的衬衫。于是他抬起手,开始解扣子。

在卡拉仁餐厅吃过下午餐后,帕特里克将车停在塔南舍警察局那座永远不会获得任何建筑大奖的小白楼前,随即走进接待区。

"有人找你。"安妮卡从眼镜上面看着他说。

"是谁?"

"你自己去看看就知道了。她在你办公室等你。"安妮卡冲他眨眨眼说。

帕特里克向办公室走去,到门口停了下来。

"嗨,宝贝儿,"他说,"你怎么来了?"

艾丽卡坐在他办公桌前的访客椅上,漫不经心地浏览着一本《警务》杂志。

"看来你这是吃完午饭才回来呀。"她答非所问,"在警察总局,忙碌的一天就是这样度过的吗?"

帕特里克只是哼了一声。他知道艾丽卡就爱打趣他。

"说真的,你来干什么呢?"他在自己的办公椅上坐下来,凑上前去,细细打量自己的妻子,再次惊叹于她的美丽。

帕特里克猛地回过神来,意识到自己没听清艾丽卡说了些什么,于是请她重复一遍。

"我刚才说,今天早上我去克里斯蒂安家和他聊了一会儿。"

"他怎么样了?"

"他看上去还好,只是有点虚弱。不过……"她咬了咬嘴唇。

"不过什么?我想他只是太紧张了,再加上喝得有点多。"

"嗨。我看可没那么简单。"艾丽卡从提包里取出一只塑料袋,递给帕特里克,"昨天那张卡片是附在一束花上送给他的。大约一年半以前,他开始收到一些信,一共六封,这是其中的一封。"

帕特里克一边打开塑料袋,一边目不转睛地看着自己的妻子。

"我想你最好别把它们从袋子里拿出来。克里斯蒂安和我都碰过它了,但我们没必要留下更多的指纹。"

帕特里克又看了她一眼,但还是谨遵妻命,隔着塑料袋去读卡片上的文字。

"你觉得这是什么意思?"艾丽卡飞快地向前蹭了一下,坐在椅子边上问道。但椅子差点翻倒,她只好又赶快挪回去,重新分布自己的体重。

"呃,看起来都像是恐吓,尽管不那么具体。"

"对,跟我的看法一样。克里斯蒂安绝对也是这样想的,虽然他一直想对

22

这整件事轻描淡写。他不肯把那些信交给警方。"

"那你是怎么……?"帕特里克举起塑料袋。

"哦,呃,我想我只是碰巧拿错了。我可真糊涂。"她把头一歪,展开魅力攻势,但她丈夫可没那么好糊弄。

"这么说,你是从克里斯蒂安那里偷来的?"

"我不知道'偷'这个词是不是合适。我只是借用一会儿。"

"那么,你究竟想让我拿这些……借来的材料怎么办?"帕特里克问。不过他很清楚她会如何回答。

"显然有人在恐吓克里斯蒂安,而且他害怕了。我今天见他时看得出来。他很在意这些恐吓,所以,我不知道他为什么不肯报警。但是,也许你可以仔细检查一下卡片和信件,看能不能找到些有用的线索。"艾丽卡一露出软语央求的口气,帕特里克就知道自己准得缴械投降。

"好吧,好吧。"他举起双手说,"我算服了你了。我看看我们能不能查出些什么。但这可不是我的当务之急。"

艾丽卡笑了:"谢谢,亲爱的。"

"现在,回家休息一下吧。"帕特里克忍不住上前吻了她一下。

她走后,他发现自己漫无目的地拨弄着装有恐吓信的塑料袋,思维呆滞而僵硬,但有些东西开始在心中不安地翻涌。克里斯蒂安和马格纳斯是朋友。会不会……? 帕特里克立即把这个念头甩开,但它却始终挥之不去,他抬头瞄了一眼面前墙上贴着的照片。二者之间会不会有什么联系?

伯蒂尔·梅尔贝里用婴儿车推着利奥。今天恩斯特被留在警察局里,平时这只狗总是跟在婴儿车旁,保护这个在它的世界里迅速升至第一位的人,不让他受到任何伤害。对于梅尔贝里来说,利奥已经成了宇宙的中心。

梅尔贝里从未想到自己会对什么人产生如此强烈的感情。自从他亲眼目睹这孩子的出生,第一个抱起这个小婴儿之后,他就觉得利奥牢牢地抓住了他的心。

梅尔贝里不情愿地将婴儿车朝着警局的方向往回推。梅尔贝里对马上就要休产假的波拉满怀妒意,他情愿牺牲一部分自己的时间,好多陪陪利奥。这个主意也许还真不赖。从现在开始,利奥就需要有个强壮的男性作为榜样。比如说,像他自己这样的。

梅尔贝里用臀部顶开警察局沉重的前门,把婴儿车拉进去。安妮卡一看到他们,立刻变得容光焕发,这让梅尔贝里得意非凡。

"你们两个这是出去遛弯儿了吧。"安妮卡站起来帮梅尔贝里推婴儿车。

"是啊,姑娘们让我帮忙照看他一会儿。"梅尔贝里开始小心地帮婴儿脱下外衣。安妮卡饶有兴趣地看着这一幕。奇迹时代显然仍未结束。

"来吧,小乖乖,咱们去瞧瞧你妈妈在不在。"梅尔贝里一边把利奥抱出婴儿车,一边絮絮叨叨地说。

"不在,波拉还没回来呢。"安妮卡坐回到办公桌旁。

"哦,真遗憾。看来老爷爷还得让你再多黏一会儿了。"梅尔贝里喜滋滋地抱着利奥,朝茶水间走去。几个月前他搬来和丽塔同住时,姑娘们建议大家叫他伯蒂尔爷爷。所以,现在他一有机会,就要用一用这个让他感到其乐无穷的名字:伯蒂尔爷爷。

"知道吗？你是我的帅小伙。"母亲一边仔细梳理着他的头发，一边说。

他只是点点头。是的，他知道。他是母亲的帅小伙。自从他得到准许跟他们一起回家后，她就一遍一遍地说着这句话，让他怎么听也听不够。有时候，他会想起从前的种种，想起黑暗和孤独。但每当这时，他只要看一眼这个美丽的幻影，这个已经成为他母亲的人，其他的一切就全都消失了，溜走了，飘散了，仿佛从未存在过一样。

他刚刚从浴缸中爬出来，母亲用一件绣着黄花的绿色浴袍裹住他。

"我的小宝贝想不想吃点冰淇淋？"

"你把他宠坏了。"父亲的声音从门口传来。

他蜷缩在毛巾浴袍里，拉高兜帽把自己藏起来，不愿听到这些刺耳的话在浴室的瓷砖上回响，不愿被再次降临的黑暗淹没。

"我只是说你这样宠着他对他一点好处都没有。"

"你的意思是，我不知道如何养育咱们的儿子吗？"母亲的双眼变得黑沉沉的，深不见底，仿佛想单凭目光的力量就让父亲消失。像往常一样，只要她一生气，父亲立刻就蔫了，人也好像一下子变得萎靡而干瘪，一副灰溜溜的样子。

"你知道得最清楚了。"他眼睛看着地面，嘟囔着走开了。他们听到他的脚步声渐渐远去，前门轻轻地关上。父亲又出去散步了。

"咱们别理他。"母亲双唇贴着他藏在绿色浴袍下面的耳朵悄声细语，"因为咱们俩彼此相爱，只有你和我。"

他像一只小动物那样紧紧贴着她，让她来安慰他。

"只有你和我。"他低声说。

4

"我不要！我不乐意！"星期五早上,当帕特里克费尽力气想将玛雅交给托儿所的艾娃老师照顾时,她就这样哭喊着,几乎用光了她仅有的几个词汇。他朝车子走去时,她带着哭腔喊出的"爸爸！"不停地在他脑海中回响。

每天早晨的这场战争,帕特里克都不得不身先士卒。

他疲倦地揉了揉眼睛,深呼了一口气,转动钥匙点着了火。但他并没有向塔南舍方向开,而是一时心血来潮掉转了车头,前往库伦角那边的住宅区。他把车停在谢尔纳家屋前,有点犹豫地走到前门口。其实他本该提前打个招呼,告诉他们自己要来,但现在为时已晚,因为他已经到了。他抬起手,用指关节在漆成白色的木门上清脆地敲了一下。门上还挂着一个圣诞花环,显然没人记得把它摘下来。

屋内没有回音,于是帕特里克又敲了敲。也许家里没人。但接着,他听到了脚步声,希娅打开了门。她一看到他,整个身体便僵住了,他赶紧摇摇头。

"不,我不是为这个来的。"他对她说,他们彼此心照不宣。她肩膀垮了下来,往旁边让了让,请他进屋。

帕特里克脱下鞋子,将外套挂在一个空着的挂钩上,其余的挂钩几乎都被占满了,上面挂着谢尔纳家孩子们的外套和上衣。

"我只是想顺便过来聊聊。"他突然不知道从何说起,因为他心中充其量只有一些模糊的猜测。

希娅点点头,带着他向右拐,朝厨房走去。帕特里克跟在后面。这里他以前来过几次。马格纳斯失踪后,他们曾坐在餐桌旁,一遍遍地回想每个细节。他曾向希娅追问过一些本不该吐露的隐秘,但从马格纳斯·谢尔纳走出家门一去不复返的那一刻起,这种事就不再是私事了。

屋内看上去没什么变化。舒适而平凡,有点凌乱,到处都有孩子们留下的邋遢痕迹。但上一次帕特里克和希娅一同坐在这里时,他还能感受到一丝希望。可如今,一种万念俱灰的气氛笼罩着整个房子,也笼罩着希娅。

"还剩点儿蛋糕。昨天是路德维格的生日。"希娅无精打采地说。她站起身来,从冰箱里取出一小块夹心蛋糕。帕特里克想婉拒,但希娅已经开始往桌子上摆放碗碟刀叉,于是他知道今天的午餐他只能吃蛋糕了。

"他多大了?"帕特里克尽量不失礼地切下薄薄一片。

"十三岁。"希娅淡淡笑了一下,自己也吃了一小块蛋糕。帕特里克希望能劝她多吃点,因为过去这几个月里她实在是瘦得厉害。

"正是好年纪。也可能正好不是。"他听得出自己的声音有多不自然。蛋糕上的鲜奶油好像把他的嘴给填满了。

"他真像他父亲。"希娅用叉子敲了敲盘子,然后把它放下,看着帕特里克,"你想知道什么?"

他清了清喉咙:"也许我真的搞错了,但我知道,你希望我们能竭尽全力,所以,你得原谅我,如果——"

"你就直说好了。"希娅打断了他。

"那好吧。嗯,我一直在想一件事。马格纳斯和克里斯蒂安·赛德尔是朋友,对吗? 他们是怎么认识的?"

希娅诧异地看着他,但她并没有提出反问,而是停下来想了想他的问题。

"我不是很清楚。我想克里斯蒂安和桑娜刚一搬到这里,他们就认识了。你知道,桑娜是土生土长的夫雅巴卡姑娘。那应该是在七年前左右。对,没错,因为不久桑娜就怀上了梅尔克,而他现在都五岁了。我还记得我们当时觉得太快了。"

"他们是通过你和桑娜认识的吗?"

"不是,桑娜比我小十岁,所以我们以前算不上是真正的朋友。老实说,我真的想不起他们到底是怎么认识的。我只记得马格纳斯提议请克里斯蒂安和桑娜过来吃饭,打那以后,我们就经常见面了。桑娜和我没有多少共同点,但她是个好姑娘,埃琳和路德维格也愿意和他们家的男孩子玩。和马格纳斯别的朋友相比,我对克里斯蒂安的印象要好得多。"

"别的朋友都有谁?"

"他孩提时代的老朋友:埃里克·林德和肯尼思·本特松。我同他们和他们的妻子来往,但这只是因为马格纳斯希望我这样做。在我看来,他们好像完全是另一种人。"

"马格纳斯和克里斯蒂安呢? 他们算是密友吗?"

希娅笑了:"我想克里斯蒂安没有什么密友。他这人总是郁郁寡欢的,很难深交。但他对马格纳斯却另眼相看。我丈夫曾有一种奇妙的影响力,能让每个人都喜欢他。别人和他在一起会很放松。"她艰难地咽了口唾沫,帕特里克意识到她说到自己的丈夫时用了过去时。

"不过,你为什么要打听克里斯蒂安呢? 可别告诉我他出了什么事。"希娅担心地追问道。

"不,没有。没什么要紧的。"

"他在新书发布会上的事我都听说了。我也收到了邀请,但我总觉得不和马格纳斯一起去有些怪怪的。克里斯蒂安可别为这个生我的气才好。"

"我想他绝不会的。"帕特里克说,"不过,看样子有人从一年多以前开始,一直给他寄恐吓信。也许我这是病急乱投医,不过我想知道马格纳斯有没有收到过类似的东西。他们俩是熟人,所以这之间或许有某种联系。"

"恐吓信?"希娅说,"你不觉得要是有这种事我早就告诉你了吗? 如果能帮你们查出马格纳斯出了什么事,我干嘛要守口如瓶?"她提高了音量,语气变得有些刺耳。

"我敢肯定,如果你知道,就一定会告诉我们。"帕特里克赶紧插话说,"但也许马格纳斯怕你担心,所以一直没敢提。"

"既然如此,我又能告诉你什么呢?"

"根据我的经验,就算丈夫没有特意说起自己的烦恼,做妻子的也能有所察觉。至少我妻子是这样。"

希娅又笑了:"你说对了,的确如此。如果马格纳斯有烦心事,我能看得出来。但他像往常一样无忧无虑。他是这个世界上最稳重最可靠的人，几乎总是那么开朗乐观。有时候我觉得这一点挺让人气恼的，我得承认，当我觉得心烦气躁时，我偶尔会故意惹他发火，可我从来就没成功过，马格纳斯还是那副老样子。要是遇到了麻烦，他会讲给我听。就算出于某种原因，他决定瞒着我，我也能察觉到有什么地方不对劲了。他知道我的一切，我也知道他的一切。我俩之间没有秘密。"从她话里透出的这股自信，帕特里克看得出来她说的是实话。但他仍然疑虑未消。要完全了解另一个人是不可能的。就算是你所深爱并选择与之厮守一生的人也不例外。

他看着希娅："如果我提出的要求太过分，请你原谅。不过，我在房子里四处转转你不介意吧？我只是想多了解一下马格纳斯的过去。"虽然他们在谈论马格纳斯时已经当他是死了，但帕特里克还是为自己最后这句话的措辞感到后悔。但希娅未置一词，只是向门口那边示了一下，说：

"请尽管随便看。我是说真的。你想干什么就干什么，想起什么问题尽管问我，只要能找到他就行。"她有些发狠地用手背擦了下眼泪。

帕特里克看出她需要一个人待一会儿，于是他趁机站起身来离开厨房。帕特里克朝沙发上方挂着的一张镶框巨幅结婚照走过去。这不是那种循规蹈矩的传统照片。穿着晨礼服的马格纳斯用手撑着头，侧身躺在草地上，希娅站在他身后，身穿镶有褶皱花边的婚纱，咧开嘴大笑着，一只脚结结实实地踩在马格纳斯身上。

"我们的父母看到这张结婚照时，差点要吓死了。"希娅说。帕特里克转过身去看着她。

"我到楼上看看可以吗？"帕特里克问。希娅站在门口点点头。

楼梯过道的墙上也挂满了照片，帕特里克停下脚步仔细看着。它们见证了一段丰富多彩的生活，充满了平凡的天伦之乐。他转过身，继续朝楼上走。

头两个房间是孩子们的。路德维格的房间整洁得令人惊讶，没有一件衣服被随随便便扔在地板上。床头张贴荣誉榜的位置挂着一件瑞典国家队的足球衫，上面有兹拉坦的亲笔签名。

"以前只要一有机会,路德维格和马格纳斯就会一起去看球赛。"

希娅的声音又把帕特里克吓了一跳。她似乎有本事一声不响地走路,因为他根本没听到她上楼来。

"真是个利索的男孩子。"

"是啊,就像他父亲一样。家里大部分清洁整理的活儿都是马格纳斯做的。我比较邋遢。如果你到隔壁房间去看看,就能看出哪个孩子像我。"

隔壁卧室的门上贴着一张警告,上面用大号字体写着"进屋先敲门!"几个字,不过帕特里克没理会,伸手推开了房门。

"哎呀!"他后退了一步。

"没错,就是这个词。"希娅叹了口气,抱住双臂,免得自己忍不住去收拾眼前这堆乌七八糟的东西。因为埃琳的房间别提有多乱了,而且还是粉色的。

"我以为她早晚会厌倦了粉色,但没想到反而变本加厉。现在,从浅色的公主粉,到骇人的荧光粉,全是粉色。"

帕特里克眨眨眼。再过几年,玛雅的房间也会变成这个样子吗?如果双胞胎碰巧都是女孩可怎么办?他准会被淹没在粉色的海洋里。

"我算是没辙了。只求她把门关好,别让我看到乱糟糟的样子。我偶尔会'用鼻子检查一下',确保屋内不会开始飘出类似尸体的气味。"她显然被自己的措辞吓到了,不过她继续说,"马格纳斯一发现屋子里这么乱就受不了,但我劝他随她去。我小时候也是这样,所以我知道,要是硬去管教她,除了唠叨和拌嘴之外,不会有别的结果。我搬出去租房单过之后,马上就整洁多了,我想埃琳也会这样。"她关上门,指了指走廊尽头的房间。

"那是我们的卧室。马格纳斯的东西我一样也没动过。"

帕特里克一眼就发现,他们的床单枕套与他和艾丽卡的一模一样。蓝白格子的图案,从宜家买来的。不知怎么,这让他觉得很别扭,有一种不安全感。

"马格纳斯睡在靠窗的一侧。"

帕特里克绕到床的另一侧。他本想自己一个人安静地四处看看。但现在,他感到自己仿佛在窥探于己无关的东西,而且希娅站在房间里盯着他的时

30

间越长,这种感觉就越强烈。帕特里克仍能感觉到希娅注视着他的背影,终于,他转过身来面对着她。

"我希望你不要生气,不过你能不能先离开一会儿,让我一个人在这里看看?"他真心希望她能谅解。

"对不起,当然可以。"她歉意地笑笑说,"我在这里盯着一定让你不自在了。我去楼下办几件事,这里就全交给你了。"

"谢谢。"帕特里克说。她刚一离开,他就在床边坐了下来,先从床头柜开始检查。上面放着一副眼镜,一摞纸,恰好是《小美人鱼》的手稿,一个空玻璃杯,还有一板泡罩包装的扑热息痛。除此之外别无他物。帕特里克拉开抽屉,仔细查看里面的东西。没有什么真正值得注意的。一本阿莎·拉尔森的简装本侦探小说《太阳风暴》,一个装着耳塞的小盒子,还有一包止咳药。

帕特里克站起来,向占了卧室整面墙的衣柜走过去。他一打开拉门就笑了,因为希娅说过她和他丈夫对待整洁的态度有天壤之别,眼前就是一个活生生的例子。衣柜靠窗的那一半井然有序,简直令人惊叹。

这么一看,希娅那一半的衣柜在风格上倒是与他臭味相投。所有的东西都胡乱堆在一起,就好像有人打开柜门,把它们往里一扔,然后就忙不迭地关上门一样。

他关上拉门,转过身去看着那张床。显然只有一边有人睡过,这情景瞧着真令人心碎神伤。他不知道是否有人能习惯睡在一张空了半边的双人床上。

帕特里克下楼回到厨房时,希娅正在收走他们用过的盘子。她询问地看了他一眼,他语气和善地说:

"谢谢你让我参观。我不知道这到底有没有用,不过现在,至少我觉得好像对马格纳斯多了些了解,知道他以前是个……他是个什么样的人。"

"还是有用的。不管怎么说,对我来说是这样。"

帕特里克告辞离开。他在门廊前停了下来,看着挂在前门上那个已经枯萎了的圣诞花环。他迟疑了片刻,然后把它摘了下来。马格纳斯是那么有条理的一个人,他大概不会愿意看到这个破旧的花环仍然挂在这里。

两个孩子都在声嘶力竭地高喊。声音在厨房墙壁间回响,克里斯蒂安觉得自己的脑袋快要炸开了。

"都给我住手!"桑娜把两个正在争夺一袋欧宝的男孩子拉开,袋子里的巧克力粉已经洒了他们一身。然后,她转过身对着克里斯蒂安。他坐在桌子旁边,眼神空洞,盘子里的三明治和杯子里的咖啡都一口未动。

"哪怕你能稍微帮帮我,我就谢天谢地了!"

"我没睡好。"他呷了一口冷咖啡,接着站起来,将剩下的倒在水池里,又重新给自己倒了一杯,加了点牛奶。

"你现在心里很乱,这我完全明白,你也知道,你在写这本书时,我一直都在支持你。可我的忍耐也是有限度的。"眼看着尼尔斯手持一把勺子去敲哥哥的额头,桑娜赶紧一把夺了下来,叮地一声扔到水池里。然后,她深吸了一口气,仿佛要先鼓足勇气,才能把憋了一肚子的话一古脑儿倾诉出来。克里斯蒂安真希望能在她开口前按下暂停键。

"你一下班就直奔船屋,整晚坐在里面写书,我从未说过一个字。我从托儿所接回孩子,做好晚饭,把他们喂饱,把家里收拾干净,催他们去刷牙,给他们讲故事,然后再把他们哄上床睡觉。我毫无怨言地做着这一切,而你只顾你那该死的创造性工作!"

桑娜最后这句话字字带刺,克里斯蒂安以前从未听过她这样说话。他闭上眼睛,想把这些指责挡在外面。但她毫不留情地继续说下去:

"我觉得每件事都这么顺利真是不可思议。你的书出版了,看来你成了文学界一颗冉冉升起的新星。我觉得这很好,这一点我对你没什么可抱怨的。可我呢?我的位置在哪儿?没有人夸奖我,没有人看着我说:'老天作证,桑娜,你可真了不起。克里斯蒂安能得到你,可真有福气。'连你都没对我说过这样的话。你认为这一切都是天经地义的,我在家里像个奴隶一样,看孩子,做家务,而你去做你'必须要做的'。"她用手比划了两个引号,"就是这样。所有的事都是我去打理。我也愿意扛起这副担子。你知道我多么喜欢照顾孩子,可这并不会让我的负担减轻一点。至少我希望能从你嘴里听到几声谢谢!这要求过分吗?"

"桑娜,我想咱们不该让孩子们听见……"克里斯蒂安开口说,但他马上意识到自己不该提起这个。

"很好。你总是能找到借口不和我说话,不拿我当回事!你要么太累,要么没时间,因为你要写你的书,要么你不想当着孩子们的面谈事,要么,要么,要么……"

两个男孩睁着惊恐的眼睛,一声不吭地注视着自己的父母。克里斯蒂安感到自己的厌倦慢慢变成了愤怒。这是桑娜令他觉得厌恶的一点,以前他们已经就此事讨论了很多次了。她从来不在乎吵架时把孩子们扯进来。他知道,她是想把儿子拉到同一条战线上,最近他们二人吵得越来越不可开交。但他能怎么办?他知道,他们所有问题的根源都在于他不爱她,从来就没爱过。

他的拳头砰地一声砸在桌子上。桑娜和两个儿子都吓了一跳。一击之下,他的手上传来剧痛,这正是他想要的。疼痛把他不愿去想的一切都赶走了,他感到自己开始恢复冷静。

"咱们现在别谈这个。"他硬邦邦地说。尽管他躲着桑娜的目光,但当他朝前厅走过去,穿上外套和鞋子出门时,他能感到她死死盯着他的后背。他摔门离开之前听到的最后一句话,就是桑娜告诉儿子他们的父亲是个白痴。

在一切的一切中,凄凉寂寞是最难以忍受的。女儿们去上学时,路易丝得找些至少看起来有那么一点意义的事情打发掉这段时间。

路易丝用手拂过厨房的料理台。进口的意大利大理石,是埃里克在一次出差时亲自挑选的。但她并不喜欢这种冷冰冰、硬邦邦的材质。

她双手捧着一只大号酒杯。这是埃里克父母送的结婚礼物。

她内心有什么东西轰然倒塌,双手不自觉地一松,玻璃杯在黑色卵石瓷砖地面上摔得粉碎。路易丝暗自好笑,伸手又拿了一个杯子,穿着家居拖鞋的脚跨过地上的碎片,径直朝放在料理台上的盒装葡萄酒走去。埃里克常常嘲笑她喝这种酒。对于他来说,只有盛在瓶子里,价值数百克朗的葡萄酒才配入他的尊口。有时候,她纯粹是为了解气,在他的杯子里斟满自己喝的酒,而不是那些不可一世、总是啰啰嗦嗦地强调自己如何与众不同的法国或南非名酒。说来也怪,看来她的廉价酒品质也差不到哪去,因为埃里克从未发现有什么不对劲。

正是靠着这些小小的报复行为,她才能忍受现在这种生活——只有这样,她才能对这些事视而不见:她丈夫总是想挑拨女儿们与她作对,对她猪狗不如,还和那个该死的美容师鬼混。

路易丝把杯子伸到酒盒的龙头下注满,然后,对着不锈钢冰箱门上自己的影子举杯致意。

艾丽卡总是忍不住想起那些信。她在屋里来回溜达了一会儿,直到腰背部开始感到钝痛,不得不在餐桌旁坐了下来。她从桌上拿起一本记事本和一支笔,凭记忆将她在克里斯蒂安家看到的信草草记下来。她对文字有很强的记忆力,所以她几乎可以肯定,自己已经把信上的内容全部默写下来了。

她一遍遍地读着自己写下的东西,每读一遍,这寥寥数语中暗含的恐吓意味似乎就更强烈了一层。谁会这么恨克里斯蒂安?艾丽卡坐在桌子旁摇了摇头。无法判断写信人是男是女。

她迟疑着去拿无绳电话,然后又把手缩了回来。也许她只是在冒傻气。但又读了一遍自己在记事本上草草写下的字句后,她一把抓起电话,拨通了她牢牢记住的那个手机号码。

"我是盖比。"铃声一响,出版总监就接起电话说。

"嗨,我是艾丽卡。"

"艾丽卡!"盖比那刺耳的尖叫声又高了八度,艾丽卡赶紧把听筒从耳边拿开。"怎么样了,亲爱的? 还没生吗? 你知道双胞胎常常会早产,是吧?"听起来盖比好像在跑。

"没有,还没生呢。"艾丽卡忍着火气说。她真不明白,怎么每个人都告诉她双胞胎常常会早产。如果真是这样,她很快会知道的。"其实我给你打电话是想谈谈克里斯蒂安。"

"哦,他怎么样了?"盖比问,"我给他打了好几次电话,他的小妻子总说他不在家,可我根本就不信。那天他好端端的突然就昏倒了,多吓人啊。明天是他的第一场图书签售会,如果要取消,我们得提前通知人家,那可真是太不幸了。"

"我去看他了,我敢说他去参加签售肯定没问题。这个你倒不必担心。"艾丽卡酝酿着开口提出她真正想说的那件事。她动用有限的肺活量深吸了一口气,说:"有件事我想和你谈谈。"

"当然可以,请讲。"

"你们出版公司有没有收到可能和克里斯蒂安有关的东西?"

"你的意思是?"

"呃,那个,我只是在想,你们有没有收到过和克里斯蒂安有关,或者转寄给他的信件或邮件?某些带有威胁意味的东西?"

"恐吓信?"

艾丽卡越来越觉得自己像个跟同学传八卦嚼舌头的小毛孩儿,但现在住口已经太晚了。

"是的。是这么回事儿,过去这一年半,克里斯蒂安不停地收到恐吓信,差不多是从他动笔写书时就开始了。我看得出他心里惴惴不安,不过他自己并不承认。我想也许也有什么东西寄到出版公司了。"

"你说的真令人难以置信,不过,我们没收到过类似的东西。信上署名了吗?克里斯蒂安知道是谁寄来的吗?"盖比结结巴巴地说。高跟鞋在人行道上哒哒作响的声音消失了,想必她此时已停下脚步。

"都是匿名的,我想克里斯蒂安也不知道是谁寄来的。不过你了解他这个人,就算他真的知道,说不定也会闭口不谈。要不是桑娜提起来,我也被瞒得死死的,也不会知道他在星期三的晚宴上晕倒,是因为随花束送来的卡片和那些信出自同一人之手。"

"这简直太疯狂了!这事儿和他的书有关吗?"

"我也这样问过克里斯蒂安。但他非常肯定地告诉我,没人能在他的书里对号入座。"

"唔,这的确是糟透了。若是你有了新消息,可一定得告诉我,好吗?"

"好吧,我尽量。"艾丽卡说,"请别告诉克里斯蒂安我说过这些话。"

"当然不会。这是咱们俩的秘密。我会留意有没有寄给克里斯蒂安的信。书已经开始上架销售了,我们很可能会收到些什么。"

"顺便说一句,书评真给力。"艾丽卡换了个话题。

"是啊,真是太棒了!"盖比兴高采烈地嚷了起来,震得艾丽卡赶紧又把听筒从耳边移开。"我已经听到有人把克里斯蒂安的名字和享有盛誉的奥古斯都文学奖相提并论了。更不用说我们已经印出了一万册精装本,此刻正在往书商那里送呢。"

"真是不可思议。"艾丽卡的一颗心自豪地雀跃着。她比谁都清楚克里斯蒂安为书稿付出了多少心血,现在看来他的努力就要结出硕果了,她感到无比欣慰。

"当然。"盖比轻快地说,"亲爱的,我不能多说了。我得打个电话。"

盖比最后一句话的语气令艾丽卡心神不定。她给这位出版商打电话前本应三思,不该如此冲动行事。恰在此时,双胞胎中的一个狠狠踢了下她的肋部,仿佛是要坐实她的担忧。

"客人来了你要规矩些，懂吗？"母亲板着脸对他说。

他点点头。他连做梦都不会想故意捣乱，让母亲难堪。他全部的愿望无非是讨好母亲，好让她继续爱他。

门铃响了，母亲猛地站了起来。"他们来了。"他听出她的声音里满含期待，这种语气令他感到不自在。有时候，当他听到铃声在她卧室的墙壁间震荡回响时，母亲就变成了另一个人。但这次兴许不会了吧。

"我来帮你拿外套好吗？"他听见楼下前厅里父亲在说话，夹杂着客人含糊的低语。

"你先去吧，我马上就过去。"母亲挥手向他示意了一下，他贪婪地呼吸着她散发出的香水味儿。她坐在梳妆台前整理了一下发型，又补了补妆，然后满意地欣赏着镜中的倩影。他仍站在原地没动，痴痴地看着她。他们在镜中四目相对，她秀眉微蹙。

"我不是告诉你下楼去吗？"她厉声呵斥，一时间，他感到那团黑暗又紧紧抓住了自己。

他羞愧地低下头，朝前厅絮絮低语的地方走去。他会规规矩矩的，绝不给母亲丢脸。

5

寒冷的空气撕扯着他的气管。他喜欢这种感觉。当他在隆冬时节出去跑步时，人人都以为他发了疯，但他宁愿在这种霜冻天气而不是酷暑难当的盛夏跑上几英里。而且每逢周末，他必定要跑双倍的距离。

现在，他的目标是参加斯德哥尔摩马拉松赛。他以前曾参加过两次，还有哥本哈根马拉松赛。他已经跑了二十年了，如果可以选择的话，他真想二十或三十年之后死在跑道上。

离家越来越近了，他放慢脚步，跑到前门时又原地慢跑了一会儿，然后搭住栏杆，拉伸大腿的肌肉。他呼出的气息凝成一朵白色的冰晶云，用稍快的速度跑了十二英里之后，他感觉身强体健，神清气爽。

"是你吗，肯尼思？"他关上前门，听到莉丝贝特的声音从客房传来。

"是我，亲爱的。我先去冲个澡，然后马上来看你。"

他拧开龙头，待水温升到滚热时，站到细密如针的喷雾下。再没有什么比这更惬意的了。这种感觉实在是太美妙，他下了很大决心，才恋恋不舍地把水关掉。跨出淋浴隔间时，他打了个冷战，相比之下，浴室简直像个冰窖。

"能把报纸给我捎过来吗？"

"当然，亲爱的。"他穿上牛仔裤，套上 T 恤和毛衣，将赤裸的双足伸进去年夏天买的一双卡路驰便鞋里，然后出门去取信。取出报纸后，他发现信箱底部还有一个白信封。一定是昨天落下的。看到上面用黑色墨水写着自己的名字，他突然觉得一阵反胃。又来了！

他回到屋里，迫不及待地撕开信封，抽出里面的卡片，站在前厅读了起来。上面的话简短而古怪。

肯尼思把卡片翻转过来，想看看背面有没有什么东西。但什么也没有。唯一的信息就是那两句晦涩难懂的话。

"出什么事了，肯尼思？"

他迅速把卡片塞回信封。

"没什么，就是查看些东西。我这就来。"

他拿着报纸，朝她房间走去。那张字迹优雅的白色卡片仿佛在他后裤袋里燃烧。

查阅他的电邮，翻看他的口袋，偷偷检查他的电话账单，这些事带来的快感令桑娜欲罢不能，就像吸毒成瘾一样。

实际上，这种撕心裂肺、令她直想高声尖叫的感觉毫无来由。克里斯蒂安没有做过任何可疑的事，她没有理由不信任他。有那么几年，她还特意留心过他的来往信件，却从未发现哪怕是一丝一毫的疑点。他是一本打开的书。然而……有时她有一种感觉，觉得他整个人好像在另一个地方，一个不容她靠近的地方。关于自己的过去，他为何讳莫如深？他说他自小父母双亡，她也从来没见过他其他的亲戚，但照理说他不可能一个亲戚都没有。他似乎也没有什么童年玩伴，因为知交故旧从未露面。就好像在他遇见她，搬到夫雅巴卡之前，他这个人根本就不存在似的。

桑娜浏览着收件箱里的信息。出版商寄来的几封邮件，几家报社的约访信，几条当地政府的新闻，都和他在图书馆的工作有关。就这些。

但那些信仍然是个谜。他一口咬定不知道这些神秘信件是谁寄来的。但他的语气里有某种东西同这种说法相矛盾。桑娜说不准这到底是什么，这简直要把她逼疯了。他究竟有什么事瞒着她？那些信是谁寄来的？是他的旧爱？还是新欢？

她把拳头攥紧又松开，强迫自己平心静气。那种暂时的宽慰感早已烟消云散，她试图说服自己一切正常，可终究是白费力气。

桑娜在写字椅上抱着手臂坐了半晌，然后站起身来。克里斯蒂安的手机账单昨天随邮件一起寄来了。只要一分钟就能细细看上一遍。

艾丽卡漫无目的地在屋子里走来走去。这种遥遥无期的等待快要把她逼疯了。她的上一本书刚刚完稿,但现在她可没有精力另开新篇。

门铃一响,她的心跳几乎漏了一拍。还没等她做出反应,门就豁然打开,安娜走进前厅。

"你也快疯了是吗?"她摘下围巾,脱掉外套。

"你怎么猜到的?"艾丽卡瞬间心情大好。

"到底出了什么事?"

艾丽卡犹豫了一下,但她不习惯对自己的妹妹保密,所以,最后她把恐吓信的事向安娜和盘托出。

"哇,这真可怕。"安娜摇摇头,"书还没出版,他就开始收到恐吓信,我觉得这事来得蹊跷。若是他在媒体上吸引了公众目光之后,似乎更说得通。我的意思是,这好像是某个不太正常的人干的。"

"我也这么想。是有这种感觉。克里斯蒂安不肯拿它当回事儿,至少他嘴上是这么说的。但我看得出来,桑娜可慌了神。"

"这个我信。"安娜吮了吮食指,接着又把盘底残留的砂糖舔了个干净。

"今天是他的第一场签售会。"艾丽卡的声音里透出一丝掩不住的骄傲。在许多方面,她觉得克里斯蒂安的成功也有她的一份功劳,而通过他,她又重新过了一把文坛新秀的瘾。当年那些新书签售会。卖得可真火爆。

"太棒了! 都在哪里举办?"

"先是在托普的'书与杂志'书店,然后在乌德瓦拉的波吉亚书店。"

"我希望能有人去捧场。要是让他一个人枯坐到底,该有多么郁闷。"安娜说。

艾丽卡想起自己在斯德哥尔摩一家书店的首次签售,脸上露出苦笑。她在那里坐了整整一小时,眼睁睁看着顾客一个个从她面前视而不见地走过,还得装出一副满不在乎的模样。

"这本书宣传力度那么大,我想就算是纯粹出于好奇,大家也一定会去的。"艾丽卡希望自己估计正确。

"唔,幸亏报界还没听说恐吓信的事。"安娜说。

"是啊,你说的没错。"艾丽卡回答,然后话锋一转说起了别的事,但心中的不祥之感却久久徘徊不去。

他们要去度假了,他几乎有些迫不及待。实际上他并不明白是怎么回事,但这个词多么令人向往啊。度假。而且他们还要乘坐停在外面的那辆房车。

他还从未获准到车里去玩耍。有那么几次,他透过车窗偷偷向里面窥望,想看看棕色窗帘后面到底藏着些什么,可每次都一无所获,而房车又总是锁着的。现在,车门完全敞开,母亲说这是为了"适当透点空气",还有一堆垫子从车里取了出来扔到洗衣机里,好洗掉冬天的气味。

一切都显得如此不真实,就像童话里的一段探险之旅。他想知道,他们开车时他是否可以坐在房车里面,就像乘着一座装上车轮的小房子,踏上新奇而陌生的旅程。但他不敢问。最近母亲的情绪有些反常,语调明显变得尖刻刺耳,而父亲不是把自己藏在报纸后面,就是出门去散步,次数越来越频繁。

有时候,他发现她用前所未有的怪异眼神看着他,这让他感到害怕,甚至又把他扔回那片早已被他抛在身后的黑暗里。

"你打算一直站在那儿傻看着吗? 都不晓得要过来帮帮我?"母亲双手扶着胯部。

再次听到这种严厉的语气,他吓了一跳,立刻朝她跑过去。

"把这些拿到洗衣房去。"她把一些散发着恶臭的毯子狠狠扔在他身上,差点把他砸了个跟头。

"是,母亲。"他赶紧跑进屋子。

要是他知道自己做错了什么就好了。他一直对母亲百依百顺,从不顶嘴,举止乖巧,从不弄脏自己的衣服。可有时,她好像连看他一眼都嫌烦。

他曾试探地问过父亲这是怎么回事。有一次,当他们俩难得单独在一起时,他鼓起勇气问他,母亲为何不再爱他了。父亲把报纸往旁边一放,敷衍地回了他一句,骂他是个傻瓜,说他不想再听到他说这些蠢话。如果让母亲听见他竟然这样说,非伤心死不可。能有像她这样的母亲,他应该感恩戴德才对。

他没再多问。他无论如何不能让母亲伤心。他只想让她幸福,想让她像从前那样,抚摸着他的头发,称他为她的帅小伙。他所有的愿望不过如此。

他把毯子放在洗衣机前,把自己那些忧郁阴暗的念头统统赶走。他们要去度假了。坐房车去。

6

克里斯蒂安坐在一张小书桌前,用一支笔敲打着桌面。他旁边是厚厚一摞《小美人鱼》,让他怎么看也看不够。他的名字真的印在封面上了,一本真书的封面,这一切都显得那么不真实。

新书尚未掀起热卖狂潮,他认为也不会有这种事。只有像莉莎·马克伦德和简·库卢这样的作家才会引得读者蜂拥而至。迄今为止他已经签售了五本,对此他已经心满意足了。

不过,他不得不承认,自己坐在这里颇有些怅然若失之感。人们来去匆匆,用好奇的目光打量他,却并未驻足。当他感到有人在注视他时,他不知道是该打个招呼,还是索性假装忙些别的事。

书店老板冈纳尔来解救他了。她走上前来,朝着那一摞书点点头。

"你先签几本行吗?一会儿直接卖签好名的书多好。"

"没问题。"

他拿过一本书,拔下笔帽,开始签名。这时,他用余光注意到有人站在桌前。他一抬头,只见一个硕大的黄色话筒突然戳到面前。

"我们在书店向您报道。克里斯蒂安·赛德尔正在签售他的第一部小说,《小美人鱼》。克里斯蒂安,今天报纸海报上到处是你的名字。对于那些针对你的恐吓,你是怎么看的?警方有没有介入?"

记者并未自报家门,但从话筒上的标签来看,是来自当地的广播电台。他表情急切,直勾勾地盯着克里斯蒂安。

克里斯蒂安感到大脑一片空白。"报纸海报?"他问。

"没错,你上了《哥德堡报》的海报。没看到?"记者没等克里斯蒂安回答,又把先前的问题重复了一遍,"你担心那些恐吓吗?警方今天有没有为你提供特别保护?"

记者四处环视了一圈,然后又把目光转回克里斯蒂安这边,后者手中的笔悬停在他刚刚要签名的书上。

"我不知道是怎么——"他结结巴巴地说。

"但这是事实,对吗?你在写书时就收到了恐吓信,星期三的新书发布会上,你又收到一封,当时就晕过去了。"

"呃,是的,那个……"克里斯蒂安觉得呼吸急促起来。

"你知道恐吓信是谁寄来的吗?警方知道吗?"话筒又伸到了克里斯蒂安嘴边,离他只有一英寸左右,他强忍着没把它一把推开。这些问题他根本不想回答。真不明白媒体是怎么知道的。他想起了外套口袋里的那封信。这是昨天才收到的,趁着桑娜还没发现,他把它从一叠邮件中抽了出来。

他惊慌失措地想从这里逃开。这一幕落入冈纳尔的眼帘,她立刻明白有什么不对劲了。

她朝他们走过来,问道:"这是在干什么?"

"我在做采访。"记者说。

"你征求过克里斯蒂安的意见吗?他同意接受采访了吗?"她向克里斯蒂安瞥去,只见他摇摇头。

"他不感兴趣。"她直视着刚刚将话筒放下的记者,"另外,克里斯蒂安很忙,他在为我们书店做签售。所以请你别再打扰他。"

"好的,不过……"电台记者开口说,然后又停了下来。

他按下录音机上的一个键:"我们这次简短的采访无法进行下去,因为……"

"滚。"冈纳尔说。克里斯蒂安忍俊不禁。

"谢谢。"记者离开后他说。

"这到底是怎么回事?看样子他好像要死缠烂打似的。"

记者离开时克里斯蒂安那种如释重负的感觉瞬间消失了,他艰涩地咽了口唾沫,说:

"他说我的名字上了《哥德堡报》的海报。我曾收到过几封恐吓信,显然这事被媒体知道了。"

"噢,天哪。"冈纳尔先是显得有些不快,然后又面露忧色,"我出去替你买份报纸好吗?你好看看他们都写了些什么。"

"你肯帮这个忙吗?"他的心跳得厉害。

"当然,我马上回来。"她安慰地拍了拍他的肩膀,然后离开。

克里斯蒂安一动不动地坐了片刻,眼神空洞。然后,他拿起笔,开始按冈纳尔的要求在书上签名。过了一会儿,他觉得有些内急。既然到现在也没有顾客朝桌子这边来,他想就算开个小差也不会有谁注意。

他匆匆穿过书店后面的员工休息室。几分钟后,他开始往回赶,在桌旁坐下时,冈纳尔买报纸还没回来,但他已经准备好硬着头皮迎接即将到来的一切。

克里斯蒂安拿起笔,但随即诧异地看着他准备签名的那些书。他离开时它们真的是这样摆放的吗?记得自己匆匆跑向洗手间之前,似乎并不是这个样子,会不会是有人趁他不在时顺手牵羊偷走了一本?他拿起最上面的那一本,翻开,打算给读者写句祝福之语。

扉页不再是一片空白。这笔迹再熟悉不过。她来过了。

冈纳尔拿着一份报纸朝他走过来,他看到头版上登着自己的一张巨幅照片。他已料到文章中会说些什么。过往种种即将与他清算。她永远不会放过他。

"老天!你知不知道上次去哥德堡你花了多少钱?"埃里克拿着信用卡账单,上面的数字让他目瞪口呆。

"我想应该是一万克朗左右吧。"路易丝继续若无其事地涂指甲。

"一万!怎么可能一次购物旅行就花掉一万?"埃里克挥舞了一下账单,然后把它扔在面前的餐桌上。

"要是我买下了那款心爱的包包,恐怕就得将近三万了。"她满意地欣赏着自己粉红色的指甲。

"你他妈的简直是疯了！"他又拿起账单，死死地盯着它，仿佛单靠意念之力就能篡改需要支付的总额。

"你是说咱们负担不起吗？"他妻子望着他问，唇边绽出一个狡黠的微笑。

"这不是咱们能否负担得起的问题。事实是，我没日没夜地赚钱养家，而你却拿这些钱去肆意挥霍，净买一些……白痴一样的东西。"

"哦，没错。我整天在家无所事事。"路易丝站了起来，轻轻挥动着双手，好让指甲油干得快些，"我就光是坐在这里，整天吃甜点，看肥皂剧。女儿们都是你自己一个人带大的，都没用我帮一点忙，对吗？是你给她们换尿布，喂饭，洗澡，不管她们要去哪儿都是你开车接送，是你把这个家收拾得干干净净。你是这个意思吗？"她连看都没再看他一眼，趾高气扬地走出房间。

他们之间有过数百次类似这样的对话。只要不出什么大事，他们无疑还会再来上数百次。他们就像一对儿精心排练过的舞者，对每个舞步都烂熟于心，能迈着最优雅的步态翩翩起舞。

"这是我在哥德堡淘到的一件宝贝。怎么样，不错吧？"她拎着从前厅挂衣钩上取下一件皮外套回来，"打完折才四千。"她举着它展示了一下，然后又挂回前厅，上了楼。

在这场争论中，他们俩或许仍然是不分胜负。他们是一对旗鼓相当的劲敌，这些年来，每次吵到最后二人都能战成平手。颇具讽刺意味的是，如果其中一人实力稍弱，也许反而会更好些。那样，他们这段不幸的婚姻就该走到头了。

"下次看我不把你的信用卡切个粉碎！"他朝她的背影高喊。女儿们去朋友家了，所以他没必要放低音量。

"只要你还花钱养着情妇，你他妈的就别想动我的信用卡。你以为只有你一个人盯着信用卡详单吗？"

埃里克骂了句脏话。早知如此他就该换个邮寄地址，让账单寄到办事处去。他无法否认，对于那些曾有幸与他共享床笫之欢的女人，他出手的确阔绰。他又咒骂了一句，然后套上鞋子。他明白，不管怎么说这一局是路易丝赢了。而且她也知道她赢了。

"我出去买份晚报。"他喊道,然后重重地摔上门。

他开着宝马一路呼啸而过,碎石子在车轮下四下飞溅,一直开到离乡村不远的地方,他的脉搏才渐渐慢下来。当年他要是能再精明些,签一份婚前协议就好了。那样的话,事到如今路易丝早就成为一段糟糕的回忆了。但那时他们俩还是穷学生,而当他几年前提起这件事时,她只是当面把他笑了个够。现在,他辛辛苦苦打拼多年才积攒下这一切,不能容忍她就这样轻易地带走一半。绝不!他一拳砸在方向盘上,但在拐进康瑟姆超市停车场时又冷静了下来。

平日里都是路易丝负责采购柴米油盐,所以,他从食品货架前匆匆而过,朝紧挨着收银台的报摊处大步走去。刚走到一半,他猛地停下脚步。海报上巨大的黑体字仿佛在朝他尖叫:文坛新秀克里斯蒂安·赛德尔有性命之忧!还有一行用稍小号的字体写着:收到恐吓信后在新书发布会上晕倒!

埃里克忍不住凑上前去。他感到自己仿佛在涉水而行。他拿起一份《哥德堡报》,用颤抖的手指一页页翻看,终于找到了那一页。读完那篇文章,他连钱都没付,就向出口冲去。远远听见店员在身后叫骂。但他脚步一刻未停。他必须回家。

"该死,报纸究竟是怎么知道的?"

帕特里克和玛雅出门买菜归来,他把一份《哥德堡报》往桌子上一扔,然后将食物放进冰箱。玛雅爬上一把餐椅,急切地要帮他从购物袋里往外掏东西。

"呃……"艾丽卡语塞。

帕特里克停下手中的活。他太了解自己的妻子了,一看到她哑口无言,马上猜出了原委。

"你干了什么好事,艾丽卡?"他手里拿着一罐拉特和拉贡植物黄油,直视着她的眼睛。

"我想,肯定是因为我才走漏了消息。"

"怎么会这样？你告诉谁了？"

现在，就连玛雅都能察觉到厨房内的紧张气氛。她坐在椅子上目不转睛地看着妈妈。艾丽卡吞了口唾沫，说："盖比。"

"盖比！"帕特里克差点背过气去，"你告诉盖比了？你倒不如亲自给《哥德堡报》打电话的好！"

"我没想到——"

"是，我就知道你没想到。这事儿克里斯蒂安怎么说？"帕特里克指着刺目的新闻标题说。

"我不知道。"艾丽卡说。她一想到克里斯蒂安会作何反应，就觉得心里乱成了一团麻。

"作为警察，我不得不告诉你，没有什么能比这更糟了。如此大张旗鼓地宣扬，不但会让那个寄信的人更加嚣张，还会引来别人跟风。"

"别冲我嚷。我知道自己干了蠢事。"艾丽卡觉得眼泪在眼眶里直打转。即使在正常状态下，她也动不动就哭，更何况怀孕后荷尔蒙水平激增，情况就更糟了。"我只是没想到会这样。我给盖比打电话，想问问他们出版公司有没有收到过恐吓信，当时我马上就意识到跟她说这事太愚蠢了。可已经来不及了。"

帕特里克递给艾丽卡一块纸巾，然后拥她入怀，一边抚摸她的秀发，一边在她耳边悄声说：

"别难过，亲爱的。我不该冲你嚷嚷。我知道你不是有意这样做的。别哭了啊……"他抱着她轻轻摇来摇去，直到她渐渐停止了抽泣。

"我根本没想到她会……"

"我知道，我知道。但她和你不是一路人。你要知道，每个人的想法都各不相同。"他扶她坐直，看着她。

艾丽卡用他给她的纸巾擦干眼泪。

"我现在该怎么办？"

"你得和克里斯蒂安谈谈。向他道歉，把事情解释清楚。"

"可我不能……"

"别讨价还价。这是唯一的办法。"

"你说得对。"艾丽卡说,"可我还是得说,我害怕。还有,我得和盖比好好谈谈。"

"最重要的是,下次开口前,一定要三思,想想你是在跟谁说话。盖比的头等大事是她的出版公司,其他一众人等都要退居次位。事实就是这样。"

"好了好了,我知道啦。你用不着这么唠唠叨叨的。"艾丽卡瞪了丈夫一眼。

"那咱们就不说这个了。"帕特里克说,随即将食杂各归各位。

"你抽出工夫仔细看那些信了吗?"

"还没,我一刻也不得闲。"帕特里克说。

"但你会看的,是吧?"艾丽卡不肯罢休。

帕特里克点点头,开始切菜准备晚餐。

"那是当然。不过,要是克里斯蒂安肯合作就好办了。那样我就可以看看另外那些信。"

"那就和他商量商量,也许你能说动他。"

"那他就会知道是你告诉我的。"

"而且我还把他卖给了瑞典最大的一家报纸,所以你最好小心点,因为他没准儿还恨不得我下地狱呢。"

"别在那自哀自叹了。"帕特里克把玛雅抱到料理台上,让她坐在上面看着他干活儿。她喜欢看他做饭,还总想"帮帮忙"。"明天去看看他,把事情说清楚。告诉他如今事情落到这步田地绝不是你的本意。然后,我也会和他谈谈,看能不能劝他跟我们合作。"他递给玛雅一片黄瓜,她立刻用仅有的几颗小尖牙大嚼起来。

"明天?好吧。"艾丽卡叹了口气。

"对,明天。"帕特里克俯身在妻子唇上吻了一下。

路德维格发现自己时不时就要向足球场边上瞥一眼。没有了父亲的陪伴,一切都不同了。

他曾风雨无阻地参加每场练习赛。足球是他们的生命,是他们之间友谊得以长久维系的纽带,虽然路德维格决意要摆脱父母的管束。因为他和父亲实际上是朋友。当然,就像所有的父子一样,争吵也时有发生,但这丝毫不影响他们的感情。

路德维格闭上双眼,在脑海中想象父亲的模样:身穿牛仔裤和一件前胸印有"夫雅巴卡"字样的毛衣。他老是爱穿这件毛衣,他妻子也拿他没辙。他双手插兜,双眼盯住足球和路德维格。但他从来不冲着儿子嚷嚷——不像其他来参加训练和球赛的父亲,只知道站在边线上瞎嚷嚷。"你他妈的最好给我打起精神来,奥斯卡!"要么就是"该死,跑起来,丹内!"他父亲就从来不会这样。他只会说:"好样的,路德维格!""传得漂亮!""给他们露一手,路德!"

从眼角的余光里,路德维格看到球向他这边传过来,便下意识地踢了一脚。他再也无法从踢球中找到些许的乐趣,但他仍全力以赴,在凛冽寒风中拼命地奔跑,一心想赢。对于他来说,放弃这一切轻而易举。让训练和球队统统见鬼去吧。谁也不能怪他;所有人都会理解的。除了他的父亲。他永远不会选择放弃。

所以,路德维格来了。他仍是球队中的一员。但所有的乐趣都离他而去,边线上空无一人。他的父亲不在了。现在他知道了。父亲已经走了。

他们不许他乘坐房车。而在所谓的假期中，这还只是个开始，随后，一个又一个的失望接踵而至。一切都离他盼望的样子相去甚远。只有靠疾言厉语才能打破的静默气氛，在没有了整栋房子作为回旋的空间时，更显沉闷压抑。度假似乎只是让他们有更多的时间吵嘴，让母亲有更多机会发脾气。而父亲看起来仿佛更加瘦小、更加灰暗了。

这是他第一次随行，不过就他所知，每年父母都会驾着房车去往那个名字古怪的地方——夫雅巴卡。在瑞典语中，它的意思是"高山丘陵"，但他一座高山也没瞧见，只看到几个小丘陵。他们将车停在一片地势平缓的露营区，挤进一大群其他露营者中间。他说不准自己是否喜欢。但父亲告诉他母亲的娘家就在那一带，所以她才想去。

不过这件事也很怪，因为他从未见过什么亲戚。在房车逼仄的空间里发生的一次争吵中，他终于明白有个叫"老娘子"的人住在这里，母亲说的"家人"就是她。多可笑的名字——老娘子。不过看来母亲并不怎么喜欢这个女人，因为每次一提起她，她的声音就变得更尖刻了，而且他们也从未见过她。那他们干嘛偏要到这个鬼地方来？

不过，夫雅巴卡和度假令他最痛恨之处，就是他必须得去游泳。他以前从未下海游过。起先，他有些发憷。但母亲训了他一顿，说她可不想要个窝囊废当儿子，叫他别老是哭哭啼啼的。于是，他深吸了一口气，战战兢兢地迈进冰冷刺骨的海水里，尽管双腿冰冷和盐渍的感觉几乎让他窒息。水没到腰部时，他停了下来。实在太冷了，他无法呼吸。而且他能感到有什么东西在双脚上游移，轻触他的腿肚，在他身体上蠕动着爬行。母亲从海滩上涉水靠近他，大笑着拉住他的手带他向深水游去。他一下子觉得幸福起来。她牵着他的手,她的笑声在海面上和他身上翻飞跳跃。现在他的双脚似乎行走自如,仿佛飞离铺满细沙的浅滩,漂浮了起来。最后,脚踏实地的感觉完全消失了,但这不要紧,因为有母亲扶着他,拥着他,爱着他。

这时,她松开了手。他感到她的手掌轻轻掠过他的,然后她的手指滑过他的指尖,最后,他的双手和双脚开始慌乱地在虚空里摸索。他又一次感到寒意当胸压下,海水好像上涨了,没到了他的肩膀、脖子,他抬起下巴,不让水漫进嘴里,但它涨得太快了,他无力阻止。他嘴里灌满了又咸又冷的海水,顺着他的喉咙急流而下,而水还在继续上涨——没过他的双颊、他的眼睛,又像个盖子一样没过了他的头顶,直到一切归于沉寂,只听到那些蠕动爬行的生物在狂吼。

他挥动着手臂,狠命拍打着所有意图拉他下水的东西。但他根本无法同海水的巨浪相抗衡。当他终于感到有人与他肌肤相贴,一只手搭在他胳膊上时,他的第一个本能反应就是自卫。接着,他被人猛地向上一拉,头顶冒出了水面。第一口呼吸艰难而痛苦,然后,他开始贪婪地索取空气。母亲死死地箍住他的手臂,但这不要紧了。因为海水再也别想带走他。

他仰起头看着她,对她的救命之恩充满感激,感谢她没有任他就这样消失。但他在她眼中看到的却是轻蔑。不知他又做错了什么,让她再次失望了。要是他能知道为什么该有多好。

之后的好几天里,他的胳膊上满是青一块紫一块的瘀痕。

7

"你今天就非要把我拖过来不可吗?"肯尼思难得表现出不耐烦的样子。他认为无论在什么场合,都应该保持冷静而专注。可今天是周日,埃里克居然又打电话叫他到办事处忙上几小时。当他把这个消息告诉莉丝贝特时,她的神情是那么难过。她没有一句怨言,从某种意义上来说,这让他更不好受。她知道,留给他们俩共处的时间不多了。但她没有拦着他,相反,他看到她费力地挤出一个笑容说:"你当然得去。我没事的。"

他几乎希望她生他的气,冲他尖声叫嚷,告诉他该是分清轻重缓急的时候了。但性格使然,她从不会做这样的事。在他们二十年的婚姻生活中,他从来不记得她曾对他疾言厉色,就连对别人也总是和声细语。

现在,他把她一个人留在家里,因为他得去工作。这几小时宝贵的共处时光就要被他白白浪费掉了,他痛恨自己,因为每次只要埃里克一声令下,他就忙不迭地听凭驱使。他不明白这是为什么。这种合作模式很久以前就已定格,如今几乎溶入了他的骨子里。而受苦的总是莉丝贝特。

对他的问题,埃里克干脆连理都没理。他只是一直盯着电脑屏幕,仿佛神游到了另一个世界。

"我今天真的非来不可吗?"肯尼思又问了一遍,"今天可是周日,就不能等到明天再说?"

埃里克慢吞吞地向肯尼思这边转过来。

"对于你的个人情况我非常关心,"他终于说,"但如果在本周的招标之前,咱们还没把所有的事都安排妥当,很可能整个公司都会就此完蛋。咱们都得做出点牺牲。"

肯尼思不禁暗自怀疑埃里克曾付出过什么牺牲。至于他声称公司即将毁于一旦,则纯粹是夸大其词。埃里克多半只是需要找个借口从家里逃出来。

可他干嘛非要把肯尼思也拉过来？答案是明摆着的:因为他有这个本事。

接下来,他们俩开始各自埋头一声不响地干活。办事处是一整间宽敞的大屋子,所以没法关上门隔出一些私密空间。肯尼思偷偷瞟了埃里克一眼。他今天有些反常。很难说具体是哪里不对劲,但埃里克看起来不怎么精神,显得萎靡不振。他的头发不像往常那样梳理得一丝不乱,衬衫也有些皱巴巴的。不对,今天他像变了个人。肯尼思琢磨要不要问问他家里是否一切都好,但他忍住了,反而用尽可能平缓的语气说:

"你昨天看到有关克里斯蒂安的新闻了吗?"

埃里克一惊:"看到了。"

"太可怕了。被一个疯子那样恐吓。"肯尼思说。他的语气漫不经心,几乎可以说是从容不迫。但他的心跳得厉害。

"嗯……"埃里克仍然专注地盯着电脑屏幕,但他并没有碰一下键盘或鼠标。

"这事克里斯蒂安和你提过什么吗?"这就像是强忍着不去揭自己的疮疤一样别扭。他不想谈这个话题,显然埃里克也不想。但肯尼思就是忍不住。"他说过吗?"

"没有,他从未跟我提过恐吓的事。"埃里克开始分类整理桌子上的文件,"不过他最近一直一门心思地写书,所以我们见面的机会并不多。而且我觉得,碰到这种事大多数人都不愿意张扬得天下皆知。"

"难道他不应该去报警吗?"

"你怎么知道克里斯蒂安没去?"埃里克仍然漫不经心地翻弄着一摞摞的文件。

"没错,的确如此……"肯尼思陷入了片刻的沉默,"可如果是匿名信,警方又能做什么呢? 我的意思是,这说不定是哪个疯子干的。"

"我怎么知道?"埃里克说。他被纸割到了手,骂了句"该死!",然后吮了吮受伤的手指。

"你觉得那些恐吓是来真格的吗?"

埃里克叹了口气："咱们干嘛要这么猜来猜去的？我都说了我不知道。"他稍稍提高了音量，说到最后几个字时有些发抖。肯尼思吃惊地看着他。埃里克实在是反常。莫非公司真的出事了？

肯尼思从没信任过埃里克。他会不会干了什么蠢事？但他马上打消了这个想法。公司的账目他再熟悉不过；如果埃里克决定要在财务上动什么手脚，一定逃不过他的眼睛。很可能是同路易丝有关的事。这一对儿居然能在一起凑合了这么久，可真是个难解的谜。除了埃里克和路易丝，人人都看得出来，如果这对夫妻能说声再见然后各奔东西，对彼此都大有好处。但肯尼思不好揭破。他自己的烦恼就够多了。

"我只是好奇。"肯尼思说。

他点击打开最新月报表的 Excel 文档。但他完全心不在焉。

裙子上还残留着她的气味。克里斯蒂安把鼻子紧紧贴在上面，贪婪地嗅着织物缝隙里若有若无的香水味。每次他鼻孔里飘荡着这种气味入睡时，脑海里都会清晰地映出她的情影。她常常将乌黑的齐腰长发编成一根辫子，或是在颈后挽个髻。别人梳这种发式可能会显得古板，甚至像个老处女，但她不会。

她举手投足都像是在跳舞，尽管很久以前她就结束了自己的舞蹈生涯。她说自己没有那么远大的抱负。并非是缺乏天赋，而是她下不了决心牺牲爱情、时间、欢笑和友谊，把舞蹈放在首位。她只是太热爱生活了。

所以，她不再跳舞了。但自打他们相遇，直到最后别离，她的肢体始终散发着舞者轻盈的韵律。他可以坐在那儿一连看上她几个小时。看着她在家中走来走去，一边哼着小曲儿，一边清理房间，莲步轻移，飘然若仙。

他再一次把裙子按在脸上。衣料紧贴着他滚烫的肌肤，触碰到他脸颊上没剃净的胡子茬，是那么清新，那么凉爽。她最后一次穿这条裙子是在仲夏之夜。湛蓝的衣裙映衬着她双眸的颜色，乌黑的发辫垂在背后，像裙子的面料一样闪烁着迷人的光泽。

那是一个美妙的夜晚。那个仲夏，夕阳难得如此灿烂，他们坐在院子里，吃着鲱鱼和新煮的土豆。那顿饭是他俩一起做的。宝宝躺在婴儿车里，蚊帐遮得严严实实，一只虫子也飞不进来。这孩子被保护得很妥帖。

宝宝的名字在脑海中一闪而过，他吓了一跳，好像被什么锋利的东西扎到了手。他强迫自己去想那些冰凉的啤酒杯，还有举杯为夏天、爱情和他们俩祝福的朋友们。他想起她盛在一只大碗里端出来的草莓。记得她就坐在餐桌旁边洗，结果弄得一团糟，而且每洗好三四个就往嘴里而不是碗里扔一个，被他好一顿取笑。过一会儿，他们就要拿这碗草莓配上洒了砂糖的鲜奶油去招待客人，这是她从她祖母那里学来的。她大笑着回应他的揶揄，然后把他拉到近前吻了一下，双唇的味道就像熟透了的草莓。

他坐在那里，手中攥着裙子，忍不住抽泣起来。眼泪滴在衣料上晕作暗色的小斑点，他赶紧用衣袖拭去，生怕弄脏了裙子，毁掉他所剩无几的宝贝。

克里斯蒂安小心翼翼地将裙子放回衣箱。如今他们只剩下这个了。这是他唯一有勇气珍藏至今的东西。他合上衣箱，将它推回角落里。他不想让桑娜发现它。哪怕只是想到她打开衣箱翻看，触碰这条裙子，他都觉得反胃。他知道这样不对，但他选择桑娜的原因只有一个：她的长相和她截然不同。她的双唇没有草莓的味道，举手投足也没有舞蹈的韵律。

但事实证明这是不够的。过往的一切依旧阴魂不散，一如当初恶毒地追赶身着一袭蓝裙的她。现在，他知道自己无处可逃。

"你能帮忙照看会儿利奥吗？"波拉看着自己的母亲丽塔，但接着又满怀希望地瞄了梅尔贝里一眼。儿子一出生，她和约翰娜就发现让丽塔的新男友充当临时保姆再合适不过。拒绝的话梅尔贝里完全无法说出口。

"嗯，实际上我们正要……"丽塔刚一开口，梅尔贝里就赶紧热切地插话说：

"没问题。我们很乐意照顾这个小家伙。你们俩尽管出去好了，想干什么就干什么。"

丽塔认命地叹了口气，但她还是忍不住用赞赏的目光看了一眼她选择的这个伴侣——毫不夸张地说,他是一块未经雕琢的璞玉。她知道,很多人觉得他是个大老粗,一个不修边幅、鲁莽无礼的家伙。但从一开始,她就在他身上发现了闪光点,作为一个女人,她完全有理由鼓励他将这些闪光点发扬光大。

她的眼光实在不错。伯蒂尔·梅尔贝里待她如女王。只要看到他望着自己外孙的那副模样,丽塔就知道他有着怎样不为人知的优点。他对这个小婴儿的爱简直不可思议。唯一的遗憾是,她在他心中迅速退居次位,不过这一点她倒还可以忍受。此外,她和伯蒂尔在舞池里也配合得更加默契了。虽然他始终没有练成萨尔萨舞王,但他至少不必再穿着装有钢包头的鞋子上阵了。

"要是你不介意独自照顾他一会儿,或许妈妈也可以随我们一起去。我们想开车去托普,给利奥的房间置办点东西。"

"把他交给我吧。"伯蒂尔向躺在波拉怀里的小宝宝示意了一下,热心地说,"我们自己待几个小时没问题。饿了就来一两瓶牛奶,然后跟伯蒂尔爷爷共度一段美好时光。小家伙还有什么可求的呢?"

波拉将儿子放进梅尔贝里怀里。乖乖,这一对儿组合多么另类啊。但她无法否认,二人之间有一种特别的纽带。尽管在她眼中伯蒂尔·梅尔贝里是最差劲的上司,但他已经证明了自己是天底下最棒的祖父。

"那么,你肯定一切都会顺顺当当的吗?"丽塔有些不放心地问。虽然伯蒂尔经常帮忙带一带利奥,但老实说他照顾婴儿的经验实在少得可怜。他自己的儿子西蒙第一次出现在他面前时,就已经是个翩翩少年了。

"当然没问题。"伯蒂尔显得有些受伤,"吃、拉、睡。能难到哪去?这些事我都做了六十来年了。"他几乎是地连推带赶地把女人们送走,然后关上房门。现在,他和利奥可算是清净了。

两小时后,他汗流浃背。利奥声嘶力竭地大哭大喊,脏尿布的气味像雾一样弥漫在整个客厅里。伯蒂尔爷爷费尽力气要哄宝宝睡觉,但利奥却越哭越响。平时,梅尔贝里都会把头发拢到头顶,梳理成整齐的鸟巢状,但现在头发却耷拉着盖在右耳上,而且他感到腋下的汗渍已经扩散得有盘子那么大了。

惊慌失措之下,他瞄了一眼咖啡桌上的手机。要不要给姑娘们打个电话呢？可他们兴许还在托普，就算立刻往回赶，起码也得四十五分钟才能开到家。再说，如果他打电话求救，或许她们就再也不放心留他独自在家照顾儿子了。不成，他得想办法自己解决。想当年他曾赤手空拳勇斗穷凶极恶的歹徒，在执勤时开枪射击，还对付过精神错乱、手持利刃狂挥乱舞的瘾君子。所以，搞定这点事应该不在话下。虽说利奥的嗓门跟成年人一样响亮，个头却并不比一块面包大。

"好了，我的孩子，现在咱们先分析一下形势。"梅尔贝里把暴躁的小婴儿放下，"来，咱们瞧瞧是怎么回事。看样子你把尿布给弄脏了，也许还饿着肚子。就是说，咱们两头告急了，现在就是先顾哪头的问题。"梅尔贝里大声叨咕着，试图压住孩子的尖叫声。"好吧，吃饭总是头等大事——至少我是这样。那咱们就先找一大瓶配方奶再说。"

伯蒂尔把利奥抱到厨房。姑娘们不厌其详地教过他如何热奶，用微波炉瞬间就弄妥了。他小心地亲自啜了一口，试试温度。

"嗯，味道可真不怎么样，我的孩子。不过你得再长大一点，才能享用到好东西。"

一看到奶瓶，利奥的尖叫声更加震耳欲聋，伯蒂尔赶紧坐到餐桌前，让他依偎在自己的左臂弯里。奶嘴一挨上利奥的双唇，他就贪婪地吮吸起来，一眨眼的功夫就把整瓶奶喝了个精光，梅尔贝里感到那小小的身体放松了下来。但很快，小家伙又开始不安地扭来扭去，那股冲鼻的气味已经让梅尔贝里无法忍受了。唯一的问题是，迄今为止他还从未成功地完成过换尿布这项重任。

"好了，现在一头的问题已经解决了，咱们来顾另一头吧。"他语气轻快，与他对这项任务的真实感受丝毫不相称。

梅尔贝里将抽抽噎噎的利奥抱进浴室。他已经帮姑娘们把一张换尿布台固定到了墙上，在这里，"换尿布行动"所需的各种家什一应俱全。

他将小家伙放在台面上，扯下他的裤子，尽量用口呼吸，但这也强不了多少，因为那股气味无孔不入。梅尔贝里解开尿布的带子，当那一滩臭烘烘的秽物壮观地呈现在眼前时，他差点没背过气去。

"我的天哪。"他喃喃道。他绝望地向四周扫视了一圈，看到一包湿纸巾。就在他松开利奥的双腿，伸手去够纸巾的这当口，小家伙趁机把脚伸到了脏尿布里。

"不，不，别这样。"梅尔贝里赶紧抓起一大把纸巾，去擦小家伙的屁股和脚丫，结果却把便便抹得到处都是，好在他最后终于反应过来，应该先把罪魁祸首拿开才对。他抬起利奥的双腿，轻轻把尿布抽出来，扔进地板上的垃圾桶，脸上忍不住露出呲牙咧嘴的表情。

整整用掉半包纸巾后，他终于看到了隧道尽头的一线曙光。大部分秽物都已清理干净，利奥安静下来。梅尔贝里仔细地把残余的一点擦掉，从换尿布台上方的架子上拿了一块干净尿布。

"好了，咱们就要大功告成了。"他满意地说。利奥的两条小腿踢来踢去，似乎很乐意有机会让小屁股露出来透透气。"不知道哪面是正面。"梅尔贝里把尿布翻来翻去，最后断定印着小动物图案的一定是背面，就像衣服上的商标一样。但它似乎不太服帖，带子也扣不紧。不就是换个尿布吗？怎么会这么费事？不过，幸亏他是一位视难题为挑战的高效率人士。

梅尔贝里将利奥抱回厨房，让他骑在自己肩上，然后在料理台最下面的抽屉里一通乱翻，终于找到了自己要的东西：一卷带子。他走进客厅，把利奥放在沙发上，用带子绕着尿布缠了好几圈，然后坐下来欣赏自己的杰作。

"现在好了。姑娘们还担心我照顾不好你呢。你觉得怎么样，利奥？你说咱们是不是有权打个盹儿了？"

伯蒂尔把缠得严严实实的小家伙抱在怀里，调整了一个舒服的姿势，靠在沙发上。利奥拱了拱，将脸埋进警长的颈窝里。

半小时后，他们生命中的女人们到家时，二人睡得正酣。

"克里斯蒂安在家吗？"当桑娜把门打开时，艾丽卡真想掉头就跑。但帕特里克说得对。她别无选择。

"在，但他在阁楼上。我去叫他。"桑娜朝楼梯走去。"克里斯蒂安！有人找你!"她喊道,然后又看看艾丽卡,"请进吧。他马上下来。"

"谢谢。"艾丽卡站在前厅里,靠着桑娜,感到有些尴尬,但很快,她们听到楼梯上响起了脚步声。一看到克里斯蒂安,她就发现他是那么的萎靡不振,这让她更觉歉疚。

"嗨。"这么快又见到她令他感到有些纳闷,但他还是上前抱了她一下。

"有件事我得和你谈谈。"艾丽卡说。她再次恨不得立刻转身冲出门去。

"是吗?呃,那进来吧。"克里斯蒂安示意她到客厅去。她脱下外套和鞋子,跟在他身后。

"来点喝的吗?"

"不用了,谢谢。"她摇摇头。她只想给整件事做个了断。

"签售会怎么样?"她问道,随即在客厅沙发的一侧坐了下来,深深陷入垫子里。

"很好。"克里斯蒂安的口气表明他不愿意对方继续问下去,反而是他自己问道,"你看到昨天的报纸了吗?"在透窗射入的冬日阳光下,他脸色显得苍白灰暗。

"是的,我来就是想和你说这个。"艾丽卡顿了顿,好鼓起勇气继续说下去。双胞胎中的一个狠狠踢了一下她的肋部,令她倒抽了一口凉气。

"孩子踢你了?"

"说对了。"她深吸一口气,接着说,"消息走漏给媒体,都是我的错。"

"此话怎讲?"克里斯蒂安坐直了身体。

"不是我告的密。"她赶紧解释说,"但我跟不靠谱的人提过,我真是够蠢的。"她不敢直视克里斯蒂安的双眼,只是低头盯着自己的手。

"你是说盖比?"克里斯蒂安疲倦地说,"可你难道没意识到,她会——"

艾丽卡打断了他:"帕特里克也这样说。你们俩说得都对。我本该知道她这人不可信,会借机大肆炒作。我觉得自己真像个傻瓜,实在不该这么幼稚。"

"好吧,反正现在也无能为力了。"克里斯蒂安说。

他这种听天由命的态度让艾丽卡心里更不好受。她几乎希望他能冲她大声咆哮，这总比看着他脸上疲惫而失望的表情好些。

"对不起，克里斯蒂安。对于这一切我很抱歉。"

"不管怎么说，但愿如她所言。"

"谁？"

"盖比。她说至少我的书能多卖一些。"

"我真不明白，人怎么能这么无耻。仅仅是为了商业利益，居然就把你往火坑里推。"

"她今天能这么成功，靠的可不是广交朋友。"

"但还是划不来。"艾丽卡对自己的所作所为深感自责，虽然她是出于好意。她无论如何也想不通，一个有良心的人会做出盖比这种事，为了赚钱不择手段。

"我想风头一定会过去的。"克里斯蒂安说，但他似乎并没多大把握。

"你今天遭到记者围追堵截了吗？"艾丽卡换个了姿势，想让自己更舒服一些。不管怎么坐，她总觉得某个内脏被挤着了。

"昨天接到第一个电话后，我就关掉了手机。我可不想再火上浇油。"

"那么，关于……"艾丽卡犹豫了一下，"你后来又收到信了吗？我知道，出了这些事之后，你没有理由继续信任我，可我已经学乖了，这一点你一定要相信。"

克里斯蒂安仿佛陷入了沉思。他望着窗外，似乎在考虑该说些什么。当他开口回答时，他的声音显得有气无力：

"这事我不想再多说。已经炒得够玄乎了。"

楼上传来一声巨响，接着一个孩子开始大哭，声音响亮又刺耳。克里斯蒂安没有要站起来的意思，但艾丽卡听到桑娜向楼上飞奔过去。

"两个孩子相处得还好吗？"艾丽卡向头顶的房间示意了一下，问。

"不怎么样。老大不喜欢有人和他竞争。我想这样描述问题比较贴切吧。"克里斯蒂安笑了笑。

"大多数人对第一个孩子，往往从他们出生那一刻起，就会倾注太多的关爱。"艾丽卡回答。

"或许你说得对。"克里斯蒂安收敛了笑容，换上一副古怪的表情，艾丽卡猜不出那是什么意思。楼上，两个男孩都在大声啼哭，中间混杂着桑娜气急败坏的责骂声。

"你得和警方谈谈。"艾丽卡说，"我想你肯定猜到我已向帕特里克提过此事，而且我不后悔这样做。他认为你必须重视起来，第一步就是去报警。你可以先去见见他——非正式的，如果你愿意。"她觉得自己简直像是在求他，但那些信实在令她心神不安，而且她觉得克里斯蒂安也有同感。

"这事我不想再谈了。"他站了起来，"我知道，你没想到跟盖比说过后事态会发展到这个地步。但你要尊重我的意见，我不想小题大做。"

头顶的尖叫声又提高了好几个分贝，克里斯蒂安朝楼梯那边走去。

"我得失陪一下，上去帮帮桑娜，不然小子们非自相残杀不可。你能找到出门的路，对吧？"接着，他连一句再见也没说，就急匆匆地跑开了。艾丽卡明显感到他很高兴有这个逃离的机会。

难道他们再也不回家了吗？日子一天天过去，房车好像变得越来越小，露营区的角角落落都让他逛了个遍。也许只要回了家，他们就会重新开始爱他。在这里，他仿佛是个透明人。

父亲整天坐在那里无所事事，玩填字游戏打发时间，母亲病了。至少，当他想进去看她时，得到的是这样的解释。她一天天地待在房车狭小的休息区内，再也没有和他一道去游泳。尽管他无法忘记那种恐惧，忘记某种东西在脚面蠕动的感觉，但他宁可那样，也不愿一次次地被赶离房车。

"你母亲病了。出去自己玩去。"

于是，他赶紧离开，独自挨过一天的时光。起初，露营区里别的孩子会来找他一起玩，但他没兴趣。如果母亲不准他陪在身旁，那么他也不愿同别人在一起。

她没有好转的迹象，他越来越担心。有时，他听见她在呕吐。而且她面色那么苍白。要是她得了重病怎么办？要是她也像他妈妈那样死去，丢下他一个人怎么办？

一想到这些，他就想爬到角落里躲起来，紧紧闭上双眼，免得被黑暗抓住。他拒绝去想这一切。他美丽的母亲不会死的。

他为自己找到了一个特别的地方。就在山坡上，能把露营地和水面一览无余。如果伸长脖子，甚至能看到房车的顶部。现在，他每天都在这里消磨，在这个静谧安宁的地方，时光飞快地流逝。

父亲也想回家。他听到他这样说过。但母亲不同意。"我不能称了那个老婊子的心。"母亲说。她躺在铺位上，显得比平时更加苍白瘦削。她想让那个老婊子知道，他们仍像往常一样，整个夏天都待在这里,虽然一次也没登过她的门。不,他们不回家。她宁愿死了,也绝不提前离开。

此事再无商量余地。无论什么事,只要母亲一拍板,就必须照她说的办。每天,他都会来到自己的秘境,抱着双膝坐下,任各种思绪和幻想在脑海中飞驰而过。

要是能回家就好了,那样一切就都会恢复原样。对此他信心十足。

8

"别跑得太远,洛奇!"约特·佩尔松喊道,但金毛猎犬洛奇像往常一样对此置若罔闻。它向左边跑去,消失在一块大石头后面,约特只来得及瞥到它的尾巴。他努力想追上它,可右腿却不听使唤。

现在,他每天都要和洛奇出去走上一小时。他走得很慢,而且明显是一瘸一拐的,但他仍风雨无阻地坚持着,每前进一码都是一次胜利。

他现在已经看不到洛奇了,于是他一瘸一拐地朝着刚才看到小狗的地方走去。从眼角的余光里,他看到有个亮晶晶的东西一闪一闪的,于是他转过头去望着水面。

"洛奇!"他喊道,声音里明显透出警告的意味。小狗已经溜达到冰面上了,此刻正低头蹲在离他近二十码远的地方。听到约特的呼喊,它开始一边狂吠,一边扒弄冰层。约特屏住了呼吸。如果今年是个严寒的冬天,他也不会这么担心。从前,新年刚过,他就会与布里特-玛丽一道,带着三明治和灌满热咖啡的暖水瓶,穿越冰面前往附近的某个小岛。但今年,水面时而结冰,时而融化,所以他知道冰层是靠不住的。

"洛奇!"他又喊了一遍,"过来!"他尽量让自己的声音显得凶巴巴的,但小狗还是置之不理。

此时,约特心中只有一个念头。他不能失去洛奇。倘若失足跌进冰层下,没入冰冷的海水,它准会淹死,这样的悲剧是约特无法承受的。十年来,他们俩一直相依相伴,他的脑海中曾无数次浮现出未来的外孙和小狗一起嬉戏玩耍的画面。他简直无法想象没有洛奇会怎样。

他沿着海岸前行,刚把一只脚试探性地踩上去,冰面上就爆开无数条细如发丝的裂纹,但并未塌陷。看来这厚度足以承受他的体重,于是他朝着仍然一边狂吠,一边扒弄冰面的洛奇走去。

"过来,小伙子,"约特连哄带劝,可小狗固执地呆在原地,不肯挪步。

这里的冰面似乎比海边要结实些,但约特还是决定匍匐前行,好尽量降低风险。他吃力地屈膝,然后伸开四肢伏在冰面上,尽管用冬衣把自己包裹得密不透风,他的身体还是瞬间被一股寒意刺穿,但他置之不理。

要匍匐前行谈何容易。他想向前挪蹭,双脚却不停地打滑,他恨自己干嘛这么爱面子,要是出门时穿上装有防滑冰爪的鞋子该多好。在天冷路滑的时节,凡是明智的瑞典退休老人都会这样做的。

他游目四顾,发现两根棍子,也许权且用得上。他费力地拖着笨重的身子爬过去,凑合着用木棍充作冰爪。现在省事些了,他开始一点一点地朝洛奇那边挪去,偶尔试着喊它一声,但它显然被自己发现的什么东西给迷住了,始终目不转睛地盯着。

快要接近洛奇时,他听到冰面在自己的重压下开始爆裂,似乎在发出抗议。他不由得想到,自己花了几个月的时间恢复活动能力,难道就是为了跌入萨尔维克的冰层淹死吗?这可真够讽刺的。但冰面还是撑住了,现在他已经离得很近,一伸手就能够到洛奇的皮毛。

"好了,小伙子,你不该跑那么远。"他温言说,又向前滑了一段,想要抓住小狗的颈圈。他还不知道如何才能把自己和这条倔脾气的小狗一起拖回岸上。不过,总归会想出办法的。

"瞧瞧,到底是什么东西那么有趣呀?"他抓住了洛奇的项圈,然后低头看去。

像往常一样,星期一的早晨难得有什么成果。帕特里克坐在桌旁,双脚架在桌沿上,凝视着马格纳斯·谢尔纳的一张照片,仿佛盼望这个人能透露自己的藏身之处,或者说得更确切些,他的遗体藏在哪儿。

帕特里克也在为克里斯蒂安担心。他拉开右手边的抽屉,拿出装有信件和卡片的那个小塑料袋。他本想把这两件东西送到实验室分析一下,看能不能找到指纹。但能做的实在不多,况且也没发生什么具体的事。艾丽卡跟帕特里克不一样,所有的信她都读过,但就连她也不能笃定地说有人要谋害克里斯蒂安。不过,她的直觉告诉她,他身处险境。帕特里克也有同感。他们俩都从字里行间读出了恶意。他不由地苦笑了一下。瞧这词儿选的,恶意,这形容多不科学。但那些信似乎传达出一种作恶的意图。他觉得这算是最恰当的描述了。而这种感觉令他十分不安。

艾丽卡从克里斯蒂安那里回来后,他俩曾就此事讨论过一番。他还想过亲自登门找他谈谈,但艾丽卡劝他打消了这个念头。她觉得克里斯蒂安现在一定不愿再被打扰,因此让帕特里克等铺天盖地的报导平息一些再说。他同意了。但现在,当他坐在办公室里,注视着那优雅的字迹时,倒有些不确定自己当时的决定是否正确。

电话铃声把他吓了一跳。

"帕特里克·赫德斯特伦。"他把塑料袋放回去,关上抽屉。突然,他呆若木鸡,"对不起,你说什么?"他紧张地听着,一放下电话,便立即行动起来。先是迅速打了几个电话,然后冲进走廊,敲了敲梅尔贝里的门,没等有人应声就推门而入,把狗和它的主人双双从睡梦中惊醒。

"真见鬼……"蜷在办公椅里的梅尔贝里腾地一下挺直身子,瞪着帕特里克。

"难道你不知道进屋要先敲门吗?"警长将了捋侧面的长发,盖住光秃秃的头顶,"嗯? 没看到我正忙着吗? 有何贵干?"

"我想咱们找到马格纳斯·谢尔纳了。"

梅尔贝里又挺了挺身:"真的? 他在哪儿? 加勒比的某个海岛?"

"不全对。他在冰层下。萨尔维克那边。"

"冰层下?"

察觉到空气中紧张气氛的恩斯特竖起了双耳。

"一位带着狗的老人刚刚打电话报称在那里发现了一具尸体。当然,我们还不能肯定那就是马格纳斯·谢尔纳,因为尸体身份尚未确认。但看样子很有可能是他。"

"那咱们还他妈的等什么?"梅尔贝里跳起来,一把抓过外套,从帕特里克身旁挤了过去,"我真搞不懂,你们这个警局怎么净是一帮蠢货!汇报个案情用得着这么吞吞吐吐的吗?快走!你开车!"

梅尔贝里跑向车库,帕特里克匆匆回到办公室取外套,叹了口气。他真不想带着上司一起去,但同时他也知道,梅尔贝里肯定不愿错过在整个行动中居中坐镇的机会。当然,前提是他不必参与任何实际工作。

"好了,出发!"梅尔贝里已经在副驾的位子上坐好了。帕特里克钻进方向盘后面,发动了汽车。

"这是你头一回上电视吗?"给他化妆的女人轻快地问。

克里斯蒂安在镜中迎上她的目光,点点头。他口干舌燥,满手是汗。两周前,他接受了 TV4 的邀请,答应在早间访谈节目中出镜,但现在,他对这个决定追悔莫及。

当 TV4 的制片人打来电话时,盖比简直欣喜若狂。制片人声称他们听到传言,说文学界有一颗新星即将冉冉升上起,因此他们希望能第一个和他预约,请他参加电视访谈节目。盖比向克里斯蒂安解释说,再没有比这更好的营销机会了,只要他稍稍一亮相,他的书就会大卖特卖。

而他居然没能抵挡住诱惑,同意了这个主意。

报纸头条把他从幻境中惊醒。有人会留意,有人会铭记。一切将再次大白于天下。他打了个寒战,女化妆师看了他一眼。

"屋子里这么暖和,你不至于冻得发抖吧。你是感冒了吗?"

克里斯蒂安点点头,笑了一下。这样回应最简单了,他都用不着多加解释。

他脸上的妆又厚又不自然。就连耳朵和双手也涂上了一些肉色的霜膏。显然,如果不化妆就上电视,正常的肤色会显得苍白,还有些偏绿。从某种程度上说,他对化妆其实并不反感。这就像是戴上一张假面具,可以让他躲在后面。

"好了,完工!舞台监督马上就来接你。"化妆师检查了一下自己的成果。克里斯蒂安注视着镜中的自己,那张面具与他对视。

几分钟后,有人陪他来到演播室门外的演员休息室,给他安排了一顿丰盛的自助早餐,但他只勉强喝下了一小杯橙汁。肾上腺素在他体内奔流涌动,端起杯子时,他的手还在微微发颤。

"时间到了。"舞台监督说,"请随我来。"她示意他跟上。克里斯蒂安放下杯子,里面还剩下一半的橙汁。他双腿哆哆嗦嗦地跟在她身后,下了一段楼梯进入演播室。

"嗨,克里斯蒂安,见到你真高兴。我拜读过你的大作,我得说,写得太好了。"克里斯廷·卡斯佩森伸出一只手,克里斯蒂安迟疑了一下,礼貌地回握。然后,脱口秀节目的另一位主持人安德斯·克拉夫特也走过来坐下,向克里斯蒂安打过招呼后,自报了家门。

桌子上放着一本《小美人鱼》。他们身后,天气预报员正在播报天气,因此他们必须压低嗓门说话。

"你没紧张,对吧?"克里斯廷微笑着问,"其实用不着紧张,只要把注意力放在我们身上就行,一切都会顺利的。"

克里斯蒂安点点头,没吭声。他的杯子又被重新加满,他再次一口喝干。

"还有二十秒就开机了。"安德斯·克拉夫特向他递了个眼色说。

克里斯廷将目光落在他身后的某处,开始说话。他意识到节目已经开始了。他的心跳得厉害,耳朵里嗡嗡作响,不得不强迫自己去听克里斯廷在说些什么。一段简短的开场白后,她提出了第一个问题。

"克里斯蒂安,批评家们对你的第一本小说《小美人鱼》赞不绝口。读者也早早就表现出异乎寻常的兴趣。这种感觉如何?"

他刚一开口,声音微微有些发颤,但克里斯廷一直专注而沉稳地看着他,于是他也目不斜视,不去看眼角余光扫到的那台摄像机。

"这真令人难以置信。我一直梦想着当个作家,如今美梦终于成真,我又得到如此厚爱,这是我从前连想都不敢想的。"

"出版商为你这本书可没少做宣传。我们看到所有书店的橱窗里都贴满了海报，据说首次印数大大超过以往。各大报纸的图书版好像在争先恐后地把你同一些文学巨匠相提并论。你是不是有些应接不暇了？"安德斯·克拉夫特和善地看着他。

克里斯蒂安感到又多了些自信，心跳也恢复了正常的频率。

"出版商信任我，为宣传这本书不遗余力，这对我来说意义重大。不过，把我和其他作家相比总感觉怪怪的。我们都有自己独特的文风。"现在，他心里踏实了，开始放松下来。又回答了几个问题后，他觉得自己就算坐在这里说上一整天也没问题。

克里斯廷·卡斯珀森从桌上拿起一样东西，举到摄像机前。当克里斯蒂安看清那是什么时，汗水再次湿透了衣衫。星期六的《哥德堡报》，他的大名赫然在目。"死亡威胁"几个字仿佛在朝着他尖叫。杯子里已经没有水了，于是他不停地咽着唾沫，润一润焦干的口唇。

"在瑞典，社会名流遭到恐吓已经是司空见惯的事了。但你还没等成为家喻户晓的名人，就开始收到恐吓信。你觉得能是谁寄来的呢？"

起初他只哑声发出了几个不知所云的音节，然后才艰难地说：

"这件事被媒体断章取义，炒得太离谱了。总是有人会心怀嫉妒，或者心理不太正常，而且……呃，对此我实在无可奉告。"他感到自己全身都绷得紧紧的，于是把手藏在桌子下面，在裤子上蹭了蹭。

"感谢你能接受我们的采访，分享你这本广受好评的小说，《小美人鱼》。"安德斯·克拉夫特把书举到摄像机前，笑了笑。克里斯蒂安意识到访谈结束了，顿时如蒙大赦。

"节目非常成功。"克里斯廷·卡斯珀森一边整理文稿一边说。

"是的，没错。"安德斯·克拉夫特站了起来，"我得去主持竞赛节目了，失陪。"

戴着耳机的男人将话筒线从克里斯蒂安身上摘下，好让他能站起来。他向克里斯廷道了谢，然后随舞台监督走出演播室，双手仍抖个不停。他们上了楼,经过配餐区,来到寒冷的室外。他神思恍惚,心绪烦乱。本来同盖比约好要在出版公司碰头,但此时他不知道自己是否已做好了见面的准备。

出租车一路向市区驶去时,他一直呆呆地看着窗外。他知道,现在一切都失控了。

“好吧,咱们现在要怎么做?”帕特里克凝视着远处的冰面。

同往常一样,托比约恩·鲁德看不出一丝一毫的慌乱。无论手头的任务有多艰巨,他总是一副神态自若的样子。作为乌德瓦拉的一位犯罪现场技术人员,解决各种难题对他来说就是家常便饭。

“我们得在冰上打个洞,然后用绳子把他拖出来。”

“冰面能承受住你的体重吗?”

“只要有合用的设备,这点事对于我们小组来说不是问题。据我看,最大的危险是我们打好洞后尸体松脱,顺着冰层下面的激流漂走。”

“那么你们打算如何防止出现这种情况呢?”帕特里克问。

“我们先打个小洞,把尸体拴牢,然后再继续破冰。”

“这种事你们以前干过吗?”帕特里克还是不能完全放心。

“嗯……”托比约恩迟疑了一下,似乎在思考这个问题,“没有,我想我们从未遇到过尸体冻在冰里的案例。如果有,我多半会记得。”

“好的。”帕特里克又一次定定地望着尸体所在的地方,“尽管放手去干吧。我去和目击者谈谈。”帕特里克注意到,梅尔贝里和发现尸体的人正聊得热火朝天。听凭梅尔贝里和任何人共处太久都绝不是什么好事,无论对方是目击者还是别的什么人。

“你好,我是帕特里克·赫德斯特伦。”他走到梅尔贝里和与他交谈的那个男人旁边。

“约特·佩尔松。”那男人一边与他握手,一边试图管束一只不太安分的金毛猎犬。

“洛奇想回那边去。我费了好大劲儿才把它弄回岸上。”约特猛地拉了一下狗链,让它明白自己才是说了算的那个。

"是你的狗发现了他吗？"

约特点点头。"是，它跑到冰上去，不肯回来，蹲在那儿一个劲儿地叫。我担心它掉进冰里，就去追它。然后我就看到……"约特回想起在冰面下看到一张死人脸时的情形，面色顿显苍白。但接着他神情一变，双颊又恢复了血色。"你们这儿还需要我待很久吗？我女儿正在往产院赶。这是我的第一个外孙。"

帕特里克笑了："这下我明白你干嘛要这么急着离开了。再过一小会儿我们就放你走，什么也不会耽误的。"

约特对此似乎很满意，于是帕特里克又问了他几个问题。但很快他就发现，从这个人嘴里挖不出更多的东西了。帕特里克留下自己的联系方式，就让准外公约特离开了现场。

帕特里克回到岸边离事发地最近的地方。此时，冰上已经钻开了一个小洞，一名技术人员正有条不紊地将一种钩子垂到洞里，固定在尸体上。为安全起见，他俯伏在地，腰间缠绕着一根绳索，与钩子上连接的长线一起，一直延伸到岸边。托比约恩不能让他的组员冒任何风险。

"就像我说的那样，我们把他拴牢后，就在冰上凿一个更大的洞，然后把他拉出来。"当托比约恩的声音突然在左侧响起时，帕特里克吓了一跳。冰上开展的工作吸引了他全部的注意力，他根本没听到托比约恩走近。

"然后你们就把他弄上岸吗？"

"不行，那样的话衣服上证据可能会被抹掉。我们得先想法在冰上把他装到尸袋里，然后再弄过来。"

他用手遮住眼睛。天空中烈日高悬，在冰面上形成炫目的反光，晃得他直要流泪。他眯起眼睛，看到他们正在扩大冰面上的洞口，这说明钩子已经牢牢固定在尸体上了。接着，尸体被一点一点慢慢地从水中拉了出来。

另一名技术人员小心翼翼地爬到冰面上，当尸体完全出水后，二人仔细地将它装到一只黑色尸袋里封严，然后朝岸上的人点了点头。长线开始绷紧，慢慢将尸袋拖向岸边。现在他几乎可以肯定，他们找到了马格纳斯·谢尔纳。

帕特里克看着技术人员把尸袋封好抬起,运到海水浴场上方充作停车场的草坪上,感到内心一片空茫。十分钟后,尸体被送往哥德堡的法医实验室接受尸检。一方面,这意味着他们将揭开一部分谜底,循着线索展开调查,案情终将水落石出。但另一方面,尸体的身份一经确认,他就不得不去通知家属。这可不是什么值得期待的事。

假期终于结束了。父亲将他们所有的行李都收拾好,塞进轿车和房车里。母亲照例仍是躺在床上,愈发瘦弱苍白。现在,她说她除了回家什么也不想做。

父亲最后告诉他母亲为何面带病容。原来她不是真的生病了,而是肚里有了孩子。一个小弟弟,或是小妹妹。他不明白,这怎么会让她那么难受,但父亲说就是这样的。

起初他很高兴。可以有个弟弟或妹妹陪他一起玩,多好。但接着,他听到父母的谈话,才恍然大悟。现在他明白了,自己为何不再是母亲的帅小伙,她为何不再抚摸自己的头发,为何用那样的眼神看着他。他终于知道了是谁把她从自己身边夺走。

昨天,他回到房车那边,扮成个印第安勇士,脚蹬软底鹿皮鞋,头发里插着一根羽毛,蹑手蹑脚地悄悄潜行,假装自己是怒云酋长,母亲和父亲是白种人。他看到他们在房车里窗帘后面走来走去。母亲没在床上,她起床说话了。这让怒云很快活,因为兴许现在她好受些了,那孩子不会再把她弄得病恹恹的。而且她看起来挺高兴,虽然仍有倦意,但神情愉快。怒云又爬近了些,想多听听白人欢快的声音。他一步步地慢慢挨近,一直挪到敞开的窗子下面,把后背往房车上一靠,闭上双眼开始聆听。

但当他们说到他时,他把眼睛睁开了。接着,所有的黑暗劈头盖脸向他袭来。他仿佛又和她在一起,那股可怕的气味充塞了鼻腔,他听到寂静在脑海中回响。

母亲的声音穿透寂静,穿透黑暗。虽然年纪尚幼,但他完全能听懂她在说什么。她后悔收养了他,因为现在他们就要有自己的孩子了。早知如此，她绝不会带他回家。然后，父亲用沮丧而疲惫的声音说："但这男孩已经来了，所以咱们只能尽量好好过下去。"

怒云坐在那里一动未动，就在这一刻，他恨意顿生。他无法用语言来形容这种感受，但他知道，这是一种美妙与痛楚杂糅的滋味。

于是，当父亲把便携炉、衣物、一罐罐的食品和各类其他物件统统打包装进轿车时，他把仇恨也打了包。他坐在后座上，这仇恨把整个座位都填满了。但他不恨母亲。这怎么可能呢？他爱她。

他恨的是那个把她从他身边夺走的人。

9

艾丽卡开车去了夫雅巴卡图书馆。她知道克里斯蒂安今天没上班。早间访谈节目中，他表现得还算不错，至少坚持到了最后。当他们问到恐吓信之事时，他明显开始紧张。艾丽卡实在不忍心看着他满脸通红、汗如雨下的狼狈相，于是还没等访谈结束就关掉了电视。

现在，她一边装模作样地浏览书架上的书名，一边琢磨该如何切入此次来访的正题：和克里斯蒂安的同事梅聊一聊。因为她越是细想，就越确信给克里斯蒂安寄恐吓信的不可能是个陌生人。不，那语气太过私密；这个罪犯一定是同克里斯蒂安的生命有过交集的人，不是现在就是过去。

但问题是，他一直极不情愿谈起自己。今天早上，她决定把自己所知的关于克里斯蒂安及其过往经历的一切都写下来，可最后的结果却是手里握着笔，对着一张白纸发愣。她意识到自己对他实在是一无所知。尽管为了修改那部手稿，她和克里斯蒂安曾共处过许多时日，尽管在她看来他们已是知交好友，但他对自己的个人生活却从未透露过一个字。

现在的问题是，他是不是对每个人都防范得这么严。也许每天与他一起工作的同事会知晓一些内情。

艾丽卡瞄了一眼正在打字的梅。真幸运，此刻图书馆里只有她们俩，所以她们聊天时不会有人来打扰。终于，她拟定了一条或许可行的策略。因为她总不能就这么直接迎上去，向梅打听克里斯蒂安的事；她得采用一种比较迂回的方式。

她将手扶在腰背部，重重地叹了口气，然后在梅工作的借书台前面找了张椅子，一屁股坐了下来。

"你一定很不容易吧。听说你怀的是双胞胎。"梅看着她说，目光里流露出母性的同情。

"没错。我这里揣着两个呢。"艾丽卡拍了拍肚子,尽力做出的确需要歇上一阵的样子。其实她并不需要刻意装假。只要一坐下,她的整个后背都会感激地放松下来。

"就坐在那儿歇一会儿好了。"

"谢谢,我会的。"艾丽卡笑了笑。过了一会儿,她又问道:"你今天早晨在电视上看到克里斯蒂安了吗?"

"没有,我没赶上,真遗憾。当时我正在这里忙着。不过我把 DVD 设置好了,可以把节目录下来。至少我想是这样。这些时髦的机器我总是摆弄不好。他表现得好吗?"

"确实不错。他的书能这么受关注,真是太好了。"

"是啊,我真为他骄傲。"梅脸色一亮,"直到听说他的书要出版了,我才知道原来他还会写书,而且写得那么棒!书评多带劲儿啊。"

"真是不可思议,对吧?"艾丽卡沉默了片刻,"凡是认识克里斯蒂安的人,一定都替他感到高兴,真希望他从前的同事也能分享这份喜悦。他来夫雅巴卡之前,是在哪儿工作来着?"她竭力装作自己本来知道,只是一时记不起来的样子。

"唔……"与艾丽卡不同的是,梅似乎真的在努力回忆。"你知道吗?现在这么一想,我还真的没听说过他以前是在哪上班的。这可真怪。但早在我来图书馆之前,克里斯蒂安就已经在这里工作了,而我们从未聊过他的过去。"

"这么说,你并不知道他从哪儿来,也不知道他搬到夫雅巴卡之前住在哪里喽?"艾丽卡察觉自己表现得有些太八卦,于是她尽量让自己的语气不带感情色彩。"我只是今天看访谈节目时偶然想到的。我一直觉得他说话时带点儿斯莫兰口音,但今天好像突然又听出另一种方言的味道,我也说不清具体是哪里。"这个谎编得并不高明,但也只能这样了。

梅似乎相信了她的解释。"呃,他不是斯莫兰人,这一点我倒是可以肯定。不过其他的我就不清楚了。当然,我们在工作中也时常聊聊天,克里斯蒂安是个非常随和可亲的人。"她像是在思考如何把下一个念头说出来,"不过,他似乎总是拒人于千里之外,好像在说:'到此为止吧,别再靠近了。'或许我有些傻气,可我从未向他打听过私事,因为不知怎么,我感觉他不愿意别人问这种问题。"

"我懂你的意思。"艾丽卡回答说,"这么说,他从未顺口提起过什么吗?"

梅思索片刻:"没有,我不记得……等一下……"

"嗯?"艾丽卡暗骂自己沉不住气。

"只是件小事而已。不过我有种感觉……有一次,我们聊到特罗尔海坦,因为我刚刚去那里看望过妹妹。他似乎很熟悉那地方。但接着,他像是发现自己说漏了嘴,于是开始顾左右而言他。这事我记得很清楚。因为当时他突然就转了个话题。"

"你觉得他会不会曾在那里住过?"

"我想是的。不过,我说过,我也不能肯定。"

这条线索价值并不大。但至少,她知道该从何处着手了。特罗尔海坦。

"请进,克里斯蒂安!"盖比在门口迎接他,他小心翼翼地踏入出版公司这一片白色天地中。

"来点咖啡不?"她指了指一个带挂钩的衣架和一个帽架。他把外套挂了起来。

"好的,谢谢。那太好了。"他跟着在前面带路的盖比,走过一条长长的走廊,她的高跟鞋一路哒哒作响。

"拿铁? 卡布奇诺? 爱思巴苏?"盖比指着一台几乎占据了整个料理台的巨大咖啡机。克里斯蒂安踌躇了片刻。

"来杯拿铁吧,谢谢。"

"马上就好。"她伸手拿过他的杯子,按下按钮。咖啡机不再冒气时,她示意克里斯蒂安跟她走。

"咱们去我办公室吧。这地方人来人往的太乱了。"一个三十多岁的年轻女人走进茶水间,盖比毫不客气地冲着她点点头。

"请坐。"盖比的办公室就在茶水间隔壁。整洁,舒适,但不带任何个人色彩。没有家人的照片,也没有别致的小摆件。能让人一窥盖比庐山真面目的东西一样也没有,克里斯蒂安怀疑这正是她想要的效果。

"你今天早晨表现得太棒了!"她在桌子后面坐下,笑眯眯地瞅着他。

他点点头,完全明白自己的紧张心情逃不过她的眼睛。他想知道,她就那样把他扔给媒体,让他毫无防备地去面对即将到来的一切,良心会不会受到些许的谴责。

"你在镜头前真是风度翩翩。"她冲他咧嘴一笑,牙齿闪烁着耀眼的白光。太白了,简直白得变态。

他用汗津津的双手紧握着粉红色的咖啡杯。

"我们打算再让你上几个电视直播,"盖比喋喋不休地继续说,"晚间九点半卡林的节目,四频道马卢的节目,或许还可以参加个竞赛节目什么的。我觉得你——"

"我不打算再上电视了。"

盖比瞪着他:"你说什么?我一定是听错了。你刚才说,你不打算再上电视了?"

"没错。今天早上的事你也看到了。我再也不会像那样任人宰割。"

"可上电视能帮你卖书。"盖比气得鼻孔大张,"单是今天早上那短短的几分钟访谈,就能让你的书销量暴增。"她长长的指甲不耐烦地在桌面上敲着。

"对此我深信不疑,不过无所谓。这种事我再也不干了。"他可不是在开玩笑。他再也不想被暴露在聚光灯下。一次访谈就已经过头了,足以激起某人的反应。也许现在悬崖勒马,还来得及摆脱命运的牵制。但他必须当机立断。

"我说,你也太不合作了。要是你不肯帮我,我也没法帮你卖书,没法替你吸引读者。你也得为宣传活动出点力才行。"盖比冷冰冰地说。

克里斯蒂安只觉脑袋里开始嗡嗡作响。

"这种事我再也不干了。"他又重复了一遍,不敢直视她的眼睛。与盖比会面前那种轻微的紧张现在已经演变成了恐慌。

盖比的声音穿透轰鸣声传了过来："我们希望你出镜,克里斯蒂安。我希望你出镜。"她那种懊恼的语气让他更觉心中痛痒难当,于是便愈发狠命地去抓自己的掌心,直至尖锐的痛楚再次袭来。他垂目看去,发现手掌已经被自己的指甲抓出了一道道血痕。他抬起头来。

"我得回家了。"

盖比眉头深锁地审视着他:"你到底是怎么了?"当她看到他鲜血淋漓的手掌时,双眉皱得更紧了。"克里斯蒂安……"她似乎不知该说些什么,而他再也撑不下去了。所有的疑窦,所有的纠葛,一切的一切都搅成一团,最后他唯一的感觉只剩下皮肤下的刺痛。

他一跃而起,跑出了房间。

帕特里克目不转睛地看着电话机。他们还得等上些时候,才能拿到冰下那具尸体的完整验尸报告,但他希望能尽快收到确凿的消息,证实那的确是马格纳斯·谢尔纳。

"还没信儿?"安妮卡从门外探进头来,询问地望着他。

帕特里克摇摇头:"没有。不过我希望佩德森随时会传来消息。"

"但愿如此。"安妮卡说。她刚要转身回接待区,电话就响了。帕特里克一把抄起听筒。

"赫德斯特伦。"他一边听,一边示意安妮卡稍等。电话那边是法医实验室的托尔德·佩德森。"是……好的……我明白……谢谢。"他撂下电话,重重出了口气,"佩德森已经证实那就是马格纳斯·谢尔纳。尸检完成前,他还无法判断确切的死亡时间,不过他可以肯定的是,谢尔纳曾遭受暴力袭击。他的尸体上有多处刀伤。"

"可怜的希娅。"

帕特里克点点头。想到眼前的任务,他心情沉重。但即便如此,他也希望能亲口告诉她。这是他欠她的。她一次次地往警局跑,虽然每一次都会增添几分忧伤,几分憔悴,但始终抱着一线的希望。而现在,所有的希望都化为泡影,他唯一能给她的,就是丈夫已死这个确凿的消息。

"我最好马上去一趟,和希娅聊聊。"他站起来,"趁着别人还没告诉她。"

"你自己去吗?"

"不,我带波拉一起去。"

他走到波拉办公室外,在敞开的门上敲了敲。

"是他吗?"波拉说话向来单刀直入。

"是。我想去和他妻子谈谈。你能陪我去吗?"

"当然。"她穿上外套,跟在已经向前门走去的帕特里克身后。

一直以来,埃里克都是将一切牢牢掌控。他向来是拍板做决定的人,是猎手。可现在,他却成了别人的猎物,他看不见这个人,更不知道他是谁。这比什么都可怕。只要能知道是谁在追杀他,一切都好办。但老实说,他真的不知道。

他花了许多时间琢磨眼下的情形,甚至把自己的生活整个盘点了一遍,在脑海中列出了自己认识的所有女人、生意伙伴、朋友和敌人。他无法否认,他在自己身后留下了一长串的苦楚和愤怒。但憎恨呢? 他说不准。他收到的那些信在字里行间涌动着恨意和害人的决心。这一点是毫无疑问的。

埃里克生平第一次感到孤立无援。生平第一次,他意识到自己身上的保护罩是多么单薄,那些成功和恭维从长远来看又是多么不值一提。

他无人可以求助。他明白,他的孤单完全是咎由自取,但他也有足够的自知之明,知道自己本性难移,就算是能改也不会改。成功的滋味太甜美了。那种高高在上受人膜拜的感觉着实令人迷醉。他并不后悔,但还是希望能找个人说说话。

既然现在没有别的办法,他决定去寻觅第二美好的东西:性爱。再没有什么比这更让他觉得自己坚不可摧,同时又能让他暂时放弃控制,这要是在平时,他准会感到不习惯。至于对方是谁则无所谓。

现在他的情人是塞西莉亚,但他觉得他今后对她也不会有什么特别的记忆。她只不过在各方面还算便利罢了。床上功夫无可挑剔,但就是无法让他有飘飘欲仙的感觉。

她的吸引力不过如此,他知道他很快就会玩腻了她。

但此时此刻,有这些也就足够了。他不耐烦地按响了她的门铃,希望在进入她体内释放出所有压力之前,不必耐着性子先扯上一大堆废话。

她一开门,他就知道自己的希望要破灭了。

"进来吧,埃里克。"她闪到一旁,请他进门。

埃里克。当有人这样唤他的名字时,准不是什么好兆头。

但门大敞四开,塞西莉亚已经向厨房那边走去。他别无选择,只好不情愿地关上门,挂好外套,跟她进了屋。

"你来得正好。我刚想给你打电话呢。"她说。

他抱着手臂倚靠在料理台前,等待着下文。这一天终于来了。老一套的花招。女人想要夺取主动权,想爬到他头上,然后得寸进尺,提出种种条件,要求他做出永远不会兑现的承诺。

埃里克一动不动地站在那里,冷冷地盯着塞西莉亚,后者神情自若地与他对视,这令他觉得有些陌生。

她刚一开口,他裤袋里的手机就开始振动起来。他调出短信,想看看说的是什么。只有一句话。一句几乎让他膝盖发软的话。与此同时,他听到塞西莉亚的声音远远传来。她在同他讲话,在说着些什么,但他怎么也不明白。他强迫自己去听,强迫自己的大脑领会她说出的那些音节究竟是什么意思。

"我怀孕了,埃里克。"

二人开车去夫雅巴卡,一路无言。他们离开之前,波拉曾问过帕特里克是否想让她来通知这个消息,但他只是摇了摇头。他们捎上了莉娜·阿佩尔格伦牧师,此刻她正坐在后座上。

他们拐入谢尔纳家门前的车道时,帕特里克后悔开了警车,而不是自己那辆沃尔沃。当希娅看到一辆警车向自己家驶来时,只会得出一种结论。

帕特里克按了按门铃,不到五秒钟,希娅就来开门了。一看她的表情,他就知道她已经看到了他们的车,也早已明白了一切。

"你们找到他了,对吧?"冬日的寒风在一无遮拦的门口肆虐,她紧了紧身上的羊毛开衫。

"是的。"帕特里克告诉她,"我们找到他了。"

希娅保持了片刻的镇定,但随即她的双腿似乎再也支撑不住,她一下子瘫倒在地。帕特里克和波拉扶起她,让她靠着他们朝厨房走去,然后又扶她坐在椅子上。

"用不用我们给谁打个电话?"帕特里克在希娅旁边坐了下来,握住她的手。

她目光呆滞,仿佛在思考这个问题。帕特里克猜测她正艰难地把散乱的思绪集中起来。

"要我们把马格纳斯的父母接过来吗?"他体贴地问,她点点头。

"他们知道了吗?"她声音颤抖地问。

"还不知道。"帕特里克说,"不过有两位警官已经去了他们家,所以我可以打个电话问问他们要不要过来。"

事实证明已无此必要。就在此时,另一辆警车停靠在帕特里克的车旁,他知道古斯塔和马丁已经通知了马格纳斯的父母,后者从车中跨了出来。他们没按门铃就直接进了屋,波拉走到前厅与两位同事低声交谈了几句。透过厨房的窗子,帕特里克看到古斯塔和马丁回到寒冷的室外,开车离去。

波拉陪着玛格丽塔和托尔斯滕·谢尔纳回到厨房。

"我觉得这里用不着四位警员,所以就打发他们先回局里了。"波拉告诉帕特里克,"这样没关系吧。"他点点头。

玛格丽塔径直朝希娅走过去,把她搂在怀里。婆婆刚一做出这个举动,希娅就忍不住大哭起来,发出痛彻心扉的呜咽声,任眼泪如决堤之水夺眶而出,肆无忌惮地流淌。托尔斯滕面色苍白,神情苦涩。牧师走到他面前做了自我介绍。

"快坐下吧，我去给大家弄点咖啡。"莉娜说。

"别哭了，希娅。"玛格丽塔轻轻抚摸着儿媳的后背。

"我很难过。"帕特里克转头对马格纳斯的父亲说。后者坐在餐桌旁，眼神空洞地瞪着前方，未置一词。

"来点咖啡吧。"莉娜将杯子放在托尔斯滕面前，手在他肩上搭了片刻。起先他没有反应，过了一会儿才虚弱地问道："有糖吗？"

"我去拿。"莉娜又去厨柜里翻看，终于找到一盒糖。

"我不明白……"托尔斯滕闭上双眼，然后又睁开，"我不明白。谁会伤害马格纳斯？谁会害我们的孩子？"他看着自己的妻子，但她并未听到，仍然搂着希娅，一滩湿痕在她的灰色套头衫上渐渐晕开。

整个房间陷入了沉默。希娅的抽泣声渐渐停歇，但玛格丽塔仍紧紧拥着她，暂时将自己的悲痛搁在一边。

希娅抬起头，满脸泪痕，用几乎轻不可闻的声音说：

"孩子们还不知道。他们在学校。得让他们回来。"

帕特里克点点头，站起身来，然后和波拉一起出门，朝车那边走去。

他用双手捂住耳朵。真是搞不懂，那么丁点儿的一个东西，怎么会发出那么大的噪音，那样的一个丑家伙，居然会引来如此多的关注。

营地的假期结束后，一切都变了。母亲先是越来越胖，然后消失了一个星期，最后带了个小妹妹回家。他对这事有点好奇，但谁也不耐烦替他解疑。

再也没有人给予他一丝一毫的关注。父亲还是老样子。母亲眼中只有那个皱巴巴的小包裹。她总是抱着不停哭闹的小妹妹走来走去，喂她吃奶，给她换尿布，轻轻搂着她，柔声细语地哄她。而他就是个多余的。母亲只有在责骂他时，才会注意到他的存在。虽然他不喜欢她这样对他，但总好过她当他是空气，对他视而不见。

最惹她生气的是他吃得太多。她自己对食物是非常讲究的。"你要当心自己的体重。"每当父亲想再来一份肉汤时，她总是这样说。

如今，他总是要想方设法多吃一些。而且是一再暴饮暴食。起初母亲还试图制止，但他只是一边与她对视，一边故意慢条斯理地继续喝肉汤，要么就是往自己盘子里舀更多的土豆泥。最后她放弃了，只是恨恨地瞪着他。于是他越吃越多。每当他使劲张开嘴，把食物塞进去时，总会看到她嫌恶的目光，而有时他甚至会享受这种感觉。至少她是在看他。但再也没有人唤他"我的帅小伙"。他现在已不再帅气，是个丑八怪。从里到外都丑。不过，起码她不再无视他了。

把婴儿放进吊床后，母亲常常会躺下小睡片刻。此时，他会趁机过去看看妹妹。不然当着母亲的面，他连碰都不能碰她。"把你那双脏手拿开。"但母亲睡着时,他就可以去看看这个小婴儿,还能摸摸她。

他歪着头,仔细打量她。她的脸长得像个老太婆,稍有些皲裂发红。睡梦中,她的两只小手攥成拳头,不时轻轻地挥动一下。她把毯子踢掉了,但他没有替她盖好。他凭什么要这样做?她把他的一切都夺走了。

爱丽丝。甚至连她的名字都让他厌恶至极。他恨爱丽丝。

10

"我想把我的首饰送给莱拉的女儿们。"

"莉丝贝特,亲爱的,这事儿以后再说不行吗?"他握着她搭在被罩上的手,轻柔地捏了捏,感到她的骨头是那样脆弱不堪。就像是小鸟的骨头。

"不行,肯尼思,等不得。不把一切都安排好,我就没法放心地走。要是我知道我给你留下了个烂摊子,是无论如何也不能心安的。"她笑着说。

"可是……"他清了清喉咙,想继续争辩,"这太……"他眼中噙满泪水,再也说不下去,于是赶紧把泪擦掉。

"在我面前就不必装假了。"她轻轻抚摸着他的头。

"你又在摩挲我的秃斑吗?"他强笑着说。

她冲他挤挤眼:"我向来认为,头发对于脑袋来说纯属多余。这你是知道的。闪闪发亮的大光头要迷人多了。"

他大笑起来。她总是有本事把他逗乐。可如今还有谁来做这些事?谁还会抚摸着他的头,对他说这是幸运之神在他头顶造的一条供她爱抚的跑道?

她那头金色的卷发一直是她的骄傲和快乐之源。当她站在镜子前,慢慢用手捋过化疗后所剩无几的几缕稀发时,他看到她眼中噙满了泪水。虽然他觉得她还是那么美,但他知道她为此而闷闷不乐。所以,当他有机会开车去哥德堡时,第一件事就是去商店给她买来一条爱马仕丝巾。她一直渴望有这样一条丝巾,但每次他想买给她时,她又总是拒绝。"为这么一小块布花上那么多钱太不划算了。"当他执意要买时,她这样说。

尽管如此,当他去哥德堡时,还是给她买了一条。那是店里最贵的一条。她吃力地从床上爬起来,拆开包装,取出那条印有金黄色图案、触感柔滑光润的丝绸方巾拿到镜子前,眼睛一眨不眨地看着自己的脸,将它围在头上。

她一言未发,只是向坐在她床边的他走过去,俯下身来,在他头顶印上一吻,然后又躺回床上。从那以后,她就一直把这条丝巾围在头上。

他们静静地坐了一会儿,四目相对,仿佛看尽了他们携手共度的这一生。最初的激情从未真正消退,尽管有时被平凡的生活磨去了些许的棱角。

他的手机在前厅响了起来。他松开了她的手,但并没有站起来。可电话一直响个不停。最后她朝他点点头:"你还是去接一下吧。看样子真的有人急着找你。"

肯尼思不情愿地站起来,走到前厅,从写字台上拿起手机。看到显示屏上出现"埃里克"几个字时,他又感到一阵心烦意乱。都这种时候了,他还非要来打扰他们。

"喂?"他并没有刻意掩饰自己的不快。但当他听到埃里克的话时,心情瞬间大变。他简短地提了几个问题,挂掉电话,回到莉丝贝特的房间,深吸了一口气,凝视着她的脸庞,虽然已被病魔蹂躏得不成样子,但在他眼中依然是那么美,周围还笼着一圈金黄色的光环。

"看来他们找到马格纳斯了。他死了。"

艾丽卡给帕特里克打了好几次电话,但始终无人接听。他在警局一定是忙得不可开交。

她正坐在家中的电脑前上网搜索。尽管她极力想要集中精神对付手头的任务,但无法否认的是,两双小脚在她肚子里踢来踢去的确令人分心,让她不停地开小差,而且时常忧心忡忡。

她打开谷歌搜索引擎,键入"克里斯蒂安·赛德尔"这个名字,得到几页结果,但全都和他的书有关,没有一条信息提及他的过去。她试着加上"特罗尔海坦",没有结果。可只要他曾在那里住过,就一定会留下些许蛛丝马迹,她也一定能找出更多的线索。她咬着大拇指的指甲冥思苦想。会不会是找错了方向?毕竟信上并无任何迹象表明,它们来自克里斯蒂安迁居到夫雅巴卡前结识的某个旧交。

她反复思索那个问题:克里斯蒂安对自己的过去为何瞒得那么紧?就好

像他将自己来到夫雅巴卡之前的生活全都一笔抹消了。还是说,他只对她一个人保密?这个挥之不去的想法刺痛了她。当然,他对同事也从未敞开心扉,但那完全是另一码事。在艾丽卡心目中,当她和克里斯蒂安一起修改手稿,反复斟酌推敲各种思想和观点,讨论行文的语气和神韵时,他们俩就已经是朋友了。不过,也可能根本不是这么一回事。

艾丽卡意识到,她与其这样漫无边际地胡思乱想,不如再去找几个克里斯蒂安的朋友,跟他们聊聊。可是该去找谁呢?对于克里斯蒂安的朋友圈子里都有谁,她只有个模糊的概念。她第一个想到的是马格纳斯·谢尔纳,但除非奇迹发生,他才可以作为考虑。克里斯蒂安和桑娜似乎同建筑公司老板埃里克·林德及其合伙人肯尼思·本特松也有来往。但艾丽卡不知道他们和克里斯蒂安关系如何,也拿不准应该去找哪个谈,才能了解到更多的情况。另外,要是克里斯蒂安知道她四处乱转,向他认识的每个人探听他的底细,又会作何反应?

她打定主意抛开这些顾虑,因为她的好奇心远远占了上风。

突然,她知道该先找谁去谈了。

“好吧。咱们来瞧瞧……”梅尔贝里故意停顿了一下,想制造点效果。他指了指公告板,帕特里克已将他们收集的有关马格纳斯·谢尔纳失踪案的所有材料都仔细贴了上去。“目前已知的线索都在这里了,没多少有价值的。案子已经侦办了三个月,你们就挖出这么点东西?

“我们能做的都做了。”帕特里克厌倦地说。他意识到反驳梅尔贝里的指责有多没劲,“再说,谋杀案调查是从今天才开始的。此前一直是按照失踪人口案对待的。”

“好吧,好吧。那么劳驾你再讲讲究竟发生了什么行吗?尸体是在哪里被发现?被谁发现的?到目前为止佩德森都说了些什么?当然,稍后我会给他打个电话。我只是一直没腾出空来。所以,我们现在只能将就着根据你给出的信息展开调查。”

帕特里克汇报了当天的情况。

"他真的被卡在冰里了?"马丁·莫林望着帕特里克,不寒而栗。

"我们稍后会拿到罪案现场的照片。不过,他的确是被冻得结结实实。要不是那条狗跑到了冰面上,我们就算能找到马格纳斯·谢尔纳,也得是很久以后。冰层一化,尸体就会松动,不知会被冲到哪里。"帕特里克摇摇头。

"那我想,这就是说我们无法搞清他是在何时何地被人扔进水里的了,对吗?"古斯塔表情阴郁,心不在焉地拍了拍趴在他腿上的恩斯特。

"海面到十二月才开始结冰。我们得拿到佩德森的报告,才能知道他对马格纳斯的死亡时间是怎么判断的。不过我猜他刚一失踪就遇害了。"帕特里克竖起一根指头以示警告,"但我已经说过,这个说法并无事实依据,所以我们还不能以此为基础展开调查。"

"不过,这个假设听上去的确很合理。"古斯塔说。

"你提到了刀伤。这方面咱们都有哪些线索?"波拉烦躁地用钢笔敲着面前桌子上的记事本,棕色的眼睛眯了起来。

"我了解的情况也不多。你了解佩德森这个人。在做彻底检查之前,他是不会轻易下结论的。他只告诉我谢尔纳曾遭到攻击,身上有多处刀伤。"

"这似乎表明,他是被人用刀捅死的。"古斯塔补充说。

"很有可能。"

"咱们什么时候能从佩德森那里获得更多信息?"坐在桌首的梅尔贝里打了个响指。

"他说这个周末做尸检。所以,要是幸运的话,到周末咱们也许会知道得多一些。否则就得等到下周初。"帕特里克叹了口气。有时候,工作的压力简直耗尽了他的耐心。他现在就想要答案,而不是等上一周。

"好吧。关于他的失踪,你知道些什么?"

"我们知道,谢尔纳早上刚过八点钟时离家。希娅七点半就已经出门,开车去格雷伯斯塔德上班。她在一家房产代理公司做兼职。孩子们必须在七点前出门,才能赶上校车。"马丁已经把大家的杯子重新续满,于是帕特里克停下来抿了口咖啡。趁此机会，波拉插了一个问题。

"他是开车走的吗？"

"不是，家里唯一的一辆车被希娅开走了，据她说，马格纳斯通常会步行。"

"但他不是一路走到塔努姆的，对吧？"马丁问。

"对，他走到迷你高尔夫球场，与住在附近的同事乌尔夫·罗桑德同乘一辆车去上班。不过那天早晨，他给罗桑德打电话说要晚点儿到，但从此就再没现身。"

"咱们能肯定吗？"梅尔贝里问，"有没有仔细调查过这个罗桑德？说马格纳斯从未露面毕竟只是他的一面之词。"

"古斯塔跟罗桑德谈过，从他的言谈举止来看，不像是在说谎。"帕特里克说。

"也许是你们施加的压力还不够。"梅尔贝里一边说，一边在记事本上写着什么。他抬起眼皮，盯着帕特里克："把他带过来，再好好审审他。"

"会不会有些过激了？要是人家听说咱们居然把目击证人强行弄到局里，也许今后出了什么事就不愿意向警方报告了。"波拉反对说，"你和帕特里克开车去夫雅巴卡，到他家走一趟如何？当然，我知道你现在正忙得团团转，所以，要是你同意，我可以和帕特里克一起去。"她不动声色地向帕特里克使了个眼色。

"嗯，这倒是真的。我现在连自己这一摊子事都忙不过来。好主意，波拉。你和帕特里克开车过去，找……罗塞尔再聊一聊。"

"罗桑德。"帕特里克纠正他说。

"没错。我就是那么说的。"梅尔贝里瞪了帕特里克一眼，"反正我希望你和波拉找他聊聊。我想会有用的。"他没好气地挥了挥手，"好啦，还有什么？咱们还知道哪些？"

"我们沿着马格纳斯去罗桑德家的路线，挨家挨户地敲门询问。谁也没看到什么，不过这也未必能说明什么问题。大家早上都忙于自己那一套例行程序。"帕特里克说。

"他的私生活呢？咱们挖掘得够深吗？所有见不得人的丑事都折腾出来了吗？"梅尔贝里被自己的俏皮话逗乐了，但谁也没来凑这个趣。

"同马格纳斯和希娅最近的朋友是埃里克·林德、肯尼思·本特松和克里斯蒂安·赛德尔，外加他们的妻子。我们与这些人以及马格纳斯的家人都谈过了，得出的唯一结论就是，马格纳斯既是慈父，又是益友。没有闲言碎语，也没有不可告人的秘密。"

"胡扯！"梅尔贝里从鼻孔里哼了一声，"谁都有瞒着别人的地方，就看你能不能挖出来。显然，你们下的功夫还不够。"

"当然……"帕特里克想辩解一下，但随即便住了口，因为他意识到，也许这次还真被梅尔贝里给说中了。"当然，我们会找到他的亲朋好友，再从头询问一遍。"他接着说。突然间，他想起了克里斯蒂安·赛德尔，还有他办公桌顶层抽屉里的那封信。不过，在找到更确凿的线索之前，他还不想提这件事。

"那好吧。咱们就再来一次，而且要干得漂亮些！"梅尔贝里腾地一下站了起来，将头枕在主人膝盖上的恩斯特差点跌了个跟头。

爱丽丝整天整夜哭个不停。他听到父母说起这件事。他们说,她得了一种叫疝气的病。管它是什么呢,反正一听到她哭天嚎地的他就受不了。那声音蚕食着他的整个生命,夺走了他的一切。

她哭得这么凶,母亲怎么不恨她?怎么还抱着她,给她唱歌,摇她睡觉,而且那么温柔地看着她,就好像她觉得自己亏欠了这小婴儿似的?

对爱丽丝产生负疚感毫无道理。她是故意做出那副样子的。这一点他确信无疑。有时候,当她像只丑陋的小甲虫一样躺在婴儿床里时,他会俯身盯着她细看,她也会与他对视,那神情仿佛在说,她不愿让母亲爱他。就为这个,她才会大哭大闹,向母亲索要一切,什么也不给他留下。

有时,他觉得父亲也有同感,也知道爱丽丝是故意装出那副德性的,好让父亲也得不到母亲的爱。可父亲却对此听之任之。他干嘛不做点什么呢?他都是个大人了,块头又那么大,应该有办法叫爱丽丝住嘴才是。

父亲也很少获准触碰婴儿。偶尔他会试着抱起她,拍拍她的屁股,轻抚她的后背,想法让她安静下来。可母亲总是说他做得不对,应该把爱丽丝留给她来照顾。于是,父亲便又会畏畏缩缩地退到一旁。

但有一天,父亲决定亲自照顾爱丽丝。她从来没哭得这么厉害,已经连着闹了三个晚上了。

他躺在自己房间里无法入眠,把枕头紧紧按在头上堵住那声音,仇恨在枕下渐渐滋生,膨胀,重重地压在他身上,几乎令他窒息,他不得不移开枕头透透气。母亲连续三晚没睡,已经被累垮了。所以她破例将孩子留给父亲照看,自己去补觉了。父亲决定给爱丽丝洗个澡,问他想不想来看看。

父亲小心地试了试水温,然后在浴缸里放满了水。他脸上现出和母亲平时一模一样的表情,看着难得安静下来的爱丽丝。父亲似乎从来没显得如此重要。他总是隐没在母亲的光芒下,母亲和爱丽丝共同享有的亲密关系也没他的份儿。但现在,他突然间成了重要人物。他对爱丽丝笑笑,爱丽丝也回他一个微笑。

父亲小心翼翼地把她光溜溜的小身子放入水中的婴儿浴座上,浴座上圈着毛巾,就像个小小的吊床,让她可以半坐半卧。他轻柔地擦洗着她的胳膊、双腿,和她圆滚滚的小肚子。她手舞足蹈,没有哭。她终于不哭了。但这无所谓。她赢了。就连父亲也从报纸后面的避难所里钻了出来,冲她微笑。

他一声不响地站在门口,无法将目光从父亲触摸那具小身体的手上移开。自从母亲不再看他,父亲几乎已成为他的盟友。门铃响了,他吓了一跳。父亲看看浴室的门,又看看爱丽丝,显得无所适从。最后他说:

"你能照顾一会儿妹妹吗?我去看看是谁,马上就回来。"

他迟疑了一下,然后发现自己在点头。跪在浴缸边的父亲站起身来,叫他走近些。他的双脚机械地移动着,将他带往近在咫尺的浴缸。爱丽丝抬头看着他。透过眼角的余光,他看到父亲离开了浴室。

现在只剩下他俩了。他和爱丽丝。

11

艾丽卡难以置信地瞪着帕特里克。

"在冰里?"

"是啊,发现他的那个倒霉蛋肯定吓得不轻。"帕特里克三言两语地向艾丽卡讲了当天的情况。

"我也这么想!"她一屁股坐在沙发上,玛雅赶紧往她腿上爬。不过这任务可不轻松。

"喂!喂!"玛雅将嘴贴到妈妈的肚皮上喊道。自从他俩告诉她宝宝能听到她说话,她便一逮着机会就去和他们聊聊天。不过就算客气地说,她的词汇量也实在有限,所以这种对话也没有多少花样。

"他们大概睡着了,咱们别吵醒他们。"艾丽卡在唇边竖起一根手指说。

玛雅有样学样,然后将耳朵紧贴在妈妈的肚皮上,想听听宝宝是不是真的睡着了。

"听你一说,这一天可真够糟的。"艾丽卡低声说。

"是啊,没错。"帕特里克努力把记忆中希娅和两个孩子的表情甩开,尤其是路德维格的眼神。他长得太像马格纳斯了,那眼神将印在帕特里克心中,久久挥之不去。"至少他们现在知道了。有时候我觉得心一直悬着更折磨人。"

"也许你说得对。不过,希望破灭还是让人难以承受。"艾丽卡犹豫了一下,然后问道,"警方调查出什么眉目了吗?"

帕特里克摇摇头:"不知道,目前我们一无所知。一点线索都没有。"

"寄给克里斯蒂安的那些信呢?"她心中天人交战。要不要跟帕特里克提起今天她去图书馆走的那一遭,还有她对克里斯蒂安过往的看法呢?最后,她决定多挖出一些秘密之后再提也不迟。

"我还没腾出空来去想那些信。不过,我们打算和马格纳斯的亲友再谈一次,所以,见到克里斯蒂安时,我会跟他聊聊这件事。"

"今天早晨的电视脱口秀里,他们问起信的事了。"艾丽卡说。克里斯蒂安之所以会在电视直播中被那些问题弄得狼狈不堪,自己是脱不了干系的,一念及此,艾丽卡不由得打了个寒战。

"他怎么说的?"

"他一个字也不肯讲,任凭他们如何施压。"

"我并不意外。"帕特里克吻了吻女儿的发心,"好啦,你是怎么想的,玛雅?咱们去给妈妈和宝宝做晚饭好吗?"他站起身来,把玛雅抱在怀里。

玛雅笑得直打嗝。她是个早慧的孩子,最近发现用便便和尿尿开玩笑其乐无穷。

"嗨……"帕特里克说,"不,我想咱们还是做炸鱼排和土豆泥吧,好吗?便便香肠留着改天再做。"

他女儿思考了片刻,通情达理地点头批准了。就炸鱼排吧。

桑娜在屋里来回踱着步。紧紧攥着手机,每隔一会儿就拨一遍他的号码。

无人接听。克里斯蒂安一整天没接电话,她脑海中不断浮现出一幅又一幅的灾难画面。尤其是现在马格纳斯的死讯震惊了整个夫雅巴卡。这一天,她至少每隔十分钟就去查查克里斯蒂安的电邮。仿佛有什么东西在她心中慢慢积聚,越来越强烈,非要得到一个否定或肯定的答案才算解脱。

实际上,她明知自己做的这一切全都大错特错。她想牢牢抓住他的心,于是便不断追问他的过去,想知道他曾经和谁有过交集,心中又在想些什么,但最终她却将他越推越远。而这一切皆源于一个理由:他不爱她。

他在哪儿?为什么不打电话?她为何找不到他?她又果断地按了一遍他的号码。克里斯蒂安的电话响了又响,可仍然无人接听。她站起身来,走到餐桌旁,去看放在上面的那封信。今天刚一收到,她就立刻把它拆开。里面的内容一如既往地神秘。你知道你是逃不掉的。我就在你心里,所以就算你跑到天涯海角,也别想藏得住。黑色墨水的字迹非常眼熟。桑娜用颤抖的手拿起信,凑到鼻子下面,但只闻到纸和墨水的气味。没有香水味,也找不到任何能暗示寄信人身份的蛛丝马迹。

尽管克里斯蒂安坚称他不知道写信人是谁,可她根本不相信他,一眼便看穿他在说谎。她怒火中烧,把信往桌子上一扔,转身向楼上冲去。一个儿子在客厅里喊她,但她没有理会。她必须知道真相,找出答案。她仿佛是被什么人附体了,再也控制不住自己。

她先去了卧室,拉开克里斯蒂安写字台的抽屉,把里面的东西一古脑儿倒出来,一件件仔细翻看,然后又伸手沿着空荡荡的抽屉内壁摸了一遍。什么也没有。除了 T 恤衫、袜子和内衣,别无他物。

她站在屋子中间,四处环顾。会不会在衣柜里?桑娜走到占据一整面墙的大衣柜前,开始有条不紊地翻找。最后,每一件属于克里斯蒂安的物品都被她扔在了地板上。衬衫、裤子、腰带,还有鞋子。但她没找到一件带有私密意味的东西,没有一件东西能让她对自己的丈夫多一些了解,帮她穿透他在自己周围筑起的坚壁。

她飞快地把他的衣服一件件拽出来。最后,衣柜里只剩下她自己的衣服和其他一些衣物。她跌坐在床上,用手抚弄着祖母缝制的床罩。她拥有这么多陈年旧物,它们告诉别人她是谁,来自哪里。被罩,外婆留下的梳妆台,母亲送她的项链。这些林林总总的小物件,都是她过往生活的痕迹,是她生命的一部分。

她突然意识到,这样的东西她丈夫一件也没有。显然他不像她这样多愁善感,也没有收藏旧物的癖好。但不可能什么都没有。没人会就这样过一辈子,不给自己留下哪怕是零星半点的念想。

她用拳头捶着床罩。悬而未决的疑问令她心跳加快。克里斯蒂安是谁?他究竟是谁?突然她想起一件事,瞬间就安静了下来。还有一个地方没搜过:阁楼。

埃里克用手转动玻璃杯,看着葡萄酒的红色到了边缘逐渐由深变浅。他在一次品酒课上得知,这说明它并非陈年佳酿。像这类品酒课他参加过无数次。

如今他的整个生活已濒临崩溃,而他实在不明白这一切是如何发生的。他觉得自己被卷入了一股汹涌的波涛,无论怎样抵御也无法逃脱,只能随波逐流。

马格纳斯死了。两次震惊搅在了一起,所以直到现在他才反应过来,路易丝在发给他的短信中说了些什么。先是她告诉他马格纳斯的尸体找到了,几乎与此同时,塞西莉亚宣布她怀孕了。在前后不到三十秒的时间里,他一下子听到两件令他心惊胆战的事。

"你至少该给我回个信儿。"路易丝的声音显得粗粝刺耳。

"什么?"他意识到妻子刚才和他说了些什么,但他显然没听到,"你说什么?"

"我刚才问你,今天我给你发短信说马格纳斯的事时你在哪儿。我先往你办公室打电话,可你不在。然后我又往你手机里打了好几次,但只收到你的语音邮件。"她含糊不清地说。今天一整晚她都是这样,大概从下午就开始喝酒了。

他口中涌上一阵厌恶,与酒气混合在一起,有一股苦涩的铁味。她这种毫无节制的生活令他反胃。

"我出去办事了。"

"办事?"路易丝又呷了一口葡萄酒,"哈,没错。我猜也猜得到那是件什么破事。"

"够了。"他疲惫地说,"今天别说这个,别专拣今天说。"

"今天为什么不行?"她的样子像是憋足了劲儿要吵一架。女儿们刚刚睡下,现在只有他们俩。埃里克和路易丝。

"今天有人发现咱们最亲密的一个朋友死了。咱俩今晚就不能稍稍平心静气一些吗?"

路易丝没有回答。他看出她有些发窘。一时间,他仿佛又看到了他在大学里遇到的那个年轻姑娘,温柔甜美,聪明机智。但这个画面迅速消散,眼前所见只有松弛的皮肤和被葡萄酒染成紫色的牙齿。他口中又泛起一丝苦味。

还有塞西莉亚。他该拿她怎么办?她说这个孩子她要定了。她就那样站在厨房里,冷冷地通知他,不给他讨价还价的余地。

塞西莉亚好像突然间成熟起来。咯咯傻笑的一派天真之态荡然无存。他面对着她站在那里,从她的表情可以看出,她第一次真正看穿了他。这令他感到局促不安。他不想透过她的眼睛看到自己。他甚至根本就不想看自己。

他这一生一直是众人艳羡的对象,他们的赞美总是被他视作理所当然。也有些人怕他,这一点同样令他洋洋自得。但用手护住腹部的塞西莉亚却用轻蔑的目光望着他。他们的暧昧关系结束了。她已经把选择摆到了他面前。只要从孩子出生到年满十八岁,他每月往她的银行账户里存一大笔钱,她就不会说出谁是孩子的父亲。否则她就去告诉路易丝,然后尽她所能夺走他所享有的一切的荣耀和尊崇。

埃里克一边看着自己的妻子,一边思忖自己的选择是否正确。他并不爱路易丝。他不停地背叛她,伤害她,他也知道没有他她会过得更快乐。但放弃自己习惯的一切会很难。路易丝赢了,因为这种选择更方便,还因为她有权得到他一半的财产。这是个省事的办法,但在未来十八年里,他将为贪图方便付出巨大的代价。

克里斯蒂安在车里已经坐了近一个小时,他能看到桑娜在咫尺之外的家中走来走去,从她的肢体语言,他看得出她情绪低落。

他没有力气去面对她的愤怒、哭泣和指责。如果不是为了孩子们……克里斯蒂安发动了汽车,朝车道开去,阻止自己继续往下想。

他必须不惜一切代价保护他们。他不能再输了。那样他的全部生活和他所信仰的一切都将永远改变。

他曾经以为,自己向儿子们关闭心扉,就能制造出一种安全感。但他错了。他无处可逃,无法抑制对他们的爱。所以他不得不奋起而战,直面邪恶,去对抗长久以来一直深藏于心的隐秘。但现在,他的书将它暴露于光天化日之下。他第一次感到自己不该写那本小说。

前门开了。他从方向盘上抬起头来。桑娜紧裹着一件羊毛衫,浑身发抖地站在门口。

他拖着沉重麻木的双腿跨出汽车,按下遥控钥匙锁上车门,然后朝灯光处走去。桑娜退后一步到门厅里,定定地看着他,脸上毫无血色。

"我一直在找你。从午饭时就开始一遍遍地给你打电话,可你连接都没接。告诉我你的手机被偷了,或者坏掉了。随便编点什么理由都行,只要能给我个合理的解释,让我知道为什么一直找不到你。"

克里斯蒂安耸耸肩。他没什么可解释的。

"我不知道。"他脱下外套,双臂也觉得发麻。

"你不知道?"她哆哆嗦嗦地说。尽管他已经关上了前门,但她仍用手臂抱着自己的身体,仿佛被冻僵了。

"我累了。"他说,深知这借口多么站不住脚,"早晨草草上了一个访谈,然后我还得去见盖比,然后……我累了。"他没有精神给她讲述与出版商见面的细节。他现在只想立刻上楼去,钻进被子蒙头大睡,把其他一切都忘掉。

"孩子们睡了吗?"他问。从桑娜身边走过时,他不小心蹭了她一下,她晃了晃,但还是站稳了。她没有答话,于是他又问了一遍。

"孩子们睡了吗?"

"睡了。"

克里斯蒂安上楼进了儿子的房间。他们躺在床上的样子就像是小天使,脸蛋儿红扑扑的,睫毛像是黑色的小扇子。他坐在尼尔斯的床边,抚摸他的金发,听着梅尔克沉睡中的鼻息声。然后,他站起身来,将两个男孩的被子掖了掖紧,便下了楼。桑娜还站在前厅里原来的地方。他开始察觉到,她这副态度并非是出于平常的抱怨和指责。他知道她在想尽一切办法查他,偷看他的电邮,编造借口给图书馆打电话,看看他是不是真的在上班。这些他都知道,也并不追究。但现在,情况有些不对头。

倘若可以选择，他真想转身上楼，把上床睡觉的想法付诸实践。但他知道这没有用。桑娜还有话要说，不管他就这样站在前厅里还是躺在床上，她无论如何都会说出来。

"出了什么事吗?"他问，整个身体骤然间如坠冰窖。她难道真的那样做了?他知道她干得出来。

"今天来了一封信。"桑娜终于决定挪动一下。她走进厨房，他料想她希望自己也跟上去。

"一封信?"克里斯蒂安松了一口气。就这些吗?

"像往常一样。"桑娜把信封扔到他面前的桌子上，"是谁不停给你寄这种信?别告诉我你不知道。我一点儿也不信。"她语调骤升，发出了假声，"她是谁，克里斯蒂安?你今天就是去见她吗?所以我才一直找不到你?她为什么要给你寄这些信?"质问和指责冲口而出。克里斯蒂安疲惫地跌坐在窗边的一把椅子上，手里拿着那封信，不看也不读。

"我不知道，桑娜。"他内心深处几乎生出一种想要告诉她的冲动。但他不能。

"你说谎。"桑娜抽泣起来。她低下头，在毛衣袖口上擦了擦鼻子，然后抬头看他:"我知道你在骗我。你有别的女人，至少曾经有过。今天我发疯一样地在屋子里到处跑，想找出一些哪怕是最微不足道的暗示，好让我知道自己究竟嫁了一个什么样的男人。可你猜怎么着?没有。什么都没有!我不知道你是谁!"

桑娜冲他声嘶力竭地大吼，克里斯蒂安任凭她的愤怒将自己淹没。她说得对。他抛掉了一切——他现在是谁，曾经又是谁。他把这些统统扔掉了。但他本该意识到她不会甘心被他遗忘，并且拒绝留在过去。他早该知道的。

"你倒是说话呀!"

克里斯蒂安吓了一跳。桑娜向前探着身子，冲着他大嚷，喷了他一脸的口水。他慢慢抬起手臂擦了擦脸。她把脸又贴近了些，放低音量，几乎是在耳语。

"可我还接着找。每个人都有不愿示人的东西。所以,我想知道的是……"她停顿了一下,他感到自己的肌肤因惊惧而刺痛。她脸上那种心满意足的表情陌生而又可怕。他不想再听下去,不想再玩这个游戏,但他知道,桑娜会毫不留情地继续说,不达目的誓不罢休。

她伸手从餐桌另一侧的一把椅子上拿起一样东西。他们共处的这些年里,她积聚的所有情感此刻都在她眼中闪烁。

"我想知道的是,这是谁的?"桑娜举着一件蓝色的东西。

克里斯蒂安立刻看出那是什么。他不得不强忍着冲动,才没有一把从她手中夺下它。她没有权力碰那条裙子!他想告诉她,把这话喊给她听,让她知道自己越界了。但他口干舌燥,一个字也说不出。他伸手要去拿那蓝色的织物,他知道它贴在脸颊上会无比柔软,落在手上会轻若无物。但她退后一步,让他够不着它。

"这是谁的?"桑娜的声音现在更低了,几不可闻。她把裙子抖开,举在自己身前,仿佛她是在一家商店里,想试试这颜色和自己衬不衬。

克里斯蒂安没有看她;他的目光定定地落在裙子上。看到它被别人的手玷污,他无法忍受。而与此同时,他的大脑却以令人惊异的冷静和条理运转着。他一直以来小心区隔开的两个世界就要相撞了,而他却不能吐露实情,永远不能大声说出来。不过,只要夹杂一些真相的碎片,就能编织出最高明的谎言。

突然,他觉得自己完全镇静下来。他会把桑娜想要的给她。从陈年旧事中抽取一个片段告诉她。于是他开始讲述,过了一会儿,她坐下来聆听他的故事,尽管他说出的只是冰山一角。

莉丝贝特的呼吸时急时缓。她已经好几个月没睡楼上的双人床了。病痛折磨之下,她已无法再爬到楼上的卧室,于是他替她收拾好一楼的客房,把这间小屋子尽量布置得舒适些。但任凭他怎样做,这终究是客房。这一次,来做客的是癌症。它用它的气味、顽固和死亡征兆占领了整个房间。

他再也不能像他俩从前喜爱的那样,紧挨着她睡了。她经不得碰,一碰就疼,每次他稍稍偎近一些,她就会蓦地躲开。于是,他便在她旁边支了一张床。一想到不能和她同睡在一间屋子里,他就受不了。至于独自一人睡在他们楼上的那张床上,他干脆连想都没想过。

他在行军床上睡得很差。每天早上他都腰酸背痛,关节僵硬。他曾考虑买张真正的床放在她旁边,不过他知道这没什么意义。尽管他不愿去想,但他知道他们很快就不需要另加一张床了。不久他将一个人孤零零地睡在楼上。

他翻过身去。他必须想办法睡一会儿;毕竟他还有工作要忙。多少个夜晚,他在行军床上辗转反侧,看着她,连一分钟也不愿错过。

他突然有些内急,觉得最好还是起个夜,因为不解决利索就别想睡得着。他吃力地翻身坐起,后背和行军床同时嘎吱作响。

走廊里灯光昏暗。洗手间的灯光只照到他前面不远处,房子里别的地方一片漆黑。

肯尼思蹑手蹑脚地走到门口。他走过去转了转把手,没锁。这也算不上反常,因为有时就连晚上他也会忘记锁门。

为保险起见,他先确认了一下门是关好的,然后便上了锁。就在他要回去睡觉时,突然身上起了一层鸡皮疙瘩。什么东西不太对头。他向厨房门口看去,那里只有屋外街灯透入的微光。他眯起眼睛,走近了一步。餐桌上有个东西闪着白光,他睡前把碗碟收走时,这东西并不在那儿。他又向前走了几步。恐惧如潮水般在他体内涌动。

他看到桌子中间放着一封信。又是一封信。信封旁边,有人端端正正地摆上了一把菜刀。刀刃在街灯照射下闪闪发光。肯尼思四处环顾,但他知道,不管这不速之客是谁,现在都已经走了,只留下一封信,一把刀。

肯尼思真希望自己能明白这信意欲何为。

她咧开没有牙齿只有牙龈的嘴，冲他嘻笑着。可他没有上当。他看穿了她的企图，不过就是想索取、剥夺，直到最终他一无所有。

　　突然，他觉得有股气味钻进自己的鼻孔里。是从前那种惹人生厌的甜味，现在它又回来了。一定是从她身上散发出来的。他低下头，看着这个柔软亮泽的小身体。她的一切都让他恶心。滚圆的肚子，两腿中间的那道沟，还有头上稀稀拉拉的黑发。

　　他把手放在她头上，感到脉搏在皮肤下跳动，紧凑而微弱。他用力压了压，她向下滑去，仍在对他大笑。水漫过她的双腿，她用脚跟踢着浴缸的缸底，弄得水花四溅。

　　他听到前门处远远传来父亲的声音，时高时低，看样子一时半会儿他不会回来。他的掌心下仍传来一阵阵脉搏的悸动，她开始抽噎起来。她就这样一会儿笑一会儿哭的。仿佛不确定自己究竟是高兴还是难过。也许她透过他的手感受到了他的仇恨，知道与她共处的每一秒都令他深恶痛绝。

　　要是没有她，没有那没完没了的啼哭该多好。那样的话，他就再也不必忍受这种反差：母亲看着她时总是一脸喜悦，而一转过来对着他，喜悦的表情立刻荡然无存。太明显了。每次母亲将视线从爱丽丝移到他身上时，就好像一盏灯突然熄灭了。光亮消逝了。

　　他又听了听父亲的声音。爱丽丝似乎还没打定主意要放声大哭，于是他也冲她笑笑，然后学着母亲的样子，小心地将手臂垫在她脑后，用另一只手去拉她斜靠着的婴儿浴座。这动作有点难度，她太滑了，还不停地扭来扭去。

　　最后，他终于把浴座撤了出来，小心翼翼地推到一边。现在，她全身的重量都落在了他的左手臂上。那股令人窒息的甜味更浓了，他恶心地别过头去。他感到她的目光火辣辣地射在他脸上，皮肤湿漉漉滑溜溜地挨着他的手臂。他厌恶她，因为她把那股气味又带了回来，因为她强迫他记起往事。

他慢慢地抽出手臂，看着她。她仰头向浴缸倒下去，刚要碰到水面时，喘了口气，尖叫起来。但太迟了，她的小脸儿消失在水下，双眼透过荡漾的水波瞪着他，手脚一通挥舞，怎么也坐不起来。她还太小，也太弱。他甚至连按都不必按，她的头就触到了缸底，唯一能做的就是左右来回地摆动。

他蹲下身，把下巴搭在浴缸边上，看着她拼死挣扎。谁让她要把美丽的母亲从他身边夺走。她死了也是活该。跟他没关系。

过了一会儿，她的手脚不再挥动，慢慢地沉了下去。他感到心中一片宁静。那股气味消失了，他又可以呼吸自如了。一切都将恢复从前的样子。他歪着头，靠着冷冰冰的搪瓷浴缸，看着一动不动躺在那里的爱丽丝。

12

"请进，请进。"乌尔夫·罗桑德示意帕特里克和波拉进屋。他虽然穿戴整齐，却是一副昏昏欲睡的样子。

"谢谢你答应见我们，我们约得太仓促了。"波拉说。

"没问题。就是给公司打个电话，告诉他们我晚点去就行了。鉴于目前的情况，他们完全能理解。我们大家失去了一位同事。"他向客厅走去，他们跟在后面。

房间里好像刚被扔了颗炸弹。玩具和杂七杂八的东西扔得到处都是。乌尔夫把一堆小孩子的衣服推开，好让他们坐到沙发上。

"早上孩子们去托儿所之前，屋子里总是乱成一团。"他抱歉地说。

帕特里克大笑起来，然后，他换了个严肃的表情，对罗桑德说："呃，你大概已经听说了，我们找到了马格纳斯。"

罗桑德脸上的笑容顷刻间消失了。他用手捋了捋早已蓬乱不堪的头发。

"知道他是怎么死的吗？沉海了？"

用这种说法来代指船难已经过时了，不过在临水而居的人群中还是很常见。

帕特里克摇摇头："还不知道。不过现在更重要的是要查出他失踪的那天早晨发生了什么事。"

"我懂。可我不太明白我究竟能帮上什么忙。"罗桑德两手一摊，"我唯一知道的，就是他打电话说要晚点儿来。"

"这情况反常吗？"波拉问。

"马格纳斯迟到？"罗桑德皱起了眉头，"你这么一说，我还真不记得以前曾有过这种事。"

"你们俩同乘一辆车上班有多久了？"帕特里克小心地把一只塑料瓢虫从

屁股底下抠出来。

"从五年前我到塔努姆之窗上班开始。在那以前,马格纳斯坐公交车,但有一次我们在公司聊了起来,我提议他可以搭我的车,出一半汽油费就行。"

"在这五年里,他可曾提前打电话说他会晚些到?"波拉又问了一遍。

"没有,一次也没有。我早该想到这个。"

"他打电话时状态如何?"帕特里克问,"平静?烦乱?他有没有说为什么会晚?"

"没有,他没说。我也说不太准,因为已经隔了那么久。不过,我觉得他有些不自然。"

"此话怎讲?"帕特里克往前凑了凑。

"也许用烦乱来形容太过了些。不过我隐约觉得有点不太对劲。我想或许是他和希娅或孩子们吵架了。"

"是他说了什么,才给你这个印象吗?"波拉和帕特里克交换了一个眼色,问。

"不,并没有。我们只说了大约五秒钟。马格纳斯打电话说他要晚点到,要是耽搁得太久,就让我先走,他自己去公司。然后他就挂了。我等了一会儿,就出了门。就这些。我想,是他说话的那种语气让我觉得他家里出了点麻烦。"

"你知不知道他们的婚姻是否有问题?"

"我从未听马格纳斯讲过希娅一句坏话。恰恰相反,他们好像真的很恩爱。当然,别人家的事谁也没法说得清,不过我一直觉得马格纳斯婚姻很幸福。其实这类事我们说得并不多,倒是常聊聊天气啊足球啊什么的。"

"你们俩算是朋友吗?"帕特里克问。

罗桑德犹豫了一下,然后才回答:"不,还算不上。我们一起开车上班,有时吃午饭时会聊上几句,不过我们之间从未有过应酬或诸如此类的交往。说实话,我也不知道这是为什么,其实我们俩相处得还不错。不过,每个人都有自己的朋友圈子,像这种事很难改变。"

"这么说,如果他遇到了什么烦心事,或者有人搅得他寝食难安,他并不会向你倾诉喽?"波拉问。

"对,我觉得他不会。不过我每周有五天能见到他,所以,要是他在担心什么,我应该能看得出来。但他还和往常一样。开朗,沉稳,自信。简单地说,是个非常好的人。"罗桑德低头看看自己的双手,"真抱歉,我就只知道这些了。"

"你已经非常配合了。"帕特里克和波拉先后站起身来,与罗桑德握手,感谢他能抽空见他们。

回到车里,他们一边开车,一边把刚才听到的话重新捋了一遍。

"那么,你是怎么想的?"波拉瞄了一眼坐在她旁边副驾位子上帕特里克的侧影。

"嘿,看着点路!"在快到穆尔霍特的一个急转弯处,波拉险些撞上一辆货车,帕特里克赶紧抓牢门把手。

"哎哟!"波拉说。现在,她的全副注意力都集中在了挡风玻璃和前方的道路上。

"女司机。"帕特里克嘟囔着说。

波拉知道他只是在打趣她,所以干脆没理会这句评语。另外,帕特里克开的车她也不是没坐过,她觉得他能拿到驾照简直是个奇迹。

"我觉得乌尔夫·罗桑德根本没有谋杀的嫌疑。"帕特里克回答她的问题。

波拉点点头:"我同意。这次梅尔贝里可看走眼了。"

"所以,咱们得让他相信自己搞错了。"

"不过咱们跑这一趟还是很值的。古斯塔肯定把这条小线索给漏掉了。五年来马格纳斯第一次迟到,肯定有原因。罗桑德觉得他在电话里显得很烦,至少是有些反常。我认为他恰恰在那天早晨失踪,这绝不是巧合。"

"你说的没错。只是我不知道咱们该从何入手,查出他心烦的原因。前些天我也问过希娅,那天早上有没有发生什么特别的事,她说没有。她倒是比马格纳斯先走一步去上班,可他就独自在家待了那么一小会儿,能出什么事呢?"

"有人查过电话记录吗?"波拉专注地盯着路面问。

"查过好几次了。那天早晨没人往他们家打电话,他的手机也没人打过。唯一的一个电话就是马格纳斯打给罗桑德的。然后就什么也没有了。"

"你觉得会不会有人上门去找他?"

"我觉得不会有。"帕特里克摇摇头,"从邻居家看他们家,能看得一清二楚。马格纳斯离开时,他们正在吃早饭。当然,也可能有人按门铃时他们没瞧见,不过他们确信自己没看漏。"

"电子邮件呢?"

帕特里克又摇摇头:"希娅允许我们查看了他的电脑,但并没有值得注意的邮件。"

他们静静地开了一会儿,两个人都陷入了沉思。马格纳斯·谢尔纳在某一天突然消失得无影无踪,三个月后却变成一具冰冻的尸体再次现身,这一切的背后到底发生了什么? 那天早晨到底发生了什么?

艾丽卡决定步行真是件蠢事。在她想来,从她位于萨尔维克的家到她此行的目的地,好像最多不过一箭之遥。但现在这么一看,这一定是打破世界纪录的一箭。

十分钟后,筋疲力尽的她终于跨进了办事处。她事先并未打电话,想凭借突然的造访占个先机。她先确认了一下埃里克的车没停在外面。她想找的是肯尼思,最好别人来打搅他们谈话。

"有人吗?"看样子没人听到她关门的声音,于是她又往里走了几步。办公区似乎是由一间普通民房改建而成的。肯尼思就坐在其中一张桌子旁,似乎没注意到艾丽卡的存在,因为他双眼直直地盯着前方,一动不动。

"你好?"她又试着打了声招呼。

肯尼思吓了一跳。"哦,你好! 对不起,不过我没听到你进屋。"他站起来朝她走去,"如果我没弄错的话,您是艾丽卡·法尔克吧。"

"正是。"她微笑着与他握手。肯尼思发现她目光热切地盯着一把访客椅,于是便示意她落座。

"请坐。带着这些多出来的分量走来走去，一定很不容易。看样子你的预产期快到了吧。"

艾丽卡感激地靠在椅子上，感到后背如释重负。

"还要一阵子呢。不过我怀的是双胞胎。"她好像对自己说出的话有点吃惊。

"那样的话，一定够你们忙的。"肯尼思在她身旁坐下，体贴地说，"你们这是要买新房子吗？"

借着旁边一盏灯射出的光，艾丽卡从近处看到他的脸，吃了一惊。他满面倦容，憔悴不堪。她觉得他这幅模样简直要用"惊弓之鸟"来形容。蓦地，她想起听人说过他妻子生了重病。一时冲动之下，她差点伸出手去覆在他手上，不过最终还是生生忍住，因为她猜想对于自己这种同情之举，他多半不会领情。但她仍忍不住想说些什么。他的悲伤和疲倦是那么明显，深深地镌刻在他脸上的皱纹之中。

"你妻子怎么样了？"艾丽卡希望这个问题不会冒犯他。

"很糟。病情毫无起色。"

一时间，二人谁也没说话。接着，肯尼思站了起来，挤出一个笑容，但仍然掩饰不住他内心的痛楚。

"那你和帕特里克打算再买一套房子吗？你们现在住的那处真的很不错。可不管怎样，埃里克才是你和你先生该找的人。我是管财务和账本的，而且我也不擅言谈。不过我想，埃里克得午饭后才能回来，所以，要是你那会儿再过来……"

"不，我不是来买房子的。"

"哦？那你来这儿到底是什么事呢？"

艾丽卡迟疑了一下。她那该死的好奇心怎么就这么强烈，总是忍不住到处管别人的闲事呢？她该怎么跟他解释？

"我想你听说马格纳斯·谢尔纳的事了吧？他的尸体被找到了。"她开了个头。

肯尼思点点头，脸色愈发灰暗。

"据我所知，你们俩经常见面，是吗？"

"你干嘛要问我这个呢？"肯尼思说。他的表情突然警觉起来。

"我只是……"艾丽卡想找个说得过去的解释，但没找到，于是只好编个谎，"你看到报纸上说克里斯蒂安·赛德尔收到恐吓信的事吗？"

肯尼思点点头，仍然满脸戒备。有种神色似乎在他眼中一闪，但却转瞬即逝，艾丽卡甚至不确定自己是否真的看到了什么。

"克里斯蒂安是我的朋友，我想帮帮他。"她继续说，"我觉得他收到的恐吓和马格纳斯的遭遇是有关联的。"

"什么样的关联？"肯尼思向前倾了倾，问。

"现在我还说不清，"她闪烁其辞地说，"不过，如果你能告诉我一点关于马格纳斯的事，应该会大有帮助。他有仇人吗？会不会有什么人想要害他？"

"不会，应该没这个可能。"肯尼思又靠回到椅背上，摆出一副不愿再继续谈下去的架势。

"你们俩认识有多久了？"艾丽卡试着换了个比较轻松的话题。有时候采取迂回策略更容易达到目的。

这法子奏效了。肯尼思似乎放松下来："差不多认识一辈子了。我俩同岁，从小学到中学都是同班同学。我们仨一直是朋友。"

"你们仨？你是说你、马格纳斯和埃里克·林德吗？"

"对，没错。若是我们长大后才认识，我想我们不会成为朋友。不过夫雅巴卡实在太小了，我们基本上是一块儿长大的，所以一直保持着联系。埃里克住在哥德堡时，我们和他见面的机会不多，但自从他搬回来以后，我们这几家人就经常聚一聚。是出于习惯吧，我想。"

"你觉得你们仨算是知交吗？"

肯尼思停下来想了想，朝窗外瞄了一眼，目光扫过冰面，然后回答说："不，我觉得还算不上。当然，埃里克和我一块儿工作，所以我们俩接触得比较多。不过我们并不是知交。我觉得没有人会和埃里克成为知交。而马格纳斯和我又完全是两路人。对于马格纳斯的为人，我说不出一个字的坏话，我想其他人也是如此。我们一直相处得非常融洽，但从来没成为你说的那种密友。要说密友的话，倒是马格纳斯和我们这个小团体的新成员克里斯蒂安在一起的时间最多。"

"克里斯蒂安是怎么加入你们的?"

"我也不太清楚。是马格纳斯决定要把他和桑娜也拉进来的，就在克里斯蒂安刚刚搬到这里之后。打那以后，我们就常来常往了。"

"你了解他的过去吗?"

"不。"他说，随即陷入了片刻的沉默。"经你这么一提……我对他搬到夫雅巴卡之前的经历还真是一无所知。我们从未谈过这些。"对自己说出的话，肯尼思似乎也有些吃惊。

"你和埃里克同克里斯蒂安相处得怎样?"

"他是个难以深交的人，而且性格实在有些阴郁。不过他人不错，要是喝上几杯，他就会松弛下来，那时我们常常会玩得很痛快。"

"你觉得他最近像不像压力很大的样子? 在担心着什么?"

"你是说克里斯蒂安?"肯尼思眼中又闪过一丝异样，不过很快就消失无踪了。

"是啊。差不多有一年半的时间，他一直收到恐吓信。"

"有那么久? 我还真不知道。"

"这么说，你和埃里克一点都没发觉吗?"

他摇摇头："我说过，克里斯蒂安有些……城府太深，也许这样说比较恰当。你很难看出他的心思。比如说，他的书都快要出版了，我才知道他在写书。"

"你读过吗? 真让人毛骨悚然。"艾丽卡说。

肯尼思摇摇头："我不太爱看书。不过我听说评价相当高。"

"是啊，真是难以置信。"艾丽卡回答，"可是，克里斯蒂安难道没向你或埃里克提过那些信吗?"

"没有,他从未提过。不过就像我说的那样,我们见面大多是在社交场合。像晚宴、庆典、新年和仲夏晚会什么的。克里斯蒂安要是有什么话,大概会跟马格纳斯说。"

"马格纳斯也没跟你说起过什么吗?"

"不,没有。"肯尼思站了起来,"对不起,不过现在我真得回去干活了。你和帕特里克真的不考虑一下,买栋新房子吗?"他笑着朝墙上的广告海报比划了一下。

"我们在现在的家里住得很舒服,不过还是谢谢你。你们的房子当然很吸引人。"艾丽卡努力想站起来,但身子一如既往地不灵便。肯尼思伸出手帮了她一把。

"谢谢你。"艾丽卡把围巾围在脖子上。"我很难过。"她说,"我是说关于你妻子的事。我希望……"她不知还要说些什么好,肯尼思只是点点头。

艾丽卡回到严寒的室外,打了个冷战。

克里斯蒂安无法集中精力。本来他很喜欢图书馆的这份工作,可今天他发现自己总是走神,干什么都不能全神贯注。

进来的人都想和他聊几句《小美人鱼》。他们中有的人已经读过这本书,有的正打算要读,还有的在电视访谈上看到了他。他总是客气地回着话,感谢他们不吝溢美之词,有人问起他的小说,他也会简单地给他们讲讲情节。但实际上,他只想高声尖叫。

他总是忍不住想起马格纳斯的可怕遭遇。所以他每隔一会儿就站起来走到书架前,把放错了位置的书挪回原处,扶正书脊,将它们整整齐齐地排成一行。

有人从图书馆门口走过。他只瞄到一个人影,实际上并未真的看到什么,只是感觉到有人动了一下。但瞬间向他袭来的那种感觉,与他前一天晚上开车回家时如出一辙。一种充满敌意却又似曾相识的感觉。

他冲到门口,向那人离去的方向张望,但没看到一个人,也没听到脚步声,什么声音都没有。是他的想象吗？克里斯蒂安用指尖按着太阳穴,闭上双眼,脑海中浮现出桑娜的影子,仿佛又看到他给她讲述那个半真半假的故事时,她脸上露出的表情:嘴巴大张着,同情中混杂着恐惧。

她不会再追问他了,至少短期内不会。那条蓝裙子又回到了阁楼里属于它的地方。他用一星半点的事实真相,换来了暂时的喘息。但她迟早会怀疑他告诉她的一切,刨根问底,挖出他不想讲述的部分。那一部分必须永远埋葬。他别无选择。

克里斯蒂安听到有人清了清喉咙,他睁开了一直紧闭的双眼。

"打扰一下,我是记者拉尔斯·奥尔森,能跟你聊几句吗？我给你打过电话,但没人接听。"

"我把手机关掉了。"克里斯蒂安把手从太阳穴上拿下来,"你想聊什么？"

"昨天,有人发现一个男人被冻在冰里。是马格纳斯·谢尔纳。他十一月就失踪了。据我了解,你们俩是好朋友。"

"你跟我说这个干什么？"克里斯蒂安往后退去,回到借书台后。

"这未免也太巧了,你不觉得吗？你长期收到恐吓信,而有人发现你最亲密的一个朋友死了。我们还听说,他很有可能是被谋杀的。"

"谋杀？"克里斯蒂安把抖个不停的双手藏在借书台下。

"对,尸体上有伤口,说明他曾受到袭击。你知道马格纳斯·谢尔纳是否也收到过恐吓吗？谁可能会给你寄那些信？"记者的语气咄咄逼人,无疑是希望克里斯蒂安能回答。

"我什么也不知道。一无所知。"

"不过看样子你已经被人给盯上了,不难猜测你身边的人也有可能成为靶子。你家里人受到过什么威胁吗？"

克里斯蒂安只能沉默地摇摇头。各种画面开始涌入他的脑海,他迅速将它们推开,绝不允许它们落地生根。

"据我所知,早在你的书出版、引起媒体关注之前,你就开始收到恐吓信了。所以,这似乎表明一切都是针对你个人的。对此你有什么要说的吗？"

克里斯蒂安再次摇了摇头，而且更加用力。他牙关紧咬，脸像是一张结了冰的面具。

"这么说，你不知道恐吓信背后的黑手是谁？也不知道它们和马格纳斯·谢尔纳被谋杀是否有关喽？"

"我想你刚才说的是，你只是听到了一些小道消息，表明他有可能是被谋杀的。还不是确凿的事实。"

"对。不过这是个合理的推断。"记者回答，"你得承认，在夫雅巴卡这样的小城镇，有人收到恐吓信，而他的一个朋友又被人谋杀了，实在是巧得出奇。这难免让人疑窦丛生。"

克里斯蒂安感到自己的怒气一阵阵上涌。他们有什么权力闯进他的生活，逼着他给出答案，向他索要他根本没有的东西？

"这件事恕我无可奉告。"

"你要知道，不管你是否配合，我们总归要写的。所以，为你自己的利益着想，还是把你的想法告诉我们的好。"

"我要说的都说完了。"克里斯蒂安回答，但看样子记者可没打算就这样放过他。

克里斯蒂安站起来，穿过图书馆大厅进入卫生间，锁上门。看到镜子里自己的脸，他吓了一跳。那好像是个完全陌生的人在与他对视，他根本没认出自己。

他闭上眼睛，双手撑在水池边上，身体向前倾。他的呼吸急促而微弱。他想凭着纯粹的意志力让自己的脉搏慢下来，恢复镇定。但他的生活就要被人夺走了。他知道。很久以前她就夺走了一切，现在，她又要故伎重演。

他眼皮下有一些魅影在摇曳舞动。耳中也听到了那些声音。她的，还有他们的。他没法让自己停下来，于是向后仰头，再狠狠向前一撞。他听到了镜子碎裂的声音，感到前额上血流如注。但一点也不疼。因为就在玻璃刺破他肌肤的那一瞬间，耳中万籁俱寂。美好的静寂。

刚过中午,路易丝就把自己恰到好处地灌醉了。轻松,麻木,但仍能把握住现实。

路易丝又将酒杯斟满。家里空无一人。女儿们去上学了。埃里克在办事处,或是在其他什么地方,也许正和他的小娼妇鬼混。

这几天他的举止有些古怪,变得沉默寡言,闷闷不乐。于是,恐惧与希望在她心中交织混杂。每当她想到埃里克可能真的会离开她时,就总是会有这种感觉。她仿佛变成了两个人。其中一个觉得能挣脱婚姻的牢笼未尝不是一种解脱,因为在这段婚姻中,除了背叛与谎言,已经别无他物。而另一个一想到自己要沦为弃妇就惊惶失措。当然,她能从埃里克手中拿到一大笔钱,但只剩下她一个人了,她拿这些钱干什么?

她现在的生活中很少有人陪伴,但总好过孑然一身。晚上有个温热的身体躺在她身边,早餐时有人坐在餐桌旁看报纸。好歹也算个人。如果他离开她,她就被彻底遗弃了。

这杯酒喝光后,她又给自己斟上一杯。现在埃里克在哪儿?是在办事处,还是和塞西莉亚在一起,在她赤裸的身体上辗转翻滚,进入她体内,抚摸她的胸脯?

她从冰箱闪亮的不锈钢表面上看到了自己的影子。像往常一样,她端详着自己,抬起手摸摸脸庞。她的模样还过得去,不是吗?她也曾风情万种。

她低下头,发现皮肤松垮下来,形成一层细小的褶皱。一时冲动之下,她恨不得从面前的托架上抓起一把刀,把皮肤上那令人生厌的垂褶切掉。她突然厌恶起自己的影子来。难怪埃里克再也不愿碰她。

她举起酒杯,朝冰箱上泼去,她的影子被抹掉了,只有闪闪发光的红色液体顺着光滑的表面流淌而下。手机就放在她面前的料理台上,她拨通了埃里克办事处的号码。她必须知道他究竟在哪儿。

"嗨,肯尼思,埃里克在吗?"

虽然过了这么久,她对这种情形早该习以为常了,但她放下电话时心还是怦怦直跳。可怜的肯尼思。这些年来,他为埃里克打过多少次迫不得已的掩护?

她没去理会她泼在冰箱上的污渍，又倒满了一杯酒，然后果断地向埃里克的工作室走去。其实她本不该去。他说如果别人用了这间屋子，就会把他的东西弄乱，所以，她甚至连踏进屋门一步的权力都没有。而现在，恰恰是因为这条禁令她才偏要去。

　　她笨手笨脚地把酒杯放到书桌上，然后拉开抽屉。在她与埃里克共度的这些年里，尽管心中疑虑重重，她却从未翻看过他的东西。她宁愿自己什么都不知道。疑心总比知情好，虽说在她而言二者几乎没什么区别。可不知怎么，她总能知道他当时恰好和谁在一起。他们住在哥德堡时他的两个秘书；托儿所的一个老师；女儿一个同学的母亲。她是从这些女人见到她时躲躲闪闪的眼神和略带愧疚的表情上看出来的。她闻出了她们的香水味，注意到他们仓促间有违体面的肢体接触。

　　现在，她第一次拉开了埃里克书桌的抽屉，乱翻他的文件，根本不在乎他是否会发现她干了些什么。因为她越来越确信，过去几天里他那种压抑的沉默只有一种解释。他想离开她了。

　　最后一个抽屉上了锁。她猛力拽了一下又一下，但它毫不示弱。她知道自己必须打开它。埃里克锁上它肯定是有理由的，这里面藏着他不想让她看到的东西。一把拆信刀吸引了她的目光。就用它。她将抽屉拉到再也拉不动为止，然后将拆信刀插入缝隙，开始撬锁。起初，抽屉好像不肯认输，但她又试着加了把劲儿，当木头开始出现裂痕时，她心中升起希望。最后锁终于被她撬开了，一切都发生得过于突然，她猛地向后一仰，就在险些跌倒的那一瞬间，她赶紧抓住书桌边缘，勉强站直。

　　她怀着强烈的好奇心向抽屉里窥探。有个白色的东西平躺在底部。她伸出手，费力地去取那东西，因为她的视线有些模糊。白色的信封。除了装在白信封里面的信，抽屉里空无一物。她倒是记得，这些信是通过邮局寄来的，不过当时她没怎么留意。收件人都是埃里克，所以她只是把它们扔到他那一大堆信件里，等他下班回家自己拆看。他为何要把它们藏在一只上了锁的抽屉里？

路易丝取出这些信,坐在地板上,把它们在面前一一摊开。一共五封,信封上用黑色墨水写着埃里克的姓名和地址,字迹优雅。

有那么一会儿,她想把它们原封不动地塞回抽屉里,然后该干什么干什么,对这些东西一概不理就是。不过,反正她已经撬开了锁,埃里克一回家,马上就会发现她来过。所以,倒不如看上一眼。

她伸手去够酒杯,她需要那种酒精顺喉而下,流进胃里,将所有痛苦一一抚慰的感觉。她啜了三口。然后把杯子放在身边的地板上,展开第一封信。

读完所有的信后,她把它们整齐地摞成一摞。她一点儿也没看懂。不过显然有人想害埃里克。某种邪恶的东西正在威胁他们的生活,他们的家庭,而他对此却只字未提。这让她内心胀满了前所未有的狂怒之气。他认为她不配与自己平起平坐,如此重要的事,他居然对她守口如瓶。但现在,他必须给她一个答案。他绝不能再像现在这样,连起码的尊重都不肯给她。

她决定开车进城,去埃里克的办事处。她把那些信放在自己旁边的副驾座椅上,钥匙对准点火器鼓捣了半天,最后深吸了几口气,才终于插了进去。她知道自己现在本不该开车,但这种事她以前也没少干过,于是她再次毫无顾忌地冲到了大街上。

他觉得她静静躺着的样子很是乖巧可人,不再放声大哭,不再要东要西,不再夺走属于他的一切。他伸出手摸摸她的额头,这举动在水面上搅起层层涟漪,她的五官笼在其中若隐若现。

　　前门那边,父亲好像在和什么人告别。他听到脚步声越来越近。父亲会明白的。他也是个被她横刀夺爱的失宠之人。

　　他用手指在水中拨来划去,弄出各种图案和波纹。她的手脚都沉在缸底,只剩下膝盖和一小块前额露出水面。

　　此刻,他听到父亲就在浴室门口,但他没有抬头。他突然觉得无法从她身上移开视线,因为他爱看她现在这个样子,破天荒第一次喜欢上了她。他把脸紧紧压在浴缸边上,听着,等待着,等着父亲发现他们已经摆脱了她。他和父亲夺回了母亲。父亲一定会高兴的,他确信。

　　这时,他感到有人猛地把他从浴缸边一把拉开。他惊愕地抬起头。父亲面孔扭曲,脸上混杂着太多他看也看不懂的情感,但显然,他并不高兴。

　　"你干了什么?"父亲咆哮着将爱丽丝抱出浴缸,无助地用胳膊托着她软塌塌的身体,轻轻把她放在地毯上。"你干了什么?"父亲又问了一遍,却没有看他。

　　"她抢走了母亲。"他感到这句话卡在喉咙里说不出来。他彻底懵了。他满以为父亲会高兴呢。

　　父亲一言不发。只是飞快地扫了他一眼,脸上满是不可置信的神情。然后,他俯下身,手指微微按着婴儿的胸口,捏着她的鼻子,向她嘴里轻轻吹气,接着再按按胸口。

"你这是在干什么,父亲?"他听到自己声音里带着哭腔。母亲不喜欢他这样说话。他蜷起腿,用胳膊抱住膝盖,靠在浴缸上。不该是这样啊。父亲为何要用那么古怪的眼神看着他?那样子不光是在生他的气;更像是在怕他。

父亲不停向爱丽丝口中吹气。她的手脚一动不动地瘫在地毯上,就像在浴缸底部时那样安安静静。父亲用手指按压她的胸口时,她的手脚有时会一抽一抽的。但那是父亲弄的,不是她自己在动。

但当父亲第四次吹过气后,她的一只手抖了抖。然后,她咳嗽起来,再然后就是尖声大叫。那种熟得不能再熟的,刺耳的,索要一切的尖叫。他不再喜欢她了。

母亲下楼的脚步声传来。父亲抱起爱丽丝,紧紧地搂着她,把衬衫前襟都湿透了。她叫得那么大声,连浴室好像都摇晃起来,他真恨不得她能马上住嘴,还像父亲没对她做过那些事之前那样,文静又乖巧。

母亲越走越近,父亲在他面前蹲了下来,双目圆睁,满含惊恐地凑过来低声说:"这里的事咱们永远不要再提。要是你再敢这么干,我就立刻把你扔得远远的,让你连关门声都来不及听到。你听懂了没有?再也不准你碰她一下!"

"出什么事了?"门口传来母亲的声音,"我刚上楼去歇一会儿缓口气,这里就炸开了锅。她怎么了?他干什么坏事了吗?"她转过头,看着坐在地上的他。

接下来的几秒钟,唯一的回答就是爱丽丝的尖叫。然后,父亲站了起来,仍是把她抱在怀里,说:"没事儿,就是我把她从浴缸里抱出来后,没马上用浴巾裹好,她不乐意了。"

"你确定他什么也没干?"她死死盯着他,但他只是埋着头,装模作样地揪扯着地毯边儿。

"没有,他只是在帮我。他对她很好。"父亲用余光瞟了他一眼,满含警告。

母亲似乎对这个回答还算满意。她不耐烦地向爱丽丝伸出手，父亲迟疑了片刻，还是将孩子递给了她。她转身离开，去安抚爱丽丝了。他和父亲四目相对，谁也没开口。但他从父亲的目光中看得出，他绝非戏言。刚才发生的事，他们永远不会再提。

13

"肯尼思?"她气若游丝地唤着丈夫的名字。

没人回答。是她的幻觉吗?不,她确信自己听到了大门打开又关上的声音。

"谁?"

还是没人应声。莉丝贝特挣扎着想坐起来,但最近几天里,她的力气飞快地消逝,现在她连坐都坐不起来。她要把所剩无几的力气好好攒着,留待肯尼思在家时再用,这都是为了让他相信她的状况比实际上乐观,让他同意她在家里多待上一些时日,好躲开医院的那股气味,还有浆洗过的床单紧贴肌肤的感觉。她太了解肯尼思了。若是他知道她的病情已经恶化到了何等地步,准会立马开车送她去医院。因为他仍苦苦抱着最后一线希望不肯放手。

但莉丝贝特的身体告诉她,她大限将至。现在,她已油尽灯枯,病魔就要夺走她的生命,它赢了。她唯一的愿望就是能死在家里,身上盖着自己的毯子,头枕着自己的枕头,晚上有肯尼思睡在她身边。

"肯尼思?"她又喊了一遍。她刚刚说服自己这一切都是幻觉,就听见前厅那边传来一个熟悉的声音。那是松动的地板在吱吱作响,每当有人踩在上面,它就会发出这种抗议。

"哈罗?"现在她有点怕了。她四处张望着寻找电话,肯尼思通常会把它放在她触手可及的地方。但最近他早晨醒来时实在太累,有时会把这事儿忘掉。比如说,今天他就疏忽了。

"谁在那儿?"她抓住床沿,再次想挣扎着坐起来。她觉得自己就像是卡夫卡《变形记》中的主人公。

这时,她听见前厅传来脚步声。这个身份不明的神秘人小心翼翼地向前挪动着,离她越来越近。莉丝贝特恐慌到了极点。任她怎么叫也不应声的这个人会是谁？肯尼思绝对不会跟她开这种玩笑。他这辈子也没跟她搞过恶作剧或出其不意地吓她一跳，所以她觉得他也不会突发奇想在这个时候来捉弄她。

脚步声已经近在耳边。她盯着那扇老旧的木门，她曾亲手为它打磨抛光，又刷了油漆，现在想起来简直恍如隔世。门分毫未动，她又以为刚才是自己的幻觉在捣鬼，癌症已经扩散到脑部，让她无法再清醒地思考，分辨虚实。

但接着，门慢慢地启开一条缝，有什么人站在另一侧推它。她拼尽全身的力气高声呼救，想压过这可怕的沉寂。而当门完全打开时，她住了口。那人开口说话了，声音似曾相识，却又无从辨认。她眯起眼睛，想看得更清楚些。当她看到一头乌黑的长发时，马上下意识地向自己头上摸去，确认那条黄丝巾还好端端地围着。

"你是谁？"她问，但那人竖起一根指头。莉丝贝特不吭声了。

那个声音又响了起来。这一次就在床边，凑在莉丝贝特脸旁，说着一些令她直想伸出手捂住耳朵的话。她拼命摇头，不想再听，但那个声音不肯停歇，带着残酷无情的魔力，诱惑她欲罢不能地听下去，听它讲述一个故事。听着这声音里暗含的某种意味，看着讲述者来回移动的步态，莉丝贝特明白这个故事确有其事。真相令她无法承受。

她麻木地听着这些滔滔不绝的无情之语。听着听着，她一直在勉力维系的脆弱生命开始渐渐从指缝中溜走。她全靠着意志力的支撑，坚守着对爱情的信念，才侥幸多活了这么久。而如今，随着这种信念的轰然垮塌，她也将撒手人寰。这个声音是莉丝贝特在尘世最后的印象。接着，她便心碎而死。

14

"你说咱们什么时候再去找希娅谈谈?"帕特里克看着自己的同事。

"恐怕不能再等了。"波拉说,"咱们必须抓紧调查,我想希娅一定会理解的。"

"或许你说得对。"帕特里克说,但似乎没什么底气。这种权衡取舍总是令他很为难。要是以工作为先,就难免会触及别人的伤痛;但如果让同情心占了上风,工作就得退居次位。不过,就凭希娅每个星期三雷打不动的来访,他也知道什么才是她心中的头等大事。

"咱们该怎么做?还有哪些工作没到位?有没有需要从头来过的?有没有漏掉什么?"

"嗯,首先,马格纳斯这一生都是在夫雅巴卡度过的,所以,如果他过去或现在有什么秘密的话,应该跑不出这块地方。这就好办些了。坊间的八卦传闻往往能大显神威,可有关他的消息我们居然一条也没挖出来。找不出任何动机表明有人要害他,更别说杀人这样的过激行为。"

"他似乎一直是个典型的居家男人。婚姻稳定,儿女乖巧懂事,有正常的社交圈。可偏偏就有人对他动了刀子。会不会是疯子干的?某个精神错乱的人突然发病了,谁碰上谁倒霉。"波拉对自己提出的这个观点并没有多少自信。

"这一点也不能排除,不过我不这样看。最有力的反证就是马格纳斯给罗桑德打电话说要晚点儿到。另外,罗桑德还说他有些反常。不对,那天早晨一定发生了什么事。"

"就是说,我们得重点调查他认识的人。"

"说起来容易做起来难。"帕特里克回答说,"夫雅巴卡有近千名居民,所有人差不多都互相认识。"

"噢,很好。现在我明白问题在哪儿了。"波拉笑着说。在塔南舍,她无法像在大城市里那样过上隐姓埋名的生活。作为一个初来乍到的新居民,这件事带给她的震惊至今仍未消退。

"但原则上你说的没错。所以,我建议咱们先从中心入手,逐渐向外围扩散。要尽快去找希娅谈谈,如果她允许的话,再和孩子们聊聊。然后是马格纳斯最亲密的朋友:埃里克·林德、肯尼思·本特松,尤其是克里斯蒂安·赛德尔。那些恐吓信里面有一些……"

帕特里克拉开办公桌最上面的抽屉,取出装着信件和卡片的塑料袋,接着便向波拉讲述了整件事的来龙去脉和艾丽卡拿到信的经过。波拉难以置信地听着,然后默默读了一遍那些充满敌意的文字。

"问题很严重。"她说,"应该把它们送到实验室分析一下。"

"我知道。"帕特里克说,"但咱们先别轻易下结论。我有一种感觉,这一切之间或许存在着某种联系。"

"同意。"波拉站了起来,"我也认为这不是巧合。"离开帕特里克的办公室之前,她停了一下。"我们今天要不要跟克里斯蒂安谈谈?"

"不,咱们用今天剩下的时间,尽可能多搜集一些他们三个人的信息:克里斯蒂安、埃里克和肯尼思。然后,明天早上一起把所有的材料过一遍,看看有没有什么能用得上的。我还想,咱俩应该把马格纳斯失踪后的所有访谈记录再通读一遍。这样,咱们就能从人们的言谈中,找出与第一轮内容自相矛盾的地方。"

"我去跟安妮卡说。她肯定能帮咱们查找背景资料。"

"很好。我给希娅打个电话,问问她现在状况如何,适不适合跟咱们见面。"

波拉离开后,帕特里克若有所思地坐在那里,眼睛盯着电话看了很久。

"别再打来了!"桑娜狠狠摔下电话。这一整天它都在响个不停,都是想采访克里斯蒂安的记者打来的。他们从不明说到底想知道些什么,但其实这也并不难猜。先是恐吓信的事被抖了出来,紧接着有人发现马格纳斯死了,于是记者们便把这两件事扯到了一起。为了让她放心,克里斯蒂安说给他寄信的十有八九是个疯子,不知出于什么原因跟他耗上了,很可能并无危险。

她曾经想问问他,既然如此,新书发布会上他的反应为何那么激烈?难道他这种说法连他自己都不信吗?但当他说出那条蓝裙子的来历时,她所有的问题都烟消云散了。这件事一被揭破,其他的一切都变得苍白黯淡。它是那么骇人听闻,她一边听他讲述,一边心中隐痛。但同时,知道真相后她也备感安慰,因为它澄清了许多谜团,还替他开脱了无数罪责。

一想到希娅和她所遭遇到一切,她的烦恼似乎也变得微不足道了。克里斯蒂安会想念马格纳斯的。她也一样,虽然他们的关系偶尔有些紧张,但这也是人之常情。埃里克、肯尼思和马格纳斯从小一起长大,拥有共同的过去。桑娜以前也认识他们,但她年纪比他们小得太多,所以在克里斯蒂安出现并结交这几个人之前,她与他们并无来往。当然,她知道他们的妻子认为她太年轻,或许还有些幼稚。不过她们总是敞开怀抱欢迎她,这些年来,这个朋友圈子已经成了他们日常生活中的一部分。他们一起欢度假日,偶尔还在周末共进晚餐。

"嘿,你怎么回来得这么早?"桑娜吃惊地抬起头,看着克里斯蒂安从前门进来,一声不响地把外套挂好。"你病了吗?今天不是应该五点才下班吗?"

"我就是有点不舒服。"他嘟囔着说。

"你气色也不太好。"她端详着他的脸,担心地说,"你这额头是怎么弄的?"

他挥挥手,没理会她的问题:"没什么。"

"你把自己抓破了?"

"咱们别说这个了不行吗?我现在没心情让你审问。"他深吸了一口气,语气稍微和缓了些,"今天有个记者到图书馆去了,问起马格纳斯和那些信的事。这些烂事让我烦透了。"

"他们还往家里打电话,跟疯了一样。你跟他说什么了?"

"能不说就不说。"接着他有些畏缩,"不过明天的报纸很可能要登点什么。他们就会随心所欲地乱写一气。"

"至少盖比高兴了。"桑娜尖刻地说,"对了,你和她见面的情况怎样?"

"很好。"克里斯蒂安硬邦邦地说。但她从他的语气听出,他说的不全是实话。

"真的吗?她就那么把你往火坑里推,要是你因为这个发飙,我也能理解……"

"我都说了很好!"克里斯蒂安暴喝,"你非要把我说的每句话都拎出来分析一遍吗?"

怒气又一次在他心中翻江倒海,桑娜只能呆呆地站在那里。他走近一步,继续暴跳如雷地冲她大吼:

"看在上帝的份上,你就不能让我清静点吗!听懂了没有?跟你无关的闲事,你他妈的少给我瞎操心!"

她凝视着丈夫的眼睛,他们在一起共度了这么多年,她本该对他了如指掌。但现在,与她对视的却是个陌生人。有生以来第一次,桑娜开始怕他了。

前往萨尔维克的路上,安娜在刚过帆船俱乐部的转弯处眯起眼朝前望。从发色和衣着来看,远处那个人像极了她姐姐。那身材让人联想到电视上的巴巴妈妈。安娜减速停车,放下车窗。

"嗨,我正要去你家呢。看来剩下这段路你可以搭便车了。"

"那可太好了。"艾丽卡打开副驾一侧的车门,坐了进去,"我严重高估了我的步行能力。累死我了,出了一身的汗。"

"你这是去哪儿了?"安娜挂到一档,向那座她儿时曾经居住过,但现在属于艾丽卡和帕特里克的房子开去。这房子差点在她俩手中被卖掉,但安娜迅速将有关她前夫卢卡斯和过往生活的一切记忆甩开。那些日子已经结束了。永远不会再来。

"我去和肯尼思聊了一会儿。在海景开发公司,你知道的。"

"你去那儿干嘛?不会是要把房子给卖了吧?"

"不会不会。"艾丽卡赶紧叫她放心,"我只是想跟他聊聊克里斯蒂安。还有马格纳斯。"

安娜将车停在那座美丽的老房子前。"可为什么呀?"话一出口,她马上就后悔了。她姐姐天性好奇,有时候会让自己陷入一些尴尬境地,安娜觉得还是不知为妙。

"我发现我对克里斯蒂安的背景一无所知。对于自己的过去,他只字不提。"艾丽卡哼哼着钻出汽车,"而且,我觉得这整件事都透着些古怪。马格纳斯很可能是被谋杀的,克里斯蒂安又遭到恐吓。你想,他俩是好朋友,要说这纯粹是巧合,我怎么也不信。"

"是啊,可马格纳斯收到过恐吓信吗?"安娜跟着艾丽卡走进前厅,把外套挂起来。

"我倒是没听说。要是他收到过,帕特里克准会知道。"

"如果帕特里克在调查过程中发现了类似这样的线索,你觉得他会告诉你吗?"

艾丽卡笑了:"你是说,我那亲爱的丈夫很善于守口如瓶吗?"

"你说到点子上了。"安娜大笑着坐到餐椅上。一旦艾丽卡打定主意要从帕特里克嘴里套出话来,他很快就会乖乖招供。

"另外,我把克里斯蒂安的恐吓信拿给帕特里克看时,他显得很意外。若是他事先知道马格纳斯也收到过类似的东西,就不会是这种反应了。"

"嗯,或许你说得对。那么,你在肯尼思那里有什么收获吗?"

"没有多少。不过我有种感觉,我提的所有问题都让他很不自在,好像触及了什么敏感话题,但我也说不清那是什么。"

"他们彼此之间了解得多吗?"

"我说不太准。看不出克里斯蒂安和肯尼思或埃里克之间有什么共同点。马格纳斯倒更像是他的朋友。"

"我一直觉得,克里斯蒂安和桑娜也不怎么般配。"

艾丽卡踌躇了一下,思考着怎样回答才合适。她不想让妹妹觉得她在说别人的坏话。"桑娜只是显得有点年轻。"她终于说道,"我还觉得,她太爱吃醋了。从某种程度上，我能理解她。克里斯蒂安那么帅，他俩的关系似乎不太平等。"她沏了一壶茶，连同一些蜂蜜和牛奶一起放到桌子上。

"你说的不平等是什么意思？"安娜问。

"我和他们相处的时间不多，可我总觉得桑娜深爱克里斯蒂安，而克里斯蒂安对她却很冷淡。"

"听起来可不怎么美满。"安娜说。她呷了一口茶，还是太烫了，于是又放下杯子，打算晾凉些再喝。

"是啊，不算美满。也许只凭我所见的这一星半点，就这样判断过于草率。不过，从他俩相处的情形来看，他们的关系更像是父女，而不是两个成年人。"

"唔，至少书卖得不错。"

"是啊，他的成功当之无愧。"艾丽卡说，"我认识的作家里面，克里斯蒂安是最有才华的，读者喜欢他的作品，我真替他高兴。"

"宣传也立了大功。永远不要低估人们对丑闻的好奇心。"

"这倒是真的，不过，只要他们对他的书感兴趣，我才不在乎这兴趣是怎么来的呢。"艾丽卡又往自己的茶水里舀了一勺蜂蜜。她曾试着喝茶时少加点蜜，以免甜得粘了牙，可她就是忍不住。

"两个小家伙怎么样了？"安娜指了指艾丽卡的肚子，声音中难掩担忧。在玛雅刚出生的那段日子里，她没怎么帮上艾丽卡的忙，因为当时她已经自顾不暇了。但这一次，她真的很担心自己的姐姐，不想看到艾丽卡再度陷入抑郁情绪无法自拔。

"说不焦虑是假的，"艾丽卡语气迟疑地说，"不过这一次，我觉得心理准备更充分些了。我知道会发生什么事，最初的几个月会有多难熬。不过，我也实在想象不出一次生下两个宝宝会是什么样。也许要糟糕十倍，不管我自认为准备得多么充分。"

"这次不会那样了。当然，肯定会比生玛雅的时候麻烦些，这一点我毫不怀疑。但我会在这里陪你，帕特里克也会，万一你有再次跌入深渊的苗头，我们俩就来帮你。我保证。看着我，艾丽卡。"安娜让姐姐抬起头直视她的眼睛，全神贯注地听她说话,然后她平静地重复道:"我们绝不会让你落入上次那样的境地。"

艾丽卡眨眨眼,挤掉几滴眼泪,使劲握了握妹妹的手。过去这几年里,她们二人的关系改变了太多。她不再扮演安娜的母亲,甚至也不用做她的大姐姐。她们只是一对再普通不过的姐妹,也是朋友。

"我冰箱里有一盒班杰利巧克力软糖布朗尼。要不咱们拿出来吃了?"

"你居然现在才告诉我?"安娜装出一副受了气的样子,"趁早把冰淇淋给我拿出来,否则可别怪我跟你一刀两断!"

看到路易丝的车滑入办事处前方的停车场,埃里克叹了口气。无事不登三宝殿,这肯定不是什么好兆头。刚才她还给他打过电话。埃里克匆匆跑了一趟商店,回来后肯尼思向他提起此事。这一次,他终于能如实向同事告知自己的去向。

路易丝从前门进来,表情烦躁。她走到近前时,他闻到了她身上散发的酒臭,就像一层厚厚的瘴气将她包裹在中间。

"你疯了吗?都喝醉了还开车上这儿来?"他冲她咆哮。从眼角的余光里,他瞧见肯尼思正装出一副对电脑屏幕上的什么东西兴趣十足的样子。不过这没什么用,因为他还是忍不住会听听他们在说些什么。

"去你的吧!"路易丝大着舌头说,"我喝醉了比你清醒的时候开得还好呢。"她轻轻晃了一下。埃里克瞄了一眼腕表,才下午三点,她就烂醉如泥了。

"你想怎么样?"他只想赶快把她打发掉。她若是想把他的世界搅乱,自己也得准备好承担后果。他是个行动派,向来说干就干,面对不快之事从不退缩。

但她并未劈头盖脸地痛骂他和塞西莉亚的风流韵事,没说她已经知道了他有个私生子;既没叫他去下地狱,也没有声称要夺走他所拥有的一切。她只是把手伸进外套口袋里,掏出了一堆白色的东西。五个白信封。埃里克一眼就看出了那是什么。

"你进了我的工作室? 还翻了我的书桌?"

"这不是明摆着的吗？你什么也不肯告诉我。连有人给你寄恐吓信都不说。你觉得我疯了吗？你以为我不知道吗？这些信和报纸上写的那些一模一样，跟克里斯蒂安收到的一样。现在，马格纳斯死了。"她怒不可遏，"这些信你为什么连看都没给我看一眼？一个疯子给咱们家寄恐吓信，而你认为我连知道的权力都没有？就把我一个人毫无防备地整天扔在家里？"

埃里克瞄了肯尼思一眼。被同事听到路易丝冲他大吵大嚷让他感到恼火。但一看到肯尼思的表情，他呆住了。他的目光已经从电脑屏幕上移开，此时正盯着路易丝扔在桌子上的那五封信，脸色苍白。他看了埃里克片刻，又赶紧别转了头，但为时已晚。埃里克什么都明白了。

"你也收到这样的信了？"

听到埃里克的问题，路易丝吃了一惊，转过头去看肯尼思。一开始，他似乎没听见，因为他还在琢磨着一张复杂的 Excel 表格，上面显示着收入和支出的分类账目。但埃里克不打算放过他。

"肯尼思，我问你话呢！"埃里克搬出了命令的语气，一如他们相识这些年来的一贯风格。而肯尼思的反应，也正与他们儿时的情形如出一辙。他仍然是那个唯命是从的跟屁虫，屈服于埃里克的权威和控制欲。他慢慢转过椅子，面对埃里克和路易丝，双手交握放到膝盖上，低声说：

"我收到过四封。三封是寄来的，还有一封放在餐桌上。"

路易丝的脸刷地白了。她对埃里克的愤怒又被添了一把火，她转过身去对着他："这究竟是怎么回事？先是克里斯蒂安，然后是你和肯尼思。你们三个到底干了什么？马格纳斯呢？他也收到这种信了吗？"她满含怒意地看看丈夫，又看看肯尼思，最后目光又转回埃里克身上。

一时间，他们谁也没说话。然后，肯尼思看着他的同事，耸了耸肩。

埃里克摇摇头："据我所知没有。马格纳斯从未提起过，不过这说明不了什么问题。你知道吗？"他把问题抛给肯尼思，后者也摇头否认。

"不知道。就算马格纳斯跟什么人谈起过这事的话，那个人也应该是克里斯蒂安。"

"你是什么时候收到第一封信的?"埃里克的大脑开始翻来覆去地分析新获得的信息,试图想出个办法,掌控局面。

"我记不清了。不过至少是圣诞节前。十二月的某一天。"

埃里克伸手拿起办公桌上的信。路易丝恢复了平静,所有的愤怒都消失无踪了。她仍然站在丈夫面前,看着他按照寄送日期把信件排好顺序,将最早的那一封放在最下面,然后拿起来又仔细看了看邮戳。

"十二月十五日。"

"和我收到的时间差不多。"肯尼思眼睛望着地面说。

"你那些信还留着吗? 能不能查一下寄信的日期?"埃里克用他那种最高效务实的口吻说。

肯尼思点点头,深吸了一口气:"第四封信送到时,旁边放着我们家的一把菜刀。"

"你确定刀不是你自己放的?"路易丝口齿清晰地说。恐惧让她醒了酒,驱散了她脑中的迷雾。

"不是,我敢肯定我睡觉前已经把桌子收拾得干干净净,上面什么东西都没有。"

"前门锁了吗?"埃里克仍是一副冰冷淡漠的口气。

"没有,我有时晚上会忘记上锁。"

"唔,我的信都是通过邮局寄来的。"埃里克翻弄着信封,突然想起他在报纸上读过的有关克里斯蒂安的那篇文章。

"克里斯蒂安是最先收到恐吓信的,一年半以前就开始了,而咱们俩从三个月前才陆续收到。所以,整件事会不会都与他有关? 寄恐吓信的人会不会只跟他一个人有仇,咱俩只不过是因为认识他,才受了连累?"埃里克愤愤地说,"要是他明明知道内情却不言不语,那可真该死。让我和我的家人被疯子恐吓,都不提醒一声。"

"可他不知道咱俩也收到了信。"肯尼思反驳说,埃里克不得不承认他说得对。

"是,但不管怎样,他现在必须知道。"埃里克收起信封,将它们整整齐齐摞成一沓,往桌子上一摔。

"这么说,你想找他谈谈吗?"肯尼思担心地问。埃里克叹了口气。他这位同事就怕和人起冲突,有时候这一点实在令他无法忍受。但肯尼思向来如此,总是人云亦云地随大流,从不说个不字,永远把"是是是"挂在嘴边。其实这倒正中埃里克下怀,因为他们俩只能有一个人说了算。迄今为止,这个人一直是他,以后也将如此。

"我当然要找他谈。还要去报警。我早该这样做了,不过在读到关于克里斯蒂安的恐吓信之前,我从没把这当回事儿。"

"现在是时候了。"路易丝喃喃地说。埃里克瞪了她一眼。

"我不想让莉丝贝特烦心。"肯尼思扬起下巴,眼中露出傲然之色。

"有人去了你家,在餐桌上放了一封信,旁边还摆上一把刀。如果我是你,我会更担心这个,而不是莉丝贝特会不会觉得烦。白天大部分时间她都是一个人在家。要是有人趁你不在时闯进去怎么办?"

埃里克看出肯尼思也想到了这一点。虽然同事的懦弱让他气不打一处来,但他自己也没去报案,这一点他倒绝口不提了。不过话又说回来,他收到的信没有一封是直接送到家里的。

"好吧,咱们这么办。你回家把你收到的信取来,然后咱们一起把所有的信都交给警方,好让他们立即着手调查这件事。"

肯尼思站了起来:"我现在就走,马上回来。"

"很好。就这样。"埃里克说。

肯尼思关上门离开后,埃里克转过身,盯着路易丝仔细看了一会儿。

"咱们得好好谈谈了。"

路易丝看了他片刻,然后扬起手,扇了他一个耳光。

"我说过了，她一点儿毛病都没有！"母亲的声音里满是愤怒，几乎要哭出来了。他悄悄溜走，远远地坐在沙发后面，但还没有远到听不清他们说话的程度。和爱丽丝有关的一切都很重要。

现在他比以前喜欢她了。她再也没用那种眼神看过他，就是那种要从他这里夺走什么东西的眼神。大多数时候，她都是乖乖地躺着，不怎么出声，他觉得这真是妙极了。

"她都八个月了，还从来没试着爬一爬动一动什么的。咱们得找个大夫给她瞧瞧。"父亲低声说。每当他想劝母亲做她不愿做的事时，就会用这种声音说话。他把双手按在她肩上，她只好听着。

"爱丽丝有什么地方不对劲。我们越早求助越好，你这样掩耳盗铃，对她没有任何好处。"

母亲摇摇头，乌黑亮泽的长发垂在背后，他真想伸出手去摸一摸。但他知道她不喜欢这样；他一摸她就会躲开。

母亲不停地摇头，泪水顺着脸颊滑落。他知道，虽然她嘴上不说，但心里已经松动了。父亲回头迅速瞟了一眼坐在沙发后面的他。他没明白父亲的意思，于是便冲他笑笑。不过，显然他笑错了，因为父亲皱起了眉头，像是在生气，似乎不希望他做出这个表情。

他也不明白父亲和母亲为何这么担忧，这么难过。爱丽丝现在多文静，多可爱呀。母亲再也不用一直抱着她走来走去，不管他们把她放在哪儿，她都会安安静静地躺着。可父亲和母亲却不高兴。尽管现在家里也有了他的位置，他们仍当他是空气。父亲这样对他，他并不怎么在乎；因为父亲本来就是个无关紧要的人。可是连母亲也不再看他，就算是偶尔看上一眼，脸上也写满了厌恶和反感。

因为他管不住自己,总是忍不住一次次拿起叉子,将食物塞进嘴里,咀嚼、吞咽,拼命地多吃,感到自己的身体被填得满满的。他怕得要命,唯恐她不肯再看他。他再也不是母亲的帅小伙。但他仍在这里,占着一大块地方。

15

他到家时，家里静悄悄的。莉丝贝特大概在睡觉。他想马上去看她，可他舍不得把她惊醒，万一她刚刚进入梦乡呢。所以，最好是临走前再过去，让她尽量多睡一会儿。

他走进工作室。那些信在书桌顶层的抽屉里。起初，他曾冲动地想把它们统统扔掉，就当没这回事。但当时有件别的事打了个岔。那天晚上有人把第四封信直接送到家里时，他庆幸自己保留了另外几封。因为现在，他意识到这事不是闹着玩儿的。有人要害他。

他知道，他当时真该马上将信交给警方，而不是去担心打扰到等待死亡降临的莉丝贝特。他本该认真对待此事，好好保护她才是。幸亏他及时醒悟，也幸亏埃里克及时提醒了他。万一她有个三长两短，就因为他又像往常一样优柔寡断，他将永远不会原谅自己。

他用颤抖的手指拿起那些信，顺着走廊悄悄走进厨房，将它们放进一只一加仑装的普通塑料袋里。他想立刻就走，免得惊醒了莉丝贝特。可他舍不得不看她一眼就离开。他要确保一切安好，要看看她的面庞，希望她此刻正恬然安睡。

他小心翼翼、悄无声息地推开客房的门。妻子的身影一点一点映入他的眼帘。她睡着了，双目紧闭。他凝视着她的脸庞，将她眉梢眼角的每个细微之处一一铭刻在心。她骨瘦如柴，皮肤干涩，但仍然美丽。

他悄悄朝屋内走了几步，无法抗拒想去摸摸她的冲动。可突然间，他觉得有些不对劲。莉丝贝特熟睡的样子一如往常，但现在他察觉到一丝异样。太静了。他听不到一点声音，连呼吸声都没有。

肯尼思向前冲过去，伸出两根手指搭在她颈部，又移到左手腕处摸索着，然后又移回颈部，多么希望能摸到象征着生命的脉搏。但他的希望落了空。

什么都没有。房间里万籁俱寂,她体内也无声无息。她已离他而去。

她的头沉甸甸地枕在他腿上。他抚摸着她的面庞,泪水再次夺眶而出。

她双手交握叠放在胸前,他轻轻地替她分开。他想最后一次握着她的手,感受她粗糙的肌肤与他相贴。化疗后,她的皮肤不再柔软娇嫩,但仍然是他熟悉的那种感觉。

但他突然发现她手中攥着一样东西,白色的东西。这让他吃了一惊,心开始狂跳。他想重新将她的双手叠放在一起,把他看到的东西盖住,可他不能。他用发抖的手指掰开她的右手。那白色的东西掉在床罩上。是一小片对折的纸,看不到里面写了些什么。但他知道。他感到恶魔就在这间屋子里。

肯尼思伸手去拿那张纸,犹豫了片刻,然后开始读上面的文字。

安娜刚走,门铃就响了。起初,艾丽卡以为妹妹一定是落下了什么东西,可安娜向来是个不拘小节的人,才不会等主人答应了再进屋。直接推门而入才是她的一贯风格。

艾丽卡放下刚刚开始清理的杯子,走过去开门。

"盖比?什么风把你给吹来了?"她让到一旁,请出版总监进屋。今天,盖比穿了一件鲜艳的碧绿色外套,再配上一对体积硕大、闪闪发光的金耳环,把沉闷乏味的冬天都给照亮了。

"我去哥德堡开会了,正好顺道过来和你聊聊。"

顺道?从哥德堡开到这里得一个半小时呢,而且她事先都没打个电话,问问艾丽卡在不在家。什么事能把她急成这样?

"我想和你谈谈克里斯蒂安。"盖比一边往里走,一边回答了艾丽卡没问出口的问题,"你有咖啡吗?"

"哦,当然有。"

像往常一样,和盖比打交道就像是被火车给撞了。她连靴子都懒得脱,只是象征性地在地垫上擦了擦,就踩着哒哒作响的鞋跟一脚踏到了硬木地板上。

"你们家布置的可真……温馨。"盖比堆起一脸笑容说。但艾丽卡看得出来，她其实是被那一大堆玩具、玛雅的衣服、帕特里克的文件和零零碎碎到处都是的各种东西给吓着了。虽说以前盖比也曾登门拜访，但那几次艾丽卡事先就知道她要大驾光临，因此总是提前把屋子收拾干净。

出版总监掸了掸椅子上的面包屑，在餐桌旁坐了下来。艾丽卡赶紧抓起一块洗碗布，在桌面上抹了一遍。刚吃过早饭安娜就到了，她还一直没来得及擦桌子呢。

"刚才我妹妹来了。"她将空冰淇淋盒子收走，解释说。

"怀孕后，你就可以一个人吃两个人的东西，这简直是个神话，我想你应该知道吧。"盖比盯着艾丽卡硕大的腹部说。

"唔。"艾丽卡说。她差点没不客气地回敬她两句。盖比说话总是没有分寸，容易出口伤人。她自己身材苗条，是因为她一直严格控制饮食，再加上每周三次到斯德哥尔摩市中心的斯图尔巴德健身俱乐部，请私人健身教练专门指导她锻炼。另外，单从外表上也丝毫看不出她曾怀过孩子。她总是把事业放在第一位。

艾丽卡不怀好意地把一盘点心放在桌子上，向盖比那边推了推。

"不想来块点心吗?"艾丽卡幸灾乐祸地看着盖比左右为难的样子，既不愿显得失礼，又想不顾一切地说一声"不用，谢谢"。终于，她找了条折衷之道。

"要是你不介意，我就吃半块好了。"盖比小心翼翼地掰下一块，脸上那表情就好像她要往嘴里塞的是一只蟑螂。

"你刚才说，你要跟我谈谈克里斯蒂安，是吗?"艾丽卡忍不住好奇地问。

"对。我不明白他是怎么了。"终于不必为点心纠结了，盖比似乎松了一口气。她喝了一大口咖啡，把自己吃的那一块送下肚。"他说他再也不为自己的书做宣传了，可这怎么行。太不专业了!"

"看样子，媒体的穷追猛打的确让他招架不住了。"艾丽卡壮着胆子说。想到自己在此事中扮演的角色，歉意再次涌上心头。

盖比用精心修剪过指甲的手指比划了一下:"我知道。我也理解。但这阵风很快会过去的，所有这些花边新闻都让图书销量大增。大家对他和他的小说充满了好奇。我是说，最终克里斯蒂安会捞到实惠的。他必须明白，我们为了推介他和他的作品，已经投入了大把的时间和资金。所以，我们希望他能知恩图报，配合我们的活动。"

"那是当然。"艾丽卡喃喃地说，不过她对自己在此事中的立场还不太确定。一方面，她理解克里斯蒂安的态度。私生活被媒体如此大肆曝光，一定糟糕透顶。他的写作生涯才刚刚开始，此时获得的关注很可能要伴随他许多年。

"你干嘛不亲自和他谈呢?"她小心地问，"像这种事，你不是应该直接去找克里斯蒂安才对吗?"

"我们昨天见了个面。"盖比没好气地应了一句，"不过不怎么顺利。"她紧闭双唇，好像在强调自己刚才说的话。艾丽卡明白了，昨天这两个人一定是闹得不欢而散。

"哦，那可真不幸。不过我想，克里斯蒂安现在压力很大，也许我们应该谅解——"

"我明白。可我是个生意人，我们和克里斯蒂安是签了合同的。虽然没详细规定他应该怎么与媒体打交道，如何协助营销之类的，可他应该明白我们需要他做些什么。也许有些作家可以端出一副世外高人的派头，凡是瞧不上眼的活动一概不肯赏脸。可人家已经是大名鼎鼎了，有一大堆读者追捧他们的书。克里斯蒂安离这一步还远着呢。有朝一日他或许也会有这样的地位，但谁也不可能一夜之间就成了作家，《小美人鱼》让他迅速蹿红，所以为了他自己，也为了出版公司，他必须付出点牺牲。"盖比顿了顿，表情严肃地看了艾丽卡一眼，"我还指望你能跟他把这些道理说清楚呢。"

"我?"艾丽卡不知该说些什么。她压根不相信自己是说服克里斯蒂安重入狼口的合适人选。更何况当初就是她引狼入室的。

"我不知道这是不是个好——"她想找两句圆滑巧妙的托词，好推掉这件苦差，但盖比打断了她。

"很好。就这么定了。你去见他，跟他说一下我们的要求。"

"可是那个……"艾丽卡看着盖比，纳闷自己究竟说了些什么，居然会被理解成肯定的答复。但盖比已经站了起来,整理整理裙子,拿起提包往肩上一挎。

"谢谢你的咖啡,也谢谢你陪我聊天。咱们俩合作愉快,我很高兴。"她凑上前去,嘬起嘴在艾丽卡双颊上象征性地隔空吻了两下,便踩着哒哒作响的高跟鞋踏过地板,向前门走去。

"别起来了,我能找到出门的路。"她回头喊道,"再见。"

"再见。"艾丽卡挥挥手说。这次的感觉不像是被火车撞了——她已经被彻底压扁了。

接到电话不到五分钟,帕特里克和古斯塔就跳进汽车出发了。起初,肯尼思·本特松只能零星地蹦出几个字,但过了一会儿,帕特里克明白了他要说什么。他妻子被人谋杀了。

"这鬼地方到底是怎么了?"古斯塔摇摇头,一只手紧紧抓住固定在副驾一侧车窗上方的把手。帕特里克开车时他总会这样。"你转弯非得转得那么急吗?我都快要贴到挡风玻璃上了。"

"对不起。"帕特里克放慢了车速,但不一会儿又开始猛踩油门。"你问我怎么了?我也想知道呢。"他苦笑着瞟了一眼后视镜,看看波拉和马丁有没有跟上。

"他怎么说的?她身上也有刀伤吗?"古斯塔问。

"从他嘴里问不出太多的情况。他好像是吓坏了,只是说他一回家就发现妻子被谋杀了。"

"我听人家说,她原本就活不久了。"古斯塔说。与疾病和死亡有关的一切都令他深恶痛绝。他这大半辈子都在担惊受怕,总觉得自己会患上某种不治之症,唯一的愿望就是能在厄运降临之前,尽量多打几场高尔夫球。不过现在,帕特里克的样子倒是比他更像个病鬼。

"顺便说一句,你气色不太好。"

"你他妈的根本不知道自己在说什么。"帕特里克不耐烦地说,"一边上着全天班,一边还得在家里照顾蹒跚学步的小不点儿,你哪里知道那是什么滋味。整天没精神,怎么也睡不够。"话一出口,帕特里克就后悔不已。他知道,古斯塔的儿子出生后不久就夭折了,这是他一生最大的伤痛。

"对不起。我真蠢。"他说。

古斯塔点点头:"没关系。"

有那么一会儿,二人谁也没说话。汽车沿着高速路向夫雅巴卡方向驶去,他们听着轮胎摩擦地面的声音。

"安妮卡就要收养那个小姑娘了,真让人高兴。"古斯塔终于开口说,脸上的表情柔和了一些。

"是啊,但肯定要等上很长时间。"帕特里克很高兴能谈点别的。

"想不到办个手续居然要这么久。真搞不懂。我是说,孩子就在那儿,还能有什么问题?"对此,古斯塔简直跟安妮卡和她丈夫伦纳特一样沮丧。

"官僚作风。"帕特里克说,"不过我觉得,他们对所有人都严格审查,不把孩子随随便便交出去,我们应该欣慰才对。"

"你说得对。"

"好了,咱们到了。"帕特里克拐入本特松家门前的车道,将车停好。另一辆警车也随即停下,开车的是波拉。她熄火之后,唯一的声音只剩下附近树林里飒飒的风声。

肯尼思·本特松打开前门,脸色苍白,表情迷惘。

"我是帕特里克·赫德斯特伦。"帕特里克与肯尼思握手,"她在哪儿?"他示意同事在外面等候。如果他们全都进屋乱踩一通,会给犯罪现场技术人员添乱的。肯尼思将门又开大了些,指了指走廊另一头。

"在那里。我……我就待在这儿可以吗?"他目光呆滞地看着帕特里克。

"那就和我的同事留在这儿吧,我进去看看。"帕特里克瞄了一眼古斯塔,示意他照顾受害者的丈夫。作为一名警官,古斯塔的业务虽然不够精熟,但他在人际交往方面却很有一套,帕特里克大可放心地把肯尼思交给他。不久医生就会赶到现场。他出发前就在警局给他们打了电话,所以救护车应该快到了。

帕特里克小心翼翼地进了屋,脱下鞋子,朝肯尼思指给他的方向走去。他觉得他指的应该是走廊尽头的那扇门。门关着,帕特里克刚要伸手去碰门把手,又缩了回来。上面也许会有指纹。于是他用肘部压下把手,再用身体把门顶开。

她闭目躺在床上,手臂放在身体两侧,就像是睡着了一样。他向前走近几步,查看体表是否有外伤,但没有看到任何血迹和伤口。不过这明显是一具饱受病痛摧残的身体。紧绷干燥的皮肤下,嶙峋瘦骨清晰可见,头上包裹着一条丝巾,遮住了她所剩无几的头发。想到她曾遭受的种种折磨,想到肯尼思不得不眼睁睁看着妻子受苦,他心中格外难受。但是,没有迹象表明她不是在熟睡中去世的。帕特里克小心地退出房间。

当他回到寒冷的室外时,古斯塔正柔声安慰着肯尼思,波拉和马丁在指挥救护车司机将车倒入车道。

"我进去看过她了。"帕特里克一只手搭在肯尼思肩上,低声说,"你在电话里说她是被谋杀的,但我没看出这种迹象。据我所知,你太太病得很重,是吗?"

肯尼思默默地点了下头。

"会不会她只是在沉睡中去世了?"

"不,她是被谋杀的。"肯尼思激动地回答。

帕特里克同古斯塔交换了一个眼色。处于极度震惊中的人有时会反应失常、胡言乱语,这种情况并不罕见。

"你为什么会这么想呢?我说过,我刚刚进去看过你太太,她身体上并没有明显的创伤,也没有迹象表明有什么……反常的地方。"

"她是被谋杀的!"肯尼思固执地说。帕特里克意识到,继续待在这里已经没什么意义了。他会请医生来照顾这个可怜人。

"看看这个!"肯尼思从口袋里掏出一样东西,递给帕特里克,后者不假思索地接了过来。这是一小张对折的白纸。帕特里克询问地看了肯尼思一眼,然后把纸展开,看到上面用黑色墨水潦草地写着:你的真面目杀了她。

帕特里克立刻认出了这字体。

"你在哪儿发现的?"

"莉丝贝特手里。我从她手里拿出来的。"肯尼思结结巴巴地说。

"不是她自己写的吗?"帕特里克早已知道答案,但他仍然觉得有必要问出来,排除一切疑点。还是那种笔迹。寥寥数语中透出的邪恶感,与艾丽卡从克里斯蒂安那里捎来的信上如出一辙。

如他所料,肯尼思摇摇头。"不是,"他举起一直攥在手中的一件东西,帕特里克刚才没有注意到,"这个人还寄来了这些。"

塑料袋里装着几个白色信封,地址是用黑色墨水写的,字迹优雅,和帕特里克手里的那张纸一样。

"你是什么时候收到的?"他觉得自己的心开始狂跳。

"我们正要把这些交给警方。"肯尼思将塑料袋递给帕特里克,悄声说。

"你说的'我们'是指谁?"

"我和埃里克。他也收到了类似的信。"

"埃里克·林德? 他也收到信了?"帕特里克重复了一遍,他想确认自己没有听错。

肯尼思点点头。

"你们怎么不早报警?"帕特里克竭力掩饰着声音中的沮丧情绪。站在他面前的这个男人刚刚痛失爱妻,所以现在不是责怪他的时候。

"我……我们……我和埃里克今天才发现我俩都收到了这样的信。克里斯蒂安受到恐吓,也是我们周末看了报纸才知道的。埃里克怎么想的我不清楚,不过我是因为不想烦到……"他的声音越来越弱。

帕特里克又看了一眼装在塑料袋里的信。"只有三封上面有地址和邮戳。另一封的信封上只写着你的名字。这是怎么送来的?"

"昨晚有人来过我家,把它放在了餐桌上。"他欲言又止,帕特里克没接口,他感到肯尼思似乎还有话没说完。"信旁边还有一把刀。是我们家的一把菜刀。我猜这里面可能有好几层意思。"他说着说着就开始放声大哭,"我觉得这个人想害的应该是我。可为什么偏偏是莉丝贝特?为什么要杀了莉丝贝特?"他用手背擦了擦眼泪。显然,在帕特里克和其他几位警官面前痛哭流涕让他尴尬了。

"我们还不清楚她是不是真的死于谋杀。"帕特里克温和地说,"不过,有人进过你家是肯定的了。你能猜到此人会是谁吗?或者说,谁有可能给你寄这些信?"他目不转睛地注视着肯尼思,想看看他的表情有没有什么变化。不过在他看来,肯尼思说的是实话:

"从圣诞节前收到第一封信开始,我就一直在苦思冥想,可就是想不出能有什么人想害我。根本没有,我从来没跟谁结过仇。我这人太……无关紧要了。"

"埃里克呢?他收到信有多久了?"

"差不多和我是一个时候。信在他办公室。刚才我就是回家来取信,然后好跟他一起去报警……"他的声音又渐渐低了下去,帕特里克知道,他又想起了自己进入房间,发现妻子已死的情景。

"你觉得这张纸条上面的话是什么意思?"帕特里克试探地问,"它提到了'你的真面目',你觉得这是指什么呢?"

"我不知道。"肯尼思蔫蔫地说,"我真的想不出。"接着,他深吸了一口气。"你们现在要把她怎么办?"

"我们会把她送到哥德堡仔细检查一下。"

"仔细检查?你是说尸检吗?"肯尼思表情痛苦地问。

"是的,尸检。恐怕有这个必要,只有这样我们才能查出这里究竟发生了什么。"

肯尼思点点头,但眼神呆滞,嘴唇有些发紫。帕特里克意识到他们已经在寒冷的室外站得太久,肯尼思穿得又过于单薄,于是他说:

"这里太冷了,你还是进屋吧。"他顿了顿,又说,"我开车送你去办公室好吗?我是说你的办公室。我们可以和埃里克谈谈。要是你现在没心情,不必勉强,我自己去也行。顺便问一下,你要不要给什么人打个电话?"

"没事,我跟你去就是。"肯尼思有点发狠地说,"我想知道这是谁干的。"

"那好吧。"帕特里克轻轻拉着肯尼思的胳膊,将他领到汽车前,打开副驾一侧的车门让他进去。接着,他来到马丁和波拉面前,简单交待了几句,又进屋替肯尼思拿了一件外套,然后示意古斯塔一起走。技术小组正在往这边来,帕特里克希望能在他们结束工作之前赶回来,不然他就得过后再找他们询问案情了。现在的当务之急是赶快去见埃里克,一刻也等不得。

车子倒出车道时,肯尼思久久注视着自己的家,嘴唇翕动,仿佛在做无声的告别。

其实一切都没变;空虚的感觉一如从前。唯一的区别是,现在有一具遗体需要下葬,连最后一线希望也化为泡影。希娅的不祥预感到底还是应验了。亲爱的上帝呀,她多希望自己猜错了。

没有马格纳斯的日子,她该怎么过?没有了他,她的生活会是怎样一幅光景?她的丈夫,她孩子们的父亲,就要长眠在墓地的一座坟墓里了,这一切都显得那么不真实。马格纳斯在世时,总是充满活力,尽情享受生活的乐趣,还想方设法让身边的每个人都开心。

只要能让他再多陪她一小时,她宁愿放弃一切!哪怕是半小时,甚至一分钟也行!他们相依相伴的这一生远未结束,实际上才刚刚开始。二人共同构想的生命之旅才仅仅走完了一半。十九岁那年的一见倾心。此后数年的共浴爱河。马格纳斯的求婚,夫雅巴卡教堂里的婚礼。孩子们的出生。与埃琳和路德维格一起玩耍。还有孩子们年纪渐长,她和马格纳斯得以重新了解彼此的这最后几年。

可他们还有那么多想做的事;前方的道路还长着呢,一路上满是让他们期待的种种经历。马格纳斯已经想好了,等孩子们的第一个男友和女友上门拜见时,他定要拿他们腼腆羞怯、结结巴巴的窘态好好打趣一番。

现在,这一切都落空了。他们对未来的梦想永远不会成真。蓦地,希娅感到有只手搭在她肩上。她听到了他的声音,那么像马格纳斯,让她无法忍受,于是她将它拒之耳外,不肯再听。过了一会儿,声音消失了,那只手也缩了回去。她看到自己面前那条路已渺无踪影,仿佛从来不曾存在过。

艾丽卡开车去克里斯蒂安家,快到目的地时,她觉得自己好像在朝着耶稣受难地各各他进发。她打电话到图书馆找他,但听说他已经回家了。于是,她挤进方向盘后面,开车去了他家。

"有何贵干?"桑娜打开门问。她看上去比平时更加闷闷不乐。

"我得和克里斯蒂安谈谈。"艾丽卡希望桑娜别让她解释原因。

"他不在家。"

"什么时候能回来?"艾丽卡耐心地问。可以趁机推迟会面,她简直要感激不尽了。

"他在船屋里写作。要是你想去就去好了,不过要是打扰了他我可不管。"

"没关系。我自己负责。"艾丽卡迟疑了一下,又加了一句,"我有要紧事找他。"

桑娜耸耸肩:"你爱干什么就干什么好了。你知道船屋在哪吗?"

艾丽卡点点头。她曾多次到克里斯蒂安的这间小书斋去见他。

五分钟后,她把车停在了一排船屋旁边。克里斯蒂安工作的那间是桑娜家祖上传下来的。

她还没敲门,克里斯蒂安就来开门了,显然是听到了汽车的声音。艾丽卡注意到他的额头被割伤了,不过她判断现在不是问这个的时候。

"你来干什么?"他也像桑娜一样,态度冷淡地问。

艾丽卡开始感到自己好像携带了瘟疫。"这里只有我,和另外几个人。"她试着开了个玩笑,但看来克里斯蒂安并不觉得有什么好笑。

"我在工作。"克里斯蒂安似乎不打算请她进屋。

"我只打扰你几分钟。"

"你应该比谁都清楚,正在写东西时被人打断会怎样。"他说。

事情的发展比艾丽卡预想的要糟得多。"刚才盖比去找我了,跟我讲了你俩见面的事。"

克里斯蒂安双肩垮了下来,叹了口气说:"她跑了那么远的路,就是为了告诉你这个?"

"她在哥德堡开会。她真的是急坏了。她认为我能……呃,我们能不能别这么站在门口,进去说不行吗?"

终于,克里斯蒂安一言不发地闪到一边,请她进屋。天花板太低了,他不得不稍稍低着头,不过艾丽卡比他矮半个头,所以可以在里面站直。

"好吧。她怎么说的?"他盘起两条长腿,抱着双臂坐下来,全身都散发出反感的情绪。

"就像我说的那样,她很着急,或者说担忧更恰当些。她说你拒绝再接受采访,也不肯为你的书继续做推广。"

"没错。"克里斯蒂安摆出一副随你怎么样的架势。

"我能问问是为什么吗?"

"我敢说你明知这是为什么。"他没好气地说,把艾丽卡吓了一跳。他注意到她的反应,似乎有点后悔用那种口气说话。"你知道原因。"他闷闷地重复道,"我不能……我就是不能。媒体把那些事抖落出来后,我不可能再跟他们打交道了。"

"你担心引来更多的关注,是吗? 你又收到恐吓信了吗? 你知不知道是谁寄来的?"一大堆问题冲口而出。

克里斯蒂安使劲摇头。"我不知道。"他的声音又高了起来,"我一点也不知道! 我只想安安静静地工作,别有人来捣乱,不必非得……"他别过头去。

艾丽卡静静地打量克里斯蒂安。他与周遭的环境一点也不相称。她扫了一眼桌子上的手稿,看不清上面的文字,不过她估计差不多有一百页了。

"是新书吗?"她并不打算丢下让他心烦意乱的那个话题,不过她愿意给他一点喘息的空间,让他平静下来。

"是。"他似乎放松了一些。

148

"是《小美人鱼》的续篇吗?"

克里斯蒂安笑了。"《小美人鱼》没有续篇。"他告诉她,随即目光转向大海,然后又踌躇着加了一句,"我不明白怎么有人敢。"

"对不起,你说什么?"艾丽卡想不起自己说了什么让他发笑的话,"你说的'敢'是什么意思?"

"跳水。"

艾丽卡转过头去,看看他究竟在看什么,突然,她明白了他的意思。

"你是说从拜德豪曼的跳台上跳下来?"

"是。"克里斯蒂安眼睛一眨不眨地盯着跳台。

"我可不敢。不过话又说回来,我得承认我怕水,我还是在这里长大的呢,真够丢人的。"

"我也从来不敢。"克里斯蒂安的声音好像从很远处传来,梦幻般迷离。艾丽卡焦急地等着他说下去。空气中弥漫着一种一触即发的紧张感。她一动也不敢动,甚至不敢呼吸。过了一会儿,克里斯蒂安继续说了起来,不过似乎已意识不到她的存在。

"她敢。"

"谁?"艾丽卡悄声问。起初,她以为自己得不到答案了,二人之间除了静默什么也没有。但接着,克里斯蒂安用几不可闻的声音说:

"美人鱼。"

"书里面的?"艾丽卡没听懂。他到底想说什么? 他在哪儿? 至少现在他不在此处,没和她在一起,而是神游到了别的某个地方,她真希望自己知道那是哪里。

刹那间,这种情绪消失了。克里斯蒂安深吸了一口气,转过头看着她。他回来了。

"我想集中精力写新书,不想干坐着接受采访,在人家让我签名的书上写生日祝福。"

"这些都是工作的一部分,克里斯蒂安。"艾丽卡不动声色地说。对他这种傲慢的态度,她不禁有些恼火。

"你是说我在这件事上别无选择?"他说,但平静的外表下仍掩藏着一种紧张感。

"要是你不打算承担这部分工作,你应该一开始就说清楚。出版商、市场、读者——看在老天的份上,在所有人当中读者是最重要的——他们希望我们能付出一部分时间。如果作家不想这样做,就该事先讲清楚。你不能都玩到一半了,却要更改游戏规则。"

克里斯蒂安低头看着地板,她看得出他在仔细听,在考虑她说的话。他抬起头时,眼中噙着泪水。

"我不能,艾丽卡。我没法跟你解释,不过……"他摇摇头,又说,"我不能。他们尽管抵制我,把我列入黑名单好了,我不在乎。我会继续写下去,因为我必须这样。但我不能再参加他们的游戏了。"他开始拼命抓挠自己的胳膊,就好像皮肤下面有成群的蚂蚁在爬。

艾丽卡担忧地看着他。克里斯蒂安就像一根绷紧的弦,随时有可能断掉。但她知道,对这件事她已无能为力。他根本不想和她讲话。如果她想破解信件之谜,就必须自己去寻找答案,指望不上他来帮忙。

他盯着她看了一会儿,然后蓦地把椅子拉到电脑桌前。

"我得开工了。"他面无表情地说,又把自己封闭起来了。

艾丽卡站了起来。她多希望自己能看到他在想什么,把他的秘密挖出来,她知道这秘密一定藏在他心里,它们是解开一切谜团的钥匙。但他的注意力已经转到了电脑屏幕上,正专心致志地盯着自己写下的文字,仿佛从今以后再也不会读别的东西。

她一言不发地离开了。甚至连句告别的话都没说。

帕特里克坐在办公室里,努力跟遮天蔽日的睡意搏斗。现在调查已经进入关键阶段,所以他必须集中精力,随时保持警惕。波拉从门外探进头来。

"出什么事了?"她问。帕特里克灰白的面色和额头上的汗珠都被她看在眼里,让她很是担心。谁都看得出来他最近已疲惫不堪。

帕特里克深吸了一口气,强行把思绪拉回到最新的进展上。

"莉丝贝特·本特松的遗体已经被送往哥德堡接受尸检。我还没跟佩德森谈过,不过就连马格纳斯·谢尔纳的尸检结果也得过几天才能出来,所以我觉得要拿到莉丝贝特的报告,最快也得等到下周初。"

"那你是怎么想的?她是被谋杀的吗?"

帕特里克迟疑了一下:"我能肯定马格纳斯的死是他杀。他身上的伤口不可能是自己造成的;只能是遭袭所致。至于莉丝贝特……我真不知道该怎么说。我没看到明显的创伤,而且她生前病得很重,所以,她也许只是病重不治。但前提是没有那张纸条。有人进了她的房间,把那张纸放在她手里。"

"那些信呢?埃里克和肯尼思怎么说?关于寄信人是谁,他们有什么推测吗?知不知道这是为什么?"

"没有。他俩都毫无头绪。目前,我还找不出怀疑他们的理由。不过,要说这三个人是被随机选中的收信人,似乎又令人难以置信。他们彼此认识,而且时常聚在一起。这其中一定有某种共同点被我们忽视了。"

"要是这么说,马格纳斯为何一封信也没收到?"波拉问。

"我不知道。也许他收到过,但谁也没告诉。"

"你问过希娅吗?"

"问过。我一听说克里斯蒂安收到恐吓信的事,就去问她了。她说她丈夫没收过这种东西,不然她肯定会知道,一开始就来报警了。但这一点很难确定。也许马格纳斯为了保护她刻意隐瞒了。"

"事态似乎开始升级了。深更半夜潜入民宅,可比从邮局寄信严重得多。"

"你说得对。"帕特里克说,"我想为肯尼思提供警方保护,可咱们人手不够。"

"是啊,的确没那么多人。"波拉深有同感,"不过,如果事实证明他妻子真是被谋杀的,那么……"

"如果是这样,咱们就得重新思考整个案件。"帕特里克疲倦地回答。

"顺便问一句,你有没有把信件送到实验室去分析?"

"送了,我当时就送去了,连同艾丽卡从克里斯蒂安那里拿来的那封。"

"你是说,艾丽卡偷来的。"波拉忍不住想笑。每当帕特里克想为妻子的行为辩解时,她就毫不留情地揶揄他。

"好吧,没错,她偷来的。"帕特里克脸一红,"不过,我觉得咱们不能抱太大希望。这些信经手的人太多了,普通的白纸和黑色墨水又很难追查,这些东西在瑞典随处都可以买到。"

"没错。"波拉说,"而且咱们对付的这个人,很可能会非常仔细地抹去自己的踪迹。"

"有可能,不过咱们说不定也会有时来运转的那一天。"

"到目前为止,这一天还没有来。"波拉喃喃地说。

"是啊,没有……"帕特里克重重靠在椅背上,二人静静地思索着这个案子。

"明天会有个崭新的开端。咱们七点钟开会,把所有的材料捋一遍,然后继续前进。"

"明天,崭新的开端。"波拉重复了一遍,随即便回到自己的办公室。现在他们迫切需要取得某种突破。而帕特里克似乎需要睡一宿好觉。她决定好好看着他。他看起来实在不太妙。

写作进度很慢。他脑子里冒出一个个的词汇,可就是连不成句。光标在屏幕上不停地闪烁,弄得他心烦意乱。事实证明,这本书要难写得多;里面几乎没有他的影子。相反,《小美人鱼》里到处都是他,而居然没人发现,这让克里斯蒂安很是惊讶。他们读这本书时,只是把它当作一个故事,一部阴暗的幻想作品。

他叹了口气,关掉电脑。得清醒清醒了。他穿上外套,把拉链一直拉到下巴底下,离开船屋,双手插兜,脚步轻快地朝英格丽·褒曼广场走去。到了夏天,大街上熙熙攘攘热闹非凡,但此时却分外冷清。其实他觉得这样倒更好。

他不知道自己究竟要去哪儿,直到他在海岸巡逻艇停靠的码头拐弯。他的双脚带着他走向拜德豪曼,在冬季灰暗天空的背景下,跳台隐约可见。

他迟疑了片刻,才继续前行,用冰冷的双手抓住栏杆,开始向上攀爬。

现在,跳台显然已经在随风摇晃,就像一个钟摆,带着他的身体来来回回地摆动。但他继续爬,一直爬到最顶端,在平台上坐下,呼出一口气,闭上双眼,过了一会儿又睁开。

她在那里,穿着那条蓝裙,怀里抱着孩子,在冰面上舞蹈,雪地上没有留下一点足迹。

克里斯蒂安双腿摇摇晃晃地站了起来,眼睛一眨不眨地盯着她。他想高声示警。冰层太薄了,她不该去那儿,不该在冰上跳舞。

跳台摇摆着,但他站得笔直,向两侧伸出手臂来平衡跳台的晃动。他想冲她大喊,可喉咙中只发出一声粗粝的噪音。这时,他看到了她。一只柔软白皙的手伸出水面,要去握住那跳舞女人的双足,想抓着她的裙摆将她拉下深海。他看到了美人鱼。她苍白的面孔贪婪地逼近那女人和孩子,逼近他所爱的一切。

但女人没有看到她。她还在继续跳舞,抬起孩子的手朝他挥了挥,双脚在冰面上移动着,有时离那只妄图抓住她的白手只有几厘米远。

他脑中有什么东西一闪。他已无能为力,什么忙都帮不上。克里斯蒂安用双手捂住耳朵,闭上眼。

爱丽丝仍然贪得无厌。母亲不停地训练她,帮她弯曲关节,拿图画和音乐给她做练习,直到把所有的办法都用了个遍,她才终于接受了现实,承认爱丽丝的情况的确异于常人。

　　但他不那么生气了,虽然妹妹抢走了母亲那么多的时间,他却再也不恨她。因为她眼中已经没有了那种得志猖狂的神色。现在她总是安安静静的,大多数时候都是一个人坐着,揪扯着什么东西,一个动作重复好几个小时,不是向窗外张望,就是直勾勾地瞪着墙壁,看着只有她自己才能看到的东西。

　　她倒是也学会了些东西。先是坐,然后是爬,最后终于能走了,和其他孩子一样,只不过爱丽丝用的时间更长些。

　　有时候,父亲会越过她的头顶看他一眼。他们四目相对的那一瞬间,父亲的表情里会有一种令他百思不解的东西。但他明白,父亲在监视他,守护着爱丽丝。他想告诉父亲这根本没必要。她现在这么乖,他干嘛还要对她动手脚呢?

　　他并不爱她。他只爱母亲一个人。不过他可以容忍她。现在,爱丽丝就在他的世界里,是他现实生活中的一小部分,就像是发出噪音的电视机,他晚上爬上去睡觉的床,或是父亲看的那些沙沙作响的报纸。她不过是日常生活中既理所当然又无关紧要的一个零件而已。

　　可是爱丽丝却一心爱他。他不明白她为什么要选他,而不是他们那美丽的母亲。只要一看到他,爱丽丝就容光焕发,伸出双臂要他抱。除了他,她都不愿意让别人碰。每当母亲靠近,想要爱抚她,抱抱她时,她总是往后一缩,远远地躲开。他真不明白。要是母亲也愿意那样摸摸他、爱抚他,他早就爬到她的怀抱里,闭上双眼,再也不想离开。

爱丽丝对他无条件的爱让他惊讶。不过这也给了他某种满足感,至少有人需要他了。有时候,他会考验她的爱。父亲偶尔也会对他们放松警惕,去卫生间或是到厨房拿东西,于是他便会趁此机会试探一下,看看她对他的爱究竟有多深。他想知道自己把她欺负到什么程度,才会让她眼中的爱慕之光黯淡下来。有时他会掐她,还有时会揪她的头发。他总是随身揣着一把偶尔发现的小折刀。有一次,他小心地脱下她的一只鞋,用这把刀划她的脚掌。

他并不想真的弄伤她,但他知道爱会变得多么肤浅,多么容易随风而逝。可令他大为惊异的是,爱丽丝从未哭过;甚至连一个嗔怒的眼神也没有。不管他做什么,她都默默地忍受,用她那双明亮的眼睛凝视着他。

她身上那些青一块紫一块的小瘀斑或是细小的伤口,从来就没人理会。因为她总是跌跌撞撞、磕磕碰碰的,还老把自己割伤,肿块和瘀青对她来说简直就是家常便饭。她的意识似乎比动作滞后好几秒,常常是直到撞上什么东西之后才反应过来。可即便如此,她也从来都不哭。

单从外表看,她没有任何异样。连他都不得不承认,她看上去就像个天使。如今她的个头已经不适合坐婴儿车了,但她仍然获准乘它出行,因为要是让她自己走,不管到哪儿去都太费时。而每当母亲推着爱丽丝出去时,总会有陌生人对她的模样啧啧称赞。

"多可爱的孩子啊。"他们喊喊喳喳地说。他们会俯下身来,用渴望的目光注视着爱丽丝,仿佛想把她所有的甜美芬芳都吸进去。此时,他总是抬头看一眼母亲,发现这一瞬间她是那么自豪,一边点头,一边露出喜悦的笑容。

接下来的一刹那,所有这一切都毁掉了。爱丽丝唇边挂着涎水,向她的仰慕者伸出双手。于是他们猛地后退，投向母亲的目光中，先是震惊，接着便是同情，而她脸上那种自豪的表情也荡然无存了。

他们一眼也不看他。就算他获准同行，他也不过是跟在母亲和爱丽丝身后的一个影子，一团不成样子的肥肉，谁也不把他当回事。可他不在乎。似乎自从水没过爱丽丝脸庞的那一瞬，他胸中熊熊燃烧的那团怒火就熄灭了。他再也没闻到鼻孔中的那股气味。那股甜味消失了，仿佛从来不曾存在过。水把它也给冲走了。不过记忆还是留了下来。那不是对某种真实事物的记忆，更像是一种什么东西被掉了包的感觉。现在，他成了别人。一个知道母亲不再爱他的人。

16

他们早早就开工了。虽然七点钟准时开会遭到一致反对,但帕特里克置之不理。

"对于这一切背后的黑手,我有一个非常模糊的印象。"总结完案情后他说,"我们要对付的这个人,似乎有严重的精神错乱,但同时又极为谨慎,做事有条有理。这两点一结合,可就危险了。"

"我们还不能确定杀害马格纳斯、寄恐吓信和闯入肯尼思家的是同一个人。"马丁说。

"对,但是也没有证据能反驳这种观点。我提议,目前咱们先假设它们之间存在关联。"帕特里克用手擦了擦脸。他几乎彻夜辗转难眠,觉得自己从来没这么累过。"会后我会给佩德森打个电话,看看能不能问出马格纳斯的确切死因。"

"可能还得等上几天,才能拿到佩德森的报告。"波拉说。

"我知道,不过催催他又没什么坏处。"帕特里克指了指墙上的软木公告板,"咱们已经浪费了太多的时间。马格纳斯失踪已有三个月,可咱们直到几天前才发现还有其他人收到了恐吓信。"

大家的目光都落在公告板上一张挨一张的照片上。

"现在有四个朋友:马格纳斯·谢尔纳、克里斯蒂安·赛德尔、肯尼思·本特松、埃里克·林德。其中一个死了,另外三个收到了恐吓信,寄信的很可能是个女人。不幸的是,咱们不知道马格纳斯是否也收到了类似的信。至少他妻子希娅不知道有这种信。所以,这也许永远是个谜。"

"可为什么偏偏是他们四个?"波拉眯起眼睛打量那些照片。

"要是咱们知道,也许就能找出躲在暗处的那个人了。"帕特里克说,"安妮卡,你在他们的背景资料中有没有发现什么值得注意的东西?"

"没有。至少现在还没发现。肯尼思·本特松的背景乏善可陈。埃里克

·林德倒是很有料,不过似乎跟咱们查的案子没什么关系。主要是涉嫌在金融交易中搞猫腻和诸如此类的勾当。"

"我敢打赌,这事儿埃里克肯定有份儿。"梅尔贝里说,"他是个狡猾的恶棍。我听说过许多关于他们公司的传闻。他还专爱和各种女人厮混。所以,咱们显然得好好查查他。"他伸出一根手指在鼻翼上摸了摸。

"可为什么被杀的是马格纳斯呢?"帕特里克问,结果换来了梅尔贝里一个气恼的眼神。

"关于克里斯蒂安,到目前为止我找到的资料并不多。"安妮卡不动声色地接着说,"不过我会继续查,当然,只要一找到有用的线索,我会马上报告。"

"别忘了,他是最先收到信的。"波拉仍然盯着公告板,"一年半以前就开始了。另外,克里斯蒂安收到的信也比他的朋友们多。不过,如果罪犯针对的只是其中一个,却把其他人也扯进来,似乎有些说不通。我有种强烈的感觉,一定有某种东西能把他们四个人联系起来。"

"我有同感。另外,克里斯蒂安是第一个引起这个神秘人注意的,这一点似乎也很重要。"帕特里克擦了擦额头。屋里闷热难当,他开始出汗了。他转头对安妮卡说:"现在要重点查克里斯蒂安。"

"我还是觉得咱们应该盯紧埃里克。"梅尔贝里说,然后又瞪着古斯塔问,"你怎么看,弗莱格尔?要论经验,谁也没有咱俩丰富。你不觉得咱们应该特别关注一下埃里克·林德吗?"

古斯塔不自在地扭了扭。在整个从警生涯中,他始终恪守着多一事不如少一事的信条。不过,经过片刻的内心挣扎后,他最终还是摇了摇头。

"那个,虽然我明白你的意思,可我还是得认同赫德斯特伦的说法,现在克里斯蒂安·赛德尔才是最值得注意的。"

"好吧,要是你们想继续浪费时间,就随你们的便好了。"梅尔贝里站了起来,脸上一副受伤的表情,"我有更重要的事要做,没工夫坐在这儿对牛弹琴。"说着他就离开了这间屋子。

显然,梅尔贝里口中"更重要的事"包括睡上一个长觉。不过帕特里克无意阻止他。对于案件调查,梅尔贝里越少插手越好。

"好了,那你就重点查克里斯蒂安。"帕特里克向安妮卡点点头,又重申了一遍,"你看什么时候能给我个结果?"

"明天我对他的背景资料就会掌握得比较清楚了。"

"那太好了。马丁和古斯塔,我想让你们到肯尼思家去见见他,尽量多挖出一些关于昨天发生的事和那些信的细节。最后,咱们还得再去找埃里克·林德谈一次。一到八点我就给佩德森打电话。"帕特里克瞄了一眼手表。只有半小时了。"然后,我想波拉和我应该开车去看看希娅。"

波拉点点头:"你准备好了就告诉我,咱们一起出发。"

"很好。现在大家都知道自己的任务了。"

马丁举起手。

"什么事?"

"咱们不用为克里斯蒂安他们提供警方保护吗?"

"当然,这一点我也想过,可咱们资源有限,再说现在也没有太大的进展。所以,咱们先等等再说。还有问题吗?"

没人说话。

"好了,那咱们就开始干活吧。"帕特里克又擦了擦额头上的汗。虽然眼下正是隆冬时节,但下一次他们真该开一扇窗户,放点新鲜空气进来。

其他人离开后,帕特里克又在桌边坐了一会儿,研究着贴在公告板上的资料。四个人。四个朋友。其中一个死了。

把他们联系起来的究竟是什么?

桑娜觉得自己好像总是在蹑手蹑脚地绕着他走。他们的婚姻从未幸福过,甚至连新婚燕尔时也是如此。承认这一点需要勇气,可她再也不能无视事实。克里斯蒂安从未允许她走进他的生活。

他总是说着她希望他说的话,做着他应该做的事,向她献殷勤,对她倾吐甜言蜜语。但她从未真正相信过他,只不过以前她心里一直不肯承认罢了。

此刻，桑娜不知道自己该怎么办。她不想离开克里斯蒂安。虽然她的爱得不到回报，可她还是爱他，她告诉自己这就足够了，只要他肯留在她身边就好。但是，一想到余生她就要守着这无望的爱与他过一辈子，她就觉得内心空落落的，一阵阵发冷。

她从床上坐起来，看着熟睡中的丈夫，慢慢伸出手，抚摸他浓密的、夹杂着几丝灰白的黑发。有一缕头发散落下来，遮住了一只眼睛，她轻柔地替他拨开。

昨天晚上他俩闹得不太愉快，像这样的情况现在越来越频繁了。她永远料不到他什么时候会突然暴跳如雷，无论事情大小，都会惹得他大发脾气。

不过尽管如此，她现在对他却多了些了解。克里斯蒂安向她讲述了自己过往生活的一个片段。虽然那个故事可怕得要命，她却觉得自己收到了一件包装精美的礼物。

可是她实在不知道要拿他倾吐给她的秘密怎么办。她想帮他，想再说说这件事，问出更多别人不知道的故事。但他却始终避而不谈。昨天她又试了一次，结果克里斯蒂安狠狠地摔上门扬长而去，把窗子震得哗啦作响。她不知道他是什么时候回来的。不到十一点她就哭着睡着了，刚才醒来时，发现他正躺在自己身边。马上就七点了。

桑娜坐在床沿上犹豫不定。他的双眼在眼皮下快速转动。如果能知道他的梦境，看到他脑中的图景，她什么都舍得放弃。他的身体抽搐着，满脸痛苦的表情。她慢慢抬起手，轻轻按在他肩上。要是因为她没叫醒他，让他上班迟到了，他一定会大发雷霆。可是，万一他今天休息，而她没让他睡足，他也会生气。她真希望自己知道如何讨得克里斯蒂安的欢心，如何让他高兴起来。

尼尔斯的声音从儿童房里传来，吓了她一跳。他在喊她，似乎是受了惊吓。桑娜站起来仔细听。一开始，她以为这是自己的幻觉，因为她常常梦见孩子们叫她，需要她，此刻尼尔斯的声音或许只是这些梦的回声。但这时她又听到了他的喊声。

"妈妈！"

他的声音里为何满含惊恐？桑娜的心开始狂跳，她匆匆披上浴袍，三步并作两步地冲进隔壁儿子们的房间。她看到一片鲜红,大脑几乎无法领会眼前的情景。接着,她抬眼向对面的墙上看去,一声尖叫从心中猛地冲到喉咙里,自口中爆发出来。

"克里斯蒂安!克里斯蒂安!"

肯尼思的双肺像着了火一样。这是身处重重阴霾中的一种奇怪的感觉。自从昨天下午发现莉丝贝特死在床上后,他的生活似乎就被一团雾气包裹着。他随警察去了一趟办公室,回到家时,整栋房子寂静无声。他们把她带走了。她不在了。

他曾考虑过搬到别处去住。因为他突然觉得没法再踏进他们的家。可他能去哪儿呢?没人能与他为伴。

肯尼思迈开大步奔跑着。埃里克说今天他不用去上班,可他需要按部就班的生活。家里只有他一个人,又能干些什么呢?闹钟一响,他照常从行军床上爬起来。旁边是妻子睡过的那张床,现在已空空如也。

他越跑越快,一些小光点在他眼前摇曳闪烁,收缩了他的视野。他向远处望去,目光落在第一缕晨曦穿过的树枝缝隙中。

路越来越窄,变成了一条小径,地面开始崎岖不平,到处是坑坑洼洼,还有些滑,不过他对这条路太熟悉了,都懒得低头去看,只是盯着那缕微光,等待着黎明的降临。

起初,肯尼思没弄明白是怎么回事。仿佛有人突然在他面前竖起了一道无形的墙。他刚刚跨出一步,还没等脚落地,就突然一头向前栽去。他本能地伸出双手阻住跌势,手掌触到地面时震动了一下,将剧痛顺着他的胳膊传导到双肩。接着,一种别样的痛感向他袭来。这是一种火辣辣的烧灼感,疼得他几乎透不过气。他低头看着自己的双手。两只手掌上扎满了大大小小的碎玻璃,它们刺破了他的皮肤,血从伤口中渗出,慢慢地将玻璃染成了红色。他一动未动,四周寂然无声。

当他终于要试着坐起来时,却发现双脚被什么东西缠住了。他低头去看自己的腿。玻璃划破裤子,把这里的皮肤也割破了。然后,他的目光又在地面上来回地游移,就在此时,他看到了那根细绳。

他十岁那年，一切都变了。实际上，此时他已经适应得很好了。他并不快乐，至少不像他第一次见到自己美丽的母亲时所想象的那样，也不像爱丽丝开始在母亲肚子里长大之前那样快乐。不过他也算不上难过。他在生活里有自己的一隅，可以躲在书籍的王国里随心所欲地畅想，对此他心满意足。身上的脂肪保护了他；那是一副帮他抵御内心伤痛的盔甲。

　　爱丽丝一如既往地爱着他。她就像一个影子，他走到哪儿，她便跟到哪儿，不过总是寡言少语的，这倒正合他的意。不管他有什么需要，她都随叫随到。他口渴时，她给他端水；他想吃东西了，她就溜进食品储藏室，替他偷来母亲藏好的酥皮糕点。

　　偶尔，父亲眼中又会闪现出那种古怪的眼神，只是不再对他处处提防。爱丽丝长大了。她已经五岁，终于学会了走路，学会了说话。但只有不言不语地静立时，她看上去才和别的孩子没什么两样。每当此时，她那娇俏可爱的模样总是引得人们纷纷驻足，盯着她看个没完，就像她不丁点儿的时候坐在婴儿车里时那样。可只要她一走动，一开口说话，他们就会一边连连摇头，一边露出惋惜不已的表情。

　　医生说，她永远不会好了。当然，母亲带她去看医生时，是不许他跟着的。不管他们去哪儿，他都无权同去。可是别忘了，他有本事像个印第安勇士那样蹑足潜行。他悄无声息地在家里串来串去，竖起耳朵仔细听。他听到他们谈话，说起爱丽丝的事，所以他什么都知道。大多数时候都是母亲在说。每次爱丽丝去看医生，都是由她带着。她千方百计寻找新疗法，指望用上某种新招数或锻炼方式后，爱丽丝的动作、语言和能力就能配得上她的相貌。

谁也不曾谈起他。这也是他偷偷听到的。就好像他根本不存在，只不过是占了一块地方而已。不过，他已经学会与这种状态和平共处、彼此相安无事。偶尔他也会觉得伤心，此时他就会想起那股气味，想起时至今日越来越像邪恶童话的往事。那段遥不可及的记忆足以让他忍受所有人的漠视。只有爱丽丝把他放在眼里，那是因为他把她变乖了。

一个电话改变了一切。老婊子死了，她在夫雅巴卡的房子归了母亲。自从爱丽丝降生，自从他在那个房车里的夏天失去了一切以后，他们还从未去过那里。现在，他们就要搬过去了。是母亲做的决定。父亲想反对，但照例没人理会。

爱丽丝不喜欢改变。她希望所有的东西都永远一成不变，每天都做同样的事，过老一套的日子。所以，当他们把她的物件统统打了包，坐上由父亲驾驶的汽车出发时，爱丽丝便转过身去，鼻子贴在后玻璃上，怔怔地盯着他们的家，直到再也看不见为止，才又转过头来，朝他这边挪了挪，把脸靠在他肩膀上。有那么一瞬间，他想安慰安慰她，拍拍她的脑袋或是握住她的手。但他什么也没做。

在开往夫雅巴卡的路上，她一直依偎在他身侧。

17

"你昨天真让我下不来台。"埃里克说。他正站在卧室的镜子前打领带。

路易丝没搭腔,只是翻了个身,侧过去背对着他。

"你听到我刚才说什么了吗?"他稍稍提高了嗓门,但仍不敢太大声嚷嚷,怕女儿们从走廊对面的房间里听到。

"听见了。"她低声说。

"别再给我干那种蠢事!白天你在家里醉成什么德性我都管不着,只要女儿在家时你别东倒西歪的,你爱怎样就怎样。可你他妈的别到我办公室去丢人现眼啊!"

她还是不吭声,连一句辩解都没有,让他心里直窝火。他宁愿她尖酸刻薄地回敬他几句,总比这样不言不语强。

"知道吗?你让我恶心。"领带的结打得太低了,他骂了句脏话,解开重新系。他朝路易丝瞪了一眼。她仍然躺在床上,背对着他,但现在,他看到她的双肩一抖一抖的。该死。这个早晨可真是越来越妙了。每次她宿醉之后,总是这样哭哭啼啼,自哀自怜,让他鄙夷。

"够了。你得打起精神来。"又是这套老掉牙的劝诫,被他重复了一遍又一遍,简直要耗尽他的耐心。

"你还在和塞西莉亚幽会吗?"她在枕头下瓮声瓮气地问。然后,她翻过身来面对着他,听他如何作答。

埃里克嫌恶地看着她。没有了脂粉铅华的修饰,剥去了名贵衣物的伪装,她面色惨白,形如鬼魅。

她又问了一遍:"你还见她吗?还在跟她上床吗?"

这么说她知道了。这是他万万没想到的。

"我不想说她。"他终于把领带打好,语气平静地说。

路易丝张开嘴呆望着他，老态尽显。她就这样默默地、目不转睛地一直看他，眼角噙满泪水，下唇抖个不停。

"我要去上班了。把你的屁股从床上抬起来，去照顾丫头们，让她们按时上学。要是你办得到的话。"他冷冷地瞪了她一眼，便转身离开。

"你觉得他现在的状态能跟我们谈话吗？"马丁问古斯塔。他们正开车去肯尼思家，尽管并不忍心去打扰这个妻子尸骨未寒的男人。

"我不知道。"从古斯塔的声音里，明显可以听出他不愿谈论这个话题。二人陷入沉默。

过了片刻，古斯塔问："你的小丫头怎么样了？"

"棒极了！"马丁神采飞扬地说。

又是一阵沉默。古斯塔用手指轻轻敲打着方向盘，但马丁不悦地瞪了他一眼，他赶紧住手。

马丁的手机一响，二人都吓了一跳。他接起电话，眼见脸色越来越阴沉。

"计划有变。"马丁挂断电话说。

"什么意思？出什么事了？"

"是帕特里克。克里斯蒂安·赛德尔家出了点事。他往局里打了电话，语无伦次的。不过事情和他的孩子有关。"

"真该死。"古斯塔猛踩了一脚油门。"抓牢了。"他对马丁说，随即加快车速。他觉得自己的胃部开始缩紧，处理与孩子有关的案件总是让他分外揪心，这么多年过去了，这道坎儿始终迈不过去。"帕特里克也没多说点什么吗？"

"没有。"马丁说，"克里斯蒂安的状态差极了，帕特里克一句明白话也没问出来。他和波拉也在路上呢，不过咱们会先到。帕特里克叫咱们别等他们。"马丁同样面色苍白。即使事先有了心理准备，知道自己会看到些什么，亲临犯罪现场也是件糟糕透顶的事，何况现在他们对即将要面对的一切毫不知情。

他们开到赛德尔家门前，古斯塔打了个滑，踩住刹车，没等把车规规矩矩地停在车位里，二人便跳了出来，上前按响门铃，但无人应门，于是他们自己把门打开。

"嘿！家里有人吗？"

听到声音从头顶传来，他们向楼上冲去。

"有人吗？我们是警察。"他们又喊了一遍，还是无人应声。一个房间里传来抽泣声，有个孩子在高声尖叫，中间还夹杂着泼水的声音。

古斯塔深吸了一口气，向屋内张望。桑娜坐在浴室的地上，哭得全身都在颤抖。两个男孩子坐在浴缸里，水是淡淡的粉色，桑娜正猛力地搓洗着他们的小身子。

"出什么事了？他们受伤了吗？"古斯塔盯着浴缸里的两个孩子。

桑娜扭过头来，匆匆瞥了他们一眼，又转回去看着儿子。

"他们伤着没，桑娜？用不用我们打电话叫救护车？"古斯塔朝她走过去，蹲下身子，一只手搭在她肩上。但桑娜没有回答，仍是不停地搓洗，可惜没多大效果，红色不但没洗掉，面积反而越来越大了。

古斯塔仔细看了看两个男孩，感到自己的脉搏稳了下来。那红色并不是血液。

"这是谁干的？"

桑娜用手背将溅在脸上的粉红水珠擦去，抽抽噎噎地说：

"他们……他们……"她的牙齿不停地打战，古斯塔捏捏她的肩膀以示安慰。从眼角的余光里，他看到马丁站在门口。

"是油漆。"他告诉马丁，然后又看着桑娜。她深吸了一口气，再次试着开口说：

"尼尔斯喊我。他坐在床上。他们就像……就像现在这样子。有人在墙上写了字，肯定是有油漆溅到他们床上了。我还以为是血。"

"你和克里斯蒂安夜里就没听到一点动静吗？今天早上也没有？"

"没有，什么也没听到。"

"儿童房在哪儿？"古斯塔问。

桑娜指了指走廊。

"我去看看。"马丁说着转身离开。

"我也去。"古斯塔让桑娜直视自己的目光,"我们马上回来,好吗?"

她点点头。古斯塔站起身来,朝走廊走去。儿童房里有人在大喊。

"克里斯蒂安,快放下。"

"我非把它弄掉不可……"听起来克里斯蒂安和桑娜一样心慌意乱,古斯塔一进屋,就看到他提着一大桶水,正要往墙上泼。

"我们得先看一眼。"马丁向克里斯蒂安伸出手,后者只穿着一条内裤,胸膛上散落着斑斑点点的红油漆,无疑是在帮桑娜把孩子抱到浴室时蹭上的。

此时,他正想把水往墙上泼,但马丁一个箭步冲上前去,抓住了水桶。克里斯蒂安束手就擒,松开提梁,站在那里轻轻晃动了一下。

制服克里斯蒂安之后,古斯塔开始专心地察看他刚才试图洗掉的东西。儿童床上方的墙壁上,有人写了一行字:你不配拥有他们。

红色油漆顺着一个个字母向下滴落,看起来仿佛是用鲜血写就。儿童床上的油漆也给人以同样的印象。现在,古斯塔终于体会到桑娜进屋时受到了何等可怕的惊吓,也理解了克里斯蒂安的反应。此刻,他盯着墙上的字,脸上毫无表情,但口中念念有词。古斯塔走近了几步,想听听他在说什么。

"我不配拥有他们。我不配拥有他们。"

古斯塔小心翼翼地牵着他的手臂:"去穿件衣服吧,克里斯蒂安,然后咱们聊聊。"他轻柔而坚定地领着他出了门,进入他认为应该属于克里斯蒂安和桑娜的那个房间。

克里斯蒂安顺从地跟在后面,但接着便只是呆呆地坐在床上,一点没有穿衣服的意思。古斯塔四处张望了一圈,终于找到了一件挂在门后挂钩上的浴袍。他将它递给克里斯蒂安,后者于是有气无力、慢慢吞吞地接过来穿上。

"我得再去看看桑娜和孩子们,然后咱们去楼下的厨房谈。"

克里斯蒂安点点头,双眼空洞无神。古斯塔留他自己坐在床上,回头去找仍待在儿童房里的马丁。

"这里到底是怎么了?"古斯塔问。

马丁摇摇头："真恶心。这事不管是谁干的，肯定是疯了。还有，这是什么意思？'你不配拥有他们。'拥有什么？孩子？"

"这正是咱们要查的。帕特里克和波拉应该快到了。你能下楼去给他们开下门吗？再打电话叫个医生来。我想孩子们并没受伤，不过他们全家都吓得够呛。所以最好还是找个医生来瞧瞧。我去帮桑娜把孩子们身上的油漆洗掉。她搓得太使劲了，都快要把他们的皮蹭下来了。"

"咱们还得把犯罪技术人员也叫过来。"

"正是。帕特里克一到，就让他尽快联系托比约恩，让他们派一组人过来。如无必要，咱们最好就别在这里到处乱走了。"

"至少咱们总算把墙给保住了。"马丁说。

"是啊。真他妈的走运。"

他们一起下楼，古斯塔很快找到了通往地下室的那扇门。除了一盏光秃秃的灯泡，楼梯上没有别的照明设施，于是他一步步小心地往下走。赛德尔家的地下室与大多数人家一样，堆满了各种破烂杂物，还有一个放喷涂用具的架子，上面摆着一堆瓶瓶罐罐以及刷子和抹布之类的东西。古斯塔伸手去拿一只装着半瓶石油溶剂的瓶子，就在手指握住瓶体的那一瞬间，他用余光瞄到了一样东西。地上扔着一块抹布，上面斑斑点点的全是红油漆。

他迅速扫了一眼架子上的那些油漆罐。没有一个盛的是红油漆。不过，他确信那块抹布上的红色与他在儿童房里看到的一模一样。在墙上写字的那个人一定是自带油漆到此作案，然后跑到地下室来洗净痕迹。他看了看手中的瓶子。该死。上面没准会有指纹呢。不过他需要石油溶剂。得用它把两个男孩子身上的油漆弄掉，好让他们从浴缸里出来。一只空可乐瓶子帮他救了急。他的手指仍原样不动地握着石油溶剂瓶，将内容物倒入塑料可乐瓶中，然后又将原瓶放回架上。

古斯塔拿着可乐瓶转身上楼。帕特里克和波拉还没到，不过应该不会太远了。

他走进浴室时，看到桑娜还在执拗地搓洗着儿子的身体。两个孩子嗷嗷大哭。古斯塔在浴缸旁蹲下，柔声说：

"油漆印子光用肥皂是擦不掉的。咱们得用点石油溶剂。"他举起从地下室拿来的瓶子。桑娜停下手里的活，看着古斯塔从水池边的一个挂钩上摘下一条毛巾，往上面倒了点瓶子里的液体，举起来给她看了一眼，然后把老大的胳膊拉过来。

"看到了吧？油漆一下子就掉了。"虽说那男孩一直像条毛毛虫一样扭来扭去，古斯塔还是成功地擦掉了好大一片油漆。"咱们就得这么干才行。"

这时，古斯塔听见楼下传来说话声，接着脚步声越来越近。帕特里克出现在门口。

"出什么事了？"他上气不接下气地问，"大家都没事吧？马丁说孩子们好像没受伤。"帕特里克目不转睛地盯着浴缸，里面的水已经变成了深红色。

"孩子没事，就是有点受惊了。他们的父母也是。"古斯塔站了起来，同帕特里克一起来到走廊里，把事情经过简单讲述了一遍。

"真是疯了。谁会做这种事呢？"

"我和马丁也这么说。有什么东西不太对劲，这么说还算是轻的。我觉得克里斯蒂安知道的肯定比他告诉咱们的多。"他把克里斯蒂安的喃喃自语重复了一遍。

"我同意。"帕特里克说，"我早就有这种感觉。他在哪儿？"

"在卧室里。咱们得去看看他缓过来没有，然后好跟他好好谈谈。"

"我觉得现在是时候了。"

帕特里克的手机响了。他从口袋里掏出来接听，一下子愣在当场。

"你说什么？能再说一遍吗？"他扫了一眼古斯塔，满脸惊愕。古斯塔努力想听清电话另一端的人在说些什么，但白费力气。"好的。明白。我们在赛德尔家。这里也出了点事，不过我们会处理好的。"

他挂断了电话。

"肯尼思·本特松被送往乌德瓦拉医院。今天早上他出去跑步，有人设了个陷阱害他。他被一根绳索绊倒了，一头栽到一层碎玻璃上。"

埃里克盯着自己的手机。肯尼思正被人送往医院。他还是那样尽职尽责,居然没忘了请救护车上的医务人员替他打电话到办事处请假。

有人在他跑步的必经之路上设了个陷阱,让他避无可避。肯尼思每天早晨都沿着同一条路线跑步。那一带的人都知道,别人大概也都发现了。所以,无疑是有人要害肯尼思。这就是说,他自己如今也身临险境。

事态已经失控了。多年来,埃里克屡屡以身犯险,一路走来被他踏在脚下的人不计其数。但他从未想过自己会陷入眼下这种境况,也没料到他心中会泛起如此的恐惧。

眼下,他还是先想办法自保要紧,得尽量多取出一些现金,离开这个国家,找个暖和一点的地方躲起来,任谁也别想找到他,一直待到整件事风平浪静为止。

当然了,他远走高飞之后会想念女儿们。不过她们已经是大姑娘了,再说,如果让路易丝一个人扛起抚养女儿的重担,不再事事指望于他,也许她就不会整天一副半死不活的样子。而且,他也不会就这样一走了之。他会在银行里留一笔钱,足以支撑她们过上一段日子。但路易丝必须得找份工作。这也是为了她好。毕竟,她总不能指望他养活她下半辈子吧。他完全有权这样做,靠着多年来的积蓄,他满可以安全稳妥地去开启一段全新的生活。

形势已尽在掌控;他只需再办妥几件事就万事大吉了。首先,他得去找肯尼思谈谈。他打定主意一大早就去医院,希望他的同事状态尚可,还能回忆起几个数据。

还有塞西莉亚。不过她早就斩钉截铁地告诉他,除了钱以外,她不稀罕他的任何帮助。他应该能替她留出一小笔钱。

所以,就这么定了吧。塞西莉亚能照顾好自己;他们都能照顾好自己。女儿们大概也会理解的。时间一长,她们就全都明白了。

把所有的玻璃碎片弄出来花了很长时间。最后还有两片嵌得太深,得动个复杂些的手术才能完全取出。不过,人人都说他真是不幸中的万幸。亏得玻璃没碰到主动脉,不然可就要出大事了。医生就是这样乐呵呵地告诉他的。

肯尼思把脸扭过去冲着墙。难道他们不明白这要多糟有多糟吗?要是照他的意思,就该让玻璃刺穿他的动脉,切掉痛苦,带走他心中的罪孽,洗清那邪恶的记忆。因为他知道了谁是追杀他们的猎手,谁对他们恨之入骨,必欲杀之而后快,谁从他身边夺走了莉丝贝特。他妻子耳中回响着真相死去了,这个念头令他无法承受。

肯尼思闭上双眼,看见了被自己放逐到记忆角落里的那些画面。经过这么多年,那件事甚至仿佛从未发生过。

现在,它们又卷土重来了。她将它们重新暴露在光天化日之下,逼着他去面对。他无法承受自己看到的一切。尤其令他不能忍受的是,他知道这是莉丝贝特临终前听到的最后一件事。它是否让一切变得面目全非?她死的时候,心中原来盛放着爱情的地方,会不会变成了一个黑洞?那一刻,他在她心中是不是成了个陌生人?

他睁开眼睛,盯着天花板,泪水顺着脸颊淌了下来。现在她就可以来要了他的命。他不会逃的。

以眼还眼,以牙还牙。

"滚一边去,肥仔!"

几个男孩从走廊经过,故意撞在他身上。他想不理他们,希望能像在家时一样,在学校里也把自己变成隐形人。可惜没用。他们好像等的就是他这么一个显眼的人,一个可以让他们找茬修理的替罪羊。他明白。他花了那么长时间埋头读书,所以他知道和懂得的都比大多数同龄的孩子多。他门门功课都拔尖,老师们都喜欢他。可光是学习好又有什么用呢?他既不会踢球,也不会快跑,连吐唾沫也吐不远。只有这些能耐和本事才吃香呢。

他慢吞吞地往家走,一边走一边东张西望,留意会不会有什么人悄悄躲在暗处,趁他不备突然跳出来揍他。所幸他家离学校并不远。虽然一路危机四伏,可至少距离尚短。他只需顺着哈克巴肯的山坡往下走,再左转朝拜德豪曼对面的码头一拐,就到家了。就是他们从老娘子手里继承的那座房子。

母亲仍叫她老娘子。每次她扔掉那个老女人的某些东西,把它们丢到他们搬进来时放在院子里的那个大垃圾箱时,总会得意洋洋地提一下这个名字。

"要是那个老娘子能亲眼看看该多好啊。她这堆花里胡哨的破椅子,全都见鬼去吧。"母亲一边发疯似的擦洗清理杂物一边说,"现在,我要把你姥姥的瓷器给扔了。瞧见了没?"

他从未听说过"老娘子"这个名字的由来,也不知道母亲为何这样恨她。有一次,他怯怯地向父亲询问,可他只是嘀咕了几个含混不清的字算是回答。

"你这么早就回来了?"他进屋时,母亲正在给爱丽丝梳头。

"放学时间和平常一样。"他说。爱丽丝冲他笑笑,他没理。"晚饭吃什么?"

"瞧你这副德性,下半年就算什么都不吃也够了。今天晚饭没你的份儿。你就靠自己的肥肉活着吧。"

现在才四点钟,他已经预感到自己会饿得多厉害。但他一看母亲的样子,就知道抗议是没用的。

他上楼进了自己的房间,关上门,拿起一本书躺在床上,满怀希望地伸手向床垫底下摸去。幸运的话,也许这里会有他漏掉的东西。可惜什么都没有。他费尽心机地把食物和糖果到处藏,可她太聪明了,不管他藏在哪儿,她总是一找一个准。

几小时后,他的肚子开始发出雷鸣般的吼叫。他饥肠辘辘,简直快要哭出来了。楼下飘来阵阵香气,那是新鲜出炉的小圆面包,他知道母亲在做肉桂卷,为的就是让他闻到这香味,让他饿得发疯。他吸了吸鼻子,然后侧过身去,把脸埋在枕头下面。有时他真想一逃了之。谁也不会在意的。爱丽丝或许会想念他,但他根本不愿意搭理她。她还有母亲。

母亲把自己所有的空闲时间都给了爱丽丝。既然如此,爱丽丝干嘛不用那双满含爱慕的眼睛去看母亲,却偏偏要盯着他?他愿放弃一切去得到的东西,凭什么她就能坐享其成?

他刚才一定是打了个盹,因为一声轻轻的敲门声让他惊醒过来。他的书盖在脸上,睡梦中流出的口水把枕头弄湿了一片。他伸手擦了擦脸,迷迷糊糊地站起来去开门。爱丽丝站在门口,一只手里拿着一个小圆面包,递给他。他馋得口水都流了出来,但他有些犹豫不决。要是母亲发现爱丽丝偷偷溜上楼给他送吃的,准会冲他发火。

爱丽丝眼睛睁得大大的,一眨不眨地盯着他。她想让他看她、爱她。他脑海里浮现出一幅画面。他好像摸到了一个婴儿滑溜溜、湿漉漉的小身体。爱丽丝在水中看他，挥舞着四肢，随即便一动不动地躺在那里。

　　他一把抓过面包，当着她的面把门一关。但是没用。那些画面不肯消散。

18

　　帕特里克派古斯塔和马丁去乌德瓦拉,看看肯尼思恢复得如何,能否接受他们的问询。托比约恩·鲁德的犯罪技术小组正在路上。他们必须兵分两路,一路前往肯尼思跌倒的地点,另一路去克里斯蒂安和桑娜家。古斯塔本来不想走;他宁愿留下来与克里斯蒂安谈话。但帕特里克更想让波拉留下。他觉得还是派个女人与桑娜和孩子们谈比较合适。不过,古斯塔对此事的处理的确令他刮目相看,尤其是他在地下室发现了抹布和瓶子。幸运的话,这些物品上说不定会有罪犯的指纹和DNA。到目前为止,此人一向行事谨慎,没有留下一点蛛丝马迹。

　　他定定地望着与他面对面坐在餐桌旁的克里斯蒂安。他面色疲惫而苍老,仿佛比帕特里克上次看到他时老了十岁。他连浴袍的带子都没系好,裸露着前胸,显得更加脆弱,简直不堪一击。帕特里克琢磨着要不要告诉克里斯蒂安,为他自己着想,还是把浴袍裹上的好,不过最终他决定闭口不提。此刻,克里斯蒂安肯定没心情去顾及衣着打扮。

　　"孩子们已经平静下来了。我的同事波拉会跟他们和你妻子聊聊。她会小心斟酌用词,尽她所能确保他们不会再受到惊吓或打扰。可以吗?"帕特里克探寻着克里斯蒂安的目光,想确认他有没有在听。起初,他毫无反应,帕特里克想把刚才的话重复一遍。不过最后他终于点了点头。

　　"另外,我觉得咱们俩也应该聊聊了。"帕特里克继续说,"我知道,以前你一直不大愿意跟我们谈,但这次你真的别无选择。有人闯入你家,进了你儿子的卧室。孩子们虽然没受什么伤,可这对于他们来说必定是一次极其可怕的经历。要是你对幕后黑手是谁有什么头绪,一定要告诉我。明白了吗?"

　　克里斯蒂安又沉默良久,才终于点点头。他清了清喉咙,像是想说话,但一个字也没说出来。

帕特里克继续说:"直到昨天,我们才发现肯尼思和埃里克也跟你一样,收到了同一个人寄来的恐吓信。今天早上,肯尼思出门跑步时受了重伤。有人设了个陷阱害他。"

克里斯蒂安抬头看了一眼,似乎吃了一惊,但随即又垂下眼皮。

"我们不知道马格纳斯是否也收到过类似的恐吓,不过我们暂且假设杀害他的凶手是同一人。另外,我有种感觉,你有事瞒着我们。也许你不愿将这件事曝光,也可能你觉得它微不足道,但事情重要与否应该由我们来决定。即使是最细微的线索,也可能会有非同小可的意义。"

克里斯蒂安用一根手指在桌面上画着圈。接着,他抬起头,迎上帕特里克的目光。有那么一会儿,克里斯蒂安好像要说些什么。但接着,他又开始装聋作哑。

"我不知道。"他说,"关于这事是谁干的,我知道得并不比你多。"

"你明不明白,只要这个人仍然逍遥法外,你和你的家人就毫无安全可言?"

克里斯蒂安脸上笼罩着一层不可思议的平静,再也看不出一丝一毫的担心和忧虑。他现在的表情,帕特里克只能用"坚毅"两个字来形容。

"我明白。而且我确信你们一定会尽最大的努力将罪犯捉拿归案。不过我恐怕是帮不上忙了。我真的什么也不知道。"

"我不信。"帕特里克直言不讳地说。

克里斯蒂安耸耸肩。"随你的便,对此我无能为力。我只是告诉你事实。我一无所知。"他好像突然发现自己近乎赤身裸体,于是裹好浴袍,把带子系紧。

帕特里克沮丧得直想抓住这个男人一阵乱摇。他确信克里斯蒂安对他们有所保留,但不知道他究竟隐瞒了什么,甚至不知道是否与案情有关。但可以肯定的是,有些东西他不愿谈及。

"昨晚你们是什么时候上床睡觉的?"帕特里克决定换个话题,但只是暂时的。他可不打算这么轻易地放过克里斯蒂安。两个孩子坐在浴缸里时那惊恐的样子他都看在眼里。下一次也许就不是红油漆这么简单了。他必须让克里斯蒂安明白,事情已经严重到了何等地步。

"我睡得比较晚,刚过一点钟才躺下。桑娜什么时候睡的我不知道。"

"你整晚都在家吗?"

"没有,我出去散了会儿步。我和桑娜出了点……问题。我得出去透透气。"

"你去哪儿了?"

"我也说不准。没有具体的地方。就是四处转悠了一会儿,然后穿过整个镇子。"

"一个人?半夜三更的?"

"我不想待在家里。还能去哪儿呢?"

"那么,你是一点钟左右到家的?你能肯定吗?"

"我能肯定。我看了一眼英格丽·褒曼广场上的钟,当时是差一刻一点。从那里走到家,大约要十到十五分钟。所以,我到家时应该是一点钟左右。"

"桑娜睡着了吗?"

克里斯蒂安点点头:"是的,她睡着了。两个孩子也睡着了。家里静悄悄的。"

"你到家后有没有去看看孩子?"

"我每次都会去看。尼尔斯又把被子踢掉了,所以我就替他掖掖紧。"

"你没注意到有什么古怪或是反常的事?"

"你是说墙上的大红字之类的?"他语带讥讽地说。

帕特里克觉得自己憋了一肚子气。

"我再问一遍:你回家时,没有看到任何反常的、迫使你做出反应的事吗?"

"没有。"克里斯蒂安说,"我没看到能让我做出反应的事。不然的话,你觉得我能不管不顾直接去睡觉吗?"

"不,大概不会。"帕特里克又出汗了。怎么所有人都非得把家里弄得这么热呢?他扯了扯衬衫的领子,感觉空气似乎不太够用。

"你回家后锁门了吗?"

克里斯蒂安停下来想了想。"我不知道。"他说,"我想是吧。我一般会锁上的。不过……其实我也记不清锁没锁了。"现在,他的语气里再也没有了嘲讽之意。他用近乎耳语般的声音说:"我不记得锁过门。"

"夜里你也没听到什么声音吗?"

"没有,什么也没有。至少我没听到。我想桑娜也是。我们俩睡觉都很沉。我一直睡到早上,是被桑娜的尖叫声给吵醒的。我都没听见尼尔斯……"

帕特里克决定再试一次:"你不知道为什么有人会这么干? 也不知道为何有人在这一年半时间里一直给你寄恐吓信? 一点头绪也没有?"

"你他妈的究竟有没有听懂我在说什么?"

他突然间就暴跳如雷,把帕特里克吓了一跳,声音之大引得波拉从楼上喊道:

"你们还好吗?"

"我们没事。"帕特里克大声回应,希望自己没说错。克里斯蒂安眼看着就要崩溃了。他脸涨得通红,狠狠地抓着自己的手掌。

"我什么都不知道。"克里斯蒂安重复道,好像在拼命压抑着高声喊叫的冲动。他抓得太用力了,皮肤上已经留下了一道道的抓痕。

帕特里克等着克里斯蒂安稍稍放松一些,等他的面色基本恢复正常。他终于不再抓挠时,却惊讶地盯着自己手掌上的抓痕,仿佛在纳闷它们是从何而来。

"在我们查出更多线索之前,你和家人有没有别的地方可待?"帕特里克问。

"桑娜可以带着孩子们去汉堡松德,到她姐姐家住上一阵子。"

"那你呢?"

"我留在这里。"克里斯蒂安似乎心意已决。

"这可不像是个好主意。"帕特里克用同样坚定的语气说,"我们警方无法为你提供全天候的保护。我想你最好还是另找一处让你更有安全感的地方。"

"我留在这里。"

克里斯蒂安的语气表明此事再无商量余地。

"好吧。"帕特里克无奈地说,"务必让家人尽早离开。我们会尽量留意你们家的动静,不过我们人手有限,无法——"

"我不需要警方保护。"克里斯蒂安打断了他,"我不会有事。"

帕特里克注视着他。"现在有个精神严重错乱的人逍遥法外。这个人已经制造了一起谋杀案,或许是两起,而且似乎打定主意,非要取了你和肯尼思的性命不可,也许还包括埃里克。这可不是闹着玩的。你好像没弄明白。"他说得很慢,每个字都咬得清清楚楚,务必让对方领会自己的意思。

"我向你保证,我完全明白此事有多严重。但我还是要留下。"

"要是你反悔了,你知道去哪儿找我。我说过,你说你对此事一无所知我根本就不信。我希望你能明白,你不肯吐露真相是拿什么在冒险。不管你隐瞒的是什么,我们迟早都会查出来的,只是不知道能不能赶在更多受害者出现之前。"

"肯尼思怎么样了?"克里斯蒂安躲开帕特里克的目光,嘟哝着问。

"我只知道他受伤了。就这些。"

"出什么事了?"

"有人在路上拉了一根绳子,又在地上铺了厚厚一层碎玻璃。所以,现在你也许会明白我为何要求你合作了。"

克里斯蒂安没有答话。他转过头向窗外望去,脸色如同外面的雪一样苍白,牙关咬得紧紧的。他的目光落在远方的某一处,声音里不带任何感情色彩,冷冷地重复道:

"我什么也不知道。"

"疼吗?"马丁看着肯尼思搭在毯子上缠满绷带的手臂问。肯尼思点点头。

"你能回答几个问题吗?"古斯塔拉过一把椅子,示意马丁也照做。

"既然你们都坐下了,想必认为我能行了吧。"肯尼思虚弱地笑了笑说。

马丁无法将目光从绷带上移开。跌在那么一大堆玻璃上,再一块一块地把碎片取出来,肯定疼得要死。

"你能用自己的话描述一下事情经过吗?"

肯尼思伸手去够放在床边桌子上的一杯水,但随即意识到自己的手还不管用。

"等一下,让我来。"马丁拿起杯子,帮他用吸管喝了一口。接着,肯尼思靠在枕头上,用平静而淡然的语气,从早晨系上鞋带,准备像往常一样出门晨跑讲起,将自己的遭遇一一道来。

"你是什么时候出门的?"马丁拿出一本笔记本和一支笔。

"六点四十五分。"肯尼思回答。马丁毫不犹豫地记下这个时间。他觉得,如果肯尼思说是六点四十五分,那就一定是。毫无疑问。

"你每天早上都在同一时间出去跑步吗?"古斯塔抱着双臂往后一靠。

"是的,前后只差十分钟左右。"

"那你就没想过不去……我的意思是,鉴于……"马丁结结巴巴地问。

"你太太昨天刚刚过世,你没想过要少跑一天吗?"古斯塔尽量用体贴和善的语气插话说。他不想让这个问题变成责难。

肯尼思没有马上回答。他艰难地咽了口唾沫,然后才低声说:

"如果说有哪个早晨我必须去跑步的话,那就是今天。"

肯尼思清了清喉咙,别过头去,不让他们看到他眼中涌上的泪水。他又清了清喉咙,好让自己说话时声音不会颤抖。

"我说过,我喜欢按部就班。我一直沿着同一条路线跑步,到现在已经十年了。"

"我想很多人都知道你这个习惯,对吗?"马丁在笔记本上记下"十年",又在这两个字上画了个圈,然后抬起头来。

"没有任何理由保密。"肯尼思脸上突然露出一个笑容,但它消失得也同样快。

"今天早晨你出去跑步时碰到过什么人吗?"古斯塔问。

"没有,一个人也没有。"

"在你跑步路线的附近,也没看到有辆车停着吗?"

肯尼思停下来想了想。"不,我想没有。"

"也就是说,没有任何反常的现象?"古斯塔追问道。

"没有,就像每天早上一样。除了……"话还没说完,泪水就顺着他的脸颊汹涌而下。

肯尼思这一哭,倒让马丁尴尬得不知所措。他觉得无话可说,也不知道是不是该做点什么。但古斯塔镇定自若地伸手从肯尼思旁边的桌子上拿起一块纸巾,轻柔地替他擦去脸上的泪水,然后又把纸巾放回桌上。

"你们听到什么消息了吗?"肯尼思低声问,"关于莉丝贝特的?"

"没有,现在还为时过早。还得再等上一段时间,才能从验尸官那里得到消息。"

"她杀了她。"床上的那个男人畏畏缩缩地说,然后好像突然就憔悴下来,目光呆滞地盯着虚空。

"对不起,你刚才说什么?"古斯塔向前探了探身子问,"'她'是谁? 你知道是谁害了你和你妻子吗?"

马丁注意到古斯塔连大气都不敢喘。他也是一样。

肯尼思眼中有什么东西一闪而过。

"我不知道。"他态度坚定地说。

"你刚才说'她'。"古斯塔提醒他。

肯尼思躲避着他的目光:"信上的笔迹像是出自女人之手。所以,我只是猜想是'她'。"

"哈,原来是这样。"古斯塔显然想让肯尼思明白他根本不相信他的话,尽管他并不会当面说穿。"马格纳斯、克里斯蒂安、埃里克,还有你,你们四个被人盯上肯定是事出有因。有人跟你们有未了之仇。可你们所有人——好吧,除了马格纳斯之外——都一口咬定不知道这是谁干的,为什么要这么干。但是,这些行为背后,肯定隐藏着某种刻骨的仇恨。问题是:这种仇恨是怎么来的？要说你们几个全都对此一无所知，我很难相信。至少也应该有所揣测吧。"他又往肯尼思跟前凑了凑。

"肯定是个精神错乱的人。我想不出其他的解释。"肯尼思再次转过脸去，紧紧闭上双唇。

马丁和古斯塔交换了一个眼色。他俩都明白，从肯尼思嘴里再也问不出什么了。至少现在是这样。

艾丽卡震惊地盯着电话。帕特里克刚刚从警局打来电话，说是要晚点回来。他还大致说了下原因，她简直不敢相信自己听到的话。居然有人对克里斯蒂安的孩子们下手，还有肯尼思。在路上拉一根绳子——简单，却又巧妙。

她的大脑立即超负荷运转起来。一定有什么办法，能让调查进展得再快一些。

她手里掂量着手机，翻来覆去地想着这些事。要是她插手这案子，甭管是以什么方式，都准会惹得帕特里克火冒三丈。不过，她已经习惯为写书查找各种资料。当然了，她写的都是已经告破的案子，但仔细研究一下正在开展的调查，应该也不会有太大区别。再说，就这样在家里游手好闲实在太无聊了。

况且她还可以依靠自己的直觉。过去，这种直觉曾多次帮她立下大功。现在直觉又告诉她，答案就藏在克里斯蒂安身上。毕竟，他第一个收到信，对自己的过去讳莫如深，而且那副惴惴不安的样子也是明摆着的。经过船屋中的一席谈话之后，她感觉克里斯蒂安肯定知道些什么；他心里藏着秘密。

她匆匆穿上冬季的外套，不让自己有时间后悔做这个决定。开车时，她会给安娜打个电话，问问她能不能替她去托儿所接玛雅。

安娜一口答应去接玛雅。她家里所有的孩子，不管是她自己的还是丹的，都爱极了这个小丫头。

接着，艾丽卡开始用心琢磨手头的任务。她突然间想起，有一次桑娜曾提到他们初次相遇时克里斯蒂安住在哥德堡。在图书馆，梅提起过特罗尔海坦，艾丽卡至今仍对此念念不忘，不过她断定还是从哥德堡入手比较合理。那是他来到夫雅巴卡之前居住的地方,所以她将以此为起点。

　　一连打听了四个人后,她总算是有了点收获:克里斯蒂安与桑娜移居夫雅巴卡之前的住址。艾丽卡在哥德堡城外挪威石油公司的一处加油站停下车,买了一份市区的地图,又抽空去了趟洗手间,趁机伸展一下双腿。开车时有两个宝宝夹在自己和方向盘中间,简直难受死了,后背和双腿又僵又痛。

　　她刚把自己塞回驾驶座上,手机就响了。她用一只手端稳盛着咖啡的纸杯,另一只手抓起电话,看了一眼来电显示。是帕特里克。最好先转到语音信箱,过后再跟他解释吧。

　　最后瞄了一眼地图后,她发动了车子,开回到高速公路上。她正在前往的那个地址,克里斯蒂安已经七年多没住过了。突然,她心里有些没底。在那里找到克里斯蒂安留下的东西究竟有多大的概率?人们总是搬来搬去的,一点儿痕迹也不会留下。

　　艾丽卡叹了口气。好吧,她已经来了。

　　她听到"哔"的一声。帕特里克给她手机里留了条口信。

　　"人都哪儿去了?"梅尔贝里东张西望,觉得自己还是晕晕乎乎的。他刚打了几分钟的瞌睡,醒来时整个警察局就人去楼空了。难道他们未经他的允许就去泡吧了?

　　他冲到接待区前,看到了安妮卡。

　　"这里出什么事了?这帮家伙以为今天是周末吗?为什么没人干活?要是他们都在面包房扎堆儿,就等着回来挨批吧。政府希望我们时刻坚守岗位,我们是有重任在身的,"他伸出一根手指在空中摇晃着,"同胞们需要我们时,我们就得好好地守在这里。"梅尔贝里喜欢听自己的声音,尤其是这种拿腔作调的官话。

　　安妮卡一言不发地盯着他。梅尔贝里开始坐立不安。

　　过了一会儿,安妮卡镇静自若地说:

　　"他们被叫到夫雅巴卡去了。你在办公室工作时,发生了很多事。"她在说到"工作"这个词时,并没有带出丝毫讽刺的意味,不过他隐约意识到,她明知他刚才小睡了一会儿。所以,他得自己挽回面子了。

"为什么没人向我报告?"

"帕特里克试过。他去敲你的门,敲了很久。可你把门锁上了,也没理他。最后他只好走了。"

"呃……是啊,那个,有时候我工作得太投入了,什么也听不见。"梅尔贝里暗骂了一句。他怎么就睡得那么死?这是他的福气,也是他的祸根。

"唔……"安妮卡应了一声,又转过去对着电脑屏幕。

"对了,到底出什么事了?"梅尔贝里问。他仍然觉得自己被人当傻瓜给耍了。

安妮卡三言两语地把克里斯蒂安家和肯尼思慢跑途中发生的事大致讲了一遍。梅尔贝里听得瞠目结舌。事情越来越诡异了。

"他们很快就回来;起码帕特里克和波拉快回来了。他们会告诉你更多的细节。马丁和古斯塔开车去乌德瓦拉找肯尼思谈话了,所以可能要晚一些才能回来。"

"等帕特里克回来,叫他马上来见我。"梅尔贝里说,"告诉他这次要大点声敲门。"

"好的,我会告诉他。务必让他使劲敲,万一你又只顾着埋头工作了呢。"

安妮卡郑重其事地看着他,但梅尔贝里怎么也无法摆脱被她挖苦的感觉。

"你就不能跟我们一块儿走吗?为什么非要留下呢?"桑娜把几件衬衫扔进自己的提箱里。

克里斯蒂安没搭腔,于是她心里更烦了。

"回答我!你为什么非要自己一个人留在家里?这太疯狂了,太……"她气哼哼地又朝提箱里扔了条牛仔裤,不过没扔进去,掉在了地板上,正好落在克里斯蒂安脚边。她走过去,本想把裤子捡起来,却上前用双手捧住了他的脸。她试图吸引他的目光,可他就是不看她。

"克里斯蒂安,亲爱的。我不明白,你为什么不愿意跟我们一起走？你留在这儿不安全。"

"没什么需要明白的。"他推开她的手说,"我要待在这儿,就是这样。我不打算躲。"

"你要躲谁？躲什么？我倒真是希望你不知道这事是谁干的,你只是没告诉我们而已。"泪珠顺着她的脸颊滑落,她双手的手掌上仍带着克里斯蒂安脸部的暖意。他从不让她靠近,为此她心痛难当。她不再看她,又去继续收拾行李。

"你觉得他们……"她再次泣不成声,不得不重新问道,"你觉得他们受伤了吗?"

"他们身上连一条划痕都没有。"

"我说的不是身体上的。"桑娜想不通克里斯蒂安怎能如此冷漠,如此无动于衷。今天早晨,他看上去与她一样既震惊又困惑,而且吓得不轻。可现在,他却是一副若无其事的样子,或者说,他认为那只不过是小事一桩。

有人趁他们熟睡时闯入家门,进了孩子们的房间。自此以后,他们也许会一直生活在担惊受怕和惴惴不安之中,即使待在家里,躺在自己的床上,父母就在咫尺之外守着他们,也不敢确定自己平安无事。也许他们再也不会有安全感了。而他们的父亲就坐在那里,带着置身事外的冷静,似乎对这一切都漠不关心。因为这个,就在此时此刻,她开始恨他。

帕特里克和波拉回到警局,他正要往自己办公室走,安妮卡拦住了他。

"你们都出去时,梅尔贝里醒了。没人通知他,他有点郁闷。"

"我站在他办公室外使劲敲门来着,但他一直没给我开。"

"我也是这么跟他说的,可他声称自己当时一定是工作得太投入了,没听见。"

"噢,真是的。"帕特里克说。他再次发现,自己真是烦透了这个草包上司。他瞄了一眼腕表。"好吧,我现在就去跟咱们尊敬的领导通报一声。十五分钟后咱们去茶水间开个短会。请你也通知一下古斯塔和马丁。他们正往回赶呢。"

他直奔梅尔贝里的办公室,重重地敲门。

"进来。"梅尔贝里似乎正在聚精会神地研究一沓文件,"我听说形势正在恶化,我必须要说,警方接到重要的紧急电话,出警时警长却未能同行,这实在是太不像话了。"

帕特里克张开嘴想说话,但梅尔贝里举起一只手。显然,他的话还没说完。

"如果不能严肃对待诸如此类的情况,我们会向市民发出错误的信号。"

"可是——"

"不,你不用再说了。我接受你的道歉。下不为例就是。"

帕特里克觉得耳朵里嗡嗡直响。这个狗杂种!他双手紧握成拳,但接着又松开,深吸了一口气。他必须想法忽视梅尔贝里,专心办正事:调查案件。

"告诉我发生了什么事。你们发现了什么?"梅尔贝里急切地往前凑了凑。

"要是你同意的话,我想大家应该在茶水间集合,一起开个会。"帕特里克咬着牙说。

梅尔贝里思考了片刻。"说不定这真是个好主意。这样咱们就不必费两遍事了。好,咱们这就过去好吗,赫德斯特伦?你要知道,在这类调查中,时间可是关键呐。"

帕特里克转身离开了上司的办公室。无可否认,有一件事梅尔贝里说对了。时间是关键。

生存是唯一重要的。但每过一年，他都要为此付出更多的努力。搬家对所有人都有好处，除了他。父亲找到了一份称心如意的工作，母亲喜欢住在老婊子的房子里，经过一通翻修改造，抹去那个女人所有的痕迹，直到把这地方变得面目全非。在夫雅巴卡安静平和的氛围中，爱丽丝似乎也有所好转，至少一年中有九个月状态不错。

　　母亲在家里教她。起初，父亲并不赞成这个主意，他说爱丽丝得走出家门，见见同龄的孩子，接触一下其他的人。可母亲只是看着他，冷冷地说：

　　"爱丽丝只需要我一个人。"

　　讨论到此为止。

　　与此同时，他还在继续长胖，永无休止地大吃大喝。他对食物的渴望仿佛有了自己的生命。不管是什么吃的，只要能拿到手，他都统统塞进嘴里。可是他再也无法引来母亲的关注。偶尔，她也会厌恶地朝他那边瞥上一眼，但大多数时候都对他视而不见。他将她当作自己美丽的母亲，渴望得到她的爱，已经是很久以前的事了。如今他已心灰意冷，接受了自己没人疼爱的事实；他不配得到别人的爱。

　　唯一爱他的人就是爱丽丝。而她跟他一样，也是个怪物。她总是歪歪扭扭地走来走去，说话含混不清，就连最简单的事也不会做，都八岁了还不会系鞋带。她一天到晚像个影子似的跟在他身后。早上他出门去赶校车，她就坐在窗前，把手掌贴在玻璃上，恋恋不舍地目送他走远。他不明白，但他也没去阻止她。

　　上学是一种煎熬。每天早上，当他从校车上下来时，都觉得自己是在往监狱走。他期盼着上课，但对课外的生活充满恐惧。他们总是揪住他不放，嘲笑他，殴打他，故意弄坏他的寄物柜，在操场上大声辱骂他。他不蠢；他知道自己是最理想的替罪羊。他那肥胖的身躯让他犯下了最严重的罪行：与众不同。道理他都懂，但这并不会让他更好过一些。

"你撒尿时能找到自己的小鸡鸡吗？都被肚子给挡住了吧？"

是埃里克。他坐在操场的一张桌子上，像往常一样，被一群马屁精众星拱月般地簇拥着。他是最可恶的一个。男孩子中数他最受欢迎。他相貌英俊，性格自信，敢跟老师顶嘴，总有办法弄到香烟，不光自己抽，还会分给那些跟屁虫。他不知道自己最恨的是谁。是干脆没安好心、总是变着花样欺负他的埃里克？还是那些围坐在埃里克左右、对这位同窗中的人气王满心崇拜，希望自己也能沾点光，而对他却总是冷嘲热讽的白痴？

但同时他也知道，只要能成为他们中的一员，他什么都舍得放弃。他多想获准同埃里克一起坐在桌子上，接过他恩赐的香烟，对来来往往的女孩子们评头品足，然后听着她们愉快地咯咯娇笑，欣赏她们羞红的双颊。

"嘿！我跟你说话呢。我问你话你就得答应！"埃里克从桌子上跳下来，另外两个男孩兴奋地看着他。那个人高马大的马格纳斯还与他四目相对。有时候，他觉得自己从这个男孩的表情中看到了一丝转瞬即逝的同情，但即便如此，这也不足以让马格纳斯冒险失去埃里克的欢心。肯尼思只是个胆小鬼，从来不敢正视他的眼睛。现在，他正专注地看着埃里克，好像在等待执行他的命令。但今天，埃里克似乎没精神挑起事端，因为他又坐了下来，大笑着说：

"滚开，你这头让人恶心的肥猪！要是你动作快点，立刻滚蛋的话，今天就不揍你了。"

他此刻只希望自己能毫不示弱，叫埃里克去下地狱。他要把埃里克痛打一顿，动作又准又狠，让站在周围的每个人都知道，他们的英雄不中用了。接着，埃里克会艰难地从地上抬起头，鼻子里鲜血长流，怀着全新的敬意对他刮目相看。打这以后，他将在这个团体中占有一席之地。他将属于这里。

但他却掉过头去落荒而逃，用自己最快的速度，笨手笨脚地跑过操场。他胸口剧痛，身上一层层的肥肉上下抖动着。他们在他身后哈哈大笑。

19

艾丽卡开车经过科尔斯维根的环形交叉路口时,心都跳到嗓子眼了。哥德堡的交通总是让她神经紧绷,尤其是在这个路口。但她总算顺利通过了,接着便一边慢慢沿着埃克兰德戈坦路往前开,一边留意着应该在哪条街转弯。

罗森希尔斯戈坦。那几排公寓楼就坐落在这条街的尽头,面对着科尔斯维根和里瑟博格。她核对了一下地址,然后把车停在公寓正前方,瞄了一眼手表。她在来哥德堡的路上打过几个电话,并记住了在电话中听到的那个名字,此刻她在楼宇对讲机上一眼就找到了它:亚诺什·科瓦奇。

她按下按钮,没人应答,又按了一遍之后,听到几声噼里啪啦的动静,接着一个口音浓重的声音问:"是谁呀?"

"我叫艾丽卡·法尔克,想跟你打听一个人,他以前租住过你们家这套房子,名叫克里斯蒂安·赛德尔。"她忐忑地等待着。这个理由连她自己听来都有些不靠谱,不过她希望此人能被她勾起好奇心,放她进去。门上传来蜂鸣器的嗡嗡声,看来她运气不错。

电梯停在三楼,她跨了出去,看到三扇门中有一扇微开着,一个身材矮小、微微发福的男人,大约六十多岁的样子,正从门缝里仔细打量她。看到她大腹便便的模样,他解开保险链,把门打开。

"请进,请进。"他热情地说。

"谢谢。"艾丽卡跨进门。一股因常年烹调辛辣食品而积聚起来的香气钻进她的鼻孔,她觉得胃里开始翻江倒海。

"我有咖啡,上好的浓咖啡。"他指了指正对着门厅的一间小厨房。她跟在他身后,向屋内瞄了一眼。看来这套公寓除了厨房之外,只有一间屋子,兼做客厅和卧室。

看样子,克里斯蒂安移居夫雅巴卡之前,就是住在这里了。艾丽卡觉得自己的心跳因期待而加快了。

"坐吧。"亚诺什·科瓦奇几乎是把她按在一张直背椅上,随后给她端上咖啡,又得意洋洋地吆喝了一声,将一大盘蛋糕摆在她面前。

"罂粟籽蛋糕。匈牙利特色美食!我妈总会给我寄来成袋成袋的罂粟籽蛋糕,因为她知道我就好这口儿。来一块。"他示意她别客气,于是她从盘子里拿起一块蛋糕,犹犹豫豫地咬了一口。绝对是新口味,不过还不错。

"你得替两个人吃呢。再来一块,两块,想吃多少就吃多少!"亚诺什·科瓦奇把盘子朝她这边推了推,目光炯炯地看着她。"好大的宝宝。"他笑着指了指她的肚子说。

艾丽卡也笑了。他的好心情会传染。

"呵呵,你知道吗,我这里其实揣着两个呢。"

"啊,双胞胎。"他高兴地拍了下手,"真有福气啊。"

"那你太太呢?"艾丽卡四处张望着,小心翼翼地问。这间公寓里看不出有女人居住的痕迹。科瓦奇脸上仍挂着微笑,但笑容不那么灿烂了。

"大约是七年前吧,有一天,她回家来跟我说,'我要搬出去。'然后她就走了。"他两手一摊,"我就是那个时候搬到这儿的。那时我们住在楼下一套有三个房间的公寓里。"他朝地下指了指。"不过,后来我不得不提早退休,我老婆又跑了,我在那儿就再也待不下去了。正好那时候克里斯蒂安认识了一个姑娘,要搬出去,所以我就搬过来了。真是皆大欢喜。"他大声说,似乎说的是真心话。

"这么说,克里斯蒂安搬走前,你就认识他喽?"艾丽卡呷了一口香醇的咖啡,问道。

"这个嘛,其实也谈不上是认识。不过我们俩在楼里倒是经常能碰上。我这人干起活来是把好手。"科瓦奇举起双手,"所以,只要能帮上忙,我都会尽量帮帮他。克里斯蒂安连换灯泡都不会。"

"我能想象得出。"艾丽卡笑着说。

"你认识克里斯蒂安吗?为什么要跟我打听他呢?他住在这儿都是好多年之前的事了。我希望他没出什么事吧?"

"我是记者。"艾丽卡在开车来这座城市的路上就替自己编好了这个角色，"克里斯蒂安现在是个作家了，我正在为他写一篇长篇报道，所以想尽可能了解一下他过去的生活。"

"克里斯蒂安当作家了？真没想到！他手里倒是总拿着本书。而且公寓里整整一面墙全都是书。"

"你知道他住在这儿时做什么吗？他在哪儿上班？"

亚诺什·科瓦奇摇摇头："不，我不知道。我也从来没问过。尊重邻居的隐私很重要。不能太多管闲事。要是人家想说，自己就会说的。"

这种人生哲学听起来真不错，艾丽卡真希望有更多的夫雅巴卡人也能像他这样。

"他的客人多吗？"

"从来没有。实际上，我有点替他难过。他总是孤零零地一个人。这样对人可没好处，我们都需要有人作伴。"

艾丽卡觉得他说得一点没错。她希望亚诺什·科瓦奇家时常能有人来串串门。

"他搬走时留下过什么东西吗？比如在储藏室里？"

"没有，我搬进来时，公寓是空的，什么也没有。"

艾丽卡决定放弃了。看来，对克里斯蒂安的生活亚诺什·科瓦奇也只知道这么多。她向他道了谢，又婉言谢绝了他的好意，说什么也不肯带一袋蛋糕回家。

她刚要出门，就被科瓦奇叫住了

"等等！我怎么把这个给忘了呢，真搞不懂。兴许是上了岁数吧。"他用手指敲了敲太阳穴，然后转身进了公寓的主屋，片刻后手里拿着一样东西回来。

"你要是见到克里斯蒂安，能把这个给他吗？就说我照他嘱咐的那样，把所有寄给他的信都扔了。可这些……嗯，我觉得就这么扔进垃圾桶有点怪怪的。因为从他搬走后，每年都会寄来那么一两封，看样子，显然是有人真的想找到他。我一直没有克里斯蒂安的新地址，只好先把它们收起来了。所以要是你不介意的话，就把这些信捎给他吧，再顺便替我带个好。"他愉快地笑笑，递给她一捆白信封。

艾丽卡从亚诺什手中接过，感到自己的双手开始发抖。

20

沉默突然开始在房子里回响。克里斯蒂安两手撑着头坐在餐桌旁,太阳穴突突直跳,那种刺痒的感觉又来作怪了。

一条蓝裙从他眼皮下飘然而过,消失,又重现。她怀里抱着那个孩子。他为何总是看不到孩子的脸?那张脸空洞模糊,平淡无奇。他可曾在心中准确地勾勒过它?还是说,他对她的深情爱恋遮蔽了孩子的模样?他想不起来。实在是太久以前的事了。

眼泪无声地流了出来,缓缓滴在桌上积成一小滩。接着,抽泣声从胸膛里上涌,倾泻而出,他哭得全身都开始发抖。克里斯蒂安抬起头。他必须把那些画面赶走,把她也赶走。他把自己的头重重地磕到桌子上,脸颊猛地砸向桌面。木质紧贴着他的肌肤,他一遍遍地抬起头,撞击着坚硬的桌面。

那是楼上传来的声音吗?他的动作突兀地停了下来,头离桌子只有几厘米,就好像他的人生是一部正在放映的电影,但有人突然按下了暂停键。他纹丝不动地听着。是的,他的确听到头顶有动静,像是微弱的脚步声。

克里斯蒂安缓缓坐直,全身紧绷,高度戒备着。接着,他从椅子上站起来,朝楼梯走去,尽量不弄出一点响动。他扶着楼梯栏杆,紧贴着靠墙的那一侧往上走,因为这边吱吱嘎嘎的声音不会那么大。透过眼角的余光,他看到有什么东西飘动着,从楼上的走廊里一掠而过。

一阶楼梯在脚下吱嘎作响,他屏住了呼吸。如果她在上面,她会知道他来了。她在等他吗?他感到自己莫名其妙地镇静下来。他的亲人都走了。她再也别想伤害他们。现在这里只有他一个人;只剩下他们俩在这里彼此对峙,一如当初。

有个孩子在哀哀哭泣。真的是个孩子吗?他又听到了这声音,但此刻,它更像是一座老宅子发出的种种怪声之一。克里斯蒂安又慢慢地爬了几级楼梯,上到二楼。走廊里空空如也。唯一的声音就是他自己的喘息。

孩子们卧室的房门开着,里面一片狼藉。警方技术人员更是让这里乱上加乱,屋子里到处都是指纹粉留下的黑斑。他面对着墙上写的字,在地板中央坐了下来。乍看起来,那油漆仍然鲜红如血。你不配拥有他们。

他知道她是对的。他不配拥有他们。克里斯蒂安直愣愣地盯着这些字,让它沉入自己的心底。他得让一切各归其位。这只有他能做到。他默默地把这句话又读了一遍。他才是她要追捕的人。而且他知道她想让他去哪里。他会让她得偿所愿。

"咱们开个短会。"帕特里克从料理台上的厨房纸卷上抽出一块纸巾,擦了擦额头。他已经大汗淋漓,看来他的身子骨肯定比他想的要糟得多。"现在的情况是这样:肯尼思·本特松在医院。一会儿古斯塔和马丁将就此事做详细汇报。"他朝他俩点点头。"另外,昨夜有人潜入克里斯蒂安·赛德尔家。不管来的是什么人,他们并未对谁造成身体上的伤害,但他们用红油漆在儿童房的墙上写了一句话。显然,全家人都受了惊吓。我们必须假设,现在要对付的人精神不太正常,这意味着他们很危险。"

"当然,今天早上你们接警外出时,我本来是想跟你们一道去的。"梅尔贝里清了清嗓子,"可不幸的是,没人通知我出了什么事。"

帕特里克根本没接他的茬,转过身继续对安妮卡说:

"关于克里斯蒂安的过去,你查到什么新资料了吗?"

安妮卡迟疑了一下:"可能有一些,不过有几件事我想再仔细核实一下。"

"那就去做吧。"帕特里克说。然后他又问古斯塔和马丁:"你们跟肯尼思谈话发现了什么? 顺便问一下,他怎么样了?"

马丁瞄了一眼古斯塔,后者示意他先说。

"他的伤没有生命危险,不过他的医生说,他还活着纯粹是运气好。他的四肢被碎玻璃伤得很厉害。只要有一片玻璃刺破了主动脉,他就会死在跑步的路上了。"

"问题是,这个罪犯的目的是什么？这个人是只想让肯尼思受伤,还是想要他的命?"

没有人试图回答帕特里克的问题,于是马丁继续说:

"肯尼思说,一般人都知道他每天早晨会在同一时间、沿着同一条路线跑步。所以从这个意义上说,全夫雅巴卡的人都有嫌疑。"

"但是,咱们不能假设罪犯是本地人。也有可能是恰好来旅游的。"古斯塔插话说。

"游客怎么能知道肯尼思早晨的习惯呢？罪犯是本地居民的可能性岂不是更大?"马丁问。

帕特里克思考了片刻。"那个,我觉得咱们不能排除外地人的嫌疑。也许他们在此地待的时间比较长,已经观察了肯尼思好几天,看准了他是个墨守成规的人。"然后他又补充说,"肯尼思对此有什么看法？他知道这次袭击背后的原因吗?"

古斯塔和马丁又交换了一下眼色,但这一次开口的是古斯塔。

"他说他一点头绪都没有,可我和马丁都觉得他没说实话。他肯定知道些什么,只不过出于某种原因不肯说出来。说到罪犯时,他用的是'她'这个字。"

"真的?"帕特里克眉头深锁,"我跟克里斯蒂安谈话时也有这种感觉——他在隐瞒着什么。在克里斯蒂安这方面,他们全家人的安全都受到了威胁。而肯尼思又确信他妻子是被谋杀的,尽管我们尚未就此得出定论。既然如此,他们为何不肯配合呢?"

"克里斯蒂安也什么都没说?"古斯塔小心地将一块白勒瑞娜饼干的两片扭开,把中间的夹心舔了个干干净净,然后又将香草味的那一半偷偷丢给桌子下趴在他脚边的恩斯特。

"没有,从他嘴里我什么都没问出来。"帕特里克说,"他显然是受了惊吓,但仍然坚称自己不知道这些事是谁干的,为什么要干,到目前为止,还没有什么证据能驳倒他的话。我只是有种直觉,就像你们对肯尼思的感觉一样。而且他执意要留在家里。不过谢天谢地,他让桑娜带着孩子们去了汉堡松德,到她姐姐阿格妮塔家暂住。但愿他们在那里平安无事。"

"技术人员有没有发现什么值得关注的东西？你跟他们提到那块抹布了，对吧？还有那个瓶子？"古斯塔问。

"不管怎么说，他们在那里待了很久。是的，他们带走了你在地下室发现的东西。对了，托比约恩还让我带话给你，说你'干得漂亮'。不过就像往常一样，要拿到具体的结果，咱们还得等上一段时间。我想再给佩德森打个电话催一催。今天早晨我联系不上他。但愿他们能加快调查进度，让咱们尽快拿到尸检报告。事态已经开始升级，咱们浪费不起更多的时间了。"

"要是你需要我来打这个电话，尽管开口。我来跟他提要求会更有分量。"梅尔贝里说。

"谢谢，我还是自己来吧。这是个难题，不过我会尽力而为。"

"那好吧。反正你知道我随时愿意帮忙就是了，尽我所能。"梅尔贝里说。

"波拉，克里斯蒂安的妻子怎么说？"帕特里克转过身问他的同事。他们一起从夫雅巴卡开车回来，但一路上他的手机响个不停，他也就一直没逮着机会问起桑娜的事。

"我觉得她什么也不知道。"波拉说，"她困惑极了，心烦意乱的，而且吓得不轻。她认为克里斯蒂安不知道是谁干的，但她在说这句话时略显迟疑，所以我猜她也不是很确定。等她从惊吓中缓过神，情绪平静下来后，也许咱们应该再找她谈一次。对了，我把我们俩的谈话录了音，所以你要是想听可以自己去听一听。录音就在我办公桌上。也许你能发现我遗漏的线索。"

"谢谢。"帕特里克又说了一遍，但这次是真心诚意的。波拉总是这样可靠，有了她的加盟，调查组如虎添翼。

他看着集合在茶水间的这一小群人："那好吧，今天就到这里。安妮卡，请你继续查找背景资料，几小时后咱们再碰头。我想我应该和波拉一起去见见希娅。我们今天还没去过她家，但早晨出了那样的事之后，现在看来已经刻不容缓。我敢肯定，马格纳斯的死同这一切都存在着某种联系。"

艾丽卡走进一家咖啡厅，要了一杯咖啡，然后坐下来安安静静地读信。她毫无顾忌地拆看了别人的信件。如果克里斯蒂安在乎这些信，他就会把自己的新地址告诉亚诺什·科瓦奇，或者委托邮局把信转寄给他。

她不认识信封上的笔迹。它跟她在恐吓信上看到的不一样，她觉得这字更像是男人而不是女人写的。她将信纸抽出，展开，结果大吃一惊。她本来以为会看到一封信，但眼前所见却是一个孩子的涂鸦之作。她把它拿反了，于是将它颠倒过来，从正确的方向去看。画中有两个人，两个用简笔画画成的人，一大一小。大人儿牵着小人儿的手，两个人好像都很高兴。他们被鲜花包围着，太阳从右上角照下来，脚下是一条绿线，显然代表着草地。在那个大人儿头顶，有人用歪歪扭扭的字母印上了"克里斯蒂安"几个字，小人儿的头顶印着"我"。

艾丽卡伸手端起拿铁咖啡，抿了一口。她能感觉到厚厚的泡沫在她嘴唇上留下了一撇牛奶胡子，于是心不在焉地用衣袖擦掉。"我"是谁？克里斯蒂安身旁那个矮个子的小人儿是谁？

她摘下眼镜，拿起其余几封信，麻利地撕开。最后，她面前的桌子上摞起了一小沓画。她只能看出这些画均出自同一人之手。每张上面都有两个人：高个子的克里斯蒂安和矮个子的"我"，但每张画的场景都各不相同。只有最后一张画上人物众多。不过很难看出究竟有多少人，因为背景上有一大堆手臂和双腿交相混杂着。相比之下，这幅画的基调也格外暗淡，既没有鲜花，也没有太阳。大人儿被赶到了左边的角落里，唇边的微笑不见了，小人儿也是一副落落寡欢的样子。另外一角画满了黑色的线条。艾丽卡眯起眼睛，努力揣摩其意，但这些东西画得太粗糙了，根本没法弄懂它们究竟代表何物。

她瞄了一眼腕表，突然间意识到自己想回家了。最后一张画里有某种东西让她胃里一阵阵地恶心。她也说不清这是为什么，但这张画对她影响至深。

开回夫雅巴卡的路上，她不禁思绪万千。那些画在她脑海中不停地穿梭。大个子的克里斯蒂安和小个子的"我"。直觉告诉她，这个"我"就是解开一切谜团的钥匙。只有一个人能告诉她这是谁。所以，她明天要做的第一件事，就是去找克里斯蒂安谈谈。这一次,他必须回答她的问题。

"真巧。我刚要给你打电话。"佩德森的声音还是像往常一样,一本正经,恰如其分。不过帕特里克知道,别看他说话惜字如金,却不乏幽默感。实际上,有几次他还听见佩德森跟人开玩笑呢,尽管这种情况并不常见。

昨天我们连夜赶出了马格纳斯·谢尔纳的报告,莉丝贝特·本特松的报告我也刚刚弄完。"

"结论如何?"

"咱们先说显而易见的:谢尔纳无疑是死于谋杀的。通过粗略的肉眼检查,我就能得出这个结论,但有些事很难说。这些年我经手过几个案例,死者死亡完全是由自然原因导致的,身上的伤口均为死后造成。"

"但这个案子不是这样吧?"

"不,绝对不是。受害者胸部和腹部均有多处刀伤,由某种利器所致,很可能是刀。死亡原因毫无疑问。他是正面受袭,双手和前臂处可见典型的防卫伤。"

"能看出凶手用的是什么刀吗?"

"我还是别妄加揣测的好,不过,从伤口来看,我断定这是一把刀刃光滑的刀。而且……"他顿了顿,以加强效果,"我猜是某种鱼刀。"佩德森得意地说。

"你怎么知道?"帕特里克问,"这世上的刀怕是不下上百万种。"

"你说得对。我没法证明这是一把货真价实的鱼刀,但我能肯定有人用这把刀刮过鱼。"

"好吧,可你是怎么知道的?"帕特里克不耐烦了,他真希望佩德森别这么喜欢在报告中制造戏剧性效果。这位法医已经吸引了他全部的注意力。

"因为我发现了鱼鳞。"佩德森说。

"真的? 可是,尸体在水下泡了那么久,鱼鳞怎么可能还留在体内呢?"帕特里克感到自己的脉搏加快了。他急切地想听到些什么,随便什么都行,只要能给他们一点线索,让他们知道该从哪个方向着手。

"也许的确有很多证据在水中湮灭了。但我发现有几片鱼鳞深深嵌在伤口里。我已经把它们送往实验室,看看能不能确定是哪种鱼。我希望这对你们有用。"

　　"很可能。"帕特里克说,不过他觉得这个信息基本没什么大用。毕竟这里是夫雅巴卡。在这个社区里,鱼鳞是日常生活中司空见惯的东西。

　　"关于谢尔纳,还有什么别的吗?"

　　"没什么了。"佩德森的语气似乎有些失望,因为帕特里克对他的发现不是那么起劲儿,"他被刺身亡,很可能是当场毙命。看情形流了不少的血。犯罪现场一定跟屠宰场一样。"

　　"他的尸体是立即被人扔进水里的吗?"

　　"无从判断。"佩德森回答,"我唯一能告诉你的就是,他在水里泡了很久,很有可能是死后立即被抛尸的。但得出这个结论,基本是根据凶手通常的反应,没有任何科学的证据。所以,我们很难证实。我会照旧把我的报告传真给你。"

　　"莉丝贝特呢?你们对她有何判断?"

　　"她是自然死亡。"

　　"你确定吗?"

　　"我非常仔细地给她做了尸检。"佩德森的口气像是受了莫大的侮辱。

　　"这么说,你认为她不是被谋杀的?"

　　"没错。"佩德森余怒未消,"说实在的,她能活这么久算得上是个小小的奇迹。癌细胞已经扩散到她全身所有的重要器官。莉丝贝特·本特松是个病入膏肓的女人。她只是在熟睡中去世了。"

　　"那么,肯尼思说错了。"帕特里克喃喃自语。

他和爱丽丝有一个共同点。他俩都喜欢夏天。对他而言是因为他不用去上学，可以摆脱那些虐待狂。对爱丽丝而言则是因为她可以去海里游泳。她恨不得每一分钟都待在水里，游来游去，撒欢打滚儿。只要一溜进水中，她在陆地上那笨手拙脚的样子就不见了踪影。在水里，她畅通无阻，游刃有余。

母亲总是一连几个小时坐在那里看她，为女儿在水中的高超技巧鼓掌叫好，鼓励她练习游泳。她把爱丽丝唤作她的"美人鱼"。

不过，母亲的热情并未打动爱丽丝。她倒是总爱看着他，冲他大喊：

"看这个！"接着她便从礁石上跳下去，不一会儿又从水中钻出来，向他微笑。

"你看到了吗？看到我干什么了吗？"她总是热切地问，满脸渴望地看着他。但他从来不回答她。他把一条毛巾铺到了平坦的礁石上，此刻他正坐在上面看书。听到她问他，他只是抬头扫了一眼。他不知道她想从他这里得到什么。

母亲常常气恼而错愕地朝他那边看一眼，然后代他回答爱丽丝。她不明白。她才是把全部的时间和爱都给了爱丽丝的人。

"我看到了，宝贝儿！你太棒了！"她总是这样喊。可爱丽丝仿佛没听见母亲的声音。接着，她又向他喊道：

"快看我！看我的本事！"然后她便开始用自由泳的姿势，向地平线那边游去，双臂的动作完美协调、极富韵律感。

这时，母亲就会站起来，满脸紧张："爱丽丝，宝贝儿，别再往远游了。"她举起一只手遮在眼睛上方。

"她游得太远了。去把她带回来!"

他想学爱丽丝的样,只装作没听见。他不紧不慢地翻着书,全神贯注地盯着上面的字句,那些白纸上的黑字。接着,他感到头皮火烧火燎地疼。母亲紧紧抓住了他的头发,使劲地揪着。他跳了起来,她松开手。

"去接你妹妹。动动你的肥屁股,让她游回岸边来。"

一时间,他想起了他们一起游泳的那次,她握着他的手,然后又突然撒手,他被拖入水下。自打那一天起,他就不喜欢游泳。水令他感到恐惧。水面下有一些他看不到、信不过的东西。

母亲一把抓住他腰上的那圈脂肪,狠狠地掐他。

"去接她。现在就去。否则我们就回家,把你一个人丢在这儿。"她的语气让他别无选择。他知道她不只是吓吓他而已。要是不按她说的做,她真的会把他扔在这个小岛上。

他朝水边走去,心怦怦直跳,动用了全部的意志力,才一步步挪动着脚步,跳入海中。他不敢像爱丽丝那样头朝下跳进去,而是先把脚迈进碧蓝的海水里。眼睛里进了水,他不得不眨眨眼,才能重新看清东西。一阵恐慌向他袭来,他的呼吸急促而微弱。他眯起眼睛,看到远处的爱丽丝正朝着太阳游过去。他开始笨拙地往她那边游,能感觉到母亲正站在他身后的礁石上,双手叉腰看着他们。

他不会自由泳,只能用拙劣的泳姿手忙脚乱地扑腾。但他一刻不停地往前游,总想着自己身下就是深不见底的大海。在刺眼的阳光下,他看不到爱丽丝,只有炫目的白光晃得他直流眼泪。他只想掉头回去,但他不能。他必须游到爱丽丝那里,带她回到母亲身边。因为母亲爱爱丽丝,而他爱母亲。无论怎样,他都爱她。

突然,他感到有什么东西紧紧缠住了他的脖子,把他的头拉到水下。他惊慌失措,拼命挥动着手臂,想要逃跑,重新浮出水面。接着,脖子上的压力消失了,来得快,去得也快。他感到空气扑面而来,便大口地喘息着。

"是我呀,你这个笨蛋。"

爱丽丝毫不费力地踩着水,用她那双明亮的眼睛看着他。她遗传自母亲的一头乌发在阳光下现出动人的光泽,海水在她的睫毛上闪闪发亮。

他又看到了那双眼睛。那双在水下凝视着他的眼睛。还有那具软塌塌的、毫无生气的身体,一动不动地躺在浴缸底部。他摇摇头,不想去看这些画面。

"母亲叫你回去。"他上气不接下气地说。他不会像爱丽丝那样轻松地踩水,海水不停地把他笨重的身子往下拽,仿佛他的四肢上都加了重物。

"那你得拖着我。"爱丽丝用她特有的方式说。她说话时,舌头在嘴里好像总是找不到合适的位置。

"我办不到。走吧,快点。"

她哈哈大笑,把湿漉漉的头发往身后一甩。

"你不拖着我,我就不走。"

"可是你比我游得好多了。凭什么要我拖着你?"但他知道他已经输掉了这场争论。他示意她把胳膊再绕到他脖子上。既然知道了是她,他也就没什么好怕的了。

他开始游泳。动作虽然缓慢,但总算游起来了。爱丽丝用结实的胳膊搂着他的脖子。整个夏天她一直在游泳,上臂的肌肉明显发达了许多。她紧紧抓住他,脸颊贴着他的后背,让他像只小船一样,拖着她往岸边去。

"我是你的美人鱼。"她说,"不是妈妈的。"

21

"我也不知道啊……"希娅的目光越过帕特里克肩头,落在他身后的某一处。他注意到她的瞳孔很大,想必是服用了某种镇静剂,才会这样神思恍惚。

现在我们已经确定马格纳斯的确是死于谋杀,所以这就更重要了。也许有什么东西是你以前没想到的,某个小小的细节,或许就能帮我们向前推进。"波拉向她恳求道。

路德维格慢悠悠地走进厨房,在希娅身边坐下。大概他一直在屋外听着。

"我们想帮忙。"他声音凝重,眼神一点也不像一个年仅一个十三岁的孩子。

"桑娜和孩子们怎么样了?"希娅问。

"当然,他们吓坏了。"帕特里克说。

"谁会做这种事呢? 而且是对孩子……"她空洞的声音里流露出同情。镇静剂让她的感情变得麻木,让一切不那么沉重,也少了些痛苦。

"我们不知道。"帕特里克告诉她。这些话语仿佛在厨房里回荡。

"还有肯尼思……"她摇摇头。

"所以我们才不得不问你这些问题。有人盯上了肯尼思、克里斯蒂安和埃里克。很有可能还有马格纳斯。"波拉说。

"可是马格纳斯跟他们不一样,他从来没收到过那种信。"

"这个我们知道。但我们还是认为,他的死与其他三个人受到恐吓有关。"波拉说。

"埃里克和肯尼思是怎么说的? 他们也不知道这是怎么回事吗? 克里斯蒂安也不知道? 其中一个总该有些想法才对啊。"路德维格说。他伸出一只手臂,保护性地搂住母亲的肩膀。

"你这样想没错。"帕特里克说,"但他们都说自己一无所知。"

"那我又怎么能……"希娅的声音渐渐弱了下去。

"你们共同生活的这些年里,有没有发生过什么怪事?就是能让你做出反应的,什么事都没有吗?"帕特里克问。

"没有,从来没有什么异常的。我已经跟你说过了。"她深吸了一口气,"马格纳斯、肯尼思和埃里克在小学时就认识了。从一开始,他们三个就总是混在一起。我从来没觉得马格纳斯与另外两个人有多少共同点,不过他们或许是出于习惯才一直维持着友谊。在夫雅巴卡这地方,想多交几个新朋友都难。"

"他们的关系是怎样的?"波拉向前倾了倾。

希娅停下来想了想,表情凝重。接着她说:

"埃里克一直是他们的头儿,凡事都说了算。肯尼思是个……哈巴狗。这样说人家似乎不太厚道,不过他对埃里克总是唯命是从,我总觉得他就像一只小狗,冲着埃里克直摇尾巴,乞求他的垂怜。"

"那马格纳斯呢?"帕特里克问。

希娅又沉吟片刻,才回答说:"我知道,他认为埃里克可能就是个恃强凌弱的坏小子,有时候,他也会提醒他做得太过分了。马格纳斯跟肯尼思不一样,他会仗义执言,让埃里克听他的。"

"他们吵过架吗?"帕特里克追问。他有一种强烈的感觉,谜底就隐藏在这四个人过去的生活里,在他们相互之间的关系中。但它似乎埋藏得非常深,真相很难大白于天下。这整件事简直要把他逼疯了。

"嗯,我想他们有时会吵起来,就像彼此相识多年的人一样。埃里克的脾气有点暴躁。不过马格纳斯总是很冷静。我从未见过他大发雷霆,甚至连说话都不曾提高嗓门。我们在一起的这些年,一次也没有。路德维格就跟他父亲一样。"她转过头看着儿子,抚摸着他的脸颊。他冲她笑笑,但似乎心思并不在这里。

"有一次我看到爸爸和肯尼思闹了点别扭。"

路德维格猛地往起一站,椅子差点向后翻到。

"我有个主意。我给你们看样东西!"他边说边往外跑,"到客厅等我,我马上就去。"

他们听到他往楼上跑去。帕特里克和波拉站起来,照他说的做。过了一会儿,希娅也跟了上去。

"在这儿。"路德维格回到楼下,一只手拿着一小盒录像带,另一只手提着摄像机。

他取出一根数据线,将摄像机和电视连接起来。

"你要给我们看什么?"希娅在沙发上坐下来问。

"一会儿你就知道了。"路德维格说。他把录像带放好,按下"播放"键。突然,马格纳斯的脸出现在电视上,占满了整个屏幕。他们听到希娅的喘息声,路德维格转过身来,担忧地问:

"你能行吗,妈妈?要不你还是去厨房等着吧。"

"我没事。"她说。但紧盯着电视的双眼已满是泪水。

马格纳斯在镜头前做怪相、扮鬼脸,跟举着摄像机的人说话。

"我把仲夏夜派对从头到尾录下来了。"路德维格平静地说。帕特里克看到他眼中也含着泪水。"看,埃里克和路易丝来了。"他指着屏幕说。

埃里克从院门进来,朝马格纳斯挥挥手。路易丝上前拥抱了希娅,把一个包裹递给女主人。

"我得快进一下。还远着呢。"路德维格说着,在摄像机上按下一个按钮,影片开始快进。他们看着暮色降临,天越来越黑。

希娅张口想说话,但路德维格在唇边竖起一根手指。

"嘘,就快到了。"

他们都一语不发地盯着屏幕。唯一的声音就是他们正在观看的视频中派对的喧闹声。这时,两个人站起来,拿起各自的盘子,朝房子那边走去。

"你藏在哪儿?"帕特里克问。

"在游戏室。那里正合适。我可以躲在窗户后面录。"他又把手指竖到唇边,"听。"

两个声音从背景中勉强分离出来,听上去都有些心烦意乱。帕特里克探寻地看了路德维格一眼。

"是爸爸和肯尼思。"路德维格解释说,眼睛仍是一眨不眨地盯着电视,"他们溜出去抽根烟。"

"我以为你爸爸那时候已经戒烟了。"希娅往前探了探身子,想看得清楚些。

"有时候他会抽上一两根,比如在派对上或者类似的场合。你没注意到吗?"路德维格按下暂停键,以免录像被他们的谈话干扰。

"真的吗?"希娅沮丧地说,"我都不知道。"

"反正,至少这一次,他和肯尼思躲到角落里去抽烟了。"他用遥控器对准屏幕,继续播放带子。

两个声音。很难分清谁是谁。

"你想过那件事吗?"这是马格纳斯。

"你在说什么呢?"肯尼思含糊不清地说。

"你知道我是什么意思。"马格纳斯似乎也酩酊大醉了。

"我不想谈这件事。"

"但咱们总有一天非谈不可。"马格纳斯说。他的声音里有一种哀求的意味,几乎脆弱得不堪一击,帕特里克胳膊上的汗毛都竖起来了。

"谁说咱们非谈不可?过去的都已经过去了。"

"可我不知道咱们怎么能心安理得地活下去。看在上帝的份上,咱们必须……"剩下的半句话变成了喃喃自语,听不清说的是什么。

这时,肯尼思又开口了。他听起来很恼火,但声音里还有另外一种情绪。恐惧。

"打起精神来,马格纳斯!谈论这件事一点好处也没有。想想希娅和孩子们。还有莉丝贝特。"

"我知道,可我他妈的到底该怎么做?有时候我实在忍不住想这件事,在这里,它就好像……"画面太暗,看不清他指的是什么。

此后,从对话中就再也听不出什么了。他们压低了声音,吐字含含糊糊,接着便回去跟大伙儿待在一起。路德维格按下暂停键,将两个人模糊的背影定格在画面上。

"你父亲看过这个吗?"帕特里克问。

"没有。就我自己看过。平时录像带都是归他管,不过这一盒我是偷偷录的,所以我就藏在自己房间里了。我衣橱里还有几盒。"

"你以前从来没看过吗?"波拉在希娅身边坐下,后者正目瞪口呆地盯着电视。

"没有。"她说,"没有。"

"你知道他们说的是什么吗?"波拉把手覆在希娅手上问。

"我……不。"她双眼直勾勾地盯着马格纳斯和肯尼思灰暗的身影,"我不知道。"

帕特里克相信她。不管马格纳斯说的是什么,总之他不曾对自己的妻子透露过一个字。

"肯尼思一定知道。"路德维格说。他按下停止键,取出录像带,放回盒子里。

"我想借用一下。"帕特里克说。

路德维格迟疑片刻,才将录像带递到帕特里克伸出的手中。

"你们不会把它弄坏的,对吧?"

"我保证小心保管,完好无损地还给你。"

"你们要去跟肯尼思谈这件事吗?"路德维格问。帕特里克点点头。

"对,我们会去。"

"这事他以前怎么从来没提过?"希娅似乎困惑不解。

"我们也想知道这是为什么。"波拉又拍了拍她的手,"我们会去查清楚。"

"谢谢你,路德维格。"帕特里克举起录像带说,"这个也许很重要。"

"不客气。我只是恰好想到了,因为你问他们有没有争吵过。"他的脸一直红到发根。

"咱们走吧?"帕特里克对波拉说,后者站了起来。然后他又低声嘱咐路德维格:"好好照顾你妈妈。有事就给我打电话。"他把自己的名片塞进男孩手里。

路德维格站在门口,目送两位警官开车离开,接着便关上门进了屋。

医院里,时间过得很慢。

他听到有人敲了下门,接着警官帕特里克·赫德斯特伦进入他的视线,身后跟着一位身材娇小、发色乌黑的女同事。

"嗨,肯尼思。你感觉怎么样了?"警官表情严肃地问。他拖过两把椅子放到床边。

肯尼思没应声,还是一直盯着电视。一群演员正在草草搭起的舞台布景前表演。帕特里克又问了一遍,最后肯尼思终于朝两位访客转过头来。

"我好些了。"他还能说什么呢?他怎么可能把自己的真实感受描述出来?难道要说他如何备受煎熬、强忍着锥心之痛,整颗心仿佛都要炸开了吗?无论怎么回答,听起来都像是陈词滥调。

"我们的同事今天已经来看过你了。你刚才见过古斯塔和马丁。"肯尼思看到帕特里克扫了一眼他的绷带,仿佛是要想象被数百块碎玻璃刺穿皮肤是什么感觉。

"没错。"肯尼思无精打采地说。当时他什么也没说,现在也不打算松口。他只想等着她。

"你告诉他们,你不知道今天早晨的事是谁在背后捣鬼。"帕特里克看着他,肯尼思倔强地迎着他的目光。

"是这样。"

警官清了清喉咙:"我们觉得你没说实话。"

他们发现了什么?肯尼思突然慌了。他不想让他们知道,不希望他们找到她。

"我不明白你在说什么。"他转过头去,但他知道他们看出了他眼中的恐惧。

"我们刚刚去看过希娅,看了一段在她家仲夏夜派对上录制的视频。"帕特里克似乎在等待肯尼思的反应,但肯尼思没听懂他在说什么。和亲朋好友聚会欢闹的生活,如今似乎已成为遥不可及的过去。

　　"马格纳斯喝醉了,你们俩溜开去抽烟,似乎不想让别人听到你们说话。"

　　他还是不明白帕特里克的意思。一切都朦朦胧胧,再没有一样东西是清晰明澈的。

　　"马格纳斯的儿子路德维格在你俩不知情的情况下把你们录了下来。马格纳斯烦躁不安。他想跟你谈谈以前发生的一件事。你跟他发了火,说过去的都已经过去了,告诉他要为自己的家人着想。你还记得吗?"

　　哦,是的,肯尼思想起来了。虽然还是有些模糊,但他记得当他看到马格纳斯眼中的慌乱时自己的感受。他一直想不明白,那天晚上他们是怎么提起这个话头的。马格纳斯渴望谈论那件事,想赎清自己的罪孽。这可把他吓坏了。现在,一切都不同了,他必须受到公正的裁决,才能向莉丝贝特解释。他不能让警察毁掉他的机会。

　　于是,他摇摇头,装出努力回忆的样子。

　　"不,我不记得了。"

　　"如果录像带能帮你回忆起来,我们可以安排你看一下。"波拉说。

　　"当然,我可以看看。不过我想应该没什么要紧的,不然我肯定会记得。也许只是一些胡说八道的醉话吧。有时马格纳斯喝了点酒就会那样,一惊一乍的,还有些多愁善感。"

　　他看得出他们并不相信他,但这无所谓,因为他们看不透他的心思。那个秘密迟早会被揭穿——这一点他也知道。不把一切查个水落石出,警方是不会善罢甘休的。但这不应该发生在她来到他面前,让他遭到应得的报应之前。

　　两位警官又待了一会儿,但他们的问题被他轻而易举地一一化解。他不打算配合他们的工作;他得为自己和莉丝贝特着想。埃里克和克里斯蒂安也只能自求多福了。

　　离开前,帕特里克和善地看着他说:"我们还想告诉你,我们收到了莉丝贝特的尸检报告。她不是被谋杀的,是自然死亡。"

肯尼思转过脸去。他知道他们说错了。

在回乌德瓦拉的路上,帕特里克一直昏昏欲睡。有那么一会儿,他竟然真的合上了双眼,一下子把车开到对面的车道上。

"你在干什么!"波拉大喊着一把抓住方向盘,把车调回原路。

帕特里克吓了一跳,长吁一口气。

"真他妈该死! 我也不知道是怎么了,就是累得要命。"

波拉担忧地看着他说:"这样吧,咱们去你家,你在那儿下车。明天你得在家休息。你气色很差。"

"不行,我的事还多着呢。"他眨眨眼,集中精神盯着前方的道路。

"那好吧,现在咱们这样。"波拉果断地说,"到下一个加油站停下,咱俩换个位置。我先开车送你回家,然后去办公室,把你要的材料都给你拿到夫雅巴卡来,再安排人把录像带送到实验室去分析。"

帕特里克不情愿地点头遵命。到了豪格斯托普的出口,他拐入加油站下了车。

帕特里克将头靠在副驾一侧的窗子上,还没等波拉开上高速路,他就打起了瞌睡。待他睁开双眼时,车已停在他家门前。他迷迷糊糊地跨出车门。

"进屋躺着去吧。我一小时后回来。别锁门,我好把材料给你送进去。"波拉说。

"好的。谢谢。"他强撑着说出了这句话。

帕特里克开门进了屋。

"艾丽卡!"

没人回答。下午他曾给她打过电话,但一直没联系上她。也许她去安娜家待了一会儿。为安全起见,他决定在前厅的写字台上给她留张便条,免得她回家后听到家里有人吓一跳。然后,他浑浑噩噩地爬上楼梯,一头倒在床上,脑袋一挨枕头就睡着了。但这个觉睡得既不踏实也不安稳。

艾丽卡去安娜家接玛雅时，小丫头闹了好一通脾气才肯跟她走。

驶入自家门前的车道时，她从后视镜看到后面不远处开过来一辆警车。想必是帕特克。可他为什么没开自己的车呢？她把玛雅从车座上抱起来，瞄了一眼那辆缓缓驶近、停在旁边的车，惊讶地发现坐在方向盘后面的并不是帕特里克，而是波拉。

"嗨，帕特里克呢?"艾丽卡问。

"他在家呢。"波拉下车说，"他实在太累了，所以我命令他回家休息一下。我知道我这是越权行事，不过他还是乖乖地从命了。"她大笑起来，但这笑容并未驱散她眼中的担忧。

"出了什么事吗?"艾丽卡突然慌了神。据她所知，帕特里克早退回家还是破天荒第一次。

"不，没有。我想他只是最近工作得太辛苦了，显得有些疲劳。所以我就劝他说，要是他不去休息一下，对谁都没好处。"

"他居然就这么同意了?"

"嗯，我俩折衷了一下。我答应开车回局里，把他要看的材料给他带来，他才同意的。我正要把材料放进屋里呢，不过现在就交给你好了。"她把一个纸袋递给艾丽卡。

"不错，这才像帕特里克。"艾丽卡当下便放了心。只要他还想继续工作，就表明他的身体也差不到哪儿去。

她向波拉道了谢，将纸袋拎进前厅，玛雅蹦蹦跳跳地跟在后面。看到帕特里克在写字台上给她留的便条，艾丽卡笑了。他真了解她。要是她不知道他在家，冷不防听到有人在楼上走来走去，准会吓得要死。

玛雅的鞋脱不下来了，沮丧得放声大哭起来。艾丽卡赶快去哄她。

"嘘，宝贝儿。爸爸在楼上睡觉哪。咱们可别吵醒他。"

玛雅眼睛瞪得大大地望着她，竖起一根手指放在唇边。"嘘。"她一边大声说，一边偷偷向楼上张望。艾丽卡帮她把鞋子和户外服脱掉。接着玛雅便跑进客厅，去摆弄被她扔了一地的玩具了。

艾丽卡脱掉外套，拽了拽衬衫。这些天她总是大汗淋漓。

她向楼上瞄了一眼，然后看了看波拉留下的纸袋，再看看楼上，又看看纸袋，内心激烈地交战。不过老实说，她早就知道这场战争自己必输无疑。这种诱惑太大了，她抵挡不住。

一小时后，她看完了袋子里所有的文件，但仍是摸不着头脑。实际上心中的疑窦反而更多了。这四个人之间有什么联系？为何是马格纳斯最先遇害？克里斯蒂安搬家后为何没留下新地址？那些画是谁寄给他的？画中的那个小人儿是谁？最重要的：克里斯蒂安对自己的过去为何绝口不提？

艾丽卡先确定玛雅仍在专心致志地鼓捣自己的玩具，然后才继续琢磨那些调查材料。只剩下一盒没有标签的录音带没听过了。她从沙发上站起来去拿录音机。幸运的是，这盘带子恰好能用她家的录音机播放。她紧张地朝天花板瞄了一样，随即按下“播放”键，尽量把音量调低，然后将录音机举到耳边。

带子时长二十分钟，她一直全神贯注地听着。从听到的内容里，她并未发现什么新的信息。但听到某一处时，她突然僵住了，连忙按下“倒带”键重新听了一遍。

全部听完后，她小心翼翼地将带子从录音机中退出，放回盒里，又把它与其他东西一起装进纸袋。几年里她为了写书采访过很多人，最善于捕捉对话中的一些细枝末节和微妙之处。她确信自己刚才听到的很重要。

这事儿她得明天早晨再处理了。此刻，她听到帕特里克已经开始在楼上走动，于是便以几个月来前所未见的速度，飞快地将袋子放回前厅，坐回到沙发上，装出一副正与玛雅玩得不亦乐乎的样子。

整栋房子笼罩在一片黑暗中。他一盏灯也没开；这样做似乎毫无意义。路已经走到了尽头，用不着再点灯了。

克里斯蒂安半裸着坐在地板上，眼睛盯着墙壁。他把她的话涂掉了，用他在地下室找到的一把刷子和一罐黑油漆，在红色上涂抹了三层黑色，也把她对他的判决抹除了三次。可他觉得仍然能清清楚楚地看到那些话。

他手上和身上都沾上了油漆，黑如焦油。他看看自己黏糊糊的右手，在胸前抹了抹，想把它擦干净，但黑色的面积却似乎越来越大。

现在，她正在等着他。他一直都知道。但他所做的只是一再拖延、自欺欺人，险些连累两个儿子也掉进了陷阱。她的意思一清二楚：你不配拥有他们。

克里斯蒂安慢慢地站起来，环顾着整个房间。一只破破烂烂的泰迪熊坐在一个角落里。这是尼尔斯出生时收到的礼物，他喜欢得不得了，如今它全身上下的毛几乎都被他折腾光了。克里斯蒂安感到心中开始犹疑不定，意志有些动摇，他明白自己必须离开。他得赶在勇气尽失之前去见她。

他走进卧室，穿上几件衣服。穿什么都无所谓；这再也不重要了。然后他下了楼，从挂钩上取下外套，最后扫视了一圈这个昏暗而沉寂的家，连门都没锁就走了。

短短的一段路上，他一直垂目盯着地面，不想看任何人，也不想说话。

他穿过码头往拜德豪曼走时，风一阵紧似一阵。但像往常一样，他能感受到她的存在。他必须在这里赎清罪孽。只有这里才有可能。在跳台顶端，他曾看见她在水中向他伸出手。现在，他就要去见她了。

他一只脚踏上跳台的第一级台阶，木头被他的鞋踩裂了。

攀上顶端的平台后，他把手伸进口袋，掏出从家里带来的绳子。这根绳子将承受他的体重，也承担他应得的责罚。她就在阶梯上等着，看他布置这一切，将绳子打结，牢牢地系在栏杆上。

一切准备就绪后，他背朝阶梯站好，目光落在一水之隔的地方，望着夫雅巴卡的轮廓。直到听见身后响起她的脚步声，他才转过身来。

她眼中毫无喜色，只透出一丝了然，知道经历了这一切之后，他终于准备赎罪了。她还是像他记忆中一样美，头发湿漉漉的，并没有因寒冷而结上霜花，这让他颇为吃惊。不过，她从来都是出人意料的。美人鱼的事你永远也别想猜得到。

他一脚跨向大海之前看到的最后一样东西，就是一条在夏日和风中翩然舞动的蓝裙。

"你感觉怎么样?"艾丽卡问。帕特里克刚刚睡醒,顶着一头乱发下了楼。

"就是有点累,没什么。"帕特里克说,但他脸色苍白。

"你今晚还得工作吗?"她一边将沸水倒入两个装着茶包的大杯子里,一边用余光瞟着他问。

"不,我今晚想放松一下,陪陪我亲爱的老婆,然后早点上床睡觉。明天上午我会在家,静下心来把整个案子梳理一遍。有时候警察局简直像个马戏团。"

他叹了口气,走过来站在艾丽卡身后,伸出胳膊环住她。

艾丽卡闭上双眼,与帕特里克脸贴着脸。她一直在琢磨什么时候把哥德堡之行告诉他最合适,本来已经决定今晚就说,可帕特里克看上去累极了,而且他打算明天上午在家工作,所以到时候再开口也无妨。只要她能找到一些对调查大有用处的线索,帕特里克就不会因为她擅自插手而大动肝火了。

其实没有朋友他倒并不怎么在意。因为他有书。但随着他一天天地长大，他越来越渴望得到人人都拥有的东西，渴望归属于某个社群，成为某个团体的一分子。但他总是独来独往。唯一愿意陪伴他的就是爱丽丝。

有时候，他从校车上下来，他们会一路追着他回家。埃里克、肯尼思，还有马格纳斯。他们一边放慢速度跟在他身后跑，一边哄堂大笑。目的只有一个：从他身上找乐子。

"嘿，肥仔，快跑啊！"

尽管他自己也瞧不起自己的软骨头，他还是跑了起来。在内心深处，他一直期盼着奇迹的发生，希望总有一天他们会停下来，看着他，明白他也是跟他们一样的人。但他知道这只是个梦。谁也不看他。爱丽丝不算数，因为她是个傻子。男孩子们就是这样叫她的，尤其是埃里克。每次看见她，他都会卷着舌头说，"傻～～～子……"

校车停下时，爱丽丝总是在等他。他恨她这样对他。当她站在候车亭里时，看起来与常人无异，一头长长的乌发在脑后束成马尾，塔南舍中学的孩子们一下车，她便瞪着那双明媚的蓝眼睛，热切地寻找他的身影。有时候，当校车停靠在站点，他透过窗户看到她时，心中竟会涌起一丝自豪。那个双腿修长、秀发乌黑的丽人是他妹妹。

可接下来的一刻，她看到他跨出校车，便迈着别扭的步子朝他走过来，就好像四肢被绑上了一根根看不见的线，有人在胡乱地左拉右扯。然后，她会笨嘴拙舌地喊他的名字，惹得男孩子们高声大笑。"傻～～～子！"

爱丽丝听不懂，这其实是最让他难堪的。她只会开心地笑，有时候居然还朝他们挥手。此时,他会跳下车撒腿就跑,并不是因为有人在追他,而是要逃开埃里克那响彻整座小镇的高声嘲讽。可他怎么也甩不掉爱丽丝。她总以为这是个游戏,总是轻而易举地追上他,有时候还大笑着一把搂住他的脖子,力气之大险些把他扑翻在地。

　　每当这时,他就像从前她哭个不停,将母亲从他身边夺走时一样恨她。他想照她的脸上狠狠揍上几拳,让她别给他丢人。只要爱丽丝仍然站在候车亭等他,喊他的名字,用胳膊搂住他的脖子,他就永远别想加入那个小圈子。

　　他迫切地想活出个样子来,不甘心只被爱丽丝一个人当作英雄。

22

她醒来时,帕特里克睡得正香。现在是七点半,玛雅也还在熟睡,尽管平时她总是不到七点就起床了。

此刻,她悄悄溜下床,穿好衣服,到楼下的厨房里给自己弄了点咖啡。当第一杯咖啡中的咖啡因开始发挥作用时,她焦躁地瞄了一眼时钟。

她给帕特里克留了张便条,含糊其辞地解释说自己要出去办点事。他肯定会纳闷她究竟在忙些什么,不过回家后她就会一五一十地讲给他听。

十分钟后,她开到了汉堡松德。事先她已经给信息中心打过电话,查出了桑娜的姐姐阿格妮塔的住址,此刻一下子就找到了这个地方。

看到房子里有人在走动,艾丽卡松了一口气。她按响了门铃,很快听到有人下楼的脚步声。一个女人把门打开,这应该是桑娜的姐姐。

"嗨,"艾丽卡先通报了名姓,然后问道,"桑娜起床了吗?我有几句话想跟她说。"

阿格妮塔困惑地看了她一眼,但并未阻拦。

"当然,桑娜和小怪兽们都醒了。请进吧。"

艾丽卡进屋挂好外套,跟着桑娜的姐姐爬上一段陡峭的楼梯,来到另一条走廊,然后左转进入一大片兼做厨房、餐厅和客厅之用的敞开式空间。

桑娜母子正跟小哥俩的表兄表姐一起吃早饭,这两个孩子看起来要比桑娜的两个儿子年长几岁。

"打扰你吃早饭了,真抱歉。"艾丽卡看着克里斯蒂安的妻子说,"我只想跟你打听一件事。"

一开始,桑娜没有要起身的意思。她拿着一把勺子,正要往嘴里送,似乎脑海中正翻腾着各种心思。但接着,她放下勺子站了起来。

"你们干嘛不下楼到阳台上去坐坐呢,在那里可以安安静静地聊天。"阿格妮塔说。

艾丽卡跟着桑娜下了楼,穿过几间屋子,进入一个四周围着玻璃窗的阳台,向外眺望可以看到草坪和汉堡松德窄小的中心地带。

"你想跟我说什么?"

就像以前多次经历过的那样,艾丽卡拿不准该如何开口。她无权待在这里,谁也没批准她来盘问人家。她所凭借的只有自己的好奇心和忧虑。她沉吟了片刻,思索着该说些什么,然后俯下身,从提包里拿出了那些画。

天刚破晓,斯文-奥洛夫·罗恩就起床了。这是他格外引以为傲的一个习惯。

饱饱地吃了一顿燕麦粥早餐后,斯文-奥洛夫坐在他最喜欢的那把扶手椅上,从容自在地翻阅报纸,窗外的天色渐渐由暗转明。等他看完后,通常天就已经大亮,早间的巡视可以开始了。多年来,这已经成为一项雷打不动的惯例。

他站起来,从一个挂钩上摘下双筒望远镜,坐在窗前。他的房子坐落在船屋对面的斜坡上,后面是教堂,进入夫雅巴卡港口的航道在他眼前一览无遗。他将望远镜举到眼前,从左向右移动着仔细观察起来。

空房子,一座又一座的空房子。像往常一样,他叹了口气。现在一切都变了样,这可真是糟糕透顶。

斯文-奥洛夫继续移动望远镜,目光越过渺无人迹的英格丽·褒曼广场。

他操纵望远镜向前方窥探,掠过南岗湾街、杨恩博登街,望向布兰德帕肯街,目光在海岸巡逻艇上停留片刻,像往常一样赞叹不已。真是太壮观了。

现在,他看到了礁石和孩子们在夏日里嬉戏玩耍的蹦床,接着是如今已略显破旧的跳台。他希望他们能把它修一修,不要一拆了事。

斯文-奥洛夫越过跳台,远眺通往瓦尔伦的水面。这时他吓了一跳,随即把望远镜稍稍往回移动。那到底是什么?他调整焦距,眯起眼睛,想看得更清楚些。要是他没弄错的话,跳台上吊着一个东西。一个黑色的物体,正微微地随风摆动。他又眯了眯眼睛。也许是一些孩子搞恶作剧,把一个玩偶或是别的什么东西吊在了跳台上。

好奇心终于占了上风。他穿上外套,蹬上鞋子,又在鞋底装上防滑爪,随后便出了门。

经过英格丽·褒曼广场时,整个小镇似乎还在沉睡中。他琢磨着如果看见有车经过,是不是应该招手叫它停下,不过他决定还是算了。要是一番兴师动众之后发现根本没什么事,那可就惹人笑话了。

离目的地越近,斯文-奥洛夫的速度越慢。等他走到拜德豪曼的建筑群时,还是有些上气不接下气。

他暂停片刻喘口气。至少他假装是为了这个才停下来的。而真正的原因是,自从他在望远镜中看见那道黑影时,心中就升起一种不祥的预感。他迟疑着,但随即深吸了一口气,一脚踏进游泳区的入口。现在他还不能抬头往跳台上看。相反,他紧盯着自己的双脚,一步步小心翼翼地踏在礁石上,免得自己一跤跌在地上爬不起来。但是,当他离跳台只有几码远时,他抬起头,目光慢慢地向上方移动。

帕特里克猛地一惊,坐了起来。什么东西在嗡嗡作响。他四处环顾,一开始没弄明白自己在哪儿,也找不到声音的源头。终于,他清醒了一些,才发现是手机在作怪。他把铃声关掉了,但震动功能一直开着,手机在床头柜上发疯似地乱蹦乱跳,显示屏在屋子里昏暗的灯光下闪闪发亮。

"喂?"

他瞬间彻底醒了过来,一边且听且问,一边穿衣服。几分钟后,他穿戴停当,正要出门时,看到了艾丽卡留给他的便条,这才意识到她刚才没睡在他身边。他咒骂了一句,又跑回楼上。玛雅在自己房间里,但她已经爬下了床,正乖乖地坐在地板上玩呢。他到底该怎么办? 总不能把她一个人扔在家里。他气呼呼地拨打艾丽卡的手机,但响了半天却转到了语音信箱。

他挂断电话,又拨通了安娜和丹的号码。安娜接起电话时,他终于长舒一口气,三言两语跟她说了自己的难处。在等待安娜跳上车开过来的十分钟里,他一直站在前厅,急得直跳脚。

"真不明白,最近你们俩怎么总是打电话找我救急。先是昨天艾丽卡要去哥德堡,现在你又打来电话,急得就像哪儿着火了似的。"安娜大笑着从帕特里克身边一闪而过进了屋。

他匆匆向她道了谢,便朝汽车跑去。坐到方向盘后,他才反应过来安娜说了些什么。去哥德堡?昨天?他不明白。不过还是过后再说吧。现在他有别的事要操心。

他到拜德豪曼时,全体警员都已抵达现场。他将车停在海岸巡逻艇前方,一路小跑上了岛。托比约恩·鲁德和其他几位技术人员已经忙上了。

"什么时候接到的电话?"帕特里克向前来与他会合的古斯塔询问。托比约恩和他的组员应该是从乌德瓦拉开车过来的,按理说不应该比他先到才对。古斯塔和马丁也是,因为他们得从塔南舍往这边赶。为什么没人早点给他打电话?

"安妮卡给你打了好几次电话,显然昨晚也打过,可你没接。"

帕特里克从口袋里掏出手机,打算向古斯塔证明他准是搞错了。但看了一眼显示屏后,他发现有六个未接来电。昨天三个,今天早晨两个。

"你知道她昨天给我打电话是什么事吗?"帕特里克暗骂自己关掉了铃声,就算只有一晚上也不可原谅。这么多年来,他第一次允许自己不去想工作,却偏偏在那一刻出事了。

"我不知道,但今天早晨是因为这个。"他示意他朝跳台那边看,帕特里克吓了一跳。一个男人脖子上套着根绳索,在风中荡来荡去,此情此景带有浓重的原始戏剧色彩。

"真该死。"他说的是心里话。因为他想起了桑娜和孩子们。还有艾丽卡。"谁发现他的?"

"那边那个老头,叫斯文-奥洛夫·罗恩。他住在那栋白房子里。"古斯塔指了指那排船屋对面斜坡上的一栋房子,"显然,他习惯每天早上用双筒望远

220

镜把这一带巡视一遍。结果今天他看到有个东西吊在跳台上。起初他还以为是小孩子的恶作剧,可走到近前一看,原来是个真人。"

"他还好吗?"

"当然,有点惊着了,不过看样子他还挺得住。"

"先别让他走,等我抽出空来跟他谈谈。"帕特里克说着,朝正在封锁跳台周围区域的托比约恩走过去。

"你可把我们折腾苦了,我这么说还算是客气的。"托比约恩说。

"相信我,我们也想清静清静。"帕特里克先做好再看克里斯蒂安一眼的心理准备,然后才向上移动目光。尸体双目圆睁,由于脖颈已折断,头部微微向前垂落,仿佛在凝视着水面。

帕特里克打了个冷战。

"还得让他在那儿挂多久?"

"不会太久。等我们拍完照,就割断绳子把他放下来。"

"救护车呢?"

"在路上。"托比约恩言简意赅地说。他似乎急于开始工作。

"那就做你该做的事吧。"帕特里克说。托比约恩当即向组员布置任务。

帕特里克朝古斯塔和那位仿佛被冻僵了的老人走去。

"我是塔南舍警察局的帕特里克·赫德斯特伦。"他伸出手说。

"我叫斯文一奥洛夫·罗恩。"那人几乎用立正的姿势与他握手。

"你感觉怎么样了?"帕特里克问。他仔细打量他的脸庞,寻找受惊的迹象。除了两颊有些苍白之外,罗恩总体上还算镇静。

"唉,这可真让人不痛快。"他说,"不过回家后喝一小杯酒我就没事了。"

"用不用给你找个医生看看?"帕特里克一问出这句话,站在他面前的这个男人立刻一脸惊骇。显然,他就是那种宁可把自己的胳膊切掉也不愿去看医生的老人。

"不用不用,"罗恩说,"没这个必要。"

"那好吧,"帕特里克说。"我知道你已经跟我的同事说过了,"他朝古斯塔点点头,"不过我想亲自听听你是怎么碰巧发现……跳台上那个人的。"

"嗯,你知道,我总是天蒙蒙亮就起床。"罗恩开口说道,接着他便将几分钟前古斯塔报告给帕特里克的情况又讲了一遍,不过又添了几处细节。提了几个后续问题后,帕特里克决定让老人回家暖和暖和。

"好了,古斯塔,你觉得这是怎么回事?"罗恩离开后他问。

"咱们首先要查明的是他究竟是自杀,还是同样的……"他没把话说完,但帕特里克知道他在想什么。

"你们发现搏斗或反抗的痕迹了吗?"帕特里克向托比约恩喊道,后者在通往跳台的台阶上走了一半,停下脚步。

"目前还没有。不过我们才刚刚开始。"他说。"我们先照几张像。"他挥了挥手中硕大的相机,"然后看看还能找到些什么,找到了马上就告诉你。"

"很好。谢谢。"帕特里克说。他意识到目前已经没多少能做的了,而此刻还有另一项任务需要他去关注。

马丁·莫林走了过来,脸色苍白,每当他不得不接近尸体时总是会这样。

"梅尔贝里和波拉也正在往这边赶。"

"多好。"帕特里克毫不起劲地说。古斯塔和马丁都知道,他这种语气不是冲着波拉去的。

"你想让我们干什么?"马丁问。

帕特里克深吸了一口气,试图在脑海里酝酿一个计划。他真想把这项可怕的任务派给别人,但他的责任感终究占了上风,于是,又深吸了一口气之后,他说:

"马丁,你留在这等梅尔贝里和波拉。让梅尔贝里帮忙是别指望了;他只会到处瞎转悠,给犯罪现场技术人员添乱。不过你要带着波拉,到拜德豪曼入口附近挨家挨户地敲门。这个季节大多数房子都是空着的,所以用不了多久。古斯塔,我想让你跟我一起去通知桑娜。"

古斯塔面色一暗,但还是说:"好的,你想什么时候去?"

"现在。"帕特里克说。他只想速战速决,赶快把这事了结。他本想给安妮卡打个电话,问问她头一天找他有什么事,不过还是等等再说吧。现在他没时间顾这个。

他们离开拜德豪曼时,帕特里克和古斯塔都努力克制着,不去回头看那具仍然在风中摇摆的身体。

"可我不明白。谁会给克里斯蒂安寄这些东西呢?"桑娜一头雾水地盯着摆在她面前桌子上的画。

"我不知道。我本来还希望你能说出点什么呢。"

桑娜摇摇头:"我一点概念都没有。你是在哪儿发现它们的?"

艾丽卡将她如何去了克里斯蒂安在哥德堡住过的公寓,如何遇见亚诺什·科瓦奇,他又如何将这些信保存多年的事讲给桑娜听。

"你为何对克里斯蒂安的生活这么感兴趣呢?"桑娜不解地看着她。

艾丽卡沉吟片刻,思索着要如何解释她的这些行为。就连她自己也想弄个明白,她怎么会陷得这么深。

"自从听说了恐吓信的事,我就一直替他担心。性格使然,我不能坐视不理。克里斯蒂安一个字也不肯说,所以我就自己去调查了。"

"这些东西你给克里斯蒂安看过吗?"桑娜拿起另一张画仔细端详。

"没有。我想先跟你谈谈。"她顿了顿,又说,"你对克里斯蒂安的过去了解多少? 关于他的家庭和童年?"

桑娜苦笑了一下。

"几乎是一无所知。你不知道。我还从来没遇到过这么不愿意说起自己的人。有关他父母的事,我想知道的太多了,比如他们是怎么生活的,还有他小时候都做些什么,有些什么样的朋友……人们彼此熟识后问的那些问题,我都想问一问。可是克里斯蒂安从不愿谈起自己的过去。他说他父母双亡,没有兄弟姐妹,童年生活和别人没什么两样,所以也没什么好说的。"桑娜艰难地咽了口唾沫。

"你不觉得这很怪吗?"艾丽卡的语气里忍不住流露出一丝同情。她看得出桑娜正强忍着泪水。

"我爱他。我一拿这类问题去烦他,他就生气,所以我就不问了。我只想……我唯一的愿望就是他能留在我身边。"她垂目望着膝盖,低声说。

"这么说,你不知道克里斯蒂安身边的那个小人儿是谁?"艾丽卡柔声问。

"我不知道。不过这些画一定是个小孩子画的。也许他背着我还有别的孩子。"她想强颜欢笑,但笑声却卡在了喉咙里。

"先别急着下结论。"艾丽卡突然担心起来,她这么做或许让桑娜更不好受,现在她显然快要崩溃了。

"不会的。不过我得承认,我心里一直在犯嘀咕。从他开始收到信,我都问了有上千次了,他总是说他不知道是谁寄给他的。不过我也不知道自己信不信。"她咬了咬嘴唇。

"那他从来没提起自己以前的女友或诸如此类的事吗?没提过某个在他过往生活中曾占据一席之地的女人?"艾丽卡意识到自己有些冒失,不过也许克里斯蒂安曾说起过什么,只是被桑娜深埋在自己的潜意识中了。

桑娜摇头苦笑:"相信我,只要他提过别的女人,我一定会记得。我甚至想……"她住了口,仿佛后悔失言。

"你想到了什么?"艾丽卡问,但桑娜不肯再说。

"没什么。只是我自己的傻念头罢了。大概我算是个妒妇吧。"

这也难怪,艾丽卡想。跟一个陌生人共同生活了这么多年,爱着他,却换不回他的爱。难怪桑娜那么爱吃醋。但她什么也没说,而是话锋一转,提起从昨天开始就一直在她心中盘桓不去的那件事。

"昨天你和帕特里克的一位同事谈过,对吗?叫波拉·莫拉莱斯的?"

桑娜点点头:"她人真的很好。我也很喜欢古斯塔。他帮我把孩子们洗干净了。请告诉帕特里克,让他代我谢谢他。我想昨天我忘记向他道谢了。"

"我会的。"艾丽卡说。她顿了顿,又继续说,"你们说话时,有件事我想波拉没注意到。"

"你怎么会知道的?"桑娜诧异地问。

"波拉录下了你们的谈话,帕特里克昨晚在家听的时候,我忍不住偷听了。"

"哦,"桑娜似乎相信了这个善意的谎言,"那你听到的是……"

"嗯,你跟波拉说起克里斯蒂安的日子不太好过。当时你似乎是想到了某件具体的事。"

桑娜表情一僵。她躲开艾丽卡的目光,开始摆弄桌布的流苏。

"我不知道是什么——"

"桑娜,"艾丽卡恳求说,"现在不是保守秘密的时候,你这样缄口不言,也保护不了谁,保护不了克里斯蒂安。你们全家都很危险,其他几个人也是,但或许我们可以帮别人躲过马格纳斯的悲惨命运。我不知道你在隐瞒什么,也不知道你为什么不说。或许它和这事一点关系都没有,大概你也正是这样认为的,否则我想你肯定早就说了,尤其是在昨天孩子们出了那种事之后。但你有十足的把握吗?"

桑娜望着窗外,目光越过一群建筑物,落在远处结冰的水面和小岛上。她久久没有说话,艾丽卡也一直沉默着,让桑娜经历内心的挣扎。

"我在阁楼上发现一条裙子。一条蓝裙子。"桑娜终于开了口。接着,她便把一切原原本本地讲给艾丽卡听:她与克里斯蒂安的对质,她的愤怒和怀疑,还有他最后告诉她的那个故事,那个可怕的故事。

桑娜讲完后,整个人好像缩小了一圈,全身的力气都被耗尽了。艾丽卡一动不动地坐着,努力消化自己刚才听到的内容,但她做不到。这里面有某种东西已经超出了人类大脑的理解能力。她唯一能做的就是伸出手覆在桑娜的手上。

有生以来第一次,埃里克恐慌得难以自抑。克里斯蒂安死了,就像一只布偶,吊在拜德豪曼的跳台上,随风摇摆。

一位女警官打电话通知了他这个消息,提醒他多加小心,有情况赶紧报警。他谢了她,说他觉得没这个必要。他无论如何也想不通是谁在背后谋害他们。但他可不打算坐以待毙。这一次，他决意靠自己的力量掌控局面。

他的衬衫上渗出一块块的汗渍，证明他的镇定自若都是装出来的。电话仍攥在他手里，他用颤抖的手指拨通了肯尼思的手机。铃响了五声后，被转到了语音信箱。埃里克生气地挂断，将手机扔到桌子上。他努力强迫自己理智行事，把现在要办的事一件件从头到尾想一遍。

电话铃响，他跳了起来，一看来电显示，是肯尼思。

"喂？"

"我自己没法接电话。"肯尼思解释说，"我得让人帮我把蓝牙耳机戴上。我拿不住手机。"他的声音里听不出一丝自怜的意味。

有那么一会儿，埃里克觉得自己应该亲自跑一趟，去医院看望肯尼思，起码也该给他送束花。不过，他做不到面面俱到，再说办事处也必须有人值守才行。他想肯尼思一定会理解的。

"你怎么样了？"现在他问，尽量让自己表现得像是在真正关心他。

"还好。"肯尼思简短地说。他太了解埃里克了，根本不会相信他是出于关心才打听自己的身体状况。

"我有个坏消息。"最好是直奔主题。肯尼思没吭声，等着他继续说。"克里斯蒂安死了。"埃里克扯了扯衬衫的领子。他仍在不停地出汗，能感觉到攥着手机的那只手湿漉漉的。"我刚刚听人说，是警察给我打的电话。他吊死在拜德豪曼的跳台上了。"

肯尼思仍然没理他。

"喂？你听到我说什么了吗？克里斯蒂安死了。通知我的那位警官不肯多说，不过白痴也猜得出，这和所有那些事都是同一个疯子干的。"

"对，是她。"肯尼思终于开口了，声音冰冷而平静。

"你这是什么意思？你知道是谁吗？"埃里克几乎要尖叫起来。肯尼思知道是谁干的，可他居然谁也没告诉？倘若接下来肯尼思不先出其他意外的话，他就要亲手宰了这个家伙。

"接下来她就该找咱们算账了。"

他声音中那种怪异的平静让埃里克胳膊上的汗毛竖了起来。有那么一瞬,他怀疑肯尼思的脑袋是不是被打坏了。

"你能把你知道的告诉我吗?"

"她很可能会把你留到最后解决。"

埃里克憋了一肚子气,忍了又忍,终于没有冲动地把自己的手机狠狠摔在桌子上。"是谁?"

"你是说你真的不知道?你祸害的人是不是太多了,没法从一大群人里面把她挑出来?对于我来说就很容易了。她是我唯一伤害过的人。我不知道马格纳斯是否曾意识到她一直在寻他复仇。可我知道他的日子不好过。你就从来不会这样,对吧,埃里克?"肯尼思的语气里既没有不满也没有谴责,仍然是平静无波。

"你到底在说些什么?"埃里克咆哮着,同时脑海中闪过一些念头。一段模糊的记忆,一个画面,一张脸。

他紧紧抓住手机。莫非是……?

肯尼思一言不发,现在埃里克也知道了,但他没必要大声说出来。他的沉默已经说明了一切。他连句再见也没说,就挂断了电话,努力抵触着他不得不接受的那个确凿事实。

随后,他打开电子邮件,开始迅速采取必要的行动。时间紧迫,刻不容缓。

一看到艾丽卡的车停在阿格妮塔家门前的车道上,帕特里克胃里就泛起一种不安的感觉。艾丽卡总是喜欢掺和与她无关的事。尽管他由衷赞叹妻子利用好奇心屡建奇功的本事,但他并不想让她牵扯到警方的案子里。

"那不是艾丽卡的车吗?"他们将车开过去,停在那辆米黄色沃尔沃旁边时,古斯塔干脆地问。

"是,没错。"帕特里克回答。古斯塔没再多问,只是挑起了一根眉毛。

他们不必按门铃。桑娜的姐姐早已打开前门,一脸忧虑地等待着他们。

"出了什么事吗?"她紧张地问。

"我们想跟桑娜谈谈。"帕特里克没回答她的问题。

阿格妮塔让到一旁，请他们进屋，脸上的表情显得更加担忧了。

"她在阳台上。"她指了指说。

"谢谢。"帕特里克说，"你能先给孩子们找点事做吗？"

阿格妮塔艰难地咽了口唾沫："好的，我去办。"

帕特里克和古斯塔向阳台走去。听到他们进来，桑娜和艾丽卡抬头看去。艾丽卡脸上露出心虚的表情，但帕特里克向她示意了一下，意思是说这笔账咱们以后再算。他在桑娜身边坐下。

"恐怕我得告诉你一个坏消息。"他尽量用平静的声音说，"今天清晨，克里斯蒂安被发现身亡。"

桑娜倒抽了一口气，泪水溢满双眼。

"现在我们知道得还不多，不过我们正尽全力查出真相。"他补充道。

"是怎么……"桑娜全身开始不受控制地哆嗦起来。

帕特里克迟疑了一下，不知道该怎么跟她说。

"有人发现他吊死在拜德豪曼的跳台上。"

"吊死了？"她的呼吸急促而微弱。帕特里克将手放在她胳膊上，让她平静下来。

"现在我们只知道这么多。"

她目光呆滞地点点头。帕特里克转过身去，低声对艾丽卡说：

"你能和她姐姐换一下吗？请阿格妮塔下楼到这里来，你去照顾孩子？"

艾丽卡立刻站起来，瞄了一眼桑娜，然后离开阳台。过了一会儿，他们听到她往楼上走去。接着，刚刚意识到有人下楼，古斯塔便走到前厅，去跟桑娜的姐姐讲话。帕特里克感谢他的同事在通报消息时能避开他们，免得让桑娜再多听一遍噩耗。

阿格妮塔走进来坐到桑娜身边，伸出手臂搂住她。

桑娜一直在不停地抽泣，帕特里克对上她姐姐的目光，阿格妮塔微微点了下头，算是回答他未说出口的问题。于是他站起身来。

"你们真的不用我给谁打个电话吗？"

"我会尽快给爸妈打电话。"阿格妮塔说。她虽然面色苍白，但神情镇定，帕特里克觉得可以放心地离开了。

"别忘了那些画。"桑娜抽着鼻子，指了指放在桌子上的几张纸。

"什么画？"

"艾丽卡带来的。有人把它们寄到了克里斯蒂安在哥德堡的旧地址。"

帕特里克盯着那些画，然后小心收好。艾丽卡这是在折腾什么呢？他得尽快跟妻子谈一谈；她必须给他个合理的解释。不过他也无法否认，当他看到这些画时，心里升起了某种期望。

帕特里克让古斯塔在拜德豪曼下了车。想了一会儿，他决定开车回家。他得和艾丽卡谈谈，看她都知道些什么。

一进门，他便停下脚步，深吸了一口气。安娜还在这儿，如果他与艾丽卡起了争执，他不想把她也牵扯进来。

"我想玛雅今天不用去托儿所了。"艾丽卡瞄了一眼时钟，乐呵呵地说。

"你为什么会在阿格妮塔家跟桑娜谈话？昨天你去哥德堡干什么了？"帕特里克语气严厉地问。

"呃，那个，我……"艾丽卡偏着头，尽量摆出一副娇媚可爱、天真无辜的样子，结果对方却一点反应都没有。她叹了口气，明白自己还是从实招来的好。她本来也一直打算向帕特里克和盘托出的；只不过他抢先发问了。

他们坐在餐桌旁，帕特里克双手紧握放在面前，直视着她的眼睛。艾丽卡不紧不慢地思索着要从何说起。

接着，她解释说自己一直想不通克里斯蒂安为何对过去的事瞒得那么紧。于是她就决定追根溯源，开车去哥德堡，去他搬到夫雅巴卡前居住的地方。她向帕特里克讲述了那个和蔼可亲的匈牙利人，还有那些寄给克里斯蒂安的信。说到这里，艾丽卡深吸了一口气，接着讲述自己如何偷看了案件资料，又忍不住听了录音带，里面有一段对话久久萦绕在她脑海中。这就是她今天一大早去拜访桑娜的原因。她还把桑娜的话告诉了帕特里克。关于那条蓝裙子，还有那个不可思议的可怕故事。艾丽卡上气不接下气地讲完,几乎不敢去看帕特里克。

他沉默良久,她艰难地咽着唾沫,准备接受有生以来最严厉的一顿训斥。

"我只是想帮帮你,"她补充说,"最近你看上去太累了。"

帕特里克站了起来:"这件事咱们过后再细说,我得带着这些画回局里一趟。"

他走后,艾丽卡久久地呆坐着,双眼盯着虚空。

帕特里克没回电话,这不像是他的做派。从昨天开始,安妮卡给他打了好几个电话,留言说她有话跟他说,但没提到具体原因。她想当面把自己的发现告诉他。

看到他终于带着一脸筋疲力尽的表情回到警局,她心中更加担忧。

"你找我?"帕特里克进入她那间位于接待区玻璃隔断后方的办公室。她将椅子转过来。

"我已经把克里斯蒂安的背景调查完了。"她住了口。直到此时,她才想起来整个一上午帕特里克去了哪儿。"对了,事情怎么样?"她低声问,"桑娜什么反应?"

"还能是什么反应?"帕特里克说。他点头示意她继续说,表明自己不想再讨论他刚刚不得不去通报的那个消息。

安妮卡清了清嗓子:"好吧,首先,咱们的犯罪记录里没有克里斯蒂安的资料。他从来没有被控有罪,甚至也从未成为嫌疑人。搬到夫雅巴卡之前,他在哥德堡住过几年,在那里上了大学,然后在线获得了图书管理学位。图书馆学校在布罗斯,你知道。"

"啊哈……"帕特里克略显不耐烦地说。

"此外,他以前从未结过婚,除了和桑娜生的两个孩子之外,也没有其他子女。"

安妮卡沉默下来。

230

"就这些?"帕特里克难掩失望。

"不是。最有趣的部分我还没说到呢。我很快就发现,克里斯蒂安三岁时就成了孤儿。顺便说一句,他出生于特罗尔海坦,他母亲去世时,他就住在那儿,而父亲从未现身过。于是我决定再深入挖掘一下他的过去。"

她拿起一张纸读了起来。帕特里克专注地听着。安妮卡看得出,各种想法正在他脑中纷飞旋转,试图将这条新信息与他们所知不多的线索联系起来。

"这么说,他十八岁时,又重新随了母亲的姓。"帕特里克说,"赛德尔。"

"没错。关于她的情况我也查到了不少。"她递给帕特里克一张纸,后者快速浏览着,急于了解更多的信息。

"看来有几个谜团咱们快要解开了。"看到帕特里克的反应,安妮卡说。她喜欢挖掘信息,梳理公共记录,研究那些过后能由点连成面的微小细节。尤其是她的工作有时能挖出宝贵线索,推动调查工作的进展。

"没错,现在我知道该从何处入手了。"帕特里克站起来说,"我要从那条蓝裙子开始。"

安妮卡愕然地看着他离开她的办公室。他到底在说些什么呀?

当塞西莉亚打开门,看到站在外面的是谁时,并未感到吃惊。实际上她早就料到会有这一天。在夫雅巴卡这个小城镇,没有什么秘密能长久地保持下去。

"请进吧,路易丝。"她闪到一边。她不得不忍住把手放在肚子上的冲动。自从证实自己怀孕后,这已经成了她的一个习惯性动作。

"但愿埃里克没在这儿。"路易丝说。塞西莉亚听得出她说话时口齿含糊不清。

"没有,他不在。进来吧。"她又说了一遍,随即自己先往厨房走去,路易丝跟在后面,衣着打扮像往常一样优雅考究。

"他身边的女人数不胜数,最后我实在是太累了。"

塞西莉亚吃惊地转身看着路易丝。没想到开场白会是这样的。

"我叫他去下地狱。"塞西莉亚说。她发现大声说出这句话的感觉真是美妙。

"为什么?"路易丝蔫蔫地问。

"我已经从他那里得到了我想要的。"

"你这是什么意思?"路易丝表情茫然、神思恍惚地盯着她。

塞西莉亚突然觉得心中涌起一股强烈的感激之情,几乎令她透不过气来。她永远不会像路易丝这样;她要比她坚强得多。

"我怀孕了。孩子是埃里克的。"她说。一时间,两个女人谁也没说话。接着,塞西莉亚又说:"我已经跟他把话挑明了,除了钱以外,我不要他的任何东西。我还威胁他说要把一切都告诉你。"

路易丝从鼻孔里哼了一声,接着开始放声大笑。笑声越来越大,越来越尖利,笑得泪水顺着脸颊流淌下来。塞西莉亚出神地看着她。这种反应同样出乎她的意料。路易丝真让人捉摸不透。

"谢谢你。"笑声停歇后,路易丝说。

"谢我做什么?"塞西莉亚纳闷地问。她一直对路易丝抱有好感,只不过这种好感还不足以阻止她与她丈夫颠鸾倒凤。

"谢谢你狠狠教训了我一顿。这正是我需要的。

"不客气。"塞西莉亚说。"你有什么打算?"

"做你早就做过的事。叫他去下地狱。"

"我的天哪。"波拉说,"这是我听过的最可怕的一个故事。"

帕特里克将艾丽卡从桑娜口中打听出来的事讲给她听。此刻,波拉偷偷瞄了一眼坐在自己旁边副驾位置上的同事。鉴于昨天在路上差点成了车下之鬼,她不打算在他精力尚未恢复之前把方向盘交给他。

"可这与调查有什么关系呢?毕竟事情已经过去那么多年了。"

"确切地说,是三十七年。我也不知道它是否与案件相关,不过每件事似乎都指向克里斯蒂安。我觉得谜底一定就藏在他过去的生活中;咱们会在那里找到与其他事件之间的某种联系，前提是这种联系确实存在。"他补充说，"也许其他人只是无辜的路人甲，只因与克里斯蒂安过从甚密才成了靶子。但这个咱们得去查，最好是从源头开始。"

波拉快速超过了一辆货车，差点错过特罗尔海坦的出口。

"我来看地图吧。显然，女人善于一心多用的论调是靠不住的。"帕特里克嬉皮笑脸地说。

"你说话给我小心点。"波拉说，不过她看起来并不像是在生气。

"在这里右转。咱们快到了。"帕特里克说，"这事会很有意思。当年的文件显然还保存着，我一提起那个案子，跟我通电话的那位女士立刻就明白了我说的是哪一桩。不过话又说回来，这种事想忘记也难。"

"在那儿。"波拉指着特罗尔海坦社会福利机构所在的那栋建筑物说。

几分钟后，他们向与帕特里克通过电话的那位女士伊娃－莉娜·斯科格做了自我介绍。

"这地方有很多人记得那个故事。"她从桌子里拿出一个文件夹，里面的文件年代久远，已经开始泛黄。"那是很久以前的事了，不过这种事让人终生难忘。"她将一缕灰白的头发别到耳后。

"有人怀疑过情况已经糟到了那种地步吗？"波拉问。

"有，也没有。我们收到过一些报告，而且进行了……"她打开文件夹，手指在最上面一页划着，"我们进行了两次家访。"

"就没有任何迹象表明需要采取干预措施吗？"帕特里克问。

"这很难解释，不过那时候跟现在不一样。"斯科格叹了口气说，"要是放在今天，我们肯定早就介入了，可当年……嗯，我们只是了解得不够多。"

"亲戚朋友中也没人做出反应吗？"波拉问。她很难理解发生了这种事怎么可能没有一个人注意到。

"他们家没别人了，我想也没有朋友。他们过着与世隔绝的生活，也正因为如此，才会发生那种事。要不是那股气味……"她艰难地咽了口唾沫，低头看去，"从那以后，我们取得了很多进步。现在绝不会再有这种事了。"

"但愿不会。"帕特里克说。

"据我所知，你们需要这条信息，是因为它与一桩谋杀案有关。"斯科格说着，将文件夹向桌子对面他们这边推过来，"不过你们会谨慎处理这份材料的，对吗？只有在特殊情况下，我们才允许别人接触这类文件。"

"我们会格外谨慎的，我保证。"帕特里克说，"而且我认为，有了这些文件，我们的调查一定会取得进展。"

斯科格难掩好奇地看着他。

"妈妈?"他又试着晃了晃她,但她一动不动。他不知道她像这样躺了多久。他才三岁,还不会看时间。不过天已经黑了两次了。他不喜欢黑暗,妈妈也不喜欢。他们睡觉时总是点着灯,当公寓里黑得伸手不见五指时,他竟然自己去开了灯,然后爬到她身边。他们通常都是这样入睡的,彼此紧挨着,靠得非常近。他将自己的鼻子贴在她柔软的身体上。妈妈全身一点棱角也没有,没有支棱出来的部分,也没有硬得硌手的地方。只有柔软、温暖和安全。

　　可昨天晚上,她摸着不暖和了。他推推她,又往她身上贴紧一些,但她连动也不动一下。他从衣柜里又取出一条毯子。尽管天一黑他就不敢下地,害怕床底下藏着妖怪,可他怕妈妈冻僵了。另外他自己也不想被冻僵。他仔细地把那条散发着怪味的条纹毯子裹在她身上。她还是没暖和起来,他也是。整整一夜,他浑身发抖地躺在她身边,盼着快些醒过来,好让这个古怪的梦赶紧结束。

　　天开始放亮时,他从床上爬下来,把夜里滑落的毯子重新替她盖好。她怎么会睡了这么久? 这是从未有过的事。偶尔她也会在床上躺一整天,但总会醒过来几次,跟他说话,叫他给她倒杯水或拿点别的东西。她躺在床上的那些天,有时会说些怪话,让他害怕,偶尔还会冲他大声嚷嚷。但他宁可那样,也不愿她像现在这样躺在床上,一声不出,浑身冰冷。

　　他感到饥饿在撕扯他的胃肠。要是妈妈醒来后发现他已经自己做好了早餐,说不定会觉得他很聪明呢。想到这里,他兴冲冲地向厨房走去,可走到一半时想起了一件事,又掉头往回走。他得带着泰迪,不能自己一个人去。于是他在地板上拖着小熊,又朝厨房走去。

三明治。妈妈给他做过这个。果酱三明治。

他打开冰箱，里面有一罐果酱，瓶盖是红色的，标签上印着草莓。还有黄油。他小心翼翼地取出这两样东西，把它们举到料理台上，然后又搬来一把椅子放到料理台前，爬到座位上。现在这一切开始带给他一种冒险的感觉。他伸手拿过面包盒，从里面取出两片面包，拉开厨房的一只抽屉，找到一把木质的黄油刀。妈妈不让他用真正的刀。慢慢地，他把黄油涂在一片面包上，把果酱涂在另一片上，然后把两片合在一起。好了，三明治做成了。

他从椅子上爬下来，再次打开冰箱，在门内侧的一个架子上找到了一瓶果汁，费力地把它拿出来放到餐桌上。他知道玻璃杯放在哪里：就在面包盒上方的厨柜里。他再次爬到椅子上，打开厨柜，取出一只杯子。他可不想把它掉在地上，要是他打碎了玻璃杯，妈妈准会气得发疯。

他把杯子放在桌上，旁边摆上三明治，又把椅子推回原处，爬上去跪着倒果汁。装果汁的容器很重，他费了好大劲才把它举到玻璃杯上面。不过，最后洒到桌子上和倒在杯子里的果汁一样多了。他只好俯下身去，把洒落在油布上的果汁呼噜呼噜地喝掉。

三明治的味道美极了。这是他自己动手做出的第一个三明治，他一顿狼吞虎咽，几口就把它全都吃了下去。接着，他发现肚子里还有空地方，这一次他知道该怎么做了。如果妈妈醒来时，看到他竟然会自己做三明治，该有多么欣慰啊。

23

"有人看到什么了吗?"帕特里克正在跟马丁通电话,"没有?好吧,其实我也没指望能有。不过你们还得继续敲门询问,毕竟世事难料。"

他挂断电话,咬了一口巨无霸汉堡。他们在麦当劳停了车,边吃午饭边讨论接下来的工作该如何开展。

"什么也没有?"波拉问。刚才她一边拨弄薯条,一边听帕特里克打电话。

"目前还没有。现在已经是冬天了,住在那一带的人不多。所以他们没什么收获也就不足为怪了。"

"拜德豪曼那边情况怎样?"

"他们把尸体运走了。"帕特里克又咬了一口说,"这就是说,托比约恩和他的手下大概很快就能完工了。他答应一有结果就打电话。"

"那咱们现在该怎么办?"

点餐前,他们粗略地浏览了一遍在社会福利局拿到的文件。一切似乎都与桑娜告诉艾丽卡的内容相吻合。

"继续追查下去。现在咱们已经知道,克里斯蒂安不久之后就被送到一对姓利桑德的夫妇家寄养。就在特罗尔海坦。"

"我怀疑他们是不是还住在这里。"波拉说。

帕特里克先仔细地擦了擦手,才去翻阅文件,找到他需要的那一页,记住上面的信息,然后拨通了查询台的电话。

"你好,不知道你们有没有特罗尔海坦市居民拉格纳和艾琳·利桑德的信息。好的,谢谢。"他面露喜色地朝波拉点点头,告诉她自己运气不错,"能把他们的地址用短信发给我吗?"

"他们还住在这儿?"波拉又往嘴里塞了几根薯条。

"看来是的。咱们过去跟他们聊聊,你觉得怎么样?"帕特里克站起来,焦急看着波拉。

"不用先打个电话吗？"

"不用，我想看看要是咱们不宣而至，他们会有什么反应。克里斯蒂安恢复生母的姓氏，绝口不提自己还有过养父母，甚至连他妻子都蒙在鼓里，肯定是事出有因。"

"也许他与他们共同生活的时间并不长。"

"有这种可能，但我不这样认为。"帕特里克强烈地感觉到这是一条值得跟进的线索，他试图解释这种感觉，"因为他直到十八岁才改回母姓。为什么要等那么久？要是他跟他们在一起的时间不长，干嘛还要保留他们的姓氏？"

"我觉得这一点你说得没错。"波拉说，尽管她看起来仍是半信半疑。

不过他们很快就会查出真相。用不了多久，在克里斯蒂安·赛德尔，或者确切地说，克里斯蒂安·利桑德的拼图中，那缺失的某一块就要复归原位了。

艾丽卡手放在电话上，犹豫不决。到底要不要打过去呢？最后，她想这事反正很快就会闹得尽人皆知，所以还是让盖比从她这里听到这个消息比较好。

"嗨，我是艾丽卡。"

艾丽卡闭上眼睛，听盖比像往常一样把一大堆热情洋溢的问候一古脑儿地倾倒给她。但她打断了出版总监滔滔不绝的客套话。

"克里斯蒂安死了，盖比。"

电话那端静了下来。接着，她听到盖比深吸了一口气。

"什么？怎么回事？"她结结巴巴地说，"是不是同一个人……？"

"我不知道。"艾丽卡再次闭上双眼。这些被她大声说出口的话语听起来如此可怕，又是如此地难以挽回："今天早晨有人发现他被吊死了。目前警方没有公布更多的消息。我们还不知道他是自杀还是……"她说不下去了。

"吊死了？"盖比喘着气说，"这不可能！"

艾丽卡没有马上回答。她知道一般人要经过一个漫长的过程，才能真正接受这个消息。当帕特里克通知她时，她也是同样的反应。

"要是我听到了别的消息,我会告诉你。"艾丽卡说,"不过,如果你能尽量向媒体保守秘密,我会万分感激。他的家人现在已经够受的了。"

"当然,当然。"盖比说,听起来像是真心话,"不过不管发生了什么,一定要随时通知我,好吗?"

"我会的。"艾丽卡说完放下电话。她知道,就算盖比能忍住不给记者们打电话,克里斯蒂安的死讯也将很快登上各大报纸的头版。

在阿格妮塔家,当艾丽卡受人之托帮忙去照顾两个孩子时,简直不忍心去看他们。他俩坐在地板上,摆弄着一大堆乐高积木,无忧无虑、轻松快乐,时不时地拌两句嘴,就像普通的兄弟一样。

当时她默不作声地在沙发上坐了半响,最后终于强迫自己去看他们。他们那模样像极了克里斯蒂安和桑娜。如今,他留在这个人世间的只有他们了。当然,还有他的书,《小美人鱼》。

突然间,艾丽卡心中涌起一股强烈的冲动,想把那个故事再读一遍,作为对克里斯蒂安的一种纪念。

两天后,马格纳斯就要下葬了。他将被埋在地下的一个洞穴里,入土为安。

自从得知他们找到了他丈夫后,希娅一直闭门不出。她无法忍受人们的目光,无法忍受他们一边用满含同情的双眼看着她,一边在心里暗自揣测:马格纳斯究竟是做了什么伤天害理的事才会死于非命。大概人人都在揣测他遭此横祸的原因。

她几乎不敢去想路德维格昨天放给警察看的那段视频。当她说自己不知情时并未说谎。但同时这视频也提醒了她。偶尔,她似乎感到马格纳斯向她隐瞒了什么。还是说这一切只是她的幻觉?因为如今她的整个世界已经一片混乱、天翻地覆。但她的确记得,有时她会感到纳闷,自己的丈夫平日里总是无忧无虑,为何偶尔会莫名其妙地露出忧郁的神色,如同一片黑影遮住了太阳。有几次她还就此事问过他。是的,现在她想起来了。当时她拍拍他的脸,问他在想些什么。而他总是像重新亮起灯光一样,还没等她看出更多端倪,就驱散了那片黑影。

希娅以手掩面,失声痛哭。她再也无法确定任何事。

帕特里克按响门铃,片刻之后,门开了。一个身材矮小、骨瘦如柴的老头向外张望着。

"什么事?"

"我是塔南舍警察局的帕特里克·赫德斯特伦。这位是我的同事波拉·莫拉莱斯。"

那人仔细打量着他俩的面孔。

"二位远道而来啊,我有什么能效劳的吗?"他轻快地说,尽管带着一丝戒备的口吻。

"你是拉格纳·利桑德吗?"

"对,没错。"

"我们想进去跟你说几句话。要是你太太在家,最好也能找她来谈谈。"帕特里克说。虽然他说得很客气,但显然并没有给对方留下拒绝的余地。

男人似乎迟疑了一下,然后才闪到一旁,请他们进屋。

"我太太有点不舒服,正歇着呢。我去看看她能不能下楼待一会儿。"

"那太好了。"帕特里克不确定拉格纳·利桑德上楼时,是否希望他们就站在前厅里等着。

"进来坐吧,我马上就回来。"他说,仿佛在回答帕特里克没问出口的问题。

帕特里克和波拉随着他指点的方向,进入左侧的客厅,一边听着利桑德先生上楼的动静,一边将整个屋子扫视了一圈。

"这地方瞧着可不怎么舒服,你说呢?"波拉低声说。

帕特里克深有同感。客厅看起来更像是家具店的样板间,而不是一个真正过日子的地方。所有的东西都光洁如新,主人似乎对各种装饰品情有独钟。

他小心翼翼地在沙发上坐下,波拉坐在他旁边。楼上传来一阵激烈的争吵,但听不清究竟说的是什么。又过了几分钟,他们听到楼梯上响起脚步声,这一次是两个人的。

拉格纳·利桑德出现在门口。他真是个典型的"小老头",帕特里克想。灰头土脸、弓腰驼背、毫不起眼。他后面那个女人则与他截然不同。她不只是向他们走来——她穿着一件镶嵌了太多杏色荷叶边的晨衣,昂首阔步地前进。与帕特里克握手时,她长叹了一口气。

"但愿你们找我是有正事,搅得我连打个盹都不得安生。"

帕特里克觉得自己仿佛进入了一部二十世纪二十年代无声电影的场景当中。

"我们只问几个问题。"他说着又坐了下来。

艾琳·利桑德坐在他对面的一把扶手椅上,跟波拉连句招呼都没打。

"那个,拉格纳说你们来自……"她转过头看着自己的丈夫,"你说是塔南舍?"

他远远地坐在沙发的另一边,双手耷拉在两个膝盖中间,眼睛盯着闪闪发亮的玻璃茶几,嘟囔了一声算是肯定。

"我不明白你们想从我们这儿知道些什么。"女人傲慢地说。

帕特里克忍不住向波拉那边瞄去。她暗自翻了个白眼。

"我们在调查一起谋杀案时,"他说,"发现有些信息与三十七年前发生在特罗尔海坦的某件事有关。"

从眼角的余光里,帕特里克看到拉格纳愣了一下。

"当时你们领养了一个孩子,对吗?"

"克里斯蒂安。"艾琳说。她穿着露趾的高跟便鞋,一只脚上下颤动着,趾甲精描细画地涂成火红色,与她晨衣的颜色很不相配。

"正是。克里斯蒂安·赛德尔,当时随了你们姓利桑德。"

"后来他又恢复原姓了。"拉格纳低声说完这句话,他妻子杀气腾腾地横了他一眼,他立刻闭了嘴,整个身子又缩成一团。

"你们收养他了吗?"

"没有,绝对没有。"艾琳将一缕明显染过的黑发从脸上拨开,"他只是和我们同住,我们允许他随我们的姓,因为这样比较……省事。"

帕特里克目瞪口呆。克里斯蒂安究竟在这个家里待了多少年？听他养母提起他时语调中流露出的冷漠,他的待遇并不比一个地位卑贱的房客强。

"我明白了。确切地说,克里斯蒂安同你们一起住了多久?"他听得出自己的声音中透着不满,但艾琳·利桑德似乎并未察觉。

"嗯,有多久,拉格纳？那男孩子在这儿待了多久?"她丈夫没应声,于是她又转过身来对着帕特里克,仍不肯屈尊看波拉一眼。帕特里克有种感觉,在艾琳的世界里,其他女人都不存在。

"应该很容易想起来。他来咱们家那年大概是三岁。走的时候多大来着,拉格纳？肯定有十八岁了。"她抱歉地笑笑,"他想到别处去碰碰运气。打那以后,他就杳无音信了。对吗,拉格纳?"

"是,没错。"拉格纳·利桑德低声说,"他就那么……消失了。"

帕特里克怜悯这个小老头。他生来就是这样胆小如鼠、软弱可欺吗？还是由于多年来生活在艾琳的淫威下,男子汉气概已经被消磨殆尽了？

"这么说你们不知道他去哪儿了?"

"不知道。我们完全没有头绪。"艾琳的脚又开始上下晃动。

"你们为什么要问这些呢?"拉格纳说,"克里斯蒂安是怎么牵扯到谋杀案里的?"

帕特里克迟疑了一下。"很不幸,我不得不告诉你们,今天早晨有人发现他死了。"

拉格纳难掩惊愕。至少他曾关心过克里斯蒂安,不仅仅把他视为一个房客。

"他是怎么死的?"拉格纳用颤抖的声音问。

"有人发现他吊死了。目前我们只知道这些。"

"他成家了吗?"

"是的。有两个可爱的儿子,妻子名叫桑娜。他一直住在夫雅巴卡,做图书管理员。上周他出版了自己的第一本小说《小美人鱼》，反响很热烈。"

"原来就是他啊。"拉格纳说，"我在报纸上看过关于这本书的报导，因为书名引起了我的注意。不过从照片上看，他跟与我们住在一起的那个克里斯蒂安简直判若两人。"

"这种事谁能想到呢？像他那样的男孩子，居然也能混出个人样来。"艾琳表情冷硬地说。

帕特里克咬住舌头，以防自己忍不住回敬她两句难听的。他必须保持专业，紧紧盯住此行的目标。察觉到自己又开始出汗，他拽了下衬衫透透气。

"克里斯蒂安幼年曾遭遇不幸。你们从他的行为中能看出来吗？"

"他太小了。像这种事小孩子很快就会忘得一干二净。"艾琳轻蔑地挥挥手说。

"有时候他会做噩梦。"拉格纳说。

"小孩儿不都那样吗。没有，我们没发现有什么不对。他是个挺怪的孩子，不过考虑到他的出身，嗯……"

"对他的生母，你们了解多少？"

"一个婊子，下等人。脑子不太正常。"艾琳用手指敲了敲太阳穴，叹了口气，"可我实在不明白你们是怎么想的，我们有什么能告诉你们的呢？所以要是没别的事，我可要回楼上去躺着了。我不太舒服。"

"还有几个问题就好。"帕特里克说，"他童年时期还有没有什么值得一提的事？我们在找一个人，很可能是个女人，她向克里斯蒂安和另外几个人发出了恐吓。"

"呵，当时并没有什么女孩子围着他转。"艾琳冷淡地说。

"我想到的不只是恋爱关系，有没有其他女人和他接近过？"

"没有。能有谁呢？他只认识我们。"

帕特里克刚想结束谈话，波拉插嘴提了一个问题：

"还有最后一件事。还有一个人被发现死在夫雅巴卡。他是克里斯蒂安的朋友，叫马格纳斯·谢尔纳。另外，克里斯蒂安还有两个朋友，埃里克·林德和肯尼思·本特松,似乎也受到了跟他一样的恐吓。你们听说过这些名字吗?"

"我说过了,从他搬走后,我们就再没听到过他的消息。"艾琳突然站起身来,"现在我真的要失陪了。我心脏不好,这件事太令人震惊,我必须去躺一会儿。"她离开房间,他们听着她上了楼。

"你们知道是谁干的吗?"拉格纳向门口瞥了一眼,妻子的身影刚刚消失在那里。

"不,现在还不知道。"帕特里克说,"但我认为克里斯蒂安是整个案件的中心人物。我绝不会放弃,一定要查出此案的真相和原委。今天早些时候,是我负责向他妻子通知这个噩耗的。"

"我明白。"拉格纳轻轻地说。他又张了张嘴,似乎还想说些什么,但随即又紧闭双唇,站了起来,看着波拉和帕特里克说:"我送你们出去。"

走到前门时,帕特里克觉得他不应该离开。他想留下来,抓住这个男人一顿猛摇,逼他把刚才没说出口的话告诉他们。但他只是将自己的名片塞进拉格纳手里,就和波拉离开了。

一星期后,食物消耗殆尽。几天前他就吃光了所有的面包,靠大包装袋里的玉米片充饥,不加牛奶。牛奶和果汁一滴也没剩,不过还有水。他将一把椅子推到水池旁边,直接凑着龙头喝水。

　　但现在,再也没有什么可吃的了。冰箱里的存货本来就不多,在储藏间里他只找到了一些打不开的罐头食品。他曾想过自己出门去买点吃的。他知道妈妈把钱藏在哪儿,就在一直放在前厅的那个钱包里。但他打不开门,不管用多大的力气,也没法转动暗锁。不然妈妈会更为他骄傲的。他本可以证明给她看,她睡觉的时候,他不但学会了自己做三明治,还能独自上街去买东西。

　　过去这几天里,他开始怀疑她是不是病了。但他知道,人在生病时会发烧,摸起来是滚烫的。可妈妈浑身冰凉,还有一股怪味。夜里爬到床上挨着她睡觉时,他不得不捂住鼻子。她身上还有些黏糊糊的东西。他不知道那是什么,不过要是她身上发黏了,那她一定是趁他没看到的时候起过床。也许她就要醒过来了。

　　每天他都独自一个人玩耍,坐在自己的房间里,周围摆满了玩具。他还会按那个大按钮,把电视打开。有时候里面会播放儿童节目,孤单单地玩了一整天之后,看看这些节目实在很开心。

　　可要是妈妈看到家里弄得这么脏,说不定会生气的。他得打扫干净才行。但他太饿了。饿得要命。

　　有几次,他瞥着电话机,甚至还抓起听筒,听着里面"哔、哔、哔"的信号声。可他该打给谁呢?他谁的号码也不知道,也从来没人往家里打过电话。

　　而且妈妈很快会醒的。她会起床去洗个澡,去掉让他恶心的那股臭味。到那时，她闻起来就又像是原来的妈妈了。

　　他爬到床上，往妈妈身边凑了凑，肚子饿得轰然作响。他不喜欢钻进鼻子里的那股气味，但他总是紧挨着妈妈睡，不然他睡不着。

　　他拉过被子把他们俩盖住。窗外，夜幕降临。

24

听到帕特里克和波拉进屋,古斯塔立即站了起来。一种压抑的情绪弥漫在整个警局,每个人都垂头丧气。他们需要得到某种具体的线索,让调查继续进行下去。

"五分钟后到茶水间集合。"帕特里克说完,一头钻进自己的办公室。

古斯塔走进茶水间,坐在窗前他最喜欢的那个位置。五分钟后,其他人也陆续现身。帕特里克最后一个到场。他靠在料理台边,双臂交叉抱在胸前。

"大家都知道,今天早上克里斯蒂安·赛德尔被发现身亡,目前还无法确定是他杀还是自杀,需要等待尸检结果。我问过托比约恩,不幸的是他知道得也并不比咱们多多少。但根据初步勘察,现场似乎并没有挣扎的痕迹。"

马丁举手发问:"脚印呢? 有没有什么迹象表明克里斯蒂安死时不是一个人? 如果脚印上有积雪,也许可以提取进行分析。"

"这件事我也问过托比约恩,"帕特里克说,"但脚印是何时留下的根本无法判断,另外,漫天风雪已经把脚印刮掉了。不过技术人员还是想法提取了几枚指纹,大部分是从栏杆上,当然,他们会仔细加以分析。咱们还得再过几天才能拿到报告。"他转过身去,将杯子凑到龙头下接满水,抿了几口。"上门走访有什么新进展吗?"

"没有。"马丁说,"小镇地势较低那一带的人家,我们几乎都走遍了,但似乎谁也没留意到什么。"

"好吧。咱们得去一趟克里斯蒂安家,认真搜查一遍,看能不能找出些线索,表明他有可能是在那里与凶手初次遭遇的。"

"凶手?"古斯塔说,"这么说,你认为是他杀,不是自杀?"

"我也不知道我现在是怎么想的。"帕特里克疲惫地揉揉前额说,"不过在查出更多真相之前,我建议咱们先假定克里斯蒂安是他杀。"

"大家可能都知道了，我和波拉去了趟特罗尔海坦。"

"你们发现什么了吗？"安妮卡急切地问。

"我还说不准。不过我觉得这条路走对了，所以我们还要继续深挖。"帕特里克又抿了一口水。现在，该把他们的发现和那个令他难以接受的故事告诉同事们了。

"根据安妮卡的调查，克里斯蒂安很小就成了孤儿，与母亲安尼塔·赛德尔相依为命。关于他父亲的记录是一片空白。社会福利局的信息显示，男孩和他母亲离群索居，安尼塔患有精神疾病，再加上滥用药物，因此有时顾不得克里斯蒂安。接到邻居多次电话举报后，福利机构开始密切关注安尼塔母子。但显然，那段时期仅有的几次家访都发生在安尼塔状态相对正常时。反正我们问起为何无人干预时，得到的是这样的解释，外加一句'那个时候时代不同'。"帕特里克用毫不掩饰的讽刺语气补充道。

"克里斯蒂安三岁时，有一天一位邻居向福利局反应，他闻到安尼塔家散发出一股恶臭。福利局拿到一把万能钥匙，打开门进了屋，发现克里斯蒂安独自一人和死去的母亲待在一起。据推测她已经死了一周左右了，克里斯蒂安靠着在厨房里寻找一切能吃的东西，凑着水龙头喝自来水活了下来。但显然食物几天后就吃光了，因为当警察和医生赶到时，那男孩已经饿得奄奄一息，神志不清地蜷缩在母亲的尸体旁。"

"我的天哪。"安妮卡眼中溢满了泪水。古斯塔也在眨着眼睛，想把眼泪挤掉，马丁面色发青，似乎在强忍着恶心。

"不幸的是，克里斯蒂安的厄运并未就此结束。他很快被安置到一户姓利桑德的人家寄养。今天我和波拉上门去拜访了他们。"

"和他们待在一起，克里斯蒂安的童年不会好过。"波拉平静地说，"说老实话，我总觉得利桑德太太有点不对劲。"

古斯塔感到脑海中有个念头一闪而过。利桑德。他以前在哪儿听说过这个姓氏？不知怎么，这让他联想起恩斯特·隆格伦，那位被清除出警察队伍的前同事。古斯塔努力回忆着二者之间的联系。他本想告诉大家这名字听着耳熟,但随即又决定等想明白之后再说也不迟。

帕特里克继续说:"利桑德夫妇说,克里斯蒂安满十八岁后便杳无音讯。显然,自那时起,他就与他们断绝关系,离开了那个家。"

"你觉得他们说的是实话吗?"安妮卡问。

帕特里克看向波拉,后者点点头。

"是的。"他说,"不然就是他们的骗术太高明了。"

"他们不知道有哪个女人会对克里斯蒂安怀恨在心吗?"古斯塔问。

"他们说不知道。但就这一点来说,我不确定他们说的全是实话。"

"他有没有兄弟姐妹?"

"他们没提过,不过或许你能查出来,安妮卡,应该不难。你需要的所有姓名和信息我都会提供给你。能马上去办吗?"

"要是你愿意,我现在就可以开工。"安妮卡说,"一会儿就好。"

"好的,那太好了。我办公桌上有个贴着黄色报事贴的文件夹,你要的全部信息都在上面。"

"我马上回来。"安妮卡说着站了起来。

"和肯尼思聊聊怎么样?现在克里斯蒂安已死,兴许他会下定决心开口。"马丁说。

"好主意。这就是说,咱们现在要办的有以下几件事:找肯尼思谈话,彻底搜查克里斯蒂安家,还要查明克里斯蒂安来夫雅巴卡之前的所有生活细节。古斯塔和马丁,我想让你们去跟肯尼思谈,可以吗?"他俩都点了点头,帕特里克又转向波拉:"咱俩开车去克里斯蒂安家,如果能发现什么值得注意的,就打电话叫技术组。"

"听上去不错。"她说。

"梅尔贝里,你留在局里回答媒体的问题。"帕特里克接着说道,"安妮卡继续挖掘克里斯蒂安的过去。现在咱们至少掌握了几个可以跟进的事实。"

"比你想到的还要多。"安妮卡出现在门口说。

"你查到什么了吗?"帕特里克问。

"是的,没错。"她兴奋地看了同事们一眼,"领养克里斯蒂安两年后,利桑德夫妇有了个女儿。所以,他有个妹妹,叫爱丽丝·利桑德。"

"路易丝?"埃里克站在前厅里喊道。难道他运气这么好,恰好赶上她不在家? 那样的话,他就不必编造借口骗她暂时离开一会儿了。因为他得赶快收拾行囊。

所有具体事宜他均已办妥。他用自己的名字订了一张机票,飞机明天就要起飞了。

埃里克上了楼,犹豫不决地站在女儿们房间的门口。他真想进去再看一看,就算是同她们告个别。但他不能这样做。还是只管把自己的正事办好容易些。

他一边收拾行李,一边随时留意着动静,以防路易丝突然出现搞得他措手不及。如果她此时回家,他就得把箱子推到床下,假装整理他放在卧室里的那个小提包。这个才是他出差时一直随身携带的。

有那么一瞬,他停了下来。心中涌起的那段记忆拒绝被重新淡忘。对此,他其实并不觉得特别心烦意乱。谁都难免犯错;这也是人之常情。

然后他摇了摇头。这样瞎琢磨一点好处也没有。到后天他就可以高枕无忧了。

一群鸭子向他奔来。如今它们已经成了他的老朋友。他总是带着一袋不新鲜的面包来到这里。现在,它们正围拢在他脚边,满心期盼着他手中的美食。

拉格纳思索着他与那两位警官的谈话,还想到了克里斯蒂安。他本该做得更多。即使在当年,他也早该知道。终其一生,他几乎都是个置身局外的旁观者,懦弱而沉默地看着她,从不插手。

艾琳总是沉醉于自己的美貌。她喜欢生活中一切美好的事物:派对、美酒,还有倾心仰慕她的男人们。这些人他全都认识。他一直龟缩在自己软弱无能的性格背后,但这并不意味着他对她与其他男人的风流韵事一无所知。

那个可怜的男孩子从来没得到过机会。克里斯蒂安永远达不到标准,永远不能满足她的要求。他大概以为艾琳爱的是爱丽丝,可他想错了。艾琳无法爱上任何人。她只是在女儿的美貌中看到了自己的影子。拉格纳多希望他们把那个男孩子像条狗一样逐出家门之前,他能与他谈一谈。他无法确定到底发生了什么,或者说事实真相究竟如何。他跟艾琳不一样,她一口咬定是那男孩的错,不分青红皂白地对他横加指责。

疑问一直啃噬着拉格纳的内心,至今依然如此。但历经多年,那些记忆逐渐褪了色。他们继续过着自己的日子。他默默躲在暗处,而艾琳则一直相信自己貌美不减当年。没人敢提醒她容颜已逝,于是她便以为自己还能成为那个无时无刻不让人迷恋的女人,光彩照人、倾倒众生。

但这一切必须有个了断。那一刻,拉格纳明白了警察为何会来,他意识到自己犯了个错误。一个致命的大错。现在,该是纠正的时候了。

拉格纳从口袋里掏出帕特里克的名片,拿起手机,拨通了上面的号码。

"咱们怎么好像总是在这同一条路上开来开去似的。"古斯塔加速通过蒙克达尔时说。

"一点没错。"马丁说着,疑惑地向同事那边瞟了一眼。他们从塔南舍出发后,一路上古斯塔安静得异乎寻常。即使在状态最佳的时候,他也不怎么健谈,但此刻他似乎比往常更加沉默寡言。

"有什么不对劲吗?"过了一会儿马丁忍不住问道。这种压抑的气氛让他受不了,哪怕能有一搭没一搭地聊几句也好。

"什么? 没有,没什么事。"古斯塔说。

马丁没再追问下去。

接着,他们便一路沉默着开到医院,停车后直奔肯尼思的病房。

"我们又来了。"他们进屋时古斯塔说。

肯尼思没应声,只是带着一种不管谁来都无所谓的表情看着他们。

"你觉得怎样了？伤口开始愈合了吗?"古斯塔仍然坐在上次的那把椅子上,问道。

"还需要很长时间呢。"肯尼思动了动缠满绷带的胳膊说,"他们给我用了止痛药,所以并不太疼。"

"克里斯蒂安的事你听说了吧?"

肯尼思点点头:"嗯。"

"看样子你不太难过。"古斯塔尽量用善意的口吻说。

"不是什么事都能从表面看出来。"

古斯塔疑惑地看了他一眼。

"桑娜怎么样了?"肯尼思问。他们第一次看到他眼中闪动着某种情绪。那是同情。失去挚爱之人的悲痛他深有体会。

"不太好。"古斯塔摇摇头说,"我们今天早上去了。两个孩子也很可怜。"

"是的,没错。"肯尼思附和说,脸上蒙上了一层阴影。

马丁开始觉得自己有些多余。他一直站着,但这时他拉过一张椅子放到床的另一边,面对着古斯塔。然后,他瞥了一眼同事,后者点点头,鼓励他发问。

"我们认为最近发生的一切都与克里斯蒂安有关,于是我们深入调查了他的背景,发现他在少年时期用的是另外一个名字,克里斯蒂安·利桑德。他还有一个继妹,叫爱丽丝·利桑德。你听他提起过这些事吗?"

肯尼思停了一会儿才回答。

"没有,听着不太耳熟。"

古斯塔目不转睛地盯着肯尼思,似乎想钻进他脑袋里,看看他说的是不是实话。

"我已经说过了,现在我再说一遍:如果你知道什么却没有告诉我们,那么你危及的不仅是你自己的性命,还有埃里克的。现在克里斯蒂安已经死了,你应该明白情况有多严重。"

"我什么也不知道。"肯尼思面无表情地说。

"就算你隐瞒不报，我们也早晚会查出来的。"

"我相信你们会彻底查个清楚。"肯尼思说。他躺在那里，缠着绷带的手臂搭在蓝色的医用毯外面，整个人显得瘦小而脆弱。

古斯塔和马丁交换了一个眼色。他们意识到从肯尼思这里已经问不出什么了，但他们谁也不信他说的是实话。

艾丽卡合上书。过去几个小时里，她一直缩在一把扶手椅里看书，只有玛雅偶尔跑过来打断她，向她要点什么。

第二次读来，这本小说更显精彩，实在令人惊叹。它不是那种让人精神为之一振的书；相反，看完后她一直沉浸在黑暗的遐想中。但不知怎的，她并没有不快的感觉。它提出了一些问题让读者去思考，要求他们选择自己的立场，从中发现最真实的自我。

在艾丽卡看来，这是一个关于愧疚的故事，讲述了负罪感如何从内到外将一个人渐渐吞噬。她第一次想知道克里斯蒂安想通过这本书表达些什么，希望用自己的故事传达哪些信息。

她将书放在膝上，感到有某种近在眼前的东西被自己忽视了。她不是脑子太笨，就是瞎了眼，竟然没有发现。她把书翻到背面，去看外封套里面的勒口。上面有一张克里斯蒂安的黑白照片，他摆出作者的典型姿势，戴着一副金丝边眼镜，有一种含蓄的帅气，眼中露出掩饰不住的孤寂感，让人无从知道他是否真的存在过。

艾丽卡吃力地从扶手椅上站起来，心中有些愧疚，因为她一直在全神贯注地看书，忽视了自己的女儿。于是，她费了好大的劲蹲下来，坐在玛雅旁边。看到妈妈也来陪她一起玩，小姑娘乐不可支。

不过，书中的美人鱼仍然在她脑海深处徘徊不去。她有话要说。克里斯蒂安有话要说。这一点艾丽卡可以肯定。她只希望自己知道他们究竟想说什么。

帕特里克忍不住再一次把手机从口袋里掏出来,去看显示屏。

"快省省吧。"波拉笑着说,"安妮卡可不会因为你不停地看手机就提前打过来。我向你保证,它一响你准能听到。"

"我知道。"帕特里克不好意思地笑笑说,"我只是觉得咱们就要揭开谜底了。"说完,他又继续在克里斯蒂安和桑娜家的厨房,拉出抽屉打开厨柜——检查。拿到入户搜查许可并未费时太久。问题是他不知道他们要找的是什么。

"找到爱丽丝·利桑德的住处应该很容易。"波拉安慰他说,"安妮卡随时都有可能打电话告诉咱们地址。"

"没错。"帕特里克往洗碗机里面看了看说。没有迹象表明克里斯蒂安前一天接待过什么客人。他们也没发现有人强行闯入或他被人挟持离开住所的痕迹。"可是利桑德夫妇为何对女儿的事只字不提呢?"

"咱们很快会知道的。但我觉得爱丽丝的事咱们最好先自己查一查,然后再去找她父母重新谈一次。"

"我同意。不过这次他们可要回答很多问题了。"

帕特里克和波拉上了楼。在这里,一切也和前一天没什么两样——除了儿童房。墙壁上血红的字迹被抹掉了,上面覆盖着一层厚厚的黑漆。

他们在门口停了下来。

"一定是克里斯蒂安昨天把这些字涂掉的。"波拉说。

"我能理解。换了是我,恐怕也会这么做。"

"那你心里到底是怎么想的?"波拉进了隔壁的卧室,双手叉腰将整个房间扫视了一遍,然后开始细细搜查。

"你是指什么?"帕特里克也过来同她一道搜查,走到衣柜前拉开柜门。

"克里斯蒂安是他杀? 还是自杀?"

"我知道在局里开会时我说了些什么,但我不排除任何可能性。克里斯蒂安是个怪人。在仅有的几次谈话中,我总感觉他心里涌动着一些全然不可思议的念头。不过,不管怎么说,显然他并未留下遗书。"

"并不是所有人都会留下遗书。这一点你和我知道得一样清楚。"波拉小心地拉开写字台的抽屉,用手翻弄着里面的东西。

"你说的没错,不过要是咱们能找到遗书,就不必去猜测究竟发生过什么了。"帕特里克直起腰,停下来喘口气,擦去前额上的汗水。他的心跳得厉害。

"我觉得这里没什么值得细看的了。"波拉关上最后一个抽屉说,"咱们走吧?"

帕特里克迟疑着。他还不想放弃,但波拉是对的。

"咱们回局里吧,等着安妮卡查出些什么再说。也许古斯塔和马丁在肯尼思会有什么收获。"

"但愿如此。"波拉似乎没什么信心。

他们正往门口走,帕特里克的手机响了起来。他猛地把它从口袋里拽了出来,失望地发现并不是从局里打来的。实际上,这是个陌生的号码。

"我是塔南舍警察局的帕特里克·赫德斯特伦。"他希望对方能长话短说,免得安妮卡打进来时恰好占线。突然,他呆住了。

"你好,拉格纳。"他向正在朝车子走去的波拉示意了一下,后者停了下来。

"嗯?我明白了。那个,我们也查到了几件事……当然。咱们见面再谈。我们现在就开车过去。去你家吗?哦,好的。我们能找到。行。一会儿见。"

他挂断电话看着波拉:"是拉格纳·利桑德。他说他有话跟咱们说,还要给咱们看点东西。"

从乌德瓦拉回来的路上,那个姓氏一直在他脑海中盘旋。利桑德。为什么他怎么也想不起曾在哪里听到过这个姓呢?另外,他还不断想起前同事恩斯特·隆格伦。那个姓和他有某种联系。快到通往夫雅巴卡的出口时,古斯塔终于下定决心。他沉着地向右打舵,下了高速路。

"你这是干什么?"马丁问,"我还以为咱们要回局里呢。"

"咱们先到某人家去串个门。"

"某人家?谁家?"

"恩斯特·隆格伦。"古斯塔减速左转。

"咱们干嘛要去看恩斯特?"

古斯塔把他心中所想告诉了马丁。

"可你还没想起来以前在哪听过那个姓氏?"

"要是我想得起来,早就告诉你了。"古斯塔没好气地说。他怀疑马丁认为他岁数大了记性不好。

"别急。"马丁说,"咱们去恩斯特家问问他,看他能不能帮你回忆起来。他这次要是真能立个功就太好了。"

"那可算得上是个新进展了,你说呢?"古斯塔不禁莞尔。他和同事们一样,对恩斯特的能力和人品都不敢恭维。

"看样子至少他在家。"他们在房子前面停下车时马丁说。

"是的,没错。"古斯塔将警车停在恩斯特车旁。

他们还没按铃,恩斯特就把门打开了,想必是透过厨房窗户看到了他们。

"什么风把你们给吹来了? 真想不到有贵客上门哪。"他请从前的同事进屋。

马丁四处张望着。跟古斯塔不同的是,他以前从未来过恩斯特家,但他对这里的第一印象实在不佳。尽管他独身时住的公寓算不上一尘不染,但也从来没乱成这副德性。水池里的碗碟堆积如山,衣服扔得到处都是,餐桌仿佛从来就没擦干净过。

"没什么好东西招待你们。"恩斯特说,"不过威士忌总是有的。"他伸手去拿料理台上的一个瓶子。

"我开车。"古斯塔说。

"你呢? 看样子可以来点儿提神的吧。"恩斯特将瓶子朝马丁递过去,但他婉拒了。

"好吧,好吧。我明白,你俩是一对禁酒主义者。"他适可而止地给自己倒了一点,一饮而尽。

"好了,二位有何贵干呐?"他坐在餐桌旁的一把椅子上,两位前同事也跟着坐了下来。

"我一直在想一件事，我觉得你有可能知道。"古斯塔说。

"啊哈。原来如此。"

"和一个姓氏有关。我听着觉得耳熟，而且不知怎么总是联想到你。"

"唔，咱俩可是多年的老同事了，你和我。"恩斯特说着说着，一副快要哭出来的样子。大概这已经不是他今天的第一杯酒了。

"是啊，没错。"古斯塔点点头说，"现在我需要你的帮助，你愿意对此事严格保密吗？"

恩斯特思索片刻，叹了口气，挥舞了一下空空的酒杯。

"好了，快说吧。"

"你能保证绝不透露我今天说的话吗？"古斯塔死死盯着恩斯特，后者不情愿地点点头。

"行，行。你想问什么就问吧。"

"我们正在调查马格纳斯·谢尔纳被杀一案，想必你也听说了。查案过程中我们碰到了一个姓氏，利桑德。我也不知道是为什么，不过它听起来就是耳熟得很，而且让我想到了你。你对这个姓有印象吗？"

恩斯特在椅子上晃了晃。房间里鸦雀无声，恩斯特正在努力回想，马丁和古斯塔都满怀期待地望着他。

突然，恩斯特脸上露出笑容。

"利桑德。我当然记得这个姓。真他妈该死！"

他们约好见面的地方，帕特里克和波拉确信在特罗尔海坦很容易找得到：桥右侧的麦当劳。就在几小时前，他们刚刚在那里吃过午饭。

拉格纳正等在里面，波拉在他旁边坐下，帕特里克去给大伙儿买咖啡。拉格纳比在家时显得更不起眼了。一个秃顶的小老头，穿着一件米色外套。他用微微发抖的手接过咖啡杯，几乎不敢直视他们的眼睛。

"你想跟我们谈谈？"帕特里克问。

"我们……我们没把所有的事都说出来。"

帕特里克没说话。他们对自己有个女儿的事绝口不提,他很好奇这个人对此会作何解释。

　　"有时候挺不容易的,你知道。我们有个女儿,叫爱丽丝。她出生时,克里斯蒂安五岁左右,对他来说,日子实在不好过。我本该……"他的声音渐渐低了下去,呷了一口咖啡,继续说,"我想,经历了那一切之后,他这一辈子都给毁了。我不知道你们了解多少,不过克里斯蒂安一个人和死去的母亲待了一个多星期。她精神不正常,有时候没法照看他,甚至连她自己也顾不上。最后她死在他们住的那间公寓里,克里斯蒂安不知道去求助。他以为她只是睡着了。"

　　"是,这个我们已经知道了。我们跟社会福利局谈过,拿到了与此案有关的所有文件。"帕特里克听见自己说到"文件"这个词时显得公事公办。不过只有这样,他才能与那个可怕的事件保持一段必要的距离。

　　"她是死于吸毒过量吗?"波拉问。他们还没抽出时间把所有的细节读一遍。

　　"不是,她不是瘾君子。她酗酒时状态很差,当然,她也服用一些处方药。不过最后让她送命的是心衰。"

　　"怎么会这样?"帕特里克实在想不明白。

　　"她本来就不好好照顾自己,再加上酒精和药物的作用。另外她胖得很,体重远远超过三百磅。"

　　有某种念头开始在帕特里克的潜意识里涌动。某种不合常理的东西。不过他得稍后再去仔细琢磨。

　　"然后克里斯蒂安就来和你们同住了吗?"波拉问。

　　"对,接着他就和我们一起生活。是艾琳决定领养他的。当时我们以为不会再有自己的孩子了。"

　　"但你们从未正式收养他,对吗?"帕特里克问。

　　"要不是艾琳不久就怀孕了,我们大概会收养他的。"

　　"这种事的确时有发生。"波拉说。

"医生也是这么说的。我们的女儿出生后,艾琳好像就再也不爱搭理克里斯蒂安了。"拉格纳·利桑德望着窗外,手中紧紧攥着咖啡杯,"要是让她遂了愿,对那男孩来说反而是一件好事。"

"她想做什么?"帕特里克问。

"把他还回去。她觉得既然我们已经有了自己的孩子,就没必要继续留着他了。"他冲他们尴尬地笑了笑,"我知道这想法有点不可理喻。艾琳有时候很难缠,偶尔还有点荒唐。不过她并不总是那样不近人情。"

有点荒唐?帕特里克几乎被恶心得说不出话来。他们谈论的是一个自己生了孩子就想把养子送还的女人。而这个老头子竟然还在替她说好话。

"但你们并没把他送回去,对吗?"他冷冷地说。

"没有。我很少跟她唱对台戏,不过这一次我坚决反对。一开始她不肯听,但我告诉她这样做面子上太不好看了,她才终于同意让他留下。不过,也许我不应该那么固执……"他的声音又低了下去,他们看得出谈论这个话题对他来说有多么艰难。

"克里斯蒂安和爱丽丝一起长大的过程中,二人相处得怎么样?"波拉问。但拉格纳好像没听见。他似乎随着自己的思绪一起,飘到了很远的地方,低声说:

"我应该好好照看她。那个可怜的男孩子,他什么都不懂。"

"他不懂什么?"帕特里克往前凑了凑,问道。

拉格纳吓了一跳,从沉思中回过神来,看着帕特里克。

"你们想不想见见爱丽丝?我想你们看到她就明白了。"

"好的,我们愿意见见爱丽丝。"帕特里克难掩激动,"咱们什么时候去?她在哪儿?"

"现在就可以去。"拉格纳说着站了起来。

帕特里克和波拉一边向车子走去,一边交换了一个眼色。爱丽丝是他们要找的那个女人吗?他们终于要结案了吗?

他们进门时，她正背对他们坐着。一头乌黑亮泽的长发垂过腰际。

"嗨，爱丽丝。爸爸来了。"拉格纳的声音在这间朴实无华的屋子里回荡着。窗台上摆着一盆蔫头耷脑的盆栽，屋里有一张窄小的床，上面铺着破旧的被单，床上方的墙壁上挂着电影《碧海蓝天》的海报。还有一张小书桌，前面放着一把椅子。她就坐在那把椅子上，双手移动着，但帕特里克看不清她在做什么。听到父亲叫她，她一点反应都没有。

"爱丽丝。"他重复道，这一次，她慢慢转过身来。

帕特里克惊讶地看着她。面前的这个女人美得惊人。他在心里迅速计算了一下，她应该有三十五岁左右了，但看上去至少要年轻十岁。鹅蛋型的脸庞上一丝皱纹也没有，双瞳清澈碧蓝，睫毛乌黑浓密。他发现自己正定定地看着她。

"她是个漂亮的姑娘，我们的爱丽丝。"拉格纳说着，走到她身边，一只手按在她肩上。她把头靠了过来，就像一只小猫依偎在主人身边。她的双手软绵绵地搭在腿上。

"咱们来客人啦，爱丽丝。这是帕特里克和波拉。"他迟疑了一下，"他们是克里斯蒂安的朋友。"

听到哥哥的名字，她双眼一亮。拉格纳温柔地抚摸着她的头发。

"现在你们见到爱丽丝，应该明白了吧。"

"多久了？"帕特里克忍不住一直盯着她的脸。她和她母亲就像一个模子里刻出来的。但爱丽丝的神态中有一种截然不同的东西。母亲脸上那种刻骨的怨毒，在这个……魔幻般的尤物的脸上丝毫也看不到。他意识到这样描述她有些奇怪，但他想不出更贴切的说法。

"很久了。从她满十三岁的那年夏天，她就不在家里住了。这是她住过的第四个地方。其他几处我都不怎么满意，不过这里还不错。"他俯下身，吻了吻女儿的发顶。她脸上没有反应，只是又向他身边挨了挨。

"什么……"波拉不知道该怎么问这个问题。

"你想问她有什么毛病？"拉格纳说，"要是你问我，她一点毛病也没有。她完美无瑕。不过我知道你的意思。我这就告诉你。"

他在爱丽丝面前蹲下，温和地跟她说着话。在这里，在女儿身边，他不再是个透明人。他身姿挺拔，眼神清澈。在这里，他是个重要人物。他是爱丽丝的爸爸。

"宝贝儿，爸爸今天不能待得太久。我就是想让你见见克里斯蒂安的朋友。"

她看着他，然后转过身从桌子上拿起一样东西。那是一幅画。她把它递给他看。

"是给我的吗？"

她摇摇头，拉格纳的肩膀垮了垮。"是给克里斯蒂安的？"他低声问。

她点点头，又把它向前一递。

"我会寄给他的。我保证。"

她嘴角露出一丝笑意，接着便转过身伏在桌子上，双手又开始移动起来，画另一幅画。

帕特里克向拉格纳·利桑德手中那张纸瞄了一眼，便认出了那种绘画风格。

"你一直信守承诺，对吧？你把她的画寄给克里斯蒂安了。"离开爱丽丝的房间后，他问。

"没全寄。她画得太多了。只是偶尔寄，让他知道不管怎么样，她一直在想念他。"

"你怎么知道该把画寄到哪儿？据我所知，克里斯蒂安满十八岁后，就跟你和你太太断了联系。"波拉说。

"对，是这样。但爱丽丝实在太想让克里斯蒂安收到她的画，所以我就想方设法找到了他的地址。我想我自己也有些好奇。起初我用我们的姓氏查找，但没成功。然后我又用他生母的姓，结果在哥德堡找到了一个地址。有一阵子我跟他失去了联系，因为他搬了家，信都退回来了，但后来我又找到了他。在罗森希尔斯戈坦街。但他搬到夫雅巴卡我就不知道了。我还以为他一直在哥德堡,因为信并未退回。"

拉格纳回到爱丽丝的房间跟她道别后,带他们沿着走廊出去,路上帕特里克告诉他有个人一直保管着寄给克里斯蒂安的信。然后,三人坐在一间宽敞明亮、兼做餐厅和咖啡馆的房间里。这地方没什么人情味,几株高大的棕榈科植物显然干燥缺水、乏人照料,就像爱丽丝房间里的盆栽一样。屋里只有他们几个。

"她总是哭个不停。"拉格纳摸着色调柔和的桌布说,"大概是疝气作怪。艾琳怀孕期间,就已经开始不待见克里斯蒂安了,所以等爱丽丝一出生,开始整天哭闹,我妻子更是没时间管他了。当时由于先前的遭遇,他已经非常脆弱了。"

"那你呢?"帕特里克问。当他看到拉格纳的表情时,他意识到自己触及了敏感话题。

"我?"拉格纳在桌子上动来动去的手停了下来,"我闭上眼睛,假装看不见。家里的事一直都是艾琳说了算的。我什么都由着她,这样比较省事。"

"克里斯蒂安不喜欢他妹妹吗?"帕特里克问。

"他总是站在她的婴儿床旁边,盯着她看。我看到他脸色阴沉,但我压根儿没想到……当时门铃响了,我只是出去开一下门。"拉格纳似乎出了神,目光落在他们身后的某个地方,"我就离开了几分钟。"

波拉张了张口,想提个问题,但最后决定还是别打断他,应该让他用自己的节奏把这个故事讲完。显然,拉格纳正在艰难地组织语言。他耸着肩,全身都紧绷着。

"艾琳上楼去打了个盹儿,破例让我来管爱丽丝。否则她从不许别人照顾她。虽然她不停地哭闹,但她真是个可爱的小宝贝。艾琳就像突然得到了个新娃娃一样。她不肯把这个娃娃让给别人玩。"

他又停了下来,帕特里克必须强忍着不去哄着这个男人继续把故事讲下去。

"我只离开了几分钟……"拉格纳重复道。他仿佛是卡了壳,下面的话无论如何也说不出口。

"克里斯蒂安在哪儿?"帕特里克镇定地问,希望能稍稍帮他一把。

"在浴室里,和爱丽丝在一起。我在给她洗澡。我们有那种新玩意儿,就是你把孩子放进去,两只手都可以腾出来给她洗澡。我把浴缸放满水,然后将她放到婴儿浴座里。爱丽丝就坐在那儿。"

波拉点点头。她给儿子利奥也弄了个类似的装置。

"等我回到浴室时……爱丽丝她……她不动了。她整个头都淹没在水里。眼睛……睁着,睁得大大的。"

拉格纳在椅子上晃了一下。显然他不得不强迫自己说下去,强迫自己去面对那些可怕的记忆和画面。

"克里斯蒂安就坐在那里,趴在浴缸边上,低头看着她。"拉格纳直愣愣地盯着波拉和帕特克,仿佛突然间回到了现实,"他一动不动地坐着,脸上挂着笑。"

"但你救了她,对吧?"帕特里克觉得胳膊上起了一层鸡皮疙瘩。

"是,我救了她。我帮她缓过气来了。然后我看到……"他清了清喉咙,"我看到克里斯蒂安眼中满是失望。"

"你把这事告诉艾琳了吗?"

"没有,我永远不会……不!"

"克里斯蒂安想淹死他妹妹,而你竟然没告诉你太太?"波拉难以置信地看着他。

"他经历了那一切之后,我总觉得我欠他的。要是我告诉了艾琳,她准会立刻把他撵走。那样他就活不下去了。再说,损失已经造成了。"他的声音像是在乞求他们,"当时我并不知道这有多严重。但其实知道了也没用,因为反正我已经无力回天。就算把克里斯蒂安赶走也无济于事。"

"所以,你就装作什么也没发生过?"帕特里克说。

拉格纳叹了口气,背驼得更厉害了。"对,我假装什么也没发生过。但我再不允许他单独跟她在一起。绝不。"

"他后来又试着干过别的事吗?"波拉面色苍白地问。

"没有,我想没有。不知怎地,他似乎挺满意。爱丽丝哭得不那么凶了。大部分时候,她只是乖乖地躺着,一点也不闹。"

"你和你太太是什么时候发现不对劲的?"帕特里克问。

"是逐渐明显起来的。她学东西比别的孩子慢。最后我终于说服艾琳接受现实,同意带爱丽丝去检查……嗯,医生的结论是她的大脑受到了某种损害,心智很可能一辈子停留在幼儿阶段。"

"艾琳怀疑什么了吗?"波拉问。

"没有。医生甚至还说,爱丽丝大概生下来就这样,只不过直到开始发育才显现出来。"

"两个孩子长大后,情况怎样?"

"你们有多少时间?"拉格纳笑着说,但这笑容里满是凄苦,"艾琳只在意爱丽丝。她是我见过的最漂亮的小孩,我这么说不只因为她是我女儿。喏,她的模样你们也见过了。"

帕特里克想起了那双碧蓝的大眼睛。

"艾琳一直喜欢各种美丽的东西。她年轻时也是个美人儿,我想她觉得爱丽丝是对她美貌的肯定。所以她把所有的关爱都给了我们的女儿。"

"那克里斯蒂安呢?"帕特里克问。

"克里斯蒂安?他就好像不存在一样。"

"他的日子一定过得糟透了。"波拉说。

"是啊。"拉格纳说,"不过他发明了自己的小把戏跟她作对。他喜欢吃,很容易长分量。这种倾向很可能是从他母亲那里遗传来的。当他发现自己暴饮暴食的习惯让艾琳反感时,他便开始越吃越多,越长越胖,故意惹她生气。这法子奏效了。他们两个总是为食物较劲,但这场战斗中克里斯蒂安是赢家。"

"那么,克里斯蒂安少年时期一直超重?"帕特里克问。他努力把自己认识的那个瘦高版成年克里斯蒂安想象成一个胖嘟嘟的小男孩,但怎么也对不上号。

"他不光是胖,他是肥。实在太肥了。"

"爱丽丝对克里斯蒂安怎么样?"波拉问。

拉格纳笑了,这一次那笑容深达眼底:"爱丽丝喜欢克里斯蒂安。她崇拜他,总是像只小狗一样围着他打转。"

"克里斯蒂安对此作何反应?"帕特里克问。

拉格纳沉吟片刻。"我觉得他不怎么在意。大多数时候他都不理会她。但偶尔,他对她这种热情洋溢的爱似乎有些吃惊,好像不明白这是怎么回事。"

"也许他不明白。"波拉说,"后来怎么了? 他搬走后爱丽丝有什么反应?"

拉格纳脸上似乎笼罩了一层阴影。"好多事都凑到一起。克里斯蒂安失踪了,我们再也无法照顾爱丽丝——不能以她需要的方式。"

"为什么不能? 她为什么不能继续住在家里?"

"她当时差不多是个大姑娘了,她需要的支持和帮助我们已经无力给予。"

拉格纳·利桑德突然情绪一变,但帕特里克不知道这是为什么。

"她一直没学会说话吗?"他插嘴问道。他们在那间屋子里时,爱丽丝一个字也没说。

"她会说话,就是不愿意说。"拉格纳仍然面无表情地说。

"会不会有什么原因让她对克里斯蒂安怀恨在心呢? 她有没有能力伤害他? 或者伤害他身边的人?"帕特里克再次在脑海中勾勒出她的形象——一个留着乌黑长发的姑娘,双手在一张白纸上来回移动着,画出的画好似五岁孩童的涂鸦。

"不,爱丽丝连一只苍蝇也不会伤害。"拉格纳说,"所以我才想带你们来这里,让你们见见她。她永远不会伤害任何人。而且她爱……爱过克里斯蒂安。"

他拿出她给他的画放在面前的桌子上。画面上方是一个大大的太阳,下面是绿草和鲜花。两个人,一大一小,幸福地手牵着手。

"她爱过克里斯蒂安。"他重复道。

"她还记得他吗? 他们两个都分开那么多年了。"波拉指出。

拉格纳没有回答,只是朝那张画示意了一下。两个人。爱丽丝和克里斯蒂安。

"要是你们不相信我,去问问工作人员就知道了。不过爱丽丝不是你们要找的那个女人。我不知道谁想伤害克里斯蒂安。他十八岁时,就从我们的生活中消失了。那以后肯定发生了很多事,但爱丽丝是爱他的。现在依然如此。"

帕特里克看着这个小老头。他知道自己必须像拉格纳建议的那样,向这里的工作人员询问一下。但他确信爱丽丝的父亲说的是实话。她不是他们要找的那个女人。他们又回到了原点。

"我有要事宣布。"梅尔贝里打断了刚想要报告新信息的帕特里克,"我要暂时缩短工作时间,不上全天班了。我发现我在局里领导有方,所以现在可以放心地把某些任务交给你们了。我的知识和经验可以在别处派上更好的用场。"

所有人都愕然地瞪着他。

"现在,该是我为这个社会最重要的资源奉献的时候了,为了我们的下一代,为了我们的生命在未来得以延续。"梅尔贝里用两根大拇指勾着裤子的背带,说。

"他要到青少年活动中心去工作吗?"马丁咬着耳朵问古斯塔,后者只是耸了耸肩。

"另外,为女性提供机会也很重要。还有少数族裔的移民。"他扫了波拉一眼,"我知道,你和约翰娜正为不知道怎么安排你俩的产假才能好好照顾利奥而犯愁呢。而且,这孩子从一开始就需要有一个强壮的男性作为榜样。所以,在这里我只上半天班;上级已经批准了。剩下的时间我都用来陪孩子。"

最初的惊讶渐渐消退后,帕特里克对这个计划只有叫好的份儿。

"我欣赏你的魄力,梅尔贝里。要是有更多的人都能像你这么想就好了。"帕特里克说,"现在,我想咱们还是回过头来研究案子吧。今天发生了很多事。"

他汇报了他和波拉第二次去特罗尔海坦、与拉格纳·利桑德谈话以及去看望爱丽丝的经过。

"这么说,你确信她是无辜的?"古斯塔问。

"我敢肯定不是她。我问过工作人员,她的智力只相当于一个孩子。"

"我真无法想象,克里斯蒂安知道自己对妹妹做了什么之后是怎么活下去的。"安妮卡说。

"而且她是那么爱他,就更让他难受了。"波拉补充说,"对于他来说,这一定是个极为沉重的负担。假设他知道自己做了什么的话。"

"我们也有事要汇报。"古斯塔清了清嗓子,瞄了一眼马丁,"我觉得利桑德这个姓很耳熟,但想不起以前在哪儿听过。而且我也不是百分百肯定。记性不如原来那么靠得住了。"他指了指自己的脑袋说。

"然后呢?"帕特里克急切地问。

古斯塔又瞄了马丁一眼:"那个,我们先找肯尼思·本特松聊了聊,但他声称自己什么都不知道。他还说,他从未听说过利桑德这个姓。可我一直纳闷,怎么我一想到那个姓,脑子里就冒出咱们以前的同事恩斯特呢。所以,我们就去找他了。"

"你们开车去了恩斯特家?"帕特里克说,"可为什么呀?"

"你先听古斯塔说完。"马丁说。帕特里克住了口。

"好吧,嗯,我把我心里想的告诉了恩斯特,结果他想起来了。"

"想起什么了?"帕特里克凑上前去。

"他想起来我以前在哪儿听到过利桑德这个姓了。"古斯塔说,"他们在夫雅巴卡住过一阵子。"

"谁?"帕特里克大惑不解地问。

"利桑德夫妇,艾琳和拉格纳,带着他们的孩子克里斯蒂安和爱丽丝。"

"但这是不可能的。"帕特里克摇摇头说,"如果真是这样,为什么从来没人认出克里斯蒂安?恩斯特准是记错了。"

"不,没错。"马丁说,"显然,克里斯蒂安长得像他生母,少年时期胖得要命。现在他体重掉了一百三十磅，年龄长了二十岁，又戴了一副眼镜，当然很难让人相信是同一个人。"

"那恩斯特又是怎么认识这家人的？还有你？"帕特里克问。

"恩斯特被艾琳给迷昏了头。他们显然是在某次派对上勾搭上的，从那以后，恩斯特就总想借机从她家门前过。所以，我们曾多次开车经过利桑德家。"

"他们住在哪儿？"波拉问。

"就在海岸警卫队码头右侧的一座房子里。"

"你是说拜德豪曼附近？"帕特里克问。

"对，非常近。那房子最初归艾琳的母亲所有。我听人家说，那女人纯粹是个荡妇。她和她女儿已经多年没有来往了，但老太太死后，艾琳继承了那座房子，于是利桑德一家就从特罗尔海坦搬到了这里。"

"恩斯特知道他们为何从夫雅巴卡搬走吗？"波拉问。

"不，他不知道。不过显然他们是突然搬走的。"

"看来拉格纳并没把一切都告诉我们。"帕特里克说。显然所有的人都藏着一些秘密不肯吐露，这让他烦透了，也受够了。要是大家都能主动配合，说不定他们早就把这个案子给破了。

"干得好。"他朝古斯塔和马丁点点头说，"我打算再跟拉格纳·利桑德谈一次。他从未提起他们在夫雅巴卡住过的事肯定是有原因的。他应该明白咱们早晚能查出来，这只是个时间问题。"

"可现在咱们还是不知道要找的那个女人是谁。看情形应该是克里斯蒂安住在哥德堡时认识的。就在他从家里搬出去之后，带着桑娜回到夫雅巴卡之前。"马丁脱口说出了心中的想法。

"我奇怪他为什么要回来。"安妮卡插了一句。

"咱们得再查查克里斯蒂安住在哥德堡那些年的情况。"帕特里克说，"到目前为止，克里斯蒂安生活中出现过的女人咱们只知道三个：艾琳、爱丽丝，还有他的生母。"

"会不会是艾琳？从克里斯蒂安对爱丽丝做过的事来看，她有复仇动机。"

马丁说。

帕特里克停下来想了一会儿，然后摇摇头。

"我也怀疑过她，而且咱们也不能排除她的嫌疑。不过我觉得不会是她。据拉格纳说，她始终被蒙在鼓里。就算她知道了，那她为什么要把马格纳斯他们几个也牵连进去呢？"

他脑海里浮现出他们在特罗尔海坦那座房子里见到的那个讨厌的女人，仿佛又听到她用轻蔑的口吻对克里斯蒂安和他母亲极尽贬损。突然间，他想起了一件事。自从他们第二次见到拉格纳，它就始终在他潜意识里徘徊不去。就是这件事有些说不通。帕特里克拿起手机，迅速拨通了一个号码。围坐在桌边的人全都诧异地看着他，但他竖起一根手指，示意他们先别说话。

"嗨，我是帕特里克·赫德斯特伦。其实我是想找桑娜说几句话。好的，我明白。不过你能替我向她问一个问题吗？这很重要。问一下她发现的那条蓝裙子是不是她的尺码。是，我知道这问题有点怪。不过要是你能去问问她，可就帮了我们大忙了。谢谢。"

帕特里克等待着，大约一分钟后，桑娜的姐姐阿格妮塔又接起了电话。

"哦，真的吗？好的。很好，多谢了。替我向桑娜问好。"帕特里克若有所思地挂断了电话。

"那条蓝裙子跟桑娜的尺码一样。"

"那又怎样？"马丁说。他似乎道出了所有人心中的疑问。

"这就怪了，克里斯蒂安的生母体重有三百多磅。所以，那条裙子肯定是别人的。而克里斯蒂安告诉桑娜裙子是他母亲的，他说了谎。"

"会不会是爱丽丝的？"波拉问。

"有可能，不过我认为不是。克里斯蒂安生命中一定还有另一个女人。"

"那咱们要怎么做呢？"帕特里克拉过来一把椅子，坐到安妮卡旁边。

窗外一片漆黑，大家早就该下班回家了，但甚至没人想过要离开警局。除了大约十五分钟前吹着口哨出门的梅尔贝里。

"先从公共档案开始吧,不过我怀疑咱们恐怕找不出什么来。我以前查他的背景时这些资料都看过一遍了,我不信还有什么漏掉的信息。"安妮卡似乎有些歉意,帕特里克拍拍她的肩膀。

"我知道,你在查资料时总是力求完美,不过谁都有疏忽大意的时候。要是咱们一起查,也许能找出你第一次遗漏的东西。我认为克里斯蒂安在哥德堡时,一定有个同居的女友——或者说,至少和某人有过亲密关系。或许咱们能找到些线索,进而查出这人是谁。"

"但愿如此。"安妮卡说着将电脑屏幕转了过来,让帕特里克也能看到,"不过就像我说的,他以前没结过婚。"

"那孩子呢?"

安妮卡在键盘上敲了几个字,然后指指屏幕。

"没有,记录显示,除了梅尔克和尼尔斯之外,他没有别的孩子。"

"该死。"帕特里克用手捋着头发说,"也许这个念头蠢透了。不知怎么,我总有一种强烈的感觉,咱们一定是漏掉了什么。谜底应该就藏在这些档案里。"

他站起来进了自己的办公室,在里面坐了半天,直勾勾地盯着墙壁。手机响起,骤然打断了他的沉思。

"我是帕特里克·赫德斯特伦。"他听到自己的声音无精打采的。但当电话那一端的人自报家门,并解释来电的缘由时,帕特里克在椅子上腾地坐直了。二十分钟后,他冲进安妮卡的办公室。

"玛丽亚·舍斯特伦!"

"玛丽亚·舍斯特伦?"

"克里斯蒂安在哥德堡时和一个女人同居过。她叫玛丽亚·舍斯特伦。"

"你是怎么……?"安妮卡问,但帕特里克没回答她的问题,而是继续说了下去。

"还有一个孩子,叫埃米尔·舍斯特伦。确切地说,是曾经有过一个孩子。"

"此话怎讲?"

"他们死了。玛丽亚和埃米尔都死了。这是一桩未结的凶杀案。"

"怎么回事?"听到帕特里克在安妮卡办公室大喊大叫,马丁冲了进来。就连古斯塔也难得地以最快的速度出现在门口,与其他几个人一起挤进屋里。

"我刚刚跟一个叫斯图尔·博格的人通了电话。他是哥德堡的一位退休警探。"帕特里克顿了顿,以加强效果,然后又继续说,"他看到报纸上关于克里斯蒂安和他收到恐吓的消息,想起曾经在一次调查中见过这个名字。他认为他掌握的信息或许对咱们有用。"

帕特里克向同事们转述了他与这位前警探的交谈内容。尽管事情已过去多年,但斯图尔·博格对他们的惨死记忆犹新。他向帕特里克准确无误地概括了该案的几个重要事实。

听帕特里克复述完警探的话,人人瞠目结舌。

"咱们能拿到这个案子的卷宗吗?"马丁急切地问。

"现在有点迟了,我觉得不太好办。"帕特里克说。

"试试看又没坏处。"安妮卡说,"我这里就有哥德堡警察局的电话。"

帕特里克叹了口气:"要是我还不赶快回家,我老婆准会以为我跟某个金发波霸私奔到里约热内卢去了。"

"先给艾丽卡打个电话,然后咱们试着跟哥德堡那边联系一下。"

帕特里克只好妥协。看样子,在把能做的一切都做完之前,谁都不想走,他也不例外。

"好吧,不过我打电话时,你们得去干点别的。我可不想让你们探头探脑地来偷听。"

他回到自己办公室,关上门,先往家里打了个电话。艾丽卡非常通情达理。她和玛雅已经一起吃过晚饭了。帕特里克突然极其渴望回家陪在他的两个姑娘身边,感到自己的泪水简直要夺眶而出。他觉得从来没像现在这么累过。但他深吸了一口气,拨通了安妮卡给他的那个号码。

一开始,帕特里克没注意到已经有人接听了。"喂?"电话里响起一个声音,他吓了一跳,这才意识到自己应该说点什么。他先自报了家门,然后说出了自己的要求。出乎帕特里克的意外,哥德堡的同行格外亲切随和,一口答应替他去找调查资料。

帕特里克挂断电话,在心中暗自祈祷。等了大约十五分钟,电话就响了。

"真的? 你找到了?"当那位同行说他们找到了档案时,帕特里克几乎不敢相信自己的耳朵。他一再向对方道谢,请他把那份档案单独提出来。他明天会做好安排,去取这些资料。如果做最坏的打算,他得亲自开车去一趟哥德堡,或许也可以让局里付钱请快递送件上门。

放下电话后,帕特里克仍坐在桌前。他知道其他人都在各自的办公室里等着,想听听他们是否能拿到调查档案。但首先,他得整理一下思路。所有的细节,一块又一块的拼图,全都在他脑海里翻飞旋转。他知道它们会以某种方式拼合在一起。现在的问题就是要找到这种方式。

准备出走时,埃里克莫名其妙地伤感起来。当然,跟两个女儿告别实在太难了。他抱了抱她们俩,装作过几天就要回来的样子。可他惊讶地发现,跟这个家和路易丝说再见也同样艰难。她就站在前厅里看着他,脸上的表情高深莫测。

虽然告别之难出乎埃里克的意料,但他知道自己很快就会习惯全新的生活。

"这次出的是什么差呀?"路易丝问他。

她的语气中有某种意味引起了埃里克的警觉。她并不知道,对吧? 他否决了这个念头。就算她有所怀疑,也无能为力。

"去见一家新供应商。"他手里摆弄着车钥匙说。现在这么一想,他觉得自己其实挺厚道的。他打算开那辆小型车走,把奔驰留给路易丝。他在银行账户里留下的钱,起码能为妻女支付一年的生活费,包括房子的按揭。所以,她有足够的时间想出应对之策。

埃里克又挺了挺身子。实在没有理由把自己想成混蛋。如果他的所作所为让谁倒了霉，那可不是他的错。生命危在旦夕的那个人是他，他总不能坐以待毙，让过去的一切找上门来与他清算吧。

"我后天回来。"他向路易丝点了下头，漫不经心地说。出差前跟她拥抱吻别已经是很多年前的事了。

"想什么时候回来随你的便。"她耸耸肩说。

他再一次察觉到她有些古怪，不过或许这只是他的想象。两天后，当她在盼着他回家时，他早就到安全的地方了。

"再见。"他转过身说。

"再见。"路易丝说。

他上车开走，最后朝后视镜瞥了一眼，然后打开收音机，哼着歌上了路。

帕特里克进门时，艾丽卡担忧地看着他。玛雅已经睡下一会儿了，艾丽卡正坐在沙发上喝茶。

"今天不容易吧？"她站起来去拥抱他，小心翼翼地问。

帕特里克将脸埋在她颈窝里，好半天一动不动。

"我得来杯酒。"他说。

他走进厨房，艾丽卡回到沙发上坐在原位，听到了玻璃杯的叮当作响声和瓶塞从瓶子里拔出来的声音。

"回家真好啊。"帕特里克在艾丽卡身边坐下，大声叹了口气，然后伸出手臂搂着她的肩膀，把双脚翘在茶几上。

"你回家我真是太高兴了。"艾丽卡又往他身边偎了偎。接下来的几分钟里，两个人谁也没说话，帕特里克一口口地抿着葡萄酒。

"克里斯蒂安有个妹妹。"最后他终于说。

艾丽卡吃了一惊。"妹妹？我从来没听说过。他一直说自己是孤身一人。"

"实际上并非如此。我知道，把这些话告诉你我很可能会后悔，可我实在太他妈累了。今天听到的每件事都在我脑袋里嗡嗡地响个不停，我必须得找个人说说。但这些事绝不能让第三个人知道，好吗？"他郑重地看着她说。

"我保证。快告诉我吧。"

于是,帕特里克将自己的发现一一道来。他们坐在黑漆漆的客厅里,唯一的光源就是电视屏幕。艾丽卡一言未发,只是专注地听着。但当帕特里克告诉她爱丽丝最终大脑受损,多年来克里斯蒂安一直揣着这个秘密生活下去,而拉格纳一边保护他一边又监视他时,她不由得不寒而栗。听帕特里克讲完关于爱丽丝的全部遭遇,还有小克里斯蒂安在离开利桑德家之前不得不忍受的种种无情冷遇之后,艾丽卡摇了摇头。

"可怜的克里斯蒂安。"

"但故事并未到此结束。"

"什么意思?"艾丽卡问。这时肚里的一个孩子在她肺部狠狠踢了一下,她倒抽了一口冷气。这对双胞胎今晚格外生龙活虎。

"克里斯蒂安在哥德堡求学期间,邂逅了一个名叫玛丽亚的女人。他俩相遇时,她带着自己刚刚出生不久的儿子,但已与孩子的父亲断了来往。玛丽亚和克里斯蒂安不久就在帕蒂勒找了一处公寓同居。那个叫埃米尔的男孩成了克里斯蒂安的儿子。他们三个人似乎过得非常幸福。"

"那后来呢?"艾丽卡不确定自己是不是真的想知道。或许还是用手捂住耳朵比较好,因为她怀疑接下来将听到一个令人难以接受的可怕结局。但她还是忍不住问帕特里克究竟发生了什么。

"四月的一个星期三,克里斯蒂安从学校回家,"帕特里克尽量让自己的声音不带任何感情色彩,艾丽卡握住他的手。"发现门没锁,他立刻紧张起来,高喊玛丽亚和埃米尔的名字,但没人应声。他进了屋到处找他们。一切看上去和往常一样。他们的外套就挂在前厅里,所以他判断他们并未出门。埃米尔的婴儿车放在楼梯间。"

"我不知道还想不想听下去。"艾丽卡低声说,但帕特里克直直地盯着前方,仿佛没听到她的话。

"最后他终于找到他们了。在浴室里。两个人都淹死了。"

"我的天哪。"艾丽卡伸手捂住了嘴。

"男孩仰面躺在浴缸里。他母亲的头没入水中,但身体的其他部分都在浴缸外面。尸检发现,她后颈部有指尖留下的瘀痕。有人把她的头强行按入水中。"

"是谁……?"

"我不知道。警方一直没有找到凶手。说来也怪,虽然克里斯蒂安与受害者关系最近,但他从未被列为嫌疑人。所以我们在警方记录里查找他的名字时,才一直没发现这个案子。"

"这怎么可能?"

"其实我也说不准。凡是认识他们的人都出来作证,说他们是无比幸福的一对儿。连玛丽亚的母亲都替克里斯蒂安说好话。另外,有个邻居看到一个女人进了他们家,时间与法医确定的死亡时间基本吻合。"

"一个女人?"艾丽卡说,"也是那个……?"

"我也不知道接下来该想些什么。这个案子都快把我逼疯了。这一切肯定能拼合起来——克里斯蒂安的所有遭遇之间都有某种联系。有人对他恨之入骨,过了这么久,这种恨意也没有一丝一毫的消退。"

"这个人会是谁?你一点头绪也没有吗?"艾丽卡觉得有个想法开始在脑海里逐渐成型,但她还说不准这究竟是什么,只有一个模糊不清的画面。不过有一件事她确信无疑:帕特里克说得对。所有的事件都是相互关联的。

"我去睡觉你不介意吧?"帕特里克把手放在她膝盖上说。

"一点也不。你去吧,亲爱的。"她心不在焉地说,"我再待一会儿,然后也去睡觉。"

"好吧。"他吻了她一下,接着便上楼朝卧室走去。

她仍然摸黑坐在沙发上原来的位置。电视里正播放着新闻节目,但她关掉了声音,好让自己静听心中所想。爱丽丝。玛丽亚和埃米尔。有一件事是她应该看到也应该明白的。她将目光移开,看着茶几上的那本书。慢慢地,她拿起它放在自己腿上,看着封面和书名。《小美人鱼》。她思索着抑郁和愧疚,思索着克里斯蒂安想通过小说传达的情绪。她知道谜底就在那里,就藏在他身后留下的字里行间。她要去把它找出来。

他开始夜夜被噩梦缠身，仿佛它们一直在等待他良心发现。其实这些梦过了这么久才找上他真是有些奇怪。毕竟，他一直都知道发生了什么。他脑海中总是浮现出自己撤掉婴儿浴座，让爱丽丝沉入水中的画面。仿佛看到她拼命喘气，小小的身体挣扎了一阵，然后便一动不动了。他总是能看见她那对湛蓝的眼睛，从水下望着他，视而不见。他一直都知道，但始终不明白。

让他最终恍然大悟的只是一件微不足道的区区小事。它发生在最后那个夏季里的一天。当时他早就知道自己不能再继续待下去了。这里从来就没有他的立足之地，但这一点他是逐渐看透的。最终，他知道自己必须离开这个家。

那些声音也是这样对他说的。有一天它们就那样冒了出来，既不惹人生气，也不招人厌恶，反倒像是一群心腹密友在跟他窃窃私语。

只有在他想起爱丽丝时，才对自己的决定起了怀疑。但这种犹犹豫豫的感觉从来不会持久——因为它让那些声音更加响亮。于是，他决定过完这个夏天就走，再也不回来。跟父母有关的一切都必须远远抛在身后。

就在那一天，爱丽丝想吃冰淇淋。她老是想吃冰淇淋，要是正赶上他心情好，他会带她去广场附近的售货亭。她每次都要同一种口味：一支甜筒，放三勺草莓冰淇淋。有时候，他会故意装作没听懂，给她买巧克力冰淇淋。每当此时，她就会拼命地摇头，拽着他的胳膊，笨嘴拙舌说出"草莓"这个词。

只要吃到自己心爱的美味，爱丽丝就跟进了天堂一样喜笑颜开，然后便开始心满意足、有条不紊地舔食冰淇淋,一圈又一圈,不让它滴下来。那一天也是如此。她先拿到了甜筒,就慢慢地走开了。他等着拿自己那份,之后付了他们两个人的钱,转过身去追爱丽丝,但刚刚迈开脚步就停了下来。埃里克、肯尼思和马格纳斯,他们三个都坐在那儿看着他。埃里克咧嘴一笑。

他感到甜筒里的冰淇淋滴落到他手上,但他必须从他们面前走过。他试图目不斜视地盯住前方的水面,不理会他们的目光,也不去管自己那颗越跳越快的心,只顾一步一步地往前走。突然,他觉得自己头朝前栽了下去。埃里克刚好在他经过时伸出一只脚。在最后关头,他总算双手一撑阻住了跌势,手腕被笨重的身躯压得剧痛,冰淇淋从手中甩了出去,掉在肮脏的路面上。

"啊呀!"埃里克说。

肯尼思神经今今地笑了起来,但马格纳斯责备地看了埃里克一眼。

"你非要这样不可吗?"他问。

埃里克似乎没听到马格纳斯的话。他眼中闪着兴奋的光芒。"你不用再吃冰淇淋了。"

他吃力地站起来,手臂受了伤,手掌上还沾着一些小碎石块。他拍拍身上的灰土,一瘸一拐逃也似地走了,埃里克的笑声在他耳边回响。

爱丽丝在前面不远处等着他。但他视而不见地从她身边径自走过。透过眼角的余光,他看到她小跑着跟了上来,但是直到他们快要到家时,他才停下来喘口气。爱丽丝也停下了脚步。起初,她只是站在那里,听他呼哧呼哧地喘着,拼命想多吸进一些空气。接着,她把甜筒递到他面前。

"给你,克里斯蒂安。吃我的冰淇淋吧,草莓味的。"

他看着她伸出的手臂和手里的冰淇淋。草莓味冰淇淋,爱丽丝爱若至宝的东西。就在那一刻，他完全明白了他对她所做的一切。接着，那些声音开始尖叫，他的头快要炸开了。他双膝跪下，用手捂住耳朵。它们必须住嘴，他必须让它们住嘴。这时，他感到爱丽丝伸出胳膊搂住了他，万籁俱寂。

25

帕特里克整夜都睡得很沉。但他还是感到自己没休息好。

"亲爱的?"没人回答。他瞄了一眼时钟,不由暗骂自己。已经八点半了。他必须抓紧时间,今天要忙的事多着呢。

"艾丽卡?"他下了楼,但没听到妻子和女儿发出一点声音。在厨房里,他找到一壶新煮的咖啡,正等着他享用,桌子上有一张艾丽卡手写的便条。

> 亲爱的,我送玛雅去托儿所了。我一直在想着你昨天给我讲的那些事,有个细节我得去核实一下。我有了新发现马上就给你打电话。你能帮我查两件事吗?1.克里斯蒂安有没有用什么绰号称呼过爱丽丝?2.克里斯蒂安的生母患有哪种精神疾病?抱你,吻你。艾丽卡。还有,别生我的气。

她到底在忙些什么?他早该知道她不会就此作罢的。他拿起桌子上的电话,拨打艾丽卡的手机。但铃响了几声后,便转到了语音信箱。他告诉自己要冷静,因为他明白此刻他也无能为力。现在他必须到局里去,而且他根本不知道她在哪儿。

另外,艾丽卡在便条里提的问题激起了他的兴趣。她是不是形成了某种想法?艾丽卡很聪明——这一点毋庸置疑。她常常会发现一些被他漏掉的线索。他只希望她不要再这样自行其是。

他站在料理台旁喝了杯咖啡,迟疑片刻后,又把一只特制旅行杯注满。这是艾丽卡送他的圣诞礼物。今天,他需要多摄入一些咖啡因。

到了警局后,他第一件事就是冲进茶水间喝下第三杯咖啡。

"今天有什么安排?"马丁问。他俩几乎在走廊里撞了个满怀。

"咱们得把克里斯蒂安的女友玛丽亚和她儿子那桩谋杀案的所有材料捋一遍。我会给哥德堡那边打个电话,看看能不能让他们把卷宗寄过来。很可能要通过快递寄件,这就意味着我得想办法把这笔费用瞒下来,不让梅尔贝里发现。然后,咱们要跟托比约恩核实一下,问问法医实验室那边有没有克里斯蒂安家地下室里那块抹布和油漆的检验结果。报告大概还没有完成,不过咱们不妨给他们施加点压力。你能先去做这件事吗?"

"当然,交给我好了。还有什么?"

"目前还没有。"帕特里克说,"我得跟拉格纳·利桑德核实一件事。等我有了新消息再告诉你。"

"好吧。要是还有别的事需我去做,尽管吩咐。"马丁说。

帕特里克走进自己的办公室。他今天怎么这么累,真是咄咄怪事。那么多的咖啡因居然毫无作用。他深吸了一口气,强打精神,拨通了克里斯蒂安养父的电话。

"现在我不方便说话。"拉格纳说。帕特里克明白艾琳一定就在旁边。

"我只问两个问题。"他发现自己正压低嗓门说话,尽管在电话这一端根本是多此一举。他本想问问拉格纳,为何他从未提过他们在夫雅巴卡的那段日子,但决定还是等他们可以畅所欲言时再说。另外,他有种感觉,艾丽卡的问题才是更重要的。

"好吧。"拉格纳说,"不过要快。"

帕特里克问了艾丽卡在便条上留下的问题,结果听到答案后大吃一惊。这一切究竟意味着什么?

他向拉格纳道了谢,挂断电话,又拨通了艾丽卡的号码,但再次被转到了语音信箱。于是,他给她留了言,然后靠回到椅背上。这条新线索对整个案情有什么用?艾丽卡又在哪里?

"艾丽卡!"托瓦尔·哈姆雷俯下身,伸出双臂搂住她。尽管艾丽卡身高近五尺六寸,而且还增加了不少额外的分量,但跟他一比,她觉得自己简直就是个侏儒。

"嗨,托瓦尔！谢谢你答应见我,我来得太仓促了。"她回抱了他一下说。

"你什么时候来我都欢迎,你知道的。"他讲话时只略带一点挪威口音。如今他在瑞典已生活了近三十年,日子一久,他比土生土长的哥德堡人更爱这座城市。

"这次我能帮什么忙？现在你在搞什么激动人心的项目呢?"他拽了拽自己那两撇硕大的灰胡子,眼中光芒闪烁。

艾丽卡在撰写犯罪实录类图书时,曾找人咨询过心理学方面的问题,他俩就是在那时成为朋友的。托瓦尔是一位临床医生,经营着一家成功的私人诊所,但他把全部的业余时间都用来研究人性的阴暗面,甚至还在美国联邦调查局进修过。艾丽卡并不想探究他为何会对这个特别的学科感兴趣。重要的是,他是位业务纯熟的精神病专家,而且愿意把自己的知识传授给她。

"我想知道几个问题的答案,希望你能帮我。"

"当然。愿随时为您效劳。"

艾丽卡感激地看了他一眼,然后思索如何开口。她还未能将所有的碎片拼接在一起。抵达哥德堡前,她听到了帕特里克给她的留言,但决定暂不回电。现在她还不想回答他的问题。听到他在语音邮箱里留下的信息,她并未感到意外;那不过是证实了她的怀疑而已。

艾丽卡整理好思路,开始给托瓦尔讲述事件的来龙去脉,一口气把自己知道的一切都说了出来。

她讲完后,托瓦尔许久未置一词。

"你自己是怎么看的?"托瓦尔终于问道。

犹豫片刻后,艾丽卡提出了自己的想法。那天晚上,帕特里克在她身边熟睡,她却躺在床上瞪着天花板难以入眠,这个想法就在那时突然浮上心头,接着又在她沿着 E6 公路开往哥德堡的途中逐渐清晰。她当即意识到,她得去找托瓦尔探讨一番。他会判断这个想法是不是像表面看上去那样荒诞不经,并告诉她该不该任由自己继续胡思乱想。

但他并没这样说。相反，他看着她说："完全有可能，你提出的理论完全有可能。"

他的话让她长舒了一口气，震惊和宽慰的感觉交织混杂。现在，她确定自己没想错。但结果几乎让人无法理解。

他们谈了近一个小时。艾丽卡向托瓦尔连连提问，试着去领会他告诉她的一切。若想进一步理解这个理论，她需要知道所有的事实，否则就可能大错特错，而有几块拼图她至今仍未找到。她对作案动机已经了如指掌，但仍然有几处无法解释的疑点。在提出理论之前，她必须把这些搞清楚。

回到车里，她将前额贴在方向盘上，肌肤触感冰凉。对于下一次拜访和她必须要提的那些问题——或者可能听到的回答，她并不期盼，也不知道自己是不是真的希望找到那块拼图。但她已别无选择。

她发动了汽车，朝乌德瓦拉开去。瞥了一眼手机，她发现有两个帕特里克的未接电话。让他等着吧。

银行刚一开门营业，路易丝就给他们打了电话。埃里克真是太小瞧她了。她向来擅长套别人的话，把自己想知道的一切都挖出来。另外，她已经掌握了所有必要的信息——他的银行账号和公司纳税账号，知道怎样才能问到点子上。而且她的声线威严有力，那位银行职员毫不怀疑她完全有权获取这些信息。

挂断电话后，路易丝坐在餐桌旁思考。一切都没有了。哦，并不是一切。他慷慨地给她留了一小笔钱，够她们支撑一阵子的。但他基本上把他们的银行账户给搬空了，个人和公司账户里的钱都所剩无几。

愤怒如同一股原始的冲力在她心头涌动。她绝不能就这样便宜了他。他还以为她跟他一样傻呢，真他妈的蠢透了。他是用真名订的机票，所以她只打了几个电话，就把他的航班和目的地查得一清二楚。

所有必要的信息都到手了。现在，她可以像鸭子女巫玛奇卡那样，轻点魔棒，让一切"噗"地一下化为乌有。

一切都已安排妥当。快递员已经带着哥德堡的文件启程。帕特里克知道他本该高兴才是，可他就是乐不起来。

　　"他们半小时后到！"安妮卡喊道。快递送件服务是她安排的。

　　"太好了！"他大声回道，接着便站起身来，抓过外套往外走，经过安妮卡面前时不知所云地嘀咕了几句，然后顶着刺骨的寒风，一路小跑到了赫德米尔百货公司。帕特里克暗自为自己感到恼怒。他早该这样做了，只是这不太符合他平常的查案习惯。说实话，他甚至都没动过这个念头。直到他听说克里斯蒂安给妹妹取的绰号——美人鱼。

　　图书区在商店的一楼，他很快便找到了地方。本地作家的著作被摆放在显眼的位置，当他看到艾丽卡的书摞起了高高一摞，旁边还立着一张真人大小的硬纸板照片时，不由得面露微笑。

　　"落得这么个结局，真是太惨了。"他付款买书时，店员说。他只是点了点头，因为此时此刻他实在没心情闲聊。他将书塞进外套里，一路跑着回了警局，进门时安妮卡瞄了他一眼，但什么也没说。

　　他进了自己的办公室，关上门，坐在桌前，尽量让自己舒服一些，然后翻开克里斯蒂安那本小说，开始阅读。

　　肯尼思不知道自己什么时候可以出院，但这实在是无关紧要。他可以继续待在这里，也可以回家。反正不管他在哪儿，她都能找到他。

　　也许让她在家里找到他会更好些，因为在那里，他仍能感受到莉丝贝特的存在。

　　有人小心翼翼地敲了敲门，打断了他的沉思。他转过头去，看到艾丽卡·法尔克。对她来访的用意他并不关心，但还是难免有些好奇。

　　"我可以进来吗？"她问道，然后也像其他人一样，忍不住去看他缠满绷带的双臂。他抬起一只手比划了一下，做出一个模棱两可的手势，既可以表示"请进"，也可理解为"走开"。

　　但艾丽卡进了屋，拉过一张椅子，在他床边坐了下来，凑近他的脑袋，和善地看着他。

"你知道克里斯蒂安是谁,对吧?我说的不是克里斯蒂安·赛德尔,而是克里斯蒂安·利桑德。"

一开始,他想编个谎话骗骗她,就像敷衍前来探望他的警察那样。可她的语气和表情都跟他们都不一样。她知道了。她已经揭开了谜底,至少是其中的一部分。

"对,我知道。"肯尼思说,"我知道他是谁。"

"跟我说说他吧。"她说。不知怎么,在她面前,他有一种强烈的倾诉欲望。

"其实也没什么可说的。在学校里,人人都爱找他的茬。而我们……就数我们几个闹得最凶。埃里克是领头的。"

"你们欺负他?"

"当时我们并不这样叫。但我们只要一有机会,就去狠狠地折磨他。"

"为什么?"她问。这个词似乎在半空中盘旋回荡了片刻。

"为什么?谁知道呢?他与众不同,又不是本地人,而且还那么胖。人们总是得找个泄愤的对象,找个让他们瞧不起的人。"

"埃里克干这种坏事我还能理解,可你为什么也要这样?还有马格纳斯?"

她语气中并没有责怪的意思,但肯尼思心中倍感不安。以前,他也多次问过自己同样的问题。埃里克的天性中缺少某种东西,很难说清究竟是什么,但或许是他不会设身处地为别人着想。这并不是为埃里克开脱,只是对他的行为做出了解释。可他和马格纳斯什么都明白。他们的罪孽因此更重了还是更轻了呢?这个问题肯尼思答不上来。

"当时我们年少无知。"他说,但他听得出这个理由有多么虚伪。他总是跟在埃里克身后,对他唯命是从,甚至佩服得五体投地。这是一种普通人的愚蠢。胆怯又懦弱。

"那么,克里斯蒂安长大后搬到这里,你没有认出他吗?"艾丽卡问。

"没有,从来没有。信不信由你,我压根就没往那儿想过,他们几个也是。克里斯蒂安和从前判若两人。不光是外貌,还有……反正他不是当年那个他了。即便是现在,当我知道……"肯尼思摇摇头。

"那爱丽丝呢? 说说爱丽丝的事。"

他脸上痛苦地抽搐了一下。这是他不愿提起的。谈论爱丽丝等于将手伸进火中。这么多年来,他一直把关于她的一切记忆深埋在潜意识中,以至于她仿佛从来不曾存在过。但如今,那段日子早已成为过往。如果他不得不忍受烈火的炙烤,那也只得如此。因为他必须讲述她的故事。

"她实在太美了,光是看上一眼都会让人窒息。但只要她一动起来,一开口说话,你就会发现她有些不对劲。她总是粘着克里斯蒂安。我们也不知道他究竟喜不喜欢这样。有时候他显得挺不耐烦,但有时候似乎又很乐意见到她。"

"你们跟爱丽丝说过话吗?"

"没有,我们只会大声嘲笑她。"他惭愧地说。如今,他们做的每件事他都记得如此清晰。

"爱丽丝十三岁时,利桑德家从夫雅巴卡搬走了,克里斯蒂安离开了他们家。当时一定是出了什么事,我想你是知道的。"艾丽卡声音平静,并未妄下评判,于是,他决定把一切向她和盘托出。反正最后她自己也会查出来的。再说他很快就要去跟莉丝贝特相聚了。

"那是在七月。"他说着,闭上了双眼。

克里斯蒂安感到整个身体躁动不安,而且越来越严重,夜里根本无法入睡,总是看到水下的那双眼睛。

他知道自己必须离开。如果能给自己找到一个立足之地,他就远远地离开父亲和母亲,离开爱丽丝。说来也怪,最令他伤心的居然是与爱丽丝分离。

"哈罗!嘿,你!"

他惊讶地转过身。像往常一样,他正往拜德豪曼那边走。他喜欢坐在那里,眺望一水之隔的夫雅巴卡。

"过来!"

克里斯蒂安脑中一片空白。远远地,他看到埃里克、马格纳斯和肯尼思就在男更衣间旁边。埃里克在叫他。克里斯蒂安怀疑地看了他们一眼。不知道他们又在打什么主意,总之肯定没好事。但这诱惑实在太大,于是他故作镇定,双手插着兜,溜溜达达地向那三个男孩走过去。

"抽一口不?"埃里克举着一根香烟问道。克里斯蒂安摇摇头。他仍在等待厄运降临,等待他们三个扑上来给他一顿揍,等待任何可能发生的事,除了这种……友善的表示。

"坐下。"埃里克在他身边的地面上拍了拍说。

克里斯蒂安坐了下来,恍恍惚惚如在梦中。此情此景显得那么不真实,他曾想象过无数次,盼望着,憧憬着。而如今,它居然真的发生了。他就坐在这里,成了这个小团体的一员。

"你今晚打算干什么?"埃里克与肯尼思和马格纳斯交换了一下眼色,问道。

"没什么特别的事。怎么?"

"我们要在这开个派对,算是个私人聚会。"埃里克大笑着说。

"真的吗?"克里斯蒂安说。他挪了挪身子,让自己更舒服些。

"想来吗?"

"我?"克里斯蒂安问。他怀疑自己是不是听错了。

"对,你。不过凡是要参加的人都得带点东西来。"埃里克说着,又跟马格纳斯和肯尼思使了个眼色。

果然如他所料,这是个圈套。他们这次打算如何羞辱他?

"我要带什么来?"他问,尽管他知道自己不该这样。

三个男孩咬着耳朵嘀咕了一阵子。最后,埃里克又转过头来看着他,挑衅地说:

"一瓶威士忌。"

就这些?他如释重负。从家里偷一瓶出来很容易。

"行。没问题。我几点来?"

埃里克吸了几口烟。他手夹香烟的姿势显得很老练,像个成年人。

"绝不能让别人来搅了咱们的兴致。所以,过了午夜再来吧。十二点半怎么样?"

克里斯蒂安感到自己在迫不及待地点头:"好。十二点半。我准来。"

"很好。"埃里克说。

克里斯蒂安匆匆跑开,脚步很久没有如此轻快了。也许现在他已时来运转,他们终于接纳了他。

这一天接下来的时光过得奇慢无比。终于到了睡觉时间,他却不敢合眼,唯恐睡过了头。于是他毫无睡意地躺在那里,注视着时钟的指针慢慢移动,离午夜越来越近。十二点十五分,他从床上爬起来,小心地穿好衣服,尽量不弄出一点声响,然后悄悄溜下楼,直奔酒柜。柜子里有几瓶威士忌,他挑了一瓶只喝过几口的,往外一拿,瓶子"叮"地响了一下,吓得他一动也不敢动。但似乎并没人听到。

快到拜德豪时,他听到了另外几个男孩的声音。看情形他们好像早就到了,派对已经开幕,他们都没等等他。有那么一瞬,他想转身离开。他可以悄悄溜进家门,把瓶子放回酒柜,爬上床睡觉就行。但就在此时,他听到了埃里克的笑声,他也想跟他一起笑,想成为那群男孩中的一个,有资格与埃里克交换眼色。于是,他把那瓶威士忌紧紧夹在腋下,继续往前走。

"嘿,看哪。"埃里克指着克里斯蒂安,含糊不清地说,"派对之王来了。"他吃吃地笑了起来,肯尼思和马格纳斯也跟着窃笑。看样子马格纳斯喝得最多。他坐在那里东摇西晃,眼神空洞涣散。

"入场券带来了吗?"埃里克示意他往前来。

克里斯蒂安将瓶子递给他,心中警铃大作。现在他们要开始羞辱他了吗?既然他们要的东西他已带到,他们是不是就要赶他走了?

但什么也没发生。埃里克只是拧开瓶子,喝了一大口威士忌,然后又递给克里斯蒂安。他瞪着酒瓶发愣。他也想来一口,可不知道自己有没有这个胆子。埃里克怂恿他试一下,于是克里斯蒂安意识到,要是他想加入这个小团体,就必须照埃里克说的去做。他接过酒瓶坐下来,将它举到唇边,结果一下子喝得太多了,险些呛住。

"怎么样啊,哥们儿?"埃里克大笑着猛捶他的后背。

"很好。"克里斯蒂安说。为了证明自己所言非虚,他又喝了一大口。

酒瓶从一只手传到另一只手,传了几次后,他开始感到有一股令人愉快的暖意传遍四肢百骸。焦虑不安的感觉一扫而空。威士忌赶走了最近这段日子里让他夜不能寐的一切东西。赶走了那双眼睛,还有肉体腐烂的气味。他又喝了一口。

马格纳斯躺在地上,盯着夜空中的星斗。肯尼思寡言少语,只是埃里克的一只应声虫。但克里斯蒂安喜欢与他们在一起。现在他也是个人物了。是他们中的一分子。

"克里斯蒂安?"门口传来一个声音。他扭头看去。她来干什么?为什么她非要跑出来把一切都毁掉?他心中沉睡的愤怒重新苏醒过来。

"滚开。"他咆哮着说,随即看到她的面孔因失望而扭曲着。

"克里斯蒂安?"她哽咽着重复道。

他站起来要赶她走,但埃里克伸手拉住了他的胳膊。

"让她留下吧。"他说。克里斯蒂安吃惊地看着他,但还是乖乖听了他的话,又坐了下来。

"到这来。"埃里克招招手,让爱丽丝走近些。

她用征询的目光瞄了克里斯蒂安一眼,但他只是耸了耸肩。

"坐下。"埃里克说,"我们在开派对。"

"派对!"爱丽丝脸上一亮。

"你刚巧碰上,多幸运啊。我们这正好也需要几个漂亮妞儿。"埃里克伸手搂住爱丽丝,摆弄着她的一缕黑发。爱丽丝笑了起来,她喜欢听人家夸她漂亮。

"来,想参加我们的派对,就得喝酒。"他从正要狂喝痛饮的肯尼思手中夺过酒瓶,递给爱丽丝。

她又朝克里斯蒂安看去,可他才不在乎她干什么呢。要是她还想继续缠着他,就得入乡随俗。

她咳嗽起来,埃里克抚摸着她的后背。"好啦,好啦,真是个好姑娘。别担心,你会习惯的。再试一次就好了。"

她犹犹豫豫地举起酒瓶,又喝了一口。这次好些了。

"很好。这才是我喜欢的妞儿。又漂亮,又会喝威士忌。"埃里克笑着说。看到这个笑容,克里斯蒂安胃里开始翻江倒海。他想拉起爱丽丝的手带她回家,但肯尼思在他身旁坐了下来,伸手搂住他的肩膀，咕咕哝哝地说：

"狗屎，克里斯蒂安，你想想吧——现在我们跟你，还有你妹妹在一起。我敢打赌，这种事你做梦也没梦到过，对不对？可我们知道，这一大堆肥肉下面，其实藏着个好小伙。"肯尼思指指他的肚子，克里斯蒂安不知道是不是该把他这番评价当作恭维。

"你妹妹真可爱。"埃里克说着，又往爱丽丝身边挤了挤，帮她举起酒瓶，继续往她喉咙里灌威士忌。她双眼闪闪发亮，脸上露出灿烂的笑容。

突然，克里斯蒂安感到所有的东西都转了起来。整个拜德豪曼都在旋转着，一圈又一圈，就像一个球体。他咯咯傻笑着躺在马格纳斯旁边，在他眼中，夜空的点点繁星似乎也开始转来转去。

听到爱丽丝的声音，他坐了起来，目光找不到焦点，但他能看到埃里克和爱丽丝。他觉得埃里克好像把手伸进了爱丽丝的衬衫里，但周围的一切都在旋转，他也不知道自己有没有看准。于是他又躺下了。

"嘘……"这是埃里克的声音，然后他又听到爱丽丝的呜咽。克里斯蒂安侧过身来，用手臂撑住头，看着埃里克和自己的妹妹。她的衬衫不见了。她有一对娇小而完美的乳房。这是他脑中冒出的第一个念头。完美的乳房。他以前从未见过。

"别担心。我就是摸摸它们……"埃里克用手揉捏着她的乳房，呼吸开始粗重起来。肯尼思盯着爱丽丝赤裸的身体。

"过来摸摸。"埃里克朝肯尼思点点头说。

克里斯蒂安看到爱丽丝吓坏了，拼命想用胳膊遮住自己裸露的胸部。可他的头沉甸甸的，怎么也抬不起来。

肯尼思在爱丽丝身边坐下，等到埃里克一声令下，他便抬起手，开始抚摸她的左胸，先是小心翼翼地捏，然后越来越用力。克里斯蒂安看到他的短裤渐渐隆起。

"不知道别的地方是不是也这么妙?"埃里克喃喃地说,"你觉得怎么样,爱丽丝?你的屁屁是不是也跟咪咪一样可爱呢?"

　　她双眼惊恐地圆睁着,可她似乎不知道该如何自卫,任凭埃里克扒掉了她的内裤,连一丝反抗也没有。他没脱她的裙子,只是把它掀了起来,让肯尼思看。

　　"你怎么看?我怀疑从来没有人到过这里。"他分开她的双膝,爱丽丝麻木地任他为所欲为,无力反抗。

　　"狗屎,快看看这个。马格纳斯,醒醒!你错过好东西了。"

　　他只是哼哼了几声,有气无力地嘀咕了两句醉话。

　　克里斯蒂安感到胃里有个肿块越长越大。这样不行。他能看到爱丽丝凝视着他,向他发出无声的恳求。可她那双眼睛就像当初她从水下看着他时一模一样,他动弹不得,没法帮她,只能侧身躺着,任由这世界在他周围不停地旋转。

　　"我先上。"埃里克说着解开短裤,"要是她不老实,就按住她。"

　　肯尼思点点头。他脸色苍白,但仍然目不转睛地盯着爱丽丝那对反射着月光的雪白乳房。埃里克强行把她按在地上,让她一动不动地躺着,双眼瞪着夜空。起初,看不到她的眼睛让克里斯蒂安舒了一口气。现在那双眼睛一直在盯着星星,不再看他。但接着,胃里的肿块又开始长大,他挣扎着坐了起来。那些声音在冲他尖叫,他知道自己得做点什么,可他不知道究竟该做什么。爱丽丝没说一个字。她就躺在那里,任由埃里克分开她的双腿,伏在她身上,顶入她体内。

　　他开始啜泣起来。她为什么非要把一切都破坏殆尽?夺走他的东西,寸步不离地跟着他,爱他?他从来没要求她爱他。他恨她。而她就躺在那里。

　　埃里克突然停了下来,呻吟了一声后抽身而出,扣好裤子上的纽扣,又点上一根烟,用手笼着火柴,然后看着肯尼思说:

　　"该你了。"

"你是说我?"肯尼思结结巴巴地说。

"对,现在轮到你了。"埃里克用不容置疑的口吻说。

肯尼思迟疑不决。接着他又朝爱丽丝胸部看过去,看着那对紧致的乳房,还有在夏季微风中坚实挺立的粉红色蓓蕾。慢慢地,他开始解开短裤,接着突然加快了动作,几乎是猛地扑倒在爱丽丝身上,冲进她体内。没过多久,他也开始呻吟起来,全身痉挛着耸动起伏。

"了不起。"埃里克一边吸烟一边说,"现在轮到马格纳斯了。"他指了指马格纳斯,后者已经睡着了,嘴角还挂着一道涎水。

"马格纳斯?他可做不到。他都烂醉如泥了。"肯尼思哈哈大笑。他不再看爱丽丝了。

"既然这样,咱们就得帮帮他了。"埃里克说着,把马格纳斯提了起来。"快来帮我一把。"他一声令下,肯尼思便冲了过来,同他一起把马格纳斯拖到爱丽丝身侧,埃里克动手解他的裤子。

"把他的内裤扯下来。"他命令肯尼思,后者一脸厌恶地照做了。

可马格纳斯仍是什么也做不了,埃里克显得很不高兴,他踢了马格纳斯几脚,让他清醒一些。

"咱们就把他放在她身上好了。不过他也得干她。"

现在,那些声音安静了一些,在他脑海中不停地回响。克里斯蒂安觉得自己看到的好像是一部电影,而不是真真切切发生的事,而且他也没有身临其境。他看到他们把马格纳斯扔在爱丽丝身上,看到他清醒了一些,开始发出令人恶心的、野兽般的声音。他没像那两个人那样过分;做到一半他就停了下来,身子沉甸甸地压着爱丽丝。

但埃里克很满意。他把马格纳斯拉开,因为此刻他又跃跃欲试了。看到爱丽丝躺在那里,如此美丽而遥不可及,他兴奋难耐。他越来越用力地刺入她的身体,将她的长发绕在手上,使劲地拉扯着,硬是把一大绺头发揪了下来。

就在此时,她开始高声尖叫。这声音突如其来,出乎意料,刺穿了沉沉黑夜，让埃里克蓦地停了下来。他低头看着她，一下子慌了神。必须让她住嘴。

克里斯蒂安听到这尖叫声闯入了他的沉默。他伸出双手捂住耳朵，但一点用也没有。当她还是个婴儿时，当她把一切从他身边夺走时，发出的就是这种尖叫。他看到埃里克跨坐在她身上，看到他抬起手揍她，他也想让这尖叫停下来。他每揍她一拳，爱丽丝的头就在木甲板上撞一下，然后又弹起来。接着，当埃里克的拳头砸在她颧骨上时，传来什么东西碎裂的声音。他看到肯尼思面色苍白地瞪着埃里克。马格纳斯被尖叫声惊醒了。他昏昏沉沉地坐起来，看着埃里克和爱丽丝，还有他自己敞开的裤子。

这时，尖叫声停了下来。四周一片静寂。克里斯蒂安逃走了。他站起来就跑——远离爱丽丝，远离拜德豪曼。他跑回家，跑进前门，跑到楼上自己的房间，躺在床上，拉过毯子蒙住头，将那些声音隔在外面。

慢慢地，整个世界停止了旋转。

26

"我们把她扔在那儿了。"肯尼思不敢看艾丽卡,"我们就把她扔在那儿了。"

"后来怎么了?"艾丽卡问。她的声音里仍然没有责备的意味,但这反而让肯尼思更不好受。

"我吓坏了。早上刚醒来时,我还以为那一切只是一场噩梦,但当我意识到它真的发生了,我们真的……"他的声音变了调,"那一整天,我都等着警察来敲门。"

"可他们没来?"

"没有。几天后,我们听说利桑德家搬走了。"

"那你们三个呢? 你们后来谈过这件事吗?"

"没有,从来没有。并不是我们说好了不再提起,我们只是一直没提过。直到那年的仲夏派对,马格纳斯有点喝多了,才把这个话题又翻了出来。"

"那是第一次?"艾丽卡难以置信地问。

"对,第一次。可我知道他一直在备受煎熬。他是被我们的罪孽折磨得最苦的一个。我想法把这事压在了心底,一心系在莉丝贝特身上,只管过我们自己的日子,刻意把它遗忘。而埃里克……呃,他都不需要遗忘。我想这事对他来说根本不算什么。"

"可是这么多年来,你们三个一直是朋友。"

"是啊,我也不知道这是为什么。可我们……落到这个下场是活该。"他挥了挥缠着绷带的胳膊,"我应该受到更严厉的惩罚,可莉丝贝特没有罪。她完全是无辜的。最糟的是,她一定明白了发生过什么。我想那是她死前听到的最后一件事。我并不是她想象的那种人。我们俩的生活是一场骗局。"他拼命忍住泪水。

"你们三个做的事太可怕了。"艾丽卡说,"我找不出别的词来形容。可你和莉丝贝特的生活不是骗局,我想她是知道的。不管她听到了什么。"

"我想跟她解释清楚。"他说,"我知道,下一个就轮到我了。她就要来索我的命,那样我就有机会去跟她解释。我必须相信这种可能,否则……"他别过脸去。

"你说的是什么意思?谁要来索你的命?"

"当然是爱丽丝。"他说了这么半天,难道艾丽卡都没听到吗?"这一切都是她干的。"

起初,艾丽卡什么也没说,只是怜悯地看着他。

"不是爱丽丝。"接着她说,"不是爱丽丝。"

帕特里克合上书。他并没有彻底读懂——对于他的理解能力来说,内容有些太深奥了,而且有些地方的语言也过于晦涩——但他理清了基本的故事情节。他意识到自己真该早点读这本书,因为现在有些疑团变得明朗起来。

一段记忆浮上心头。那是希娅和马格纳斯卧室里的一个画面,在他脑海中一闪而过。他当时也曾注意过,但并不认为有多重要。那件事的确没有什么值得关注的理由,可他还是忍不住自责。

他在手机上按下一个号码。

"嗨,路德维格。你妈妈在家吗?"他握着手机,听见里面传来路德维格的脚步声和一阵低语。随后,希娅接起了电话。

"嗨,我是帕特里克·赫德斯特伦。抱歉打扰你,不过我一直在想一件事。马格纳斯失踪前的那天晚上在做什么?不,我不是指整个晚上,就是在你上床睡觉以后。真的吗?一整夜?好的,谢谢。"

他挂断了电话。吻合了。一切都吻合了。但他知道,他不能单靠推测就贸然下结论,还需要有真凭实据才行。在找到这个证据之前,他不打算把自己的想法透露给同事,因为他们大概不会相信他。但他可以跟一个人谈谈,这个人应该能帮上他的忙。他再次拿起手机。

"亲爱的,我知道你不接电话是因为你以为我在生你的气,要不就是怕我劝你别多管闲事。不过我刚刚读完《小美人鱼》,我想咱俩想到一块去了。我需要你的帮助,所以,尽快给我回个电话。抱你,吻你。我爱你。"

"哥德堡的档案到了。"门口传来一个声音,帕特里克吓了一跳。

"噢,我吓到你了吗?"安妮卡问,"我敲门了,不过你好像没听见。"

"是啊,我在想别的事。"他抖了一下。

"我觉得你应该去诊所检查检查。"安妮卡告诉他,"你气色不太好。"

"我就是有点累。"他嘀咕着说,"不过档案到了可真是太好了。我要回家去待一会儿,所以得把它们带走。"

"档案就在接待区我的办公桌上。"她仍然带着一脸担忧的表情。

十分钟后,帕特里克来到走廊,手里拿着安妮卡给他的文件。

"帕特里克!"古斯特在他身后喊道。

"什么事?"他的声音中不自觉地隐隐透出不快。不过他正急着要走。

"我刚刚跟埃里克·林德的妻子路易丝谈过。"

"然后呢?"帕特里克仍然兴趣寥寥。

"据她说,埃里克要离开瑞典。他清空了他们所有的银行账户,把个人账户和公司账户里的钱全都取了出来,还订了一张机票,飞机五点钟从兰德维特机场起飞。"

"真的?"帕特里克说。现在他的兴趣一下子被提了起来。

"真的,我核实过了。你想让我们怎么做?"

"带上马丁,立刻动身去哥德堡。我打个电话,做些必要的安排,让那边的同事跟你们在机场会合。"

"这次我可要过足瘾了!"

帕特里克朝自己的车走去,忍不住暗暗发笑。古斯塔说得没错。让埃里克的如意算盘落空一定很过瘾。但接着,想到自己刚刚读的那本书,帕特里克的笑容消失了。他希望自己到家时艾丽卡能在家。他需要她的帮助,给这案子做个了断。

帕特里克也得出了相同的结论。一听到他在语音信箱里的留言,艾丽卡就全明白了。可他并不知道一切。他没听过肯尼思告诉她的那个故事。

　　她刚才不得不绕道去汉堡松德办了点事。但一回到高速路上,她就开始猛踩油门。该是揭开所有谜底的时候了。

　　拐入自家车道时,她看到帕特里克的车停在门前。她给他打过电话,说自己正在路上,问他是否需要她到局里去找他。但那时他已经到家了,正在等着她,等着她的那块拼图。

　　"嗨,亲爱的。"艾丽卡走进厨房,吻了丈夫一下。

　　"我读过那本书了。"他说。

　　她点点头:"我早该猜到答案。可我读的是尚未完成的手稿,而且是分几次读完的——没有一气呵成。到现在我也想不通,这么重要的线索我怎么就给漏掉了呢。"

　　"我要是早点读这本书就好了。"帕特里克说,"马格纳斯在失踪的前一天晚上读过。那很可能就是他遇害的前一夜。克里斯蒂安把手稿给了他。我刚刚问过希娅,她说马格纳斯从晚上就开始读,用一个通宵把它读完了,令她大为惊讶。早上她向他问起此事,想知道书好不好看。但他说他不想讨论,要先跟克里斯蒂安谈谈再说。最糟的是,如果我们回头去查一下谈话记录,肯定会发现希娅曾经提过这件事。可我们以为它无足轻重,根本就没怎么留意。"

　　"看过手稿之后,马格纳斯一定什么都明白了。"艾丽卡平静地说,"而且知道了克里斯蒂安是谁。"

　　"克里斯蒂安一定是有意让他发现的,否则他不会把手稿交给马格纳斯。"

　　"可为什么是马格纳斯?为什么不是肯尼思或者埃里克?"

　　"我想克里斯蒂安是身不由己地回到了夫雅巴卡,回到那三个人身边。"艾丽卡想起心理医生托瓦尔的话,"这似乎有些奇怪,而且他自己大概也无法解释。我想后来他可能渐渐开始喜欢马格纳斯了。据我所知,马格纳斯似乎是个非常好的人。还有,他做那件事也并非出于主动。"

　　"你怎么知道?"帕特里克吃了一惊,"小说里只提到有三个男孩卷了进去,但细节描写并不多。"

"我跟肯尼思谈过。"艾丽卡平静地说,"他把那天晚上发生的一切都告诉了我。"接着,她开始讲述肯尼思的故事,帕特里克的脸色越来越苍白。

"真该死。他们就这样逃脱了。利桑德夫妇为什么没报告这起强奸案?为什么光是离开夫雅巴卡,然后把爱丽丝送走了事?"

"我不知道。不过克里斯蒂安的养父母一定能回答这些问题。"

"这么说,克里斯蒂安眼睁睁地看着埃里克、肯尼思和马格纳斯强奸了爱丽丝。他为什么不试着制止他们呢?为什么不去帮帮她?这就是他收到恐吓信的原因吗?虽然他并未参与暴行?"

帕特里克脸上恢复了一些血色,他深吸了一口气,继续说道:

"爱丽丝是唯一有理由报仇的人,但那些事不可能是她干的。还有这个案子,我们也不知道究竟谁是凶手。"他将一沓文件往艾丽卡那边一推,"这是关于玛丽亚和埃米尔遇害案调查的全部卷宗。他们溺死在自家浴缸里。有人把一个一岁的男孩按在水中,直到他停止呼吸,然后又用同样的手段害死了他母亲。有位邻居看到一个留着黑色长发的女人从他们住的公寓里出来,这是警方掌握的唯一线索。但我说过,这不可能是爱丽丝,我觉得也不会是艾琳,虽然她也具备做这种事的动机。那么,那该死的女人到底是谁?"他万分沮丧地一拳砸到桌子上。

艾丽卡等待他冷静下来,然后轻轻地说:

"我想我知道是谁。我可以证明给你看。"

埃里克认认真真地刷完牙,穿上西服套装,一丝不苟地打好领带,梳理了一下头发,最后又用手稍稍拨乱了一些,满意地看着镜中的自己。他是个帅气又成功的男人,随心掌控着自己的人生。

他一只手提起行李箱,另一只手拎着提包。有人把机票给他送到了前台,如今它正和护照一起,妥妥帖帖地放在他上衣口袋里。

不久他就要出发上路。他把对她的恐惧推到一边,埋藏在潜意识深处。

很快,这件事就不算什么了。她永远也别想找到他。

"咱们怎么进去?"他们站在船屋门前时,帕特里克问。对于自己知道或怀疑的事,艾丽卡不愿多说,只是执意要帕特里克跟她走。

"我从桑娜那里拿到了钥匙。"艾丽卡从提包里拿出一大串钥匙说。

帕特里克莞尔一笑。艾丽卡就是足智多谋。

"咱们要找什么?"他一边跟着妻子走进这座小房子,一边问。

她答非所问地说:"我觉得只有这个地方是完全归克里斯蒂安自己所有的。"

"这船屋不是桑娜的吗?"帕特里克眨了眨眼,以适应昏暗的光线。

"理论上是这样。但克里斯蒂安总是躲在这里,一个人静静地写作。我想他一定是把它当成了自己的私人避难所。"

"那又怎样?"帕特里克在靠墙的窄沙发上坐了下来。他累极了,双腿几乎再也支撑不住。

"我不知道。"艾丽卡犹疑不定地四处张望,"我只是想……"

"你想到了什么?"帕特里克问。这船屋其实藏不了多少东西,不管他们要找的是什么。它由两间小屋子组成,低矮的天花板下,帕特里克不得不俯首弯腰。

"但愿我们能快点查出来。"帕特里克盯着跳台在天空背景下的若隐若现的黑色轮廓说。

"查出什么?"艾丽卡漫无目的地在这个逼仄的空间里踱来踱去。

"是他杀还是自杀。"

"你是说克里斯蒂安?"艾丽卡问,但没等他回答便继续说,"只要我能找到……该死,我以为……要是那样咱们就能……"她前言不搭后语地嘀咕着,帕特里克忍不住大笑起来。

"看来你真是糊涂了。起码你得告诉我咱们要找的是什么吧?那样的话也许我还能帮帮你。"

"我认为马格纳斯就是在这里遇害的。我希望能找到一些……"她仔细查看着漆成蓝色、表面粗糙不平的木墙。

"这里?"帕特里克站了起来,也开始研究墙壁。接着,他又朝地板看了一会儿,说:

"地毯。"

"什么意思?这东西多干净啊。"

"正是。太干净了。实际上,看起来就像是全新的一样。来,帮我把它掀起来。"他抓住那块沉甸甸的碎布地毯,抬起一端,艾丽卡吃力地抬起另一端。

"哦,对不起,亲爱的。对你来说可能太重了。别太勉强。"听到身怀六甲的妻子累得气喘吁吁,帕特里克担忧地说。

"还好。"她说,"快点,别站在这闲聊了,抓紧干活才是正事。"

他们把地毯移到一边,看着下面的木质地板。一尘不染。

"也许在另一间屋子里?"艾丽卡说。可是,当他们向屋内瞄去时,看到的是同样干净的地板,而且上面没铺地毯。

"我想会不会……"

"什么?"艾丽卡问,但帕特里克没回答。他跪在了地板上,开始仔细研究木板之间的缝隙。片刻后,他站了起来。

"咱们得把技术组的人叫来,等待他们给出结果。不过我觉得你是对的。这个地方曾被人仔细清洗过,但似乎有鲜血流到了缝隙里。"

"如果是这样,地板不是也会吸收一部分血液吗?"艾丽卡问。

"对,但如果事后有人擦洗过地板,用肉眼就很难看出来。"帕特里克眯起眼睛打量着那些老旧的木板。很多地方因年代久远已经褪了色。

"那么,他就死在这里?"尽管艾丽卡对自己的推测很有信心,但还是觉得心跳得越来越快。

"嗯,我认为是。而且这地方濒临水岸,要抛尸很容易。所以现在,你能告诉我是怎么回事吗?"

"再看一圈再说吧。"她没理会克里斯蒂安那一脸的无奈,"到那去看看。"

她指了指头顶的阁楼。要想上去,只能爬绳梯。

"你在开玩笑吗?"

"要么你上,要么我上。"艾丽卡示威似地用双手摸着硕大的腹部。

"好吧。"他叹了口气说,"要爬上去应该还是很容易的。我猜你仍然不打算告诉我究竟要找什么,对吗?"

"其实我也说不准。"艾丽卡老老实实地说,"我只是有一种感觉……"

"一种感觉?为了一种感觉,就让我爬绳梯?"

"照做就是。"

帕特里克顺着梯子爬进了阁楼。

"看到什么了吗?"艾丽卡伸长脖子喊道。

"当然看到什么了。不过大多是旧毯子、破衣服,还有几本漫画书。看起来像是个孩子的小天地。"

"没别的了?"艾丽卡泄气地问。

"没有,不像是有的样子。"

帕特里克开始顺着绳梯往回爬,但下了一半突然停住。

"那里是什么?"

"哪里?"

"就在那儿。"他指着紧挨阁楼入口右侧的一扇小舱门。

"那里一般是人们在船屋里堆放旧物的地方,不过咱们还是看看吧。"

"好吧,别急,让我来。"他一边努力在梯子上保持平衡,一边摇摇晃晃地用一只手去拔插销。他发现舱门可以整扇取下,于是便抓住一边把它卸掉,递给站在下面的艾丽卡。然后他转过头向里面看。

"这他妈的是什么玩意儿?"他吃惊地说。

突然,将梯子固定在天花板上的钩子松脱了,帕特里克咚地一声摔到了地板上。

"我这辈子见得多了,可这个……就数这个最离奇。"托比约恩说。他站在他们从相邻船屋借来的梯子上。

"的确是无以伦比。"帕特里克揉着自己的后背说。刚才跌下来时，后背狠狠地撞了一下，胸口也有点疼。

"至少这肯定是血。而且很多。"托比约恩指着闪烁着古怪光泽的地板说。在鲁米诺试剂的作用下，所有的血迹都无处遁形，无论表面曾经过怎样的擦洗。"我们采集了几处样本，可以送交实验室与受害者的血样进行比对。"

"很好。谢谢。"

"这么说，这些东西都是克里斯蒂安的？"托比约恩问，"就是咱们割断绳子从跳台上放下来的那个人？"他钻进那个狭小的空间里，帕特里克也小心翼翼地沿着梯子爬上去，凑到他旁边。

"看来是这样。"

"可为什么……？"托比约恩开口询问，但又住了口。这案子不归他管。他的任务是保护好技术证据，反正他早晚会知道所有的答案。他指了指问：

"这就是你们说的信吗？"

"对。至少这证明他肯定是自杀身亡的。"

"当然。"托比约恩说，不过他仍然无法相信自己的眼睛。这里堆满了各种女性用品。衣服、化妆品、首饰、鞋子。还有一顶黑色的长款假发。

"我们要把所有的东西都弄出来。得费些工夫才能收齐。"托比约恩小心地往后退，一直退到舱口，才跟着帕特里克下了梯子。"我这辈子见得多了……"他再次喃喃自语道。

"我要回局里去。得先核对几件事，然后才能向大家报告结果。"帕特里克说，"你这里完事后给我打个电话。"然后他转过身去，对全神贯注地看着犯罪技术人员工作的波拉说：

"你要留在这儿吗？"

"当然。"她说。

帕特里克离开船屋走到室外，深深地呼吸了一口海边的新鲜空气。发现克里斯蒂安的密室之后，艾丽卡又向他披露了更多的情节。加上他们找到的信,如今拼图终于一块块复归原位。答案令人难以置信,但他知道这就是真相。现在他明白了一切。等古斯塔和马丁从哥德堡回来后,他就可以原原本本地向同事们讲述这个悲惨的故事。

"离飞机起飞还有近两个小时呢。咱们其实真不用来得这么早。"快到兰德维特机场时,马丁瞄了一眼腕表。

"我觉得咱们大可不必在这里守株待兔。"古斯塔拐入国际航班候机厅外面的停车场时说,"咱们可以进去看看,如果能发现他,就扑上去逮住那狗娘养的。"

"好吧。"马丁将信将疑地说。

他们钻出汽车,进了机场。

"那咱们要怎么干呢?"马丁扫了一眼候机厅。

"来杯咖啡怎么样? 可以一边喝一边观察现场。"

"可咱们不是应该四处走走,去找埃里克吗?"

"我刚才说什么来着?"古斯塔说,"咱们可以边喝咖啡边盯着他。只要往那儿一坐,"他指着候机厅中间的一个咖啡座,"两边的情况就都瞧得一清二楚。他到了这里后,必定得从咱们面前经过。"

"好吧,你说得对。"马丁让步了。他知道,只要古斯塔一心想喝咖啡,怎么劝都是白搭。

二人各自买了一杯咖啡和一块杏仁饼,然后在一张桌子旁坐下。古斯塔笑容满面地咬了一口。

"这是灵魂的食物。"

马丁懒得提醒他,那不过是一块杏仁饼而已,根本不配算作食物。但他无法否认这东西的确美味。他刚把最后一块塞进嘴里,眼角的余光就瞥见了一个人影。

"看,那不是他吗?"

古斯塔猛地一转身。

"对,你说的没错。快点,咱们去逮住他。"他以异乎寻常的速度站起身来,马丁也一跃而起跟了上去。埃里克一只手拎着提包,另一只手拖着一只大号行李箱,正匆匆走远。

古斯塔和马丁须得一路小跑才能跟上埃里克。第一个从桌旁站起来的古斯塔首先追上了他,伸出一只手,往他肩上一拍。

"埃里克·林德吗?请你随我们走一趟吧。"

埃里克满脸惊讶地转过身来。有那么一刹那,他似乎想拔腿就跑,但他只是把古斯塔的手甩开。

"一定是有什么误会,我正要出差去。"他说,"我不知道这是怎么回事,可我得赶飞机,有个重要会议要参加。"他额头上渗出点点汗珠。

"恐怕你还是得跟我们走。过一会儿你会有机会为自己辩解。"古斯塔带着埃里克往出口处走。周围的人全都停下脚步,驻足观看。

"我都跟你们说了,我必须赶上那班飞机!"

"我明白。"古斯塔淡淡地说。然后他转过去问马丁:"你能帮他拿着行李吗?"

马丁点点头,但暗自腹诽。他从来都捞不到有趣的差事。

"这么说,是克里斯蒂安干的?"安娜惊得目瞪口呆。

"是——也不是。"艾丽卡说,"我曾就此事咨询过托瓦尔,我们永远也无法确知真相。不过就种种迹象来看,事实就是这样。"

"克里斯蒂安人格分裂?而他的两个自我彼此素不相识?"安娜似乎难以相信。艾丽卡从船屋回来后给她打了电话,她便立刻赶了过来。帕特里克必须回警局,而艾丽卡不想一个人待着。妹妹安娜是唯一可以倾诉的对象,她只想把自己发现的所有秘密向她一吐为快。

"看来是这样。托瓦尔怀疑克里斯蒂安患有精神分裂症。他的病还表现出分离性身份识别障碍的某些症状。这正是导致他人格分裂的罪魁祸首。它很可能源于巨大的压力,是应对现实生活的一种手段。克里斯蒂安早年的一些可怕遭遇无疑对他造成了心理创伤。先是母亲离世,然后他守着她的尸体过了一星期。紧接着,他又落到艾琳·利桑德手中,依我看,她的行为就算不是变态,也是彻头彻尾的虐待儿童。爱丽丝出生后,克里斯蒂安的养父母就对他弃之不顾,他一定觉得自己又成了无依无靠的孤儿。所以,他就把一切都怪在那个孩子身上,也就是爱丽丝。"

"所以他想淹死她?"安娜伸出一只手护着腹部。

"是。爱丽丝的父亲救了她,但她的大脑因缺氧而严重受损。利桑德先生决定保护克里斯蒂安,从此不再提及此事。大概他以为他在帮这个男孩子,不过我不知道他这样决定是否正确。想想看,当你渐渐长大,知道自己曾做过那种事,心中一定充满了可怕的负罪感。克里斯蒂安年龄越大,就越清楚自己所做的一切。而爱丽丝对他的爱大概让他更觉得自己罪孽深重。"

"虽然他那样对她,她还是爱他。"

"她一直不知道。除了拉格纳·利桑德和克里斯蒂安之外,没人知道。"

"后来就是强奸。"

"是的,后来就是强奸。"艾丽卡觉得自己喉咙发堵。她概括了克里斯蒂安一生所有的遭遇,就好像这是一道终于被破解的数学题。但实际上,这是一出悲剧。

电话铃响,她接了起来。

"我是艾丽卡·法尔克。什么? 不不,我无可奉告。别再打过来了。"她气呼呼地摔下电话。

"怎么回事?"安娜问。

"是一家报社的记者,他们想让我说说克里斯蒂安的死。秃鹫们又开始盘旋觅食了。他们连整件事的前因后果都没搞清呢。"她叹了口气,"桑娜太可怜了。"

"可是,克里斯蒂安是何时发病的?"安娜仍是一脸茫然,对此艾丽卡完全能理解。向托瓦尔咨询时,她曾追问过无数个问题,他都耐心地试着一一解答。

"他母亲患有精神分裂症,这种病是遗传的,往往会在青春期发作,也许就是那个时候,克里斯蒂安开始感到有些不对劲,但一直懵懵懂懂不明所以。这种病会让人产生焦虑感,出现多梦、幻听、幻视等诸多不同的症状。利桑德夫妇可能从未注意过,因为他大约就是在那时离家的。或者说,他被赶走了。"

　　"被赶走了?"

　　"对,克里斯蒂安留在船屋里的信上就是这么说的。利桑德夫妇未经调查就认定是克里斯蒂安强奸了爱丽丝。而他也没为自己辩解。或许他深感自责,因为他没有挺身而出保护她,他认为自己等于是亲手害了她。不过,这只是我的推测。"艾丽卡说。

　　"所以,他们就把他丢出去了?"

　　"是啊,现在我也说不清这对他的病情有何影响。不过帕特里克会去查找病例资料。如果克里斯蒂安到哥德堡之后接受过护理或治疗,就应该会在某处留下记录。问题只是要把它找出来。"

　　艾丽卡住口不语。对于她来说,要弄懂克里斯蒂安所经历和做过的一切实在是太难了。

　　"帕特里克认为,警方会重新调查克里斯蒂安同居女友及其幼子的谋杀案。"她接着说,"鉴于目前一切已大白于天下。"

　　"他们认为这两个人也是克里斯蒂安杀的吗? 可为什么呀?"

　　"我们很可能永远无法确知他究竟是不是凶手,"艾丽卡说,"还有作案动机。如果他人格中的另一部分——美人鱼,或者说爱丽丝,不管你怎么称呼她——对克里斯蒂安这部分心怀恨意,也许她会见不得他过好日子。反正这是托瓦尔的理论,或许他说得对。克里斯蒂安的幸福大概让某种压抑着的欲望破壳而出。不过就像我说的,真相究竟如何,咱们永远不可能知道了。"

实际上，她同那个孩子和女人没什么深仇大恨，也并未想过要伤害他们。但她就是无法容忍他们继续活在这个世上。因为他们做了别人从未做过的事。他们带给克里斯蒂安幸福。

现在他常常无忧无虑地开怀大笑。她痛恨那发自肺腑的一串串笑声。而她却再也笑不出来；她空洞而冰冷的内心已然死去。他也曾死过，但就因为那女人和孩子，如今他又活了过来。

有时她会偷偷地窥视他们。那女人怀里抱着孩子。他们会一起跳舞，孩子咧着嘴笑，他也跟着露出微笑。他得到了幸福，但他不配。他夺走了她的一切，将她按到水下，直到她的双肺几乎炸裂，直到她的大脑再也吸不进一丝氧气，水渐次上升淹没了她的面庞，仿佛她的生命之火也在缓缓地熄灭。

可尽管如此，她依然爱他。他就是她的一切。她不稀罕别人，也不在乎他们怎么看他。对于她来说，他是天底下最善良最帅气的人。他是她的英雄。

但他却背叛了她，任由他们占有她，玷污她，打碎她的颧骨；任由她双腿叉开躺在那里，凝望着星空。而他却当了逃兵。

现在，她不再爱他了，别人也没有权利再去爱他。就像他不许再爱别人一样。她不准他去爱那个身穿蓝裙的女人和那个孩子。那孩子甚至都不是他亲生的。

现在他不在家。像往常一样，门并未上锁。那女人太粗心大意。他总是为此责怪她，告诉她应该把门锁上，因为说不定有谁会试图溜进去。

她小心翼翼地按下把手，把门打开，听到那女人正在厨房里哼着歌。浴室里传来水花飞溅的声音。孩子坐在浴缸里，这意味着女人随时可能去浴室。对这种事她一向谨慎，从不让孩子单独洗澡的时间太长。

她走进浴室。看到她，那男孩脸上一亮，好像布满了阳光。

"嘘。"她眼睛瞪得大大的，好像要跟他做游戏。孩子笑了起来。她一边听着渐近的脚步声，一边走到浴缸旁，俯视着那个光着身子的小孩。这男孩并没有错，但他让克里斯蒂安幸福了。这是她绝不能容忍的。

她拎着孩子的胳膊将他稍稍提起来，再把他放倒在浴缸里。男孩仍然笑得快乐又安心，仿佛相信这世上不会有什么坏事发生。当水淹没他的脸庞时，他不再大笑，四肢开始乱扑乱打。不过按住这个孩子简直轻而易举。她只用一只手放在他胸口，再轻轻一压就成了。孩子先是挣扎得越来越厉害，接着动作开始渐渐停歇，最后终于躺在缸底一动不动了。

这时，她听到了女人的脚步声。她低头去看那孩子。他躺在那里的样子多么安静，多么平和。她站起来，背靠着墙，躲在门的右边。那女人走进浴室，一看到孩子，猛地停住了脚步，接着她尖叫起来，向前冲去。

几乎像对付那孩子一样容易。趁着女人伏在浴缸边上，她悄无声息地上前抓住她的脖子，用自己的体重把她的头压到水下。整个过程比预想的还要短。

她头也不回地离开了，只觉得一种心满意足的快感在周身蔓延开来。克里斯蒂安再也不会幸福了。

27

帕特里克注视着那些画,瞬间恍然大悟。大人儿和小人儿——克里斯蒂安和爱丽丝。其中一幅画上,那些黑色的身影比其他所有的画面都要阴暗得多。

克里斯蒂安用自己的双肩扛起了所有的罪孽。刚才与拉格纳谈话时,他已经证实了这一点。那天夜里爱丽丝回家后,他和他妻子便想当然地认定是克里斯蒂安强奸了她。被一声尖叫惊醒后,他们起床去查看,发现爱丽丝躺在前厅的地板上,只穿着一条短裙,肿胀的脸上满是血污。他们冲到她身边时,她只说了一个词。

"克里斯蒂安。"她喃喃低语。

艾琳冲上楼,跑到他房间里,一把将他从床上揪了起来,闻到他身上的酒气,便立刻得出了自己的结论。平心而论,拉格纳也是这样想的,不过他心里仍存着些怀疑。也许正因如此,他才一直将爱丽丝的画寄给克里斯蒂安。因为他从来不敢确定那一夜究竟发生了什么。

古斯塔和马丁抢在埃里克登机前抓住了他。帕特里克刚刚收到报告,说他们正从兰德维特往回赶。这下可有的忙了。稍后他们必须查一下,事过多年后现在还能采取哪些法律行动。至少肯尼思不会再保持沉默;这一点艾丽卡深信不疑。最起码埃里克得把自己那些金融交易好好交待一番。他最终很可能会锒铛入狱,至少要在里面呆上一阵子。不过考虑到目前的状况,这似乎还算是个小小的安慰呢。

"报社开始打电话了!"梅尔贝里满面春风、喜气洋洋地冲了进来,"这里快要热闹起来了,警察局即将成为万众瞩目的焦点。"

"我想也是。"帕特里克目不转睛地看着那些画说。

"这个案子咱们办得漂亮极了,赫德斯特伦!这一点我不得不承认。虽然颇费了些时日,不过咱们刚一加快步伐,遵循传统办案方法干了几件像样的事,前途立刻就明朗了。"

"没错。"帕特里克说。今天他连被梅尔贝里惹恼的力气都没有了。他伸手揉了揉前胸。还是很疼。从梯子上摔下来那一跤一定比他想象的还要狠。

"也许我最好还是回办公室去。"梅尔贝里说,"《瑞典晚报》的一个记者刚刚打来电话,《快报》的人迟早也会打来的。"

"嗯。"帕特里克边揉胸口边说。该死,可真疼啊。也许活动一下疼痛会减轻些。他站起来走进茶水间。真准。每次他想喝咖啡时,壶总是空的。

波拉走了进来:"我们那边完事了。我简直一个字也说不出来。我一点也没往这方面怀疑过。"

"我猜也是。"他意识到自己口气很不友善,不过他实在太累了,没心情讨论这个案子,也不愿意去想爱丽丝和克里斯蒂安,不愿去想那个守着母亲的尸体,眼睁睁看着她在盛夏的酷热中逐渐腐烂的小男孩。

他双眼盯着咖啡机,舀了几勺咖啡。放了多少来着?两勺还是三勺?想不起来了。他努力收敛心神,但接着却把一勺咖啡洒到了外面。他将勺子伸进装咖啡粉的袋子里,想再舀出来一些,但胸口的一阵剧痛让他倒抽了一口冷气。

"帕特里克,你怎么了?帕特里克?"听到波拉的声音从遥不可及的地方传来,他没有理会,只想再往咖啡机里添些咖啡,可手却不听使唤。他看到眼前亮光一闪,胸口的疼痛瞬间被放大了一千倍。他明白一定是有什么不对劲,要出事了。

接着,四周一片黑暗。

"他自己给自己寄恐吓信吗?"安娜挪了挪身子,问道。孩子挤压着她的膀胱,她实际上已经开始内急,但就是舍不得离开。

"对,还寄给另外几个人。"艾丽卡说,"马格纳斯是否收到过咱们不得而知。很可能没有。"

"为什么是从他动笔写书时开始收到信呢?"

"这一点也只能靠推测。不过据托瓦尔说,也许克里斯蒂安在写作期间很难坚持服用治疗精神分裂症的药物。这种药副作用很大,比如说疲劳和嗜睡,或许这让他难以集中精力写作。我猜他擅自停了药,结果稳定多年的旧病又复发了。同时,身份识别障碍的症状也开始显露出来。克里斯蒂安最仇恨的对象就是他自己,我想他已无法面对心中日益深重的负罪感。于是,他便把自己一分为二:一个是试图忘记过去、过上正常生活的克里斯蒂安;另一个是美人鱼,也就是爱丽丝,她痛恨克里斯蒂安,希望他罪有应得。"

艾丽卡继续耐心地解释。这可不是件通俗易懂的事;实际上,要想彻底理解简直是个不可能完成的任务。托瓦尔曾认真强调过,这种病很少会发展到如此极端的地步。这绝不是一个常规病例。不过克里斯蒂安的一生也实在太不寻常。哪怕是最坚强的人,如果遭遇了他不得不忍受的种种经历,也难免会被击垮。

"这也是他自杀的原因。"艾丽卡说,"在他留下的遗书里,他说自己不得不从她手里救出儿子。而唯一的办法就是如她所愿,把他的性命交给她。"

"可儿童房墙上的字是他自己涂上去的。他才是威胁他们安全的人。"

"对,没错。当他意识到他爱自己的儿子时,他知道保护他们的唯一办法就是杀死那个想要害他们的人。也就是他自己。在他的世界里,美人鱼是真实的,不是他虚幻的想象。她的确存在,还想杀死他的家人。就像当年杀死玛丽亚和她儿子埃米尔一样。于是,他结束了自己的性命,救了儿子。"

安娜抹去一滴眼泪:"这件事从头到尾真是太可怕了。"

"我也觉得。"艾丽卡说,"真可怕。"

艾丽卡的手机发出刺耳的鸣响。她不耐烦地接了起来:"如果又是哪个该死的记者,我就……你好,我是艾丽卡·法尔克。"艾丽卡脸色一亮,"嗨,安妮卡!"可接着,她突然表情大变,倒抽了一口冷气。"你说什么? 他们把他送到哪儿去了? 真的? 在乌德瓦拉?"

安娜担忧地看着艾丽卡。她姐姐握着电话的那只手开始发抖。

"怎么了?"艾丽卡挂断后安娜问道。

艾丽卡艰难地咽了口唾沫,眼中溢满泪水。

"帕特里克工作时晕倒了。"她低声说,"他们说可能是心脏病发作。救护车正在送他去乌德瓦拉。"

一时间,安娜震惊得动弹不得。接着,她鼓足勇气,急急起身朝前门走去,从前厅的写字台上抓起车钥匙。

"咱们去乌德瓦拉。快点。我开车。"

艾丽卡一声不响地跟在妹妹身后。她感到自己的整个世界就要天崩地裂了。